의사과학자
애로우스미스

싱클레어 루이스 저; 유진홍 역.

의사과학자
애로우스미스 ㊤

첫째판 1쇄 인쇄 | 2025년 02월 19일
첫째판 1쇄 발행 | 2025년 02월 27일

지 은 이   Harry Sinclair Lewis
옮 긴 이   유진홍
발 행 인   장주연
출 판 기 획   김도성
책 임 편 집   이민지, 김형준
편집디자인   김영준
표지디자인   김재욱
일 러 스 트   유학영
제 작 담 당   황인우
발 행 처   군자출판사(주)
　　　　　등록 제4-139호(1991. 6. 24)
　　　　　본사 (10881) 파주출판단지 경기도 파주시 회동길 338(서패동 474-1)
　　　　　전화 (031) 943-1888　　팩스 (031) 955-9545
　　　　　홈페이지 | www.koonja.co.kr

* 파본은 교환하여 드립니다.
* 검인은 저자와의 합의 하에 생략합니다.

ISBN: 979-11-7068-224-0 (04840)
세트 ISBN: 979-11-7068-223-3 (04840)

정가 20,000원
세트 정가 40,000원

ARROWSMITH

의사과학자
애로우스미스

上

지은이 **싱클레어 루이스**

옮긴이 **유진홍**

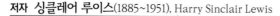

저자 싱클레어 루이스(1885~1951), Harry Sinclair Lewis

미국의 작가로, 대표작은 이 작품 『애로우스미스』를 비롯하여, 『메인 스트릿』, 헐리웃에서 영화화되어 버트 랭카스터에게 남우 주연상을 안긴 『엘머 갠트리』, 속물 중산층 중년남을 상징하는 고유 명사로 아예 사전에 등재된 작품 『배빗』, 『도즈워스』 그리고 『있을 수 없는 일이야』 등이 있다. 『애로우스미스』로 1926년 퓰리처 상을 수상했으나 수상을 거부했다. 1930년에는 미국 작가로서 사상 처음으로 노벨문학상을 수상했다. 1925년에 발표한 『애로우스미스』는 의사과학자로서의 이상과 삶을 조명한 작품으로, 대표적인 고전 의학소설이다.

자문 폴 드 크라이프(1890~1971), Paul Henry de Kruif

미국의 미생물학자이자 과학 저술가로, 이 작품에서 싱클레어 루이스에게 매우 비중 높게 의학적 자문을 해 주었다. 작가 본인이 감사의 글에서 밝혔듯이, 이 작품에서 의학 관련 내용들은 모두 크라이프의 몫이다. 그는 이 작품 발표 다음 해인 1926년에 『Microbe Hunters (미생물 사냥꾼)』을 발표한다. 미생물학과 감염학 관련 과학 역사서로 오늘날까지도 애독되는 과학 교양서의 고전이다.

역자 유진홍

가톨릭대학교 의과대학 내과학교실 감염내과 교수
Journal of Korean Medical Science 편집장
전 대한감염학회 회장(2020~2022)
전 대한의료관련감염관리학회 회장(2015~2017)
전 대한감염학회 교과서 편찬위원회 위원장
저서: 『유진홍 교수의 이야기로 풀어보는 감염학』, 『항생제 열전』, 『열, 패혈증, 염증』,
　　　『내 곁의 적-의료관련감염』, 『유진홍 교수의 감염강의 42강-총론』,
　　　『유진홍 교수의 감염강의 42강-임상각론』
번역서: 『착한 바이러스』(톰 아이얼런드 저, 군자출판사 출간)
『감염학』(대표저자), 『항생제의 길잡이』(대표저자),
『성인예방접종』(공저자), 『한국전염병사 II』(공저자), 『의료관련감염관리』(공저자)
블로그: https://blog.naver.com/mogulkor

삽화 유여진

생물학적으로 옮긴이가 가진 DNA의 50%를 물려받은 여류 동양화가이자 불자이기도 하다.
법명은 반야행.

차례

(역자의 사심이 약간 담긴...)

【두 주인공】

마틴 애로우스미스 이 작품의 주인공. 학구적이지만 너무나 단점이 많은, 어쩌면 매우 인간적인 인물. 이 작품의 줄거리를 따라가다 보면 어떤 인물인지 아시게 될 것이다.

리오라 토저 마틴 애로우스미스의 아내. 미모가 빼어난 것도 아니고, 교양이 넘치는 것도 아니고, 집안이 좋은 것도 아님에도 불구하고, 만나 본 사람이라면 누구나 자신을 좋아하게 만드는 마성의 매력을 갖고 있다. 정작 본인은 그 사실을 모른다. 같은 이유로 본 역자가 이 작품에서 가장 좋아한 캐릭터이다. 전형적인 순종형 현모양처. 아마 독자분들도 이 여주인공과 사랑에 빠질 것이다.

【의과대학교 시절】

막스 고틀립 모든 가치관을 오로지 순수한 학문에 맞춘 완고한 선비 기질의 미생물학자. 주인공의 영원한 스승이다. 이 작품의 가치관을 관통하는, 어쩌면 또 한 명의 주인공으로서 작가는 총 40장으로 구성된 이 작품에서 무려 두 개의 장을 이 노학자에게 독점 할애해 주고 있다.

클리프 클로슨 애로우스미스의 쾌활한 절친.

아이라 힝클리 "목사님"   애로우스미스의 동기. 의료 선교를 목표로 한 의대생. 먼 훗날 페스트 창궐지에서 재회한다.

앵거스 듀어   애로우스미스의 동기. 성적은 늘 수석에 모든 면에서 뛰어난 전형적인 FM 의대생.

뚱보 파프   애로우스미스의 동기. 듀어와는 대조적으로 모든 면에서 열등한 전형적인 공부 못하는 의대생.

어빙 워터스   마틴보다 한 학년 선배로, 앵거스 듀어처럼 전형적인 모범생. 나중에 노틸러스에서 마틴과 재회한다.

매들린 폭스   마틴이 처음으로 사귀게 된 여자 친구. 결혼 직전까지 가지만…

실바 학장   위네맥 의대의 학장. 존경받는 임상의사이기도 하며 막스 고틀립과 여러 모로 대조가 된다.

【윗실배니아 개원의 시절】

앤드류 잭슨 토저   리오라의 딸 바보 아버지, 즉 마틴의 장인어른.

버트 토저   리오라 토저의 오빠로, 고향에서는 나름 잘 나가는 편. 어딘지 모르게 깐족대는 좀 얄미운 면이 있다.

헤셀링크   윗실배니아의 베테랑 개원의.

윗실배니아 사람들   우리나라로 치면 "괜찮아유" 하는 충청도 바이브를 지니고 있어서 독자들에게 소소하게 웃음을 선사할 것임. 버트 토저까지 포함해서.

【노틸러스 공중 보건 담당 시절】

앨머스 픽커보   마틴이 공중 보건 분야에 종사하면서 만나게 된 그의 상관. 틈만 나면 운율이 잘 맞는 시를 짓곤 한다. 공중 보건 업무에 대해 매우 진심이지만, 그만의 독특한 페이스에 마틴을 굉장히 피곤하게 한다. (그리고 본 역자도 번역 중에 굉장한 피로감을 느꼈다. 특히 그의 자작시들. - 역자 주) 정치적 야심도 있어서, 결국 워싱턴 정가까지 진출하여 입신양명한다.

픽커보의 여덟 공주님들, 그리고 오키드 픽커보 픽커보의 여덟 딸들. 오키드는 맏딸로, 뛰어난 미인이며 마틴과의 사이에 미묘한 기류를 형성한다.

클레이 트레드골드 노틸러스 시의 재력가. 애로우스미스의 후원자가 되어 줬으나…

【맥거크 연구소 시절】

테리 윅켓 막스 고틀립과 같은 성격의 냉소적이며 외골수로 학구적인 선비. 마틴에게 학문적으로나 인간적으로나 큰 영향을 끼치며, 훗날 사설 연구소를 차려서 마틴과 함께 한다.

구스타프 손델리우스 학자이자 공중 보건에 추진력 있게 임하는 행동가. 전 세계를 돌며 전염병 지역에서 맹활약을 한 투사이기도 하다. 마틴의 연장자임에도 그의 조수를 자처하며 연구를 적극 돕는다. 시원시원한 성격으로 리오라와 더불어 본 번역자가 사랑한 캐릭터이기도 하다. 마틴이 페스트 창궐 지역으로 출장 갈 때 동행하여, 특히 감염원인 설치류 박멸에 의욕적으로 나서는데…

드윗 텁스 마틴이 맥거크 연구소에 올 당시의 연구소장. 훗날 연구소를 사임하고, 정/재계 및 문화계를 아우르는 연맹을 야심 차게 결성한다.

로스 맥거크 거부이며, 맥거크 연구소 설립자. 상당히 삐딱한 성격이나, 그 못지않게 삐딱한 막스 고틀립과 의외로 코드가 잘 맞아, 절친이 된다.

캐피톨라 맥거크 맥거크의 아내이며, 맥거크 연구소의 소유주이다.

리플튼 홀라버드 고틀립의 뒤를 이어 맥거크 연구소의 연구소장이 되는 야심에 찬 인물.

【페스트와의 전쟁터】

로버트 페어램 경 세인트 휴버트 섬의 최고 권력자.

인치케이프 존스 세인트 휴버트 섬의 보건의료 수장.

스톡스 세인트 휴버트 섬 내 세인트 스위틴 교구의 의무관. 마틴과 그 일행
이 페스트 퇴치를 위해 이 섬에 오도록 주선한다.

조이스 래니언 당찬 성격의 최상류층 미망인으로, 마틴과 함께 페스트와
싸우면서 생긴 전우애가 발전하여 결국 재혼하게 된다. 문제는…

【기타】

닥 비커슨 시골에서 볼품없이 늙어가는 퇴물의사이고, 비록 술기운으로 횡
설수설한 것이지만, 어린 애로우스미스에게 **의학이란 학문으로서 대하
는 것**이라는 생각을 갖게끔 (본의 아니게) 영향을 준다. 야구 경기로 비유
하자면 일종의 오프너 투수라고 보시면 된다.

조지 F. 배빗 작가의 전작인 '배빗'의 주인공. 작가가 설정한 가상의 '위네맥'
세계관을 공유하기 때문인지, 이 작품에 카메오로 출연하여 주인공과
식사를 같이 하는 대목을 연출한다.

폴 H. 드 크라이프 박사에게 나는 많은 도움을 받았다. 이 이야기에 나오는 세균학과 의학적인 소재들 대부분뿐 아니라 그 못지않게 이와 관련된 일화들을 만드는 데 있어서도 ... 등장인물들을 생생하게 묘사하는 것과 과학자로서의 그가 가진 철학으로 구성하는 데에 있어서도. 이 감사의 글과 함께 나는 이 책을 쓰는 데에 미국, 서인도 제도, 파나마, 런던, 그리고 퐁텐블로에서 우리가 같이 보낸 우정의 몇 달간을 기록해 놓고 싶다. 우리가 증기선을 타고 열대지방 항구들을 다니는 여정 속에서 나눈 이야기들, 실험실에서 보낸 오후 일정들, 밤에 식사를 했던 레스토랑들, 그리고 새벽에 앉아 있었던 갑판의 추억들이 다시 올 수 있다면 얼마나 좋을까.

싱클레어 루이스

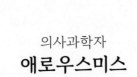

의사과학자
애로우스미스

上

1장

조상, 그리고 첫 교훈

Ⅰ

오하이오 황무지의 숲과 늪을 흔들흔들 가로지르며 마차를 몰고 가는 이는 누더기를 걸친 열네 살 여자아이였다. 여자아이의 가족들은 엄마를 머논 가힐라 강 근처에 묻었다. 이 아름다운 이름의 강 가에서 그 여자아이 혼자 부스러진 흙을 무덤 위에 쌓았다. 아빠는 열병으로 마차 바닥에 웅크리며 누워 있었고, 여자아이의 형제 자매들… 더러운 녀석들, 누더기로 너덜너덜한 녀석들, 그냥 신난 녀석들은 그의 주위에서 뛰어 놀았다.

풀이 우거진 갈림길에서 여자아이는 멈춰 섰다. 앓던 아빠가 떨리는 목소리로 말했다. "에미, 신시내티로 내려가는 게 좋을 거야. 에드 삼촌을 찾을 수 있다면, 아마 우리를 받아줄텐데."

"아무도 우릴 안 받아줄 거야." 여자아이는 이어서 말했다. "우린 갈 수 있는 한 계속 가야 해. 서부로 가야 해! 그 곳엔 내가 보고 싶은 새로운 것들이 많이 있어!"

Arrowsmith

의사과학자 애로우스미스

여자아이는 저녁 밥을 지어 식구들을 먹이고, 동생들을 재우고 나서, 홀로 불가에 앉았다.

그녀가 바로 마틴 애로우스미스의 증조 할머니였다.

❧ II ❧

한 소년이 닥터 비커슨의 진료실에서 진찰 의자에 다리를 꼬고 앉아 "그레이 해부학" 교과서를 읽고 있었다. 그의 이름은 위네맥(Winnemac)[1] 주 엘크 밀스에 사는 마틴 애로우스미스였다.

1897년 현재, 사과 냄새가 나는 초라한 붉은 벽돌 마을인 엘크 밀스에서는, 닥터 비커슨이 소규모 수술, 가끔씩 하는 발치, 그리고 낮잠을 자는데 자주 사용하는 갈색 가죽의 높이가 조절되는 의자를 두고, 이것이 원래는 이발소 의자였을 거라 의심하는 이들이 많았다. 또한 그 의자의 소유자는 한때 닥터 비커슨이라고 불렸지만, 수년 동안 그저 닥으로 불렸고, 의자보다 더 지저분하고 통제가 안 되는 사람이라고 다들 믿고 있었다.

마틴은 '뉴욕 의류 바자'를 운영하는 J. J. 애로우스미스의 아들이었다. 그는 순전히 뻔뻔함과 고집을 앞세워 14세에 닥의 비공식 무급 조수로 일하게 되었는데, 닥이 시골에 왕진 가 있는 동안 그는 그 진료소를 맡았다, 비록 그가 책임을 져야 할 것이 무엇인지 아무도 알 수 없었지만. 그는 키가 크지 않은 마른 체형의 소년이었다; 그의 머리카락과 안절부절 못하는 눈동자는 검은색이었고, 피부는 비정상적으로 흰색이라, 그러한 명암 대비로 인해 열정적이고 변덕스러운 분위기를 띠었다. 각진 두상에 어깨도 적당히 넓어서, 계

---

1 위네맥 주는 현실에서 존재하지 않는 주이다. 작가 싱클레어 루이스는 가상의 주인 위네맥 주를 설정하여 그의 여러 작품에서 상시 등장하는 가상의 장소로서의 역할을 하고 있다.

집애 같아 보인다거나, 예술 하는 녀석들의 소위 예민함이라고 칭하는 까다롭고 소심한 모습도 전혀 아니었다. 그가 고개를 들어 남의 말을 듣기 시작하면, 오른쪽 눈썹이 왼쪽 눈썹보다 약간 더 높게 올라가고 부르르 거리는데, 이는 그가 힘이 넘치며, 독립심 강하고, 호전적이라고 암시 하는 특유의 표정이었다. 이런 식의 표정은 교사들과 주일학교 감독관들을 짜증나게 하는 무례한 질문을 할 때 나왔다.

마틴은 슬라브계 이탈리아인들이 이민 오기 이전의 엘크 밀스 주민들 대부분과 마찬가지로 순수한 앵글로색슨계 미국인이었는데, 이게 의미하는 것은 그가 독일, 프랑스, 스코틀랜드, 아일랜드, 아마도 약간의 스페인계 "유대인"으로서 뭉뚱그려진 혈통이 약간 조합된 데다가 상당한 비중의 영국계라는 것이었고, 이것은 또한 원시 브리튼, 켈트, 페니키아, 로마, 독일, 덴마크, 스웨덴 계의 조합이었다.

마틴이 닥 비커슨과 지내게 된 동기가, 개과천선하여 '명의'가 되겠다는 의욕이었던 것이었는지는 확실하지 않다. 그는 자기 패거리들이 돌에 맞아 멍이 들면 붕대를 감아주고, 다람쥐를 해부하고, 생리학의 이면에 나오는 놀랍고 비밀스러운 것들을 설명함으로써 그들이 우러러 보게끔 한 건 사실이지만, 시가 한 개피를 거뜬히 다 피우고도 아무 탈이 없는 성공회 목사의 아들 녀석 만큼 존중 받고 싶다는 강렬한 욕망 또한 저버릴 수가 없었다. 하지만 오늘 오후 그는 림프계에 대한 단원을 꾸준히 읽고 있었고, 길고도 완전히 이해할 수 없는 단어들을 웅얼대며 낭독해서, 먼지 가득한 방을 더 나른하게 만들었다.

그 곳은 닥 비커슨이 사용했던 세 개의 방 중 가운데 방으로, '뉴욕 의류 바자' 위로 메인 스트리트가 보이는 곳이었다. 한쪽은 더러운 대기실이었고, 다른 쪽에는 닥의 침실이 있었다. 그는 늙은 홀아비였기 때문에, 그가 "아낙네

의사과학자 애로우스미스

들 물건"이라고 부르는 것에는 관심이 없었다. 그리고 침실은 뒤뚝대는 책상과 너저분한 담요가 있는 침대만 있었고, 마틴만이 아주 가끔씩 내킬 때마다 청소를 했다.

이 가운데 방은 진료 업무실, 상담실, 수술 참관실, 거실, 포커방, 총과 낚시 도구 창고를 겸하고 있기도 했다. 갈색 석고 벽에는 동물학 책 모음과 의학 계통의 수집품들이 전시된 보관장이 있었고, 그 옆에는 엘크 밀스의 소년들 세계에서 가장 무서운 동시에 매혹적인 물건으로 알려진, 금니 하나가 기다랗게 나 있는 해골이 있었다. 닥이 외출한 저녁에 마틴은 겁이 나서 떨고 있는 패거리들에게 선망의 대상이 되겠다는 의도로 새까만 어둠 속에 그들을 데리고 들어가 해골의 턱에 황으로 된 성냥을 그어서 불을 붙였었다.

벽에는 집에서 손수 속을 꽉 채워 만든 강꼬치고기 표본이 광택 칠한 보드에 걸려 있었다. 녹슨 난로 옆에는 톱밥 상자 타구가 다 헤져서 실밥들이 보이는 기름 천 위에 놓여 있었다. 노인네 책상에는 닥이 "지금 당장 그 놈들한테서 빚을 받아낼 거야"라고 항상 맹세하지만, 결코, 어떠한 경우에도, 그중 누구에게도 받아내지 못할 청구서 더미가 있었다. 1년이나 2년이건, 10년이나 20년이건, 100년이나 200년이건 모두 벌꿀이 윙윙거리는 마을에서 꾸준히 일하는 의사에게는 다 똑같았다.

주철 싱크대는 가장 비위생적인 구석이었는데, 이 싱크대는 기구를 소독하는 원래의 주 목적보다는 계란이 묻은 아침 식사 접시를 씻는 데 더 자주 사용되었다. 그 선반에는 깨진 시험관, 부러진 낚시 바늘, 라벨이 없는 잊혀진 약병, 못이 박힌 구두 뒷굽, 너덜너덜한 시가 꽁초, 감자에 꽂힌 녹슨 외과용 칼이 놓여 있었다.

닥 비커슨의 영혼과 상징은 방의 거칠고 너저분한 모습이었다. 그것은 뉴욕 의류 바자 가게에서 볼 수 있는 평범한 신발 상자 더미보다 더 흥미로웠고, 마틴 애로우스미스에게는 질문과 모험을 하게끔 하는 유혹이었다.

〜※〜 III 〜※〜

소년은 고개를 들었고, 호기심 가득한 눈썹을 치켜 올렸다. 계단에서 닥 비커슨의 무거운 발걸음이 들렸다. 닥이 술에 취하지 않았어! 마틴은 그를 침대에 눕히는 수고를 하지 않아도 될 것이다.

하지만 닥이 먼저 그의 침실로 이어지는 복도로 내려가 술을 마시는 것은 나쁜 징조였다. 소년은 집중해서 귀를 기울였다. 그는 닥이 세면대의 하단을 열고 그곳에 보관하던 자메이카 럼주 병을 꺼내는 소리를 들었다. 길게 꿀꺽거리며 마시는 소리가 난 후, 시야에서 보이지 않는 닥은 병을 다시 넣고 단호하게 발로 문을 뻥 차서 닫았다. 아직 괜찮다. 한 잔만 마셨다. 만약 그가 바로 상담실로 들어오면 안전할 것이다. 하지만 그는 아직 침실에 서 있었다. 세면대 문이 다시 재빨리 열리자 마틴은 한숨을 쉬었으며, 동시에 그는 또 다른 벌컥거리는 소리와 세 번째 벌컥거리는 소리를 들었다.

진료실로 들어서자 닥의 걸음은 훨씬 더 생기 넘쳤다. 그는 회색 수염을 기른 거대한 덩치의 남자였는데, 구름이 잠시 인간의 모습을 취하는 것인 양 거대하고 비현실적이고 모호한 형체였다. (술을 또 마셨다는) 죄책감에 대해 따지기를 피하고 싶어서 오히려 적반하장격으로 활발하게 책상 의자를 향해 뒤뚱대고 걸어 오면서 웅얼거렸다. "여기서 뭐해, 젊은이? 여기서 뭐해? 문을 잠그지 않으면 고양이가 무언가를 질질 끌고 들어오곤 한단 말이여." 그는 침을 약간 꿀꺽 삼켰다. 그는 자신이 유머스럽게 말했다는 걸 보여주기 위해 미소를 지었… 사람들은 닥의 유머 코드를 잘 이해하지 못하곤 했으니까.

그는 더 진지하게 말했지만, 자신이 무슨 말을 하는지 종종 잊어버리고는

의사과학자 애로우스미스

했다.

"케케묵은 그레이 해부학 책을 읽고 있었어? 그렇지. 의사의 서가에는 딱 세 종류 책이 있어야지. '그레이 해부학'과 성경 그리고 셰익스피어지. 공부해. 넌 위대한 의사가 될 수 있어. 제니스[2]에서 자리를 잡고 연간 오천 달러를 벌 수 있다고. 미국 상원 의원이 버는 만큼이나 말이지. 목표를 높게 세워. 할 일을 미루지 마. 의학 수련을 받으라고. 의학 전문 대학원으로 진학하기 전에 대학 학부에 들어가. 공부해. 화학. 라틴어. 지식! 나는 술주정뱅이 의사야, 아이도 없고, 아무도 없는 늙은 주정뱅이. 하지만 자네는 리더가 되는 의사가 돼야지. 연간 오천 달러를 버는.

머레이 부인이 심내막염에 걸렸거든. 내가 그녀에게 해 줄 수 있는 건 아무 것도 없어. 그저 누군가 그녀의 손을 잡아주면 좋겠어. 왕진 가는 길은 빌어먹게도 완전 망가졌어. 하수도 배수로가 무너져서 수풀 길 너머까지 엉망이 됐거든. 빌어먹을."

"심내막염과…."

"의학 공부를 해, 그게 바로 네가 갖춰야 할 것이야. 기본 과학 지식들. 화학, 생물학을 숙지해. 난 그걸 몰랐어. 존스 목사 부인은 자기가 위궤양이 있다고 생각해. 수술을 받으려고 도시로 가고 싶어하지. 궤양, 빌어먹을! 그녀와 목사 둘 다 너무 많이 먹어. 왜 그 배수로를 수리하지 않는 거야? 그리고 나같은 술고래가 되지 마. **그리고 기초 자연 과학을 공부해.** 내가 가르쳐 줄게."

비록 마을의 평범한 소년이었고 고양이에게 돌이나 던지고, 술래 쫓기 놀이를 하곤 했지만, 닥이 공부의 자부심, 생물학의 보편성, 화학이 득의양양하

---

2 제니스: Zenith: 작가가 만든 가상의 주인 위네맥 주의 가장 큰 도시다. 작가에게 노벨상을 안겨준 대표작 '배빗'의 주 무대이기도 하다.

게 거둔 정확성이라는 시각을 전달하려고 애를 쓰는 바람에 소년은 보물 사냥에 매혹된 듯한 그 무엇인가를 내면에 얻게 되었다. 닥은 뚱뚱하고 더럽고 비도덕적인 사람이었다. 그가 말하는 것은 문법이 의심스럽고, 어휘는 기가 찰 정도이며, 그의 라이벌인 훌륭한 의사 니덤에 대한 언급은 험담 수준이었다. 그럼에도 불구하고 그는 화학물질들을 많은 소음과 악취를 동반하며 폭발시키는 장면과, 엘크 밀즈의 어떤 소년들도 본 적이 없는 미생물들을 보는 상상력을 마틴의 내면에서 불러일으켰다.

의사의 목소리가 탁해지고 있었다. 그는 의자에 깊숙이 몸을 묻고 흐릿한 눈에다 입은 헤벌어져 있었다. 마틴은 그에게 침대로 가자고 간청했지만, 의사는 계속 입을 놀렸다.

"나 잘 필요 없어. 싫어. 이제 들어봐. 너는 날 이해 못하지만… 난 이제 늙은이야. 내 모든 지식을 너에게 물려줄게. 내가 모아온 걸 보여줄게. 이 깡시골에서 제일 잘 만들어진 박물관이야. 나는야 과학의 개척자."

마틴은 칠해 놓은 니스가 갈라져 바삭바삭한 갈색의 책장에 놓여있는 표본들을 골백번도 더 보아 왔었다. 풍뎅이들과 석영 조각들, 두 머리를 가진 송아지 태아, 의사가 모든 방문객들에게 열정적으로 이름을 밝힌 존경 받는 여성의 담낭 결석 등이었다. 의사는 책장 앞에 서서 엄청 굵지만 떨리는 손가락을 까딱거리고 있었다.

"저 나비를 봐. 이름은 포르테시아 크리소로에(Porthesia chrysorrhœa)[3]야. 니덤 녀석은 그 이름을 네게 말해줄 수 없지! 그는 나비들마다 제각기 어떤 다른 이름으로 불리는지 몰라! 그는 네가 의학 수련을 받는지 마는지 전혀 관심 없어. 지금 이 나비 명칭 외웠냐?" 그는 마틴을 돌아보았다. "너 듣고는 있

---

3 *Porthesia chrysorrhœa*는 닥 비커슨에게는 안됐지만, 안타깝게도 나비가 아니고 사실은 나방이다. 그것도 독나방. 오늘날 명칭도 *Euproctis chrysorrhœa*로 바뀌었다.

의사과학자 애로우스미스

는 거냐? 관심이 있어? 응? 오, 제길! 아무도 내 박물관에 대해 알고 싶어하지 않아… 단 한 놈도. 이 마을에서 유일한 박물관이지만… 난 늙어빠진 실패자야."

마틴은 힘주어 말했다. "진짜 멋져요!"

"봐봐! 보여? 병에 있는 거? 충수돌기야. 여기서 처음으로 떼어낸 거. 내가 한 거야! 늙은 닥터 비커슨이 이 깡촌에서 처음으로 충수 절제 수술을 했지, 그럼! 그리고 첫 번째 박물관이 시작됐지. 그리 크진 않지만 그래도 시작이잖아. 니덤 녀석처럼 돈을 많이 모아 두진 않았지만, 그래도 첫 번째 수집은 내가 시작했어… 내가 시작했다고!"

그는 신음하며 의자에 털썩 주저앉았다. "네가 맞아. 자야 해. 완전히 지쳤어." 하지만 마틴이 그를 일으켜 세우려 하자 그는 이를 떨치고 일어나 책상 위에서 뒤적거리더니 자신 없어 하는 표정으로 뒤를 돌아보았다. "너에게 무언가 주고 싶어… **의학 공부를 시작해.** 그리고 이 늙은이도 기억해줘. 누가 이런 늙은이를 기억할까?"

그는 수년간 식물 채집과 연구용으로 쓰던 그가 애지중지하는 돋보기를 내밀었다. 그는 마틴이 돋보기를 주머니에 넣는 것을 지켜보며 한숨을 쉬고, 뭔가 더 얘기를 할까 말까 갈등하다가, 조용히 침실로 느릿느릿 걸어 들어갔다.

2장

의대생 마틴 애로우스미스

Cʘʘʘʘ **I** ʘʘʘʘ

위네맥주는 미시간주, 오하이오주, 일리노이주, 인디애나주와 경계를 이루고 있으며, 이들처럼 동부와 중서부의 절반을 차지하고 있다.

벽돌과 단풍 나무가 우거진 마을, 안정적인 산업, 그리고 독립 전쟁까지 거슬러 올라가는 전통이 있다는 점에서 뉴잉글랜드 풍을 띠고 있다. 주에서 가장 큰 도시인 제니스는 1792년에 건립되었다. 그러나 위네맥은 옥수수와 밀밭, 붉은 헛간과 사일로로 상징되는 중서부 지역이었기에, 제니스가 그리도 오래된 도시였음에도 불구하고, 나머지 많은 카운티들은 1860년이 될 때까지 자리를 잡지 못했다.

위네맥 대학은 제니스에서 15마일 떨어진 모할리스에 있다. 1만 2천 명의 학생이 재학 중이며, 모할리스의 옥스포드라 할 이 영재 대학 옆에는 작은 신학대학이 있고, 젊은 명문가 자제들이 엄선되어 다니는 하바드로 비유될 단과대학이 있다. 유리 천장이 있는 돔 야구장이 있고, 건물들은 마일로 측정될 정도로 크다. 수백 명의 젊은 박사 학위 소지자들을 고용하여 산스크리트어,

항해술, 회계학, 안경 교정, 위생공학, 프로방스식 시문학, 관세율 표, 루타바가[1] 재배, 자동차 설계, 보로네슈[2]의 역사, 매슈 아놀드[3]의 문체, 운동마비성 근비대증 진단, 백화점 광고 등을 속성으로 가르치고 있다. 이 대학의 총장은 미국에서 제일 가는 모금 활동가로, 모금 만찬 끝 순서에 하는 연설을 가장 능숙하게 잘 한다. 위네맥 대학은 세계 최초로 라디오 홍보를 통해 이 대학의 증축 과정을 진행하였다.

이 대학은 한가로운 허튼소리나 하고 앉아 있는 허세 가득한 부자들이 다니는 대학이 아니다. 이 대학은 위네맥 주 주민들의 대학이며, 그들이 원하는 것, 또는 그들이 원한다고 일컬어지는 도덕적인 삶을 영위하고, 브릿지 게임을 하고, 좋은 차를 몰고, 사업에 진취적이며, 가끔 교양서를 언급하는 남녀들을 배출하는 공장인 셈이다. 이 대학은 포드 자동차 공장과 같아서, 약간 분주히 덜컹 거리며 제조가 이루어지고, 완벽한 호환성 부품들을 갖추면서 훌륭하게 표준화되어 있다. 위네맥 대학은 매시간 실적과 영향력 면에서 성장하고 있으며, 1950년경이 되면 완전히 새로운 세계와 더 크고 더욱 활기에 넘치고 더 완전 무결한 문명화를 달성할 것으로 기대된다.

❧ II ❧

마틴 애로우스미스가 의대를 준비하는 대학에 다니던 1904년 당시의 위네맥은 재학생이 불과 5천명이었지만 이미 활기가 넘치고 있었다.

마틴은 21살이었다. 매끈한 검은 색깔의 머리와 대조적으로 그는 여전히

---

1 스웨덴식 농법.
2 러시아 남서부 외곽의 도시.
3 19세기 영국의 시인이자 평론가. '교양과 무질서'가 대표작.

창백해 보였지만, 선망의 대상인 육상 선수이자, 꽤 괜찮은 센터인 농구 선수였으며, 맹렬한 하키 선수였다. 여학생들은 그가 "매우 낭만적이야"라고 속닥거렸지만, 당시는 자유분방하게 섹스를 하거나 키스나 포옹을 하는 만남들이 횡행하기 전 시대였기에, 그에게 접근하지 못하고 그에 대해 그냥 소곤대기만 할 뿐이어서, 그는 자신이 연애 대장이 될 수도 있었다는 걸 몰랐다. 그는 꽤 완고한 것 치고는 수줍음이 많았다. 그는 애무에 대해 완전히 무지했던 것은 아니지만, 이성과 만나며 애무하는 건 별로 하지 않았다. 그는 지저분한 옥수수 솟대 파이프로 담배를 피우고 더러운 스웨터를 입는 걸 남자답다고 자부를 하는 사내 녀석들과 주로 어울렸다.

대학은 그의 생활의 전부가 되어 있었다. 그에게 있어서 엘크 밀스는 존재하지 않았다. 의사 비커슨은 죽어서 땅에 묻혀 잊혀졌다. 마틴의 아버지와 어머니는 돌아가셨고, 그의 의예과 과정을 이수할 만큼의 돈만 남겨주었다. 그의 대학생활 목표는 화학과 물리학을 마스터하는 것이었고 다음 해에는 생물학을 할 생각이었다.

화학과를 이끄는 에드워드 에드워즈(Edward Edwards) 교수는 그의 우상이었고, 모두가 그를 "앙코르"라고 불렀다. 화학의 역사에 대한 에드워즈의 지식은 대단했다. 그는 아랍어를 읽을 줄 알았고, 아랍인들이 화학 분야의 모든 연구를 이미 다 예상하고 있었다고 주장하여 동료 화학자들을 격분시켰다. 에드워즈 교수 자신은 결코 연구를 하지 않았다. 그는 난로 앞에 앉아 그의 콜리 반려견을 쓰다듬으며 턱수염 속에 빙그레 미소를 보였다.

어느 날 저녁 앙코르는 평소 인기를 얻던 조촐한 자택 파티를 열고 있었다. 그는 갈색 코듀로이 모리스 의자에 앉아, 마틴을 비롯해 그를 열광적으로 따르는 젊은 화학자 6명에게 나직하고 유머러스하게 말을 하고 있었고, 당시 대학의 영어 강사였던 노먼 브럼핏 박사를 슬그머니 부추겼다. 방 안은 넘치는 활기와 맥주, 그리고 미끼를 문 브럼핏이 흥분해 떠드는 소리로 가득 차 있었다.

어떤 대학에서건, 꽉 들어찬 강의실에 충격을 주고 스릴을 선사하기 위해서는 교수진들 중에 과격파가 한 명 정도는 있어야 한다. 위네맥처럼 정말 점잖은 기관에도 과격파가 한 명 있었는데, 그가 노먼 브럼핏이었다. 그가 청교도적 장로교 신자이며 공화주의자라는 것은 누구나 다 알고 있기에, 자신이 비도덕적이고 불가지론자이며 사회주의자라고 말하고 다녀도 아무런 제지를 받지 않았다. 브럼핏 박사는 이날 밤 컨디션이 좋았다. 그는 어떤 이가 천재성을 보인다면 그 사람은 분명 유대인의 혈통을 가졌을 거라는 걸 증명할 수 있다고 주장했다. 위네맥에서 유대인에 대해 얘기를 할 때마다 늘 그랬듯이, 이런 발언으로 인해 의대 세균학 교수 막스 고틀립이 화제에 오르게 되었다.

고틀립 교수는 이 대학의 미스터리였다. 그는 유대인으로 독일에서 태어나 교육을 받았으며, 면역학에 대한 연구로 동양과 유럽에서 명성을 얻었다고 알려졌다. 그는 실험실로 출근할 때를 제외하고는 작고 갈색 잡초가 무성한 자기 집을 거의 떠나지 않았으며, 그가 담당하던 과 이외의 학생들 중에서 그를 본 사람은 거의 없었지만, 그가 야윈 장신에 어두운 분위기의 냉담한 인상이라는 건 누구나 들어본 적이 있었다. 그에 대해서는 수천 가지의 설들이 난무했다. 그는 독일 왕자의 아들이며, 그래서 엄청난 자산가였고, 인체를 갖고 행하는 무시무시하고 값 비싼 실험을 하고 있었기 때문에 다른 교수들처럼 눈에 잘 띄지 않고 살았다고들 믿었다. 그는 실험실에서 생명체를 창조할 수 있었고, 자신이 약물을 접종한 원숭이들과 이야기할 수 있었으며, 악마 숭배자나 무정부주의자라는 죄목으로 독일에서 추방당했고, 매일 저녁 식사 때

몰래 진짜 샴페인을 마셨다고들 말했다.[4]

교수진은 학생들과 동료에 대해 이야기를 나누지 않는 것이 전통이었지만, 막스 고틀립은 누구의 동료라고 여겨질 수가 없는게, 그는 차가운 북동풍처럼 인간미가 없었다. 브럼핏 박사는 다음과 같이 떠벌였다:

"과학 분야에서 주장하는 것에 대해 저는 충분히 너그럽게 받아들인다고 생각해요. 그리고, 고틀립 같은 사람은 물리적 작용력에 대해 모든 것을 알고 있다고 저는 기꺼이 믿고 싶지만, 그런 사람이 그 외 다른 모든 것을 창조하는 생명력에 대해 전혀 모를 수 있다는 사실은 저를 놀라게 합니다. 정량적 수치로 증명되지 않는 한 지식은 가치가 없다고 그는 말해요. 자, 여러분 같이 뭐든 물어뜯을 과학도들 중 한 명이 벤 존슨(Ben Jonson)의 천재성을 갖추고[5], 자기 잣대를 사용해서 지식을 정량적으로 측정할 수 있다면, 저는 인정하겠습니다: 아름다움과 충성심 그리고 꿈의 세계에 대해 의심할 여지 없이 터무니 없는 믿음을 가진 우리 문인들은 잘못된 길로 가고 있다는 것을!"

마틴 애로우스미스는 이 말이 무슨 뜻인지 정확히 알지도 못했고, 열성적인 관심도 주지 않았다. 그는 에드워즈 교수가 수염이 덥수룩하고 연기가 자욱한 가운데서 "오, 제길 적당히 하게!" 하며 브럼핏이 더 말하는 걸 저지하자 속이 후련해졌다. 평상시였다면 앙코르는 고틀립이 자신의 이론을 새로 만드는 대신 다른 사람들의 이론을 파괴하는 데 시간을 낭비하는 "장의사"라고, 점잖게 비난하는 의도로 말했을 것이다. 하지만 오늘 밤, 그는 브럼핏과 같은 문과 계열의 한량들을 혐오하면서, 고틀립이 항독소를 합성하는 데 들

---

4   샴페인은 17세기에 처음 만들어졌는데, 발효로 인해 만들어지는 기포가 종종 병을 깨뜨리고는 했기 때문에 초창기엔 '악마의 술'이라 불리며 기피 대상이었다.

5   벤 존슨: 영국의 시인, 비평가 겸 극작가로 동시대의 셰익스피어와 대등히 맞섰던 뛰어난 재능을 과시하였다. 이 발언은 문학적 자질을 가진 사람이 문과 지식을 정량적으로 측정할 능력도 가능하다면 내가 인정하겠다, 즉 문과 계통의 지식이란 이과처럼 정량 측정될 성질의 것이 아니라는 의도로 말한 것이다.

인 지루하고도 외롭고 시행착오로 가득한 노력과, 앙코르 자신의 주장을 반박하는 데서 그가 느끼는 악마적인 쾌감을 높게 평가했다. 마치 그가 에를리히(Ehrlich)나 알름로스 라이트 경(Sir Almroth Wright)의 주장을 반박할 때 그랬던 것처럼.[6]

그는 고틀립의 위대한 저서 '면역학'에 대해 이야기했는데, 전 세계에서 그 책에 적혀진 것을 이해할 능력이 있는 사람들 9명 중에 7명만이 읽었다고 했다.

파티는 에드워즈 부인의 맛있기로 소문난 도넛을 먹으며 끝났다. 마틴은 희끄무레한 봄날의 밤 길을 걸으며 하숙집으로 돌아가고 있었다. 고틀립에 대한 이야기에 그는 이유 모를 흥분에 빠졌다. 그는 밤에 혼자 연구실에서 몰두하며 일을 하고, 학문적인 성공과 대중적인 수업을 경멸하는 고틀립의 모습을 상상 했다. 그 자신은 그를 본 적이 없다고 생각했었지만, 고틀립의 연구실이 의대 본관 건물에 있다는 건 알고 있었다. 그는 행선지를 멀리 떨어진 의대 캠퍼스 쪽으로 바꾸어 걸어갔다. 가는 도중 그가 만난 몇 명의 사람들은 한밤중이라 그런지 위축된 모습을 보이며 분주히 움직이고 있었다. 그는 해부학과 건물의 어슴푸레한 내부로 들어갔다. 그 곳은 막사처럼 음침했고, 해부실에 누워 있는 시신들처럼 조용했다. 그의 너머에는 거칠고 흐릿한 덩치로 탑처럼 솟아 있는 의대 본관 건물이 있었고, 그 어두운 벽 꼭대기 한 군데에 불이 들어와 있었다. 바로 그가 일을 시작했었던 것이다. 그 불은 갑자기 꺼졌다. 마치 그 불을 보고 불안감이 든 감시자 하나가 이를 숨기려는 듯이.

2분 후, 의대 본관 아크등 아래 돌계단에 금욕적이고 독립적이며 무심한 인상을 가진 장신의 남자가 나타났다. 거무스름한 뺨은 수척했고, 코는 오똑

---

6 에를리히는 독일의 세균 및 면역학자로 최초의 항생제 Salvarsan 606, 일명 '마법의 탄환'을 발명했고, '화학 요법'이란 용어의 창시자이기도 하다. 알름로스 라이트 경은 19세기 말부터 20세기 초에 활약한 영국의 세균 및 면역학자로, 장티푸스 치료 방안 개발과 더불어 누구보다 일찍 항생제 내성 세균의 발흥을 예견하였다.

하니 가늘었다. 그는 귀가 시간이 늦어 서두르는 가정에 충실한 사람들처럼 굴지 않았다. 그는 세상에 대해 의식하지 않았다. 그는 마틴을 바라보았다가 그를 지나쳐서 멀어져 갔다. 그는 뭔가를 중얼거리며 어깨는 움츠린 채 두 손은 뒷짐을 지고 있었다. 그는 어둠 속으로 사라졌고, 그 자신도 그 어둠에 그림자로 합류했다. 그는 실제로는 가난한 교수답게 헤어져 올이 다 드러난 윗옷을 입었지만, 마틴은 거만하게 가슴에 은빛 별을 달고 검은 고급 벨벳 망토로 몸을 감쌌던 모습으로 그를 기억했다.

৩ III ৩

의과대학에 입학한 첫날, 마틴 애로우스미스는 매우 뛰어난 학생이었다. 의대생으로서 그는 다른 학생들보다 더 유별나게 눈에 띄는 존재였다. 왜냐하면 흔히 의대생들이라고 하면 비밀과 공포, 그리고 쾌활한 짓궂음으로 정평이 나 있기 때문이다. 다른 학과를 졸업하고 온 학생들은 자기들 방으로 가서 자기 책들을 정독 한다. 하지만 그는 기초과학 교육을 받은 학사 졸업생으로서, 동료 의대생들에게 우월함을 느꼈다. 그들 대부분은 고등학교 졸업장만 가지고 있었고, 아마도 옥수수밭에 세워진 교실 10개짜리 루터교 대학에서 1년 정도 있었을 것이다.

그렇게 자부심이 넘쳤지만, 마틴은 불안했다. 그는 수술을 할 때, 환자의 생명을 앗을 수 있을 정도로 절개를 잘못 하는 상상을 했다. 그리고 더욱 실감나는 무시무시한 공포감으로, 해부실과 더불어 돌과 강철로 지어진 해부학 건물을 생각했다. 그는 의대 선배들이 해부학과 관련된 괴담에 대해 수근 대는 것을 들었었다: 어두운 지하실에 있는 혐오스러운 소금물 탱크 안에 절여진 시신들이 흉측한 과일들처럼 일렬로 갈고리에 매달려 있다던가, 수위인

의사과학자 애로우스미스

헨리가 시신들을 소금물 속에서 끌어내어, 정맥에 붉은 납을 주입하고, 식품 운반용 승강기에 쑤셔 넣으면서 함부로 다룬다던가 하는 것이었다.

가을이 되자, 대초원의 상쾌함이 감돌았지만 마틴은 관심이 없었다. 그는 서둘러 슬레이트 색상의 의대 본관 홀로 들어가 막스 고틀립의 연구실로 향하는 넓은 계단을 올라 갔다. 그는 지나가는 학생들을 쳐다보지 않았고, 학생들과 부딪히면 당황하여 사과를 하며 투덜거렸다. 올라가는 짧은 시간 동안 그는 거들먹거렸다. 나는 세균학을 전공하여 매혹적인 새로운 세균들을 발견할 것이며, 고틀립 교수는 아마도 날 천재로 인정하고, 조교로 기용할 것이야. 그는 고틀립의 개인 실험실, 작고 정돈된 아파트로, 벤치 위에 솜으로 구멍을 막은 시험관 선반들이 놓여 있고, 다루기 까다로운 온도계와 전구들이 장치된 항온 욕조가 놓인, 인상적이지 않고 별로 화려하지 않은 그 실험실 앞에 섰다. 그는 연구실 내 작은 방의 책상에 서서 또 다른 학생, 말을 더듬는 얼빠진 학생이 고틀립 교수와 나누던 이야기가 끝날 때까지 조바심 내며 기다렸다가, 이야기가 끝나자 곧장 달려들어갔다.

안개가 자욱한 4월의 밤이라면 고틀립이 망토를 두른 기수처럼 낭만적으로 보였겠지만, 지금 보이는 그는 짜증을 잘 내는 중년 남성이었다. 마틴은 가까이에서 보니 매 같은 그의 눈가 주름들을 볼 수 있었다. 고틀립은 자신의 책상으로 돌아갔는데, 책상 위에는 낡은 공책들과 계산 시트들, 빨간색과 초록색 곡선들이 영점을 향해 강하하고 있는 놀라울 정도로 정확한 차트가 쌓여 있었다. 계산은 섬세하고 미세 했으며, 아주 명료했다; 그리고 그 서류들 속에서 보이는 그 과학자의 가느다란 손이야 말로 섬세한 것이었다. 그는 고개를 들어 살짝 독일어 억양으로 말했다. 그의 말투는 틀린 발음이라기 보다는 따뜻하되 익숙치 못한 느낌이었다.

"뵐이라고 했나? 맞지?"

"아, 고틀립 교수님, 제 이름은 애로우스미스입니다. 저는 위네맥 대학 학사 출신의 의과대학 신입생입니다, 저는 내년 말고 이번 가을에 세균학을 꼭 수강하고 싶습니다. 전 화학을 정말 많이 공부했습니다."

"아니. 이번은 그대가 수강할 학기가 아니네."

"솔직히 지금 수강할 수 있다는 것을 전 압니다."

"신들이 내게 주는 학생은 두 종류라네. 한 종류는 마치 다량의 감자처럼 내게 쏟아지지. 난 감자를 좋아하지 않아. 그리고 그 감자들 말인데, 그 녀석들은 내게 그리 큰 애착이 없는 것으로 보이지만 어쨌든 그 녀석들을 받아 주어서 나중에 환자를 죽이는 방법을 가르치지. 나머지 다른 종류는 - 매우 드물다네! - 그 녀석들은 나로서는 어떤 이유인지 뚜렷이 모르겠지만 약간은 과학자가 되어서 세균을 다루고 시행착오도 하고 그런 걸 원하는 것 같네. 그들, 아, 그들을 붙잡고, 야단치고, 즉시 그들에게 과학의 궁극적인 교훈을 가르친다네, 그 교훈이란 기다리고 의심하라는 것일세. 감자들에게 난 아무 것도 요구하지 않는다네. 멍청한 녀석들 중에서 자네같이 그래도 좀 가르칠 게 있겠다는 생각이 드는 친구에겐 모든 걸 요구하지. 하여튼 아니네. 자네는 너무 어려. 내년에 다시 와."

"하지만 솔직히, 제 화학 실력으로…."

"물리화학을 수강했나?"

"아뇨, 교수님. 하지만 전 유기화학을 꽤 잘 했습니다."

"유기화학! 퍼즐 화학! 그 악취 나는 화학! 약품 창고 화학! 물리화학은 힘이고, 정확하고, 생명이라네. 하지만 유기화학은… 냄비 닦는 이들에게나 적합한 분야지. 아닐세. 자넨 너무 어리다니까. 일년 지나서 다시 오게나."

고틀립은 단호했다. 맹금류 같은 손톱이 달린 그의 손가락은 마틴에게 나가라고 흔들어 댔고, 그는 감히 더 반박하지 못하고 서둘러 나갔다. 그는 비참함에 잠겼다. 캠퍼스에서 그는 유쾌한 화학 역사가인 앙코르 에드워즈를 만나, "말씀해 주세요, 교수님, 제게 말씀해 주세요. 유기화학에 의사가 되는 데 가치 있는 것이 하나라도 있긴 하나요?"라고 간절히 물었다.[7]

"가치라고 했나? 왜 그러는데? 화학의 가치란 고통을 완화시켜주는 약을 찾는 것일세! 자네가 사는 집을 매끄럽게 해주는 페인트를 만들어내고, 자네가 사랑하는 여인의 드레스를 염색해주고, 어쩌면 요즘처럼 퇴폐적인 시대에는, 그녀의 입술을 앵두같이 만들어 주지! 도대체 누가 내 유기화학에 대해 험담을 하고 있었단 말인가?"

마틴은 "그런 사람 없었구요, 그냥 제가 궁금했어요"라고 말했고, 곧장 학사 주점으로 가서 상처 받은 우울한 모습으로 거대한 바나나 조각과 아몬드 초콜릿 바를 먹어 치우며 말없이 조용하게 생각했다:

"나는 세균학을 하고 싶어. 감염병의 진상을 파헤치고 싶어. 나는 물리 화학을 좀 배울 거야. 늙은 고틀립에게 보여줄 거야, 빌어먹을 꼰대! 언젠가 내가 암을 일으키는 원인 병원체나 그 비스 무리한 걸 발견하게 되면, 그의 표정이 가관일 거야…! 오, 주여, 내가 해부 실습실에 처음 들어가서 구토하지 않기를… 나는 세균학을 하고 싶다고… 지금 당장!"

그는 고틀립의 냉소를 띤 얼굴을 떠올렸고, 그는 자신의 용솟음치는 증오심을 느끼며 무서움을 느꼈다. 그리고 나서 그의 주름살들을 기억했고, 그는 막스 고틀립을 천재가 아니라 두통에 시달리고, 고통 속에 지쳐있고, 애정을

---

7 여기서 독자께서 오해하시면 안 되는게, 사실 유기화학은 의학 교육 과정에서 매우 중요하다. 예과 과정에서 유기화학을 배우면 본과에 가서 자연스럽게 생화학, 생리학으로 이어지고 약리학, 병리학까지 포괄하여 질병론의 기반을 닦게 된다. 이는 임상으로 가면 내과를 비롯한 거의 모든 과에서 기본적인 지식이 된다. 그럼에도 불구하고 왜 유기화학을 비하하는 내용이 나오냐 하면, 20세기 초 당시에는 화학이 지금만큼 발전하지는 못 했고, 물리학자, 특히 양자역학하는 이들은 생물학과 더불어 화학을 은연중에 열등한 학문으로 여기는 풍조가 있었다. 이는 왓슨과 크릭이 DNA를 발견하면서 특히 생화학 및 분자 생물학 분야가 비약적인 발전을 시작하기 전까지 지속되었다.

Arrowsmith

받을 수 있는 존재로 보았다.

그는 "앙코르 에드워즈는 내가 생각했던 만큼 그를 알고 있는지 궁금해. 진실은 무엇일까" 라며 혼란스러워 했다.

IV

마틴은 해부를 시작한 첫날부터 조마조마했다. 그는 바싹 쫄아버린 채로 나무 테이블 위에 누워 있는 회색 시체들의 비인간적으로 경직된 얼굴들을 쳐다볼 수가 없었다. 하지만 이 노인들은 너무나 인간 같지 않았고, 연고지 없는 노인들이었기에, 이틀 만에 그는 다른 의대생들처럼 이 노인들을 "빌리", "아이크", "파슨 가문 사람"이라고 불렀고, 생물학 실습에서 동물들을 보듯이 이 노인들을 취급했다. 해부실 자체도 인간적인 면이 없었다: 단단한 시멘트 바닥과 철사 유리 창문 사이에 있는 단단한 석고 벽. 마틴은 포름알데히드 냄새가 나는 것을 싫어했고, 해부실 밖으로 나서도 어떤 무섭고 미묘한 냄새가 그에게 계속 달라붙어있는 듯 했다; 그러나 그는 그것을 잊기 위해 담배를 피웠고, 일주일 내에 그는 젊음의 활기를 띠며 꽤 즐겁게 임했지만 한 구석으로는 편치 못한 마음으로 시체 내에서 동맥 가닥을 찾고 있었다.

그와 같이 해부 실습 하던 파트너는 '목사님' 아이라 힝클리(the Reverend Ira Hinkley)였는데, 우리가 아는 인물과 비슷한 이름을 가진 다른 사람이었다.[8]

아이라는 의료선교사를 지망하고 있었다. 그는 스물아홉 살의 청년이었는데, 포츠버그 기독교대학을 졸업하고, 성결성서와 선교학교를 거쳤다. 그는

---

[8] 무슨 얘기인가 하면, 당시 유명한 목사였던 아이라 나다니엘 힝클리, Ira Nathaniel Hinckley를 말하는 것이다.

축구를 했는데, 힘이 세고, 몸집이 황소만 했으며, 그보다 더 큰 소리를 내는 소는 없었다. 그는 밝고 행복한 기독교인이었고, 죄의식이나 의심 따위는 웃어넘기는 낙천주의자였으며, 멋진 교회를 갖는다는 건 방탕한 카드 놀음만큼이나 빌어먹을 일이라며 그의 작은 종파인 신성 형제단의 교리를 주체 못 할 정력으로 설교하는 유쾌한 청교도였다.

마틴은 어느 틈에 그들의 해부 실습 시체인, 석회화 되고 송아지 같은 얼굴에 험악하게 붉은 수염이 난 작은 몸집의 얼룩덜룩한 노인인 '빌리'를 매력적이고, 복잡하고, 아름답지만 기계일 뿐이라고 생각하고 있었다. 이로 인해, 가뜩이나 미약하던 인간의 신성과 불멸에 대한 자신의 믿음이 손상되었다. 그는 으스러져 있는 상완 내의 신경을 해부하면서 그러한 자신의 의심들을 혼자 마음 속에 갈무리하고 있었을지도 모르지만, 아이라 힝클리는 그를 혼자 내버려 두려 하지 않았다. 아이라는 자신이 의대생들에게조차도 가호를 줄 수 있다고 믿었는데, 이는 아이라의 입장에서는, 신성 형제단의 예배당에서 부르는 유난히 길고 재미 없는 찬송가들을 노래하는 것을 의미했다.

그는 외쳤다. "마트, 내 아들이여, 이 시체를 해부한다는 건, 누군가가 일컫기를, 육체를 치유하고 불행한 수많은 영혼을 위로할 수 있는 걸 배우는 몹시 너저분한 일임을 그대는 깨달았느뇨?"

"하! 영혼들 좋아하네. 난 아직 빌리 할아범에게서 그딴 거 못 찾았어. 솔직히, 너 그딴 거 믿어?"

아이라는 주먹을 불끈 쥐고 인상을 쓰며 껄껄 웃음을 터뜨리고는 꽤 아프게 마틴의 등짝을 철썩 때리며 소리쳤다.

"어이 브라더! 이 아이라님의 속죄양을 갈구려면 자넨 더 잘해야 해! 넌 이렇게 종교에 대해 멋지게 현대적 감각으로 의심한다고 생각하지? 아니야. 넌 제대로 이해하지 못했어. 네가 해야 할 건 운동을 하고 신앙을 가지는 것이여. Y.M.C.A.로 와. 그러면 널 데리고 같이 수영을 하고 너와 함께 기도해 줄게. 못할 게 뭐 있어, 이 초라하고 빼빼 마른 꼬마 불가지론자야, 이제 넌 전능하신 분의 솜씨를 볼 기회를 얻었다니까. 거기서 네가 얻을 건 자기가 정말로 지혜롭다는 느낌일거야. 기운 내라고, 젊은 애로우스미스여. 넌 자기가 얼마나 흥미를 일으키는 인물인지 몰라, 경건한 신앙을 가진 사람에게 말이야!"

옆 테이블에서 실습하던 과 익살꾼 클리프 클로슨(Clif Clawson)을 웃기면서, 아이라는 마틴의 옆구리를 쿡쿡 찌르고, 아주 아프게 그의 머리를 툭툭 두드렸고 이에 마틴은 짜증을 내며 장단을 맞춰주면서 그들은 정겹게 실습을 재개했다.

<h2 style="text-align:center">❦ V ❦</h2>

대학 시절 마틴은 그리스 문자 비밀 모임[9]에 속해 있지 않았던 "천민"이었다. 마틴도 입회 권유의 "압박"을 받았지만, 그는 대도시 출신 남성들 특유의 귀족 티를 내는 오만함에 분개하고 있었다. 하지만 그의 의대 예비교 학우들 대부분이 보험 사무소, 로스쿨, 은행으로 떠나 이제는 외로웠기에, 주류 남자 의대생 고급 친목 동아리인 디감마 파이(Digamma Pi)의 초대에 마음이 흔들렸다.

디감마 파이는 저렴한 입회비와 당구대를 갖춘 활기찬 기숙사에 있었다. 밤에는 와살스럽고 정겹게 떠들썩한 소리들이 들렸고, '내가 죽으면 절대 매장하지 마'라는 노래도 많이 불렀지만, 이 동아리는 3년 동안 졸업식 때 주는 실험 수술 부문의 휴 로이조 메달 수상자를 연속 배출한 바 있었다. 이번 가

---

9 대학 내의 고급 친목회 혹은 사교클럽명은 보통 그리스 문자로 명명하였다.

을에 동아리는 아이라 힝클리를 회원으로 뽑았는데, 이들은 매우 방탕한 것으로 명성을 얻고 있었고 – 게다가 밤 늦게 여자아이들을 몰래 들인다는 소문도 있었다 – 당시 학장은 '목사님' 힝클리를 포함한 그 어느 재학생도 비도덕적인 학생으로 보지 않았기 때문이었는데, 그들이 계속 저지 받지 않고 개차반으로 놀 수 있기 위해선 이런 점이 유리 했다.

마틴은 자기 독방이 누구의 간섭도 받지 않는 걸 가장 중요시 했다. 반면에 동아리에서는 테니스 라켓, 바지, 의견이 모두 공유된다. 아이라는 마틴이 이 때문에 망설이고 있다는 것을 알고, "아, 얼른 들어오라고! 동아리는 너를 원해. 너 정말 열심히 공부하거든. 내가 너를 위해 잘 말해 줄게. 그리고 네가 동아리 '친애하는 동지들(the Fellows)'에게 선한 영향을 미칠 수 밖에 없는 이 기회를 생각해 보라구"라고 좀 세게 말했다.

(어떤 경우라도 아이라는 과 친구들을 '친애하는 동지들'이라 불렀고, 그는 Y.M.C.A.에서 기도할 때에도 이 용어를 자주 사용했다.)

"난 그 누구에게도 영향을 주고 싶지 않아. 의사 일을 익혀서 1년에 6천 달러를 벌고 싶다고."

"짜샤, 네가 냉소적인 척 할 때마다 얼마나 멍청해 보이는지 알아? 네가 내 나이 돼 봐라, 그러면 의사가 된다는 영광스러운 일이란 민중들에게 고상함을 가르침과 동시에 그들의 만신창이가 된 몸을 달래주는 것일 뿐이라는 걸 알게 될 거야."

"만약 민중들이 내 특유의 고상함을 원하지 않는다면?"

"마트, 내가 잔소리 그만하고 너와 함께 기도해야 하겠어?"

"싫어! 하지 마! 솔직히, 힝클리, 넌 내가 만난 모든 기독교인들 중에서 가장 썩은 내 나는 이득을 챙긴다고. 넌 과 동료들 누구에게나 비위를 맞춰줄 능력이 있지. 그리고 네가 선교사가 되고 나면 애먼 무교도들을 얼마나 괴롭

　　　　　　　　　　　　　　의사과학자 애로우스미스

힐지, 그리고 애들에게 반바지를 입히고, 어떻게 행복하게 사귀던 연인들을 찢어 놓아 각자 모두 엉뚱한 사람들과 짝을 맞춰 결혼시킬지 상상해 보면, 난 화가 나서 꽥꽥거리게 된단 말이야.”

힝클리 ‘목사’를 후원하기 위해 자기 아지트를 떠날 생각을 하는 건 그에겐 쉽지 않았다. 그래서 앵거스 듀어(Angus Duer)가 가입을 하고 나서야 마틴 자신이 그 동아리에 들어갔다.

듀어는 마틴과 함께 위네맥 대학을 졸업하고 동 의과대학에 진학한 몇 안 되는 동기 동창들 중 하나였다. 듀어는 수석 졸업으로 졸업생 대표를 했었다. 그는 과묵하고, 날카로운 얼굴에, 곱슬머리의 다소 잘생긴 청년이었고, 단 한 시간도 낭비한 적이 없었으며, 혹은 일단 신명이 나면 망설이며 시간 보내지 않고 곧장 추진을 했다. 생물학과 화학 성적이 너무나 훌륭해서 시카고의 외과 의사가 그에게 자기 병원의 자리를 약속했었다. 마틴은 앵거스 듀어를 1월 어느 날 아침의 차가운 면도날에 비유했다; 그는 듀어를 싫어하고 불편해하며 동시에 부러워했다. 듀어는 생물학 분야에서 일단은 시험을 통과하느라 너무 바빠 생물학 전반의 어떤 개념도 찬찬히 숙고해 볼 겨를도 없었기 때문에, 시험만 잘 봤지 그 어떤 개념도 숙지하지 못했음을 그는 알고 있었다. 그는 듀어가 교묘한 솜씨를 지닌 화학자라는 걸 알고 있었다. 깔끔하고도 신속하게 화학 과정에서 요구하는 딱 그 만큼의 실험을 완벽하게 해 냈고, 원래 요구된 실험에다가 독창적인 실험을 시도하여 혼란스러운 상황으로 몰고가 대성공이나 대실패를 가져다 줄 위험성이 있는 모험은 절대로 하지 않았다. 듀어는 교수들에게 멋진 인상을 주기 위해 냉철한 효율성을 함양했다고 마틴은 확신하고 있었다. 그러나 실험을 제대로 완수하지 못하거나 개념을 제대로 파악하지 못 해서 파이프 담배를 피우거나 좋아하는 축구를 볼 여유도 갖지 못하던 그 많은 학생들 중에서 그만이 두드러지게 빼어났기 때문에 마틴은 그에게 애증의 감정을 가지고 있었고, 그래서 그가 그 동아리로 들어가자 거의 얌전히 따라 들어갔다.

그리하여 마틴, 아이라 힝클리, 앵거스 듀어, 살집이 많은 과 익살꾼 클리프 클로슨, 그리고 "뚱보" 파프(Paff)가 함께 디감마 파이 동아리 입회식을 시작했다. 이는 떠들썩하고, 다소 고통스러웠는데, 입회식 프로그램에는 애서페티다[10] 냄새를 맡는 것도 포함되어 있었다. 마틴은 지루해 했지만, 뚱보 파프는 끽끽 소리를 내며 숨을 헐떡이면서 공포에 빠져 있었다.

뚱보는 디감마 파이에서 가장 만만한 신입 후보생들 중 하나였다. 그는 처음부터 호구가 될 사람으로 계획되어 있었다. 그는 빵빵한 온수병같은 외모에, 굉장히 어벙했고, 순진하게 모든 것을 믿었으며, 아는 게 없었고, 암기력도 형편없었다. 그래서 그를 놀려대며 시간을 보낸 이들을 그는 불편한 마음으로 양해해 주었다. 그들은 그에게 겨자를 발라주는 것이 감기에 좋다고 설득했다. 그래서 세심히 신경 써 주는 양 그를 둘러싸고 그의 등에 겨자를 어마어마하게 발랐다가 애정을 듬뿍 담고 벗겨냈다. 그가 제니스에 있는 사촌 누이의 집에 일요일 저녁식사를 하러 갔을 때, 그들은 해부용 시체의 귀를 그의 멋지고 깨끗한 새 주머니 손수건에 숨겼다.. 저녁식사 때 그는 손수건을 요란하게 꺼냈고..

매일 밤 뚱보는 잠자리에 들 때마다 사려 깊은 기숙사 친구들이 침대 시트들 속에 채워 넣은 - 예컨대 비누, 알람 시계, 생선 같은 것들을 일일이 치워내야 했다. 그는 쓸모 없는 물건들을 사게끔 할 수 있는 완벽한 호구였다. 클리프 클로슨은 익살이 섞인 말발로 의학의 역사라는 책을 뚱보에게 4달라를 받고 강매하여 팔았는데, 그 책은 클리프가 단돈 2달라에 구입했던 중고품이

---

10 Asafetida; 생약 성분의 악취나는 구충제.

의사과학자 애로우스미스

었다. 뚱보는 그 책을 전혀 읽지 않았고, 아마도 읽을 능력도 없었을 것인데, 그런 붉은 장정의 벽돌책을 갖고 다니면 자기가 유식하다는 기분을 느끼게 해주었을 것이다. 하지만 뚱보가 디감마에게 가장 큰 즐거움을 준 것은 그가 영혼의 존재를 믿는다는 것이었다. 그는 귀신을 무서워하고 있었다. 그는 항상 해부실 창문으로 밤에 나오는 귀신들을 보고 있었다. 그의 과 친구들은 많은 유령들이 동아리 회관에서 돌아다니고 있는 걸 그가 보고 있는 게 틀림 없다고 생각했다.

VI

디감마 파이는 대학이 대거 확장하던 1885년에 지어진 건물에 자리잡고 있었다. 거실은 사이클론 회오리 폭풍이 방금 휩쓸고 지나간 것 같았다.

칼 자국들이 나 있는 탁자와 깨진 모리스 의자, 찢어진 양탄자들이 방 안에 나뒹굴었고, 뒷표지가 떨어져 나간 책들과 하키화, 모자, 담배꽁초들로 덮여 있었다. 그 위에 침실 쪽으로 남자 네 명이 있었는데, 침대들은 마치 3등 선실처럼 2층짜리 철제 침대였다. 디감스 회원들은 톱으로 윗부분을 잘라낸 해골을 재떨이용으로 쓰고 있었고, 침실 벽에는 소독 시술을 할 때 참조할 용도의 해부도들이 붙어 있었다. 마틴의 방에는 자르지 않은 완전한 해골이 있었다. 그와 그의 룸메이트들은 제니스의 수술용품점에서 나온 판매원에게서 그것을 정품으로 구입했었다. 그는 정말 친절하고 맞장구 잘 쳐주는 판매원이었는데, 시가를 피라고 주며 음담패설도 해주고, 그들 모두가 나중에 얼마나 잘 나가는 의사가 될 지 자세히 얘기해 주었다. 그들은 그 해골을 감사하게도 할부로 샀다. 그런데, 일단 돈을 받고 나자 그 판매원은 덜 친절하게 굴었다.

마틴은 클리프 클로슨과 룸메이트였고, 뚱보 파프는 성실한 의대 본과 2학년 어빙 워터스(Irving Watters)와 방을 함께 썼다.

그 어떤 심리학자라도 완벽하게 정상적인 사람을 시범 케이스로 쓰길 바란다면 어빙 워터스 만한 사람이 없었을 것이다. 그는 항상 조심스러운 태도에 무덤덤했는데, 미소를 띤 얼굴로 편안하고도 신뢰감 가게 얌전했다. 그가 사용하지 않는 상투적인 문구가 있다면, 이는 그가 아직 그걸 들어 본 적이 없었기 때문이었다. 그는 잘 노는 토요일 저녁만 예외로 하고 도덕률을 지켰고, 성공회는 믿었지만 고교회파[11]는 믿지 않았으며, 헌법과 다원주의, 체육관에서의 체계적인 운동, 그리고 대학 총장의 천재성을 믿었다.

그들 중에서도 마틴은 클리프 클로슨을 가장 좋아했다. 클리프는 동아리의 분위기 메이커였고, 요란하게 웃으며, 무의미한 노래를 불러 댔고, 심지어는 코넷 악기도 시끄럽게 불어댔다. 하지만 그는 어딘지 모르게 좋은 사람이고 심지가 굳건했다. 마틴은 아이라 힝클리를 싫어하고, 앵거스 듀어를 경원시하고, 뚱보 파프를 불쌍하게 여기며, 어빙 워터스의 상냥한 무미건조함에 대해서 취향이 맞지 않아서, 활기차고 뭐든지 해보려 들떠있는 클리프를 가까이 했다. 적어도 클리프에게는 현실이란 것이 있었다. 쟁기로 갈아 놓은 밭과 모락모락 김이 나는 두엄더미 같은 현실성 말이다. 같이 놀자고 하면 응하는 이는 클리프였다. 그와 함께 어울려주는 사람은 클리프였다; 앉아서 담배를 피우고, 궁시렁 대며 우아하게 빈둥거리는 것을 좋아했지만, 5마일을 같이 산책하자고 하면 응해 주었다.

그리고 저녁식사 때 아이라가 이래라 저래라 끝도 없이 상냥하게 설교를 할 때면 듣기 싫다며 죽음을 무릅쓰고 구운 콩을 감히 그에게 던진 이도 클리

---

11 영국의 국교회 중 하나.

의사과학자 애로우스미스

프였다.

해부실에서 아이라는 마틴의 사고방식처럼 포츠버그 기독교 대학에서는 받아들여지지 않았을 것에 대해서 유쾌하게 수긍해 줬지만, 동아리에서는 도덕을 줄기차게 강요하는 피곤한 놈이었다. 그는 동아리 회원들이 하는 불경스러운 행동을 끈질기게 저지하였다. 시골 오지 축구팀에서 3년을 뛴 후에도 그는 청년들이란 마치 주일학교 여선생님이 잔소리하듯이, 그리고 돌진하는 코끼리의 섬세함으로 잘 타이르면 교화를 시킬 수 있다고 여전히 낙관하고 있었다.

아이라는 술 담배를 하지 않는 건전한 생활에 대한 통계도 빠삭 했다.

그의 머리 속은 그러한 통계 수치로 가득 차 있었다. 그가 통계 수치를 어디서 얻었는지는 중요하지 않았다. 일간지, 인구조사 보고서, 성역화지의 칼럼 모음에 실린 수치들도 똑같이 유효했다. 그는 저녁 식사 자리에서 이렇게 말했다. "클리프, 너처럼 똑똑한 친구가 어떻게 그 더러운 낡은 파이프를 빨며 담배를 피우는지 정말 난 이해가 안 가. 수술대에 오르는 모든 여성들 중 67.9퍼센트가 담배 피우는 남편이 있다는 거 넌 알아?"

"그럼 제길, 담배 말고 뭘 피우라고?"라고 클리프는 반문했다.

마틴은 "그 수치들은 어디서 구했어?" 라고 물었다.

아이라는 "그 수치들은 1902년 필라델피아에서 열린 학회에서 나왔지" 라고 거들먹거렸다.

"물론, 멋지고 화사한 여성과 결혼해도 나쁜 생활 습관으로 언젠가 아내의 인생을 망칠 너희 같은 어리버리들이 내가 이렇게 말해준다고 해서 개과천선 할 거라고 생각하진 않아. 그래, 계속 그렇게 살아, 무모하기 짝이 없는 수컷들아! 나처럼 가난하고 연약한 전도사는 감히 파이프 담배를 피우는 용감한 짓은 시도하지 않을 거야!" 그는 의기양양하게 일어나 나갔고, 마틴은 끙 하며 "아이라는 내가 의료계를 떠나 정직한 마구 제작자가 되길 원한다니까"
라고 말했다. 뚱보 파프는 "아, 이젠 됐네, 마트"라고 불평 했다. "아이라를 욕
하면 안 돼. 그는 정말로 진심으로 말한 거야.", "진심으로? 웃기고 있네! 그
렇다면 바퀴벌레 따위도 진지하겠다!" 앵거스 듀어가 침묵 속에서 그들을 지
켜보고 있어서 마틴을 불안하게 만드는 가운데 그들은 재잘거렸다. 그가 평
생 고대했던 직업에 임하다 보니, 그는 평온한 지혜뿐만 아니라 짜증과 공허
함도 발견했다; 진리로 가는 딱 하나의 명확한 길은 보이지 않았고, 멀고도
확실치 않은 수천 개의 진리들로 가는 수천 개의 다양한 길들만 눈 앞에 놓여
있었다.

3장
의대 동기들

❦ I ❦

    의과대학 생리학 교수인 존 A. 로버트쇼, 생략 않고 성과 이름을 전부 부르자면 존 얼딩턴 로버트쇼(John Aldington Robertshaw)는 살짝 가는 귀가 먹었으며, 위네맥 대학에서 아직도 양고기 수염[1]을 기른 유일한 교수였다. 그는 보스턴 외곽의 부촌 백 베이 출신이었다; 그는 그것을 자랑스러워 했고 만나는 사람마다 그렇게 말했다. 세 명의 다른 브라만[2]들과 함께 그는 모할리스에 확고한 점잖음과 더불어 눈부신 빛 아래 품위 있게 그림자를 드리우는 보스턴 파벌을 형성했다. 항상 그는 말할 때 마다 "독일에서 루드비히와 함께 공부할 때 말이지"라고 했다. 그는 자신의 올곧음에 너무 심취하여 학생 개개인에게 별로 관심을 보이지 않았고, 엄밀히 말해 "방탕한 녀석들"로 알려진 클리프 클로슨과 다른 젊은 의대생들은 그의 생리학 강의를 들뜬 마음으로 기다렸다.

---

1   Mutton-chop whiskers: 구레나룻 수염인데 양쪽 머리에서 인중까지 풍성하게 이어지며, 반면에 턱 수염은 말끔히 깎아 놓는다. 그래서 정면으로 보면 코를 중심으로 넓은 W자를 만들고 있다.
2   Brahmin: 뉴 잉글랜드 출신의 좀 오만한 명문 인텔리. 물론 힌두교 카스트 제도에서 따 온 용어.

그 강의들은 계단식 원형 강의실에서 했는데 거기 좌석들은 너무 넓게 양쪽으로 휘어져 뻗어 있어서, 강의하는 이는 양 끝단까지 한 번에 다 볼 수가 없는 구조였다. 로버트쇼 박사는 혈액순환에 관해 계속 웅얼거리며 강의하는 동안, 오른쪽을 보면서 누가 경적 같은 소음을 내어 자길 화나게 하는지 찾고 있었다. 그러고 있으면 좌측 맨 끝에서 클리프 클로슨이 일어나 팔을 좌우로 톱처럼 왔다 갔다 하며 구렛나룻을 어루만지는 시늉으로 그를 흉내 내곤 했다. 어떤 날은 로버트쇼 박사가 매년 보여주던 강의의 하이라이트, 즉 슬개건 반사의 강도를 표현하기 위해 브라스 밴드가 내는 소리로 비유하는 바로 그 순간 클리프는 연단 옆에 있는 싱크대에 벽돌을 던져 절묘하게 딱 맞춰 소리를 내는 기가 막힌 순간을 만들어 냈다.

마틴은 막스 고틀립의 과학 논문들을, 그가 아는 최대한 많은 양의 수학 기호들의 늪에서 허우적대며 읽고 있었는데, 그 논문들로부터 그는 실험이란 삶과 죽음의 기초, 세균 감염의 본질, 신체 반응의 화학적 성질을 다루는 것이어야 한다는 확신을 갖게 되었다. 로버트쇼가 호들갑스러운 작은 실험들, 표준 실험들, 노처녀 숙모나 할 법한 소심한 실험들에 대해 궁시렁 대며 말할 때, 마틴은 안절부절 못했다. 이전 대학 시절에 그는 운율과 라틴어 작문이 헛된 일이라고 생각했고, 자신에게 한 줄기 빛인 의학 연구를 고대했었다. 이제 그는 자신이 잘못 생각했었다고 우울해 하면서, 로버트쇼의 주먹구구, 그리고 해부학 연구 업적의 대부분에 대해 경멸감이 자라나고 있음을 의식하게 됐다.

해부학 교수인 올리버 O. 스타우트(Oliver O. Stout) 박사는 그 자신이 워낙 깡말라서 얇은 피부로 덮인 신경과 혈관과 뼈가 고스란히 보일 정도로, 걸어 다니는 해부도감이었다. 그는 정확하고 엄청난 지식을 가지고 있었는데, 건조한 목소리로 예를 들어 왼쪽 새끼 발가락에 대해서만 말해도 누군가가 알고 싶어할 것이라고 생각했던 것보다 더 많은 것을 몇 번이고 얘기할 수 있었다.

디감마 파이 동아리가 모인 저녁 식사 자리에서 나누게 되는 토론들 중에는, 통상적으로 고상하고 높은 수준의 생활을 영위하며, 학회 활동을 하지 않으니 논문 섭렵에 대한 압박도 안 받고, 해부학 용어들은 다 기억하고 있는 그런 의사가 된다는 것이 가치가 있는지에 대한 논쟁보다 끊임없고 격렬한 것은 없었다.

그러나 그들이 어떻게 생각하든, 많은 시험을 무사히 헤쳐 나가고 시간당 5달러의 시장 가치를 지닌 교육받은 교양인이 되기 위해 그들은 용어 리스트를 열심히 익혔다.

그동안 지나간 이름 모를 선배들은 암기할 수 있는 비법으로서 라임을 만들어 냈다. 서른 명의 해적같은 디감마 회원들이 길고 얼룩진 식탁에 앉아 조개 수프와 콩, 대구 생선 완자와 바나나 케이크를 우걱우걱 먹는 저녁 식사 때가 되면, 신입생들은 선배가 만든 다음과 같은 운율을 되풀이해 낭송했다:

On **o**ld Olympus' **t**opmost **t**op
A **f**at-**ear**ed **G**erman **v**iewed **a** **h**op.
오래된 올림푸스의 맨 꼭대기에
귀가 두꺼운 독일인이 깡충깡충 뛰었다.

그리하여 그들은 후각(Olfactory), 시신경(Optic), 안구운동(Oculomotor), 활차(Trochlear) 신경, 그 밖의 총 열두 개의 뇌신경을 맨 앞 글자들과 연관시켜 익혔다. 디감스 회원들에게 이 시는 세상에서 가장 고귀한 시였으며, 그들은 개업의가 되어 신경의 이름 자체는 완전히 잊어버려도 이 시는 오랫동안 기억했다.

스타우트 박사의 해부학 강의에는 별 다른 일이 일어나지 않았지만 해부 실습 시간에는 유쾌한 일이 많았다. 그 중 그나마 가장 나았던 일은 운 나쁜 순진한 여학생 둘이 해부 실습을 하던 시체에 누군가가 폭죽을 넣은 것이었 다. 신입생 시절 진짜 재미있었던 사건은 클리프 클로슨과 췌장 사건이었다.

그는 그 해 과대표로 선출되어 일을 했었는데, 그 이유는 인사성이 매우 좋았기 때문이었다. 그는 의대 본관에서 과 친구를 만날 때마다 그냥 지나치 지 못하고 항상 "네 충수돌기는 오늘 아침 제대로 작동하냐?"라고 하던가 "네 게는 아주 고상하게 인사를 하마, 케케묵은 이(虱) 투성이야"라고 외치곤 했 다. 그는 과 회의(북쪽 테니스 코트를 "농대생놈들"이 쓰도록 허가한 것 때문에 분개해서 비난하는 회의라던가)를 주재할 때는 매우 격조 있게 진행했지만, 사적인 생활에 서는 덜 품위 있게 굴었다.

끔찍한 일이 벌어진 것은, 대학 평의원회가 캠퍼스 곳곳에 걸쳐 순회를 하 고 있을 때였다. 평의원회는 이 대학의 최고 통치자들이었는데, 구성원은 주 로 은행가들이거나, 제조업체 소유주 그리고 대형 교회의 목회자들이었다. 이들에게는 대학 총장 조차도 아랫사람이었다. 그들에게 그 어디보다도 가장 큰 전율을 준 곳은 바로 의대 해부학 실습실이었다. 설교자들은 극빈자들이 술독에 빠짐으로써 생기는 폐단에 대해 도덕적인 면으로 풀어서 이야기했고, 은행가들은 시신들을 보면 예외없이 평소에 저축을 안하고 산 이들이라고 얘 기했다. 스타우트 박사와 우산을 들고 다니는 비서가 이끄는 이 순회가 한창 진행되던 중, 모든 은행가들 중에서 가장 통통하고 잔소리 많던 이가 중절모 를 등 뒤로 점잖게 들고서, 클리프 클로슨의 해부 실습대에 들렀는데, 클리프 는 그 모자에 췌장을 쑥 집어 넣었다.

자, 이제 새 모자에 들어있다가 발견되는 췌장이란 축축하고 역겨운 것이니, 은행가가 그걸 발견해서 모자를 내 던지며 위네맥 학생들은 악마에 씌었다고 말한다. 스타우트 박사와 비서는 그를 달랬고, 그들은 중절모를 치우고 나서 모자에 췌장을 넣은 놈을 찾아내 대가를 치르게 하겠다고 확실하게 말했다.

스타우트 박사는 과대표 클리프를 불러들였다. 클리프는 갈굼을 당했다. 그는 과원들을 소집하여, 어떤 위네맥 재학생도 은행원의 모자에 췌장을 넣을 수도 있지 하고 한탄하며, 범인은 남자답게 일어서서 자수하라고 요구했다.

불행하게도 마틴과 앵거스 듀어 사이에 앉아있던 아이라 힝클리 목사님이 클리프가 췌장을 넣는 걸 목격했었다. 그는 으르렁거렸다. "이건 말도 안 돼! 비록 내 동아리 동료지만, 나는 클로슨이 범인이라고 폭로할 거야."

마틴은 "그만둬. 그가 퇴학 당하는 꼴을 보고 싶어?"라고 항의했다.

"당연히 퇴학 당해야지!"

앵거스 듀어가 앉아있던 의자에서 뒤로 돌아 아이라를 보며 말했다. "입 좀 다물어 주실래?" 아이라가 가라앉자 앵거스는 마틴에게 있어서 그 어느 때보다 더욱 더 선망과 증오가 복합된 감정의 대상이 되었다.

❧ III ❧

로버트쇼 교수의 강의를 들으며, 두꺼운 귀를 한 독일인 운운하는 암기 비법을 되풀이해 외우고, 뚱보 파프나 어빙 워터스 처럼 열심히 의대 공부를 하면서, 도대체 왜 나는 의대에 와있나 하고 회의하며 침울해 하고 있을 때, 마틴은 평소에 방탕한 짓이라고 생각하던 것에 빠지며 위로를 받았다. 사실 방탕해 봤자 새발의 피였다. 인접한 도시 제니스에서 라거 맥주를 지나치게 마시거나, 지저분한 도시 뒷골목에서 어느 여공을 꼬시거나 하는 짓을 어쩌다 해 보긴 했다. 그러나 자신의 강인함과 뛰어난 두뇌에 대한 자부심을 가진 마틴 으로서는 그렇게 저지른 짓들은 나중에 와서 보면 뒤끝이 좋지 않아 보였다.

그가 가장 안심하고 같이 다닌 친구는 클리프 클로슨이었다. 아무리 싸구 려 맥주를 많이 마셨더라도, 클리프는 그리 취하는 법이 없었다. 클리프는 마 틴이 사려 깊게 구는 정도에 따라 들떴다가 가라앉는 반면, 마틴은 클리프가 들뜬 행동을 하는 정도에 따라 가라앉거나 들떴다. 그들은 뒷방에 맥주잔들 이 번들거리는 테이블에 앉아있었는데, 클리프는 손가락을 흔들며 횡설수설 거렸다, "넌 말이지 날 제대로 파악하는 유일한 녀석이야, 마트. 넌 내가 피웠 던 모든 말썽들, 아이라 스팅클리[3] 같은 고상한 녀석들의 실속 차리기에 대해 내가 험담 하는 것을 다 알고 있다고. 난 실속 주의뿐 아니라 너처럼 재미없 는 것도 아주 진저리가 나."

마틴은 술에 취해 좋아진 기분으로 그의 말에 동의했다. "맞아, 물론이지. 세상에, 누가 알겠나. 어빙 워터스처럼 핏기 없는 얼굴, 앵거스 듀어처럼 비 정한 출세 주의자, 그리고 고틀립 영감탱이! 연구의 이상주의! 분명히 진리인 것 같은데도 절대 만족하지 않지! 혼자서 아무 눈치 안보고 다리 위에 올라선 선장처럼 구태의연하고, 밤새워 연구하고, 사물의 바닥까지 샅샅이 찾는다니 까!"

"쓰레기야. 나도 그렇게 생각해. 맥주 한 잔 더 마셔. 잘 흔들어서 말이야!" 라고 클리프 클로슨은 말했다.

술집들이 많이 늘어선 제니스 시는 모할리스와 위네맥 대학에서 15마일 떨어져 있었고, 도시와 도시를 포효하며 달리는 거대한 강철 전차로 30분 거

---

3   원래 Hinkley인데 '악취난다'는 의미로 일부러 'Stinkley'로 부르고 있다.

리에 있어서, 의대생들은 제니스로 몰려갔다. 자신이 "어젯밤에 시내로 갔다"고 말하는 것은 곧 한쪽 눈을 찡긋하고 음흉하게 웃으며 말할 때 쓰는 표현이었다. 하지만 앵거스 듀어가 그렇게 말한다면, 제니스 시는 다른 의미로 마틴에게 다가왔다.

저녁 식사 때 듀어는 갑자기 "나랑 시내에서 열리는 음악회에 가자"고 말했다.

마틴은 과 동료들에게 근거없이 우월감을 가지고 있었지만, 문학, 그림, 음악에 대해 엄청나게 무지 했다. 찔러도 피 한 방울 안 나올 것 같고, 손해라곤 보지 않으려는 걸로 보이는 앵거스 듀어가 바이올린 연주자들의 노래를 들으면서 시간을 써버린다는 것은 그에게 충격적이었다. 그는 듀어가 아마도 독일인인 바흐와 베토벤이라는 두 작곡가에게 열정을 가지고 있다는 것을 알았고, 마틴 자신은 아직 세상의 모든 일을 제대로 이해하지 못하고 있었다는 것도 알게 되었다. 도시간 열차에서, 듀어는 평소 유지하던 점잖음을 풀고 이렇게 소리쳤다. "어이, 내가 만약 사람 내장을 주무르는 운명을 타고 태어나지만 않았더라면, 나는 위대한 음악가가 되어 있었을 거야! 오늘 밤 나는 너를 천국으로 바로 인도할 거야!"

마틴은 혼란에 빠졌다. 작은 의자들과 금박으로 빛나는 거대한 아치들, 무릎에 음악회 프로그램 책자를 올려 놓고 예의 바르지만 어딘지 못마땅해 하는 숙녀들, 무대 아래에서 불쾌한 소음들을 내는 낭만적이지 않은 음악가들, 그러다 마침내 불가해한 아름다움이 다가왔고, 이 아름다움은 그로 하여금 언덕들과 울창한 숲들을 연상케 해 주고 나서 갑자기 가슴 저미는 여운에 빠뜨렸다.

그는 "나는 다 가진 것 같아. 막스 고틀립의 명성… 그의 능력 말이야… 그리고 아름다운 음악과 사랑스러운 여인들… 와! 나는 나중에 큰 일을 할 거야. 그리고 세상을 봐… 이 작품은 영원 하겠지?"라고 환희에 차서 외쳤다.

ೕ✿ IV ✿ೕ

그가 전에는 안면만 트고 지내던 매들린 폭스(Madeline Fox)를 재발견하게 된 것은 콘서트가 끝난 지 일주일 후였다.

매들린은 마틴이 대학 시절 알고 지내던 아름답고, 혈색 좋고, 의기양양하고, 자기 고집이 강한 여성이었다. 그녀는 집으로 돌아가기 싫어서, 영어 대학원 과정을 이수하겠다는 핑계로 대학에 계속 머물렀다. 그녀는 스스로를 훌륭한 테니스 선수라고 생각했다; 그녀는 에너지 넘치게 라켓을 휘둘렀으며 그렇게 친 공은 종잡을 수 없는 방향으로 날아갔다. 그녀는 자신이 문학의 감정가라고 믿었고, 그녀의 인정을 받는 행운을 누린 작가들은 하디(Hardy), 메러디스(Meredith), 하웰스(Howells), 그리고 태커리(Thackeray)였는데, 막상 그녀는 5년 동안 그들의 작품은 하나도 읽지 않았다. 그녀는 마틴이 하웰스에 대해 무지한 점, 플란넬 셔츠를 입고 다닌다는 점, 그리고 노면 전차에서 내리는 그녀에게 소설 속 영웅이 하듯 손을 내밀어 주지 않는 점에 대해 자주 나무랐다. 대학 시절, 비록 마틴이 의욕에 넘치는 것에 비해 제대로 잘 추지는 못했기에 그가 무슨 장단에 어떤 춤을 추려고 하는지 맞추기 힘들어 그녀는 그의 댄스 파트너로서 곤욕을 치뤘지만, 그들은 같이 춤추러 가곤 했다. 그는 매들린의 무난함과 활발함을 좋아했고, 그녀의 에너지 넘치는 생활 양식과 함께 그녀가 "내게 잘 맞는구나"하고 느꼈다. 의대 진학한 첫 해에는 그녀를 거의 보지 못 하였다. 그는 늦은 저녁때가 되면 그녀를 생각했고, 그녀에게 전화할까 하는 생각도 했지만, 실행에 옮기진 않았다. 그러나 그가 의학에 대해 회의감을 갖게 되면서 그는 그녀가 공감해 주기를 간절히 원했고, 그

의사과학자 애로우스미스

래서 어느 봄의 일요일 오후에 그는 그녀를 만나 찰루사 강(the Chaloosa River)[4]을 따라 산책하였다.

광활하고 구불구불한 언덕 위로 대초원이 펼쳐져 있다. 긴 보리밭, 거친 목초지, 잘 자라지 못한 참나무, 찬란한 자작나무들 속에는 개척자들이 가질 법한 모험심이 깃들어 있는데, 마치 저 넓은 평원을 달리는 젊은이들처럼 종횡무진 누비며 세상을 정복할 것이라고 서로에게 말하고 있는 듯 했다.

그는 "이 빌어먹을 의학 공부…"라고 불평 했다.

"오, 마틴, '빌어먹을'이 과연 품위 있는 말이라고 생각해?"라고 매들린이 말했다.

그는 그것이 정말로 매우 품위 있는 말이라고 생각했고, 공부하느라 바쁜 이에게 항상 유용하다고 생각했지만, 그녀가 보여주는 미소는 성적으로 매혹적이었다.

"음, 이 망할 의대생들은 과학을 배우려고 하는 것이 아니라 단지 장사를 배우고 있는 거야. 그저 돈을 벌 수 있게 해주는 지식을 얻기를 원할 뿐이야. 생명을 구하는 것이 아니라 '생명을 구하지 못하고 놓친 사례', 즉 달러를 놓치는 것에 대해 이야기하지! 그리고 심지어 어느 환상적으로 멋진 수술이 자기 가치를 과시하는 데 쓸모 있다면, 생명을 구하고 말고는 신경도 안 쓸 거야! 그런 녀석들은 나를 구역질 나게 해! 그들 중 몇 명이나 에를리히가 독일에서 하고 있는 연구에 관심이 있다고 생각하니, 그렇지, 아니면 막스 고틀립이 지금 당장 여기서 하고 있는 연구에 관심이 있겠냐고! 고틀립은 알름로스

---

4 이 강은 물론 실존하는 강이 아니다. 위네맥 주 자체가 이 작가의 작품 세계 속의 가상의 주이므로 이 강 또한 마찬가지다.

라이트 경의 옵소닌 이론(opsonin theory)[5]에 동의하지 않아서 완전히 틀어졌지."

"그가 그랬다고, 정말로?"

"그가 그랬다고! 그가 그랬다고 말하는 게 맞지! 의료인들 중에 이에 대해 흥분하는 사람이 하나라도 있어? 한 명도 없을 걸! 사람들은 '아, 물론이죠, 과학은 항상 옳지요; 의사가 환자 치료를 잘 하도록 도우세요'라고 말하지. 그러고 나서 자기들이 대도시나 도심에 자리를 잡으면 돈을 더 많이 벌 수 있는지에 대해, 그리고 젊은 의사는 병원에 숙식하면서 말 잘 듣는 펠로우를 할지, 교회에 합류하여 진지하게 보이는 것이 더 나을 지에 대해 서로 논쟁하기 시작하지. 어브 워터스가 한 말을 들어야 해. 그가 생각하는 건 딱 하나: 의학 분야에서 앞서가는 사람이지. 그렇다면 앞서가는 사람이란 자신이 공부한 병리학을 통달한 이일까? 아니지; 성공한 의사란 환자들이 '기억하기 쉬운 전화번호'가 있는, 트롤리 자동차 분기점 근처 북동쪽 모퉁이에 있는 사무실을 얻는 사람이야! 솔직히! 그가 그렇게 말했어! 맹세하건대, 내가 졸업하면, 나는 어느 배의 전속 의사가 될 거야. 그렇게 하면, 적어도 배를 타고 오르내리며 다른 갑판에 의원을 차린 경쟁 의사에게서 환자들을 앗으려고 하지는 않겠지!"

"응, 알아. 사람들이 자신의 일에 대해 이상을 품지 못하는 건 끔찍해. 그래서 많은 영국 대학원생들은 나처럼 장학금을 받는 대신, 누굴 가르치면서 돈을 벌고 싶어해."

마틴은 자기만큼이나 그녀가 자신을 잘 났다고 생각하고 있음에 틀림없다

---

5 Opsonin theory: 세균을 혈장에 재워 놓으면 식균세포가 보다 수월하게 세균을 잡아 먹는다는 관찰에 의거하여, 식균 작용이 원활하게 이뤄지려면 무언가가 세균 표면을 양념하듯이 덮어야 한다는 설. 이 '양념'들은 결국 보체 'complement'와 항체 'immunoglobulin'인 것으로 밝혀지게 된다.

는 사실에 당황했지만, 그녀가 다음과 같이 들떠서 말하자 더욱 더 당황 했다:

"그리고 말이지, 마틴, 사람이란 실용적이어야 하잖아! 얼마나 많은 돈이…
아, 아니다. 내가 말하려고 했던 건, 성공한 임상 의사는 좋은 일을 하는 데
에, 그냥 몇 가지 작은 업적들로 만족하고 세상 물정 하나도 모르는 그런 과
학자들보다 얼마나 더 높은 사회적 지위와 얼마나 더 큰 권력을 갖고 있느냐
는 거야. 로이조 박사 같은 외과의사는 제복을 입은 전담 운전기사가 모는 사
랑스러운 차를 타고 병원으로 출근하고, 그가 담당하는 모든 환자들이 그저
그를 경배하고 있어. 그리고 당신이 추앙하는 막스 고틀립을 보면 - 요전 날
누군가가 그를 가리키며 저 사람이 고틀립이라고 내게 알려줬지 - 그는 끔찍
한 낡은 양복을 입고 있었기에, 머리라도 단정히 잘 깎아야 하겠네 하고 확실
히 생각했지."

마틴은 분노, 통계, 독설, 종교적 열정, 그리고 혼란스러운 비유들이 머리
속에 복합된 채로 그녀에게 폭 빠졌다. 그들은 햇빛에 흠뻑 젖은 밝은 식물들
위로 초봄에 날이 풀리며 처음 나타나기 시작한 곤충들이 왱왱 거리는 비뚤
어진 구식 난간 울타리 위에 앉아 있었다. 그가 광적으로 폭주하자 그녀는 다
소곳하던 태도를 버리며 말했다. "그래, 이제 알겠어, 알겠다고." 자기가 알게
된 게 무엇인지 언급은 하지 않고서 말이다. "오, 너 정말 훌륭한 마음가짐을
가졌구나. 그런 훌륭하고 굳건한 마음가짐 말이야."

"정말 그래? 넌 내가 그렇다고 봐?"

"오, 정말로 난 그렇게 봐, 그리고 너도 멋진 미래를 맞이할 거라고 확신해.
그리고 다른 사람들처럼 당신이 돈만 밝히지 않아서 정말 기뻐. 그들이 뭐라
고 하든 신경 쓰지 마!"

그는 매들린이 진귀하고 이해심이 깊은 영혼을 가졌을 뿐만 아니라 신선
한 피부색, 다정한 두 눈, 어깨에서 몸으로 내려가는 사랑스러운 라인 하며

성적 매력이 넘치는 여성이라고 단정했다. 같이 걸어가면서, 그는 그녀가 믿을 수 없을 정도로 자신에게 천생연분임을 깨달았다. 그녀는 내가 잘만 가르치면 막연한 "이상"과 과학의 확실성을 제대로 구분할 거야. 그들은 강가의 절벽에 멈춰 서서, 봄철에 흐르는 서쪽 강, 나뭇가지들이 둥둥 떠있는 진흙투성이의 찰루사 강을 내려다보았다. 그는 그녀를 갈망했다; 그는 학창 시절을 무심하게 보낸 것을 후회했고, 이제는 "그녀에게 어울릴" 순수하고 매우 성실한 젊은이가 되기로 결심했다.

"오, 매들린", 그는 "당신은 정말 너무 사랑스러워!"라고 탄식했다.

그녀는 수줍게 그를 힐끗 바라보았다.

그는 그녀의 손을 잡았고, 간절하게 터지는 욕정으로 키스를 하려고 했다. 그 시도는 제대로 되지 않았다. 그녀가 몸부림치며 "오, 그러지 마!"라고 애원하는 동안, 그는 가까스로 그녀의 턱 끝에만 입을 맞췄을 뿐이었다. 그들은 모할리스로 다시 돌아와 걸으면서 그런 해프닝은 없었던 셈 쳤지만, 서로 나누는 대화 속에는 부드러움이 있었고, 이제 그녀는 그가 로버트쇼 교수를 축음기라고 비난하는 걸 싫어하는 기색 없이 들어 주었으며, 그는 쾌활한 영어 강사인 노먼 브럼핏 박사의 천박함과 저속함에 대한 그녀의 험담을 들어주었다. 기숙사에 도착하자 그녀는 한숨을 쉬며 말했다. "자기 보고 들어오라고 부탁할 수 있으면 좋겠지만, 이제는 저녁 시간이 거의 다 되어 가고 있어. 나중에 연락할 거지?"

위네맥 대학의 남녀관계 담론의 규칙에 충실하게 마틴은 대답했다. "당연하지, 난 그럴 거야!"

그는 사랑에 가득 찬 채로 숙소로 달려왔다. 한밤중에 좁은 위층 침대에 누워서, 그는 그녀의 눈길을 되새김질 했다. 무례하고 비난하는 눈이었다가 이제는 그를 신뢰하는 따뜻한 눈. "난 그녀를 사랑해! 난 그녀를 사랑해! 전화

할 거야. 아침 8시 일찍 전화해도 될까?" 하지만 8시가 되자 그는 눈물 샘 해부학 공부에 매달리느라 숙녀들의 눈을 생각할 겨를이 없었다. 그는 매들린을 딱 한 번 보았고, 그녀가 있는 기숙사 현관 앞에 여학생들과 빨간 방석, 그리고 마시멜로가 가득한 것을 본 후, 그대로 올해 기말고사를 위한 정신 없는 공부의 늪에 빠졌다.

∽ V ∽

시험 기간에, 디감마 파이 친목회는 시험 잘 보는 비결을 애타게 찾는 이들에게 진가를 발휘했다. 디감마의 선배들은 기출 시험지를 모아서 그것들을 신성한 족보집으로 보존했다; 세부 사항에 대해 천재적인 이들은 교과목 책들을 열심히 읽고 수년 동안 가장 자주 출제된 문제들을 빨간 연필로 표시했다. 디감 동아리방에서 신입생들은 아이라 힝클리 주변에 빙 둘러서 옹기종기 모여 앉았으며, 힝클리는 출제 확률이 높은 문제들을 크게 읽어 주었다. 그들은 앵거스 듀어가 교과서에서 정답을 찾아내어 알려줄 때까지 몸부림치고, 손톱으로 머리를 넘기고, 턱을 긁고, 손가락을 깨물고, 관자놀이를 두들겼다.

그들은 시험 공부로 고통스러운 와중에 뚱보 파프도 도우며 공부해야 했다.

뚱보는 해부학 중간고사에서 낙제했기 때문에, 기말 고사를 치르려면 특별 퀴즈 시험을 통과해야만 했다. 디감마 파이에서는 그에게 어딘지 모를 호감이 팽배했다. 뚱보는 착하고, 미신을 믿는 사람이었으며, 어벙 하였지만, 그들은 그에게 중고 자동차나 진흙투성이의 개에 대해 가질 법한 짜증과 더불어 동반하는 연민에서 나온 애정을 가지고 있었다. 그들 모두는 그에게 공을 들였다; 그는 마치 천장에 난 좁은 문으로 그를 들어 올려서 어떻게 해서든지 통

과시키려 하듯이 그를 시험에 합격하게 하려고 애를 썼다. 그들은 헉헉대고 신음 소리를 내며 공부에 임했고, 뚱보도 거기에 맞춰 헐떡이고 신음을 냈다.

그의 특별 퀴즈 시험 전날 밤, 그들은 젖은 수건, 블랙 커피, 기도문, 그리고 욕설과 함께 그를 2시까지 들들 볶았다. 그들은 족보, 족보, 족보를 계속 그에게 주었고, 애절한 표정을 한 그의 붉은 둥근 얼굴에 주먹을 흔들며 으르렁댔다. "야 임마, 이첨판막이 곧 승모판막이고 다른 첨판막과는 다르다는 거 외울 거지?" 그들은 손을 들고 방을 뛰어다니며 울부짖었다. "아무것도 암송 못하는 건가?" 그리고 애써 차분한 척하며 나직하게 다시 말했다. "이제 그만 안달 떨어, 뚱땡아. 진정하라고. 그냥 조용히 이 말 듣고 다시 해봐"라고 살살 달래며 말했다. "좌우지간 하나라도 외워 보라고!"

그들은 그를 조심스럽게 침대로 데려갔다. 그는 머리 속이 암기한 사실들로 가득 차 있었기 때문에 약간만 건드려도 모처럼 외운 것들을 다 흘려버렸을 지도 몰랐다.

그가 일곱 시에 눈을 뜨며 충혈된 눈에 입술을 떨면서 일어났을 때, 그는 밤새 익힌 모든 것을 잊고 있었다.

"더 이상 방도가 없네"라고 디감마 파이의 회장이 말했다. "컨닝 페이퍼를 갖고 가는 수 밖에 없어, 적발될 위험을 감수하고 말이지. 난 그렇게 생각해. 이러려고 어제 내가 만들어 놓긴 했지. 특별히 잘 만든 거야. 웬만한 문제들은 다 커버하니까 저 녀석은 합격이 될 거야."

심지어 아이라 힝클리 목사님 조차, 전날 밤에 벌어진 공포의 공부 과정을 목격한 탓도 있고 해서, 그 범죄를 묵인하였다. 컨닝 페이퍼 가져가는 것에 저항한 것은 다름아닌 파프 본인이었다. "이런이런, 나는 컨닝 하는 걸 좋아하지 않아. 나는 시험을 통과하지 못하는 사람이 의술을 하도록 허용되어서는 안 된다고 생각해. 우리 아버지께서 그렇게 말씀하셨어."

의사과학자 애로우스미스

그들은 그가 커피를 더 많이 마시게 했고 브롬화칼륨 정제를 그에게 먹였다(클리프 클로슨의 조언에 따라서 그랬는데, 사실 그는 그렇게 해서 무슨 효과를 얻을지 정확히 확신 하진 못했지만 누가 기꺼이 배우려 하는지는 정확히 알고 있었다). 디감마의 회장은 단호하게 뚱보를 붙잡으며, "이 컨닝 페이퍼를 네 주머니에 집어 넣을게. 보라고, 네 웃옷 가슴 쪽 주머니, 그리고 손수건 속에"라고 으르렁거렸다.

"나는 그거 안 쓸래요. 난 낙제해도 개의치 않을래요"라고 뚱보가 훌쩍거렸다.

"괜찮아, 하지만 이거 갖고 있어. 갖고 있다 보면 네 폐를 통해 조금이나마 정보가 흡수 될지도 몰라, 혹시 알아?" 회장은 그의 머리카락을 꽉 쥐었다. 그의 목소리는 높아졌고, 그 목소리에서는 날밤을 꼬박 샌 것과 암흑의 주문, 그리고 희망 없는 후퇴의 모든 비극적 요소가 들어 있었다. "… 그러니까 네 머리로 그것을 받아들일 수 있을지 없을지는 신만이 아신다고."

그들은 뚱보의 먼지를 털어내고, 그를 바로 똑바로 세워 문으로 밀어 붙여서 해부학 건물로 보냈다. 그들은 그가 나가서 걸어가는 것을 지켜보았다. 다리에 풍선을 달고, 코듀로이 바지를 입은 소시지 말이다.

클리프 클로슨은 "저 자식, 정직하게 시험을 칠 가능성이 있으려나?"라고 혀를 찼다.

"만약 저 녀석이 정직하게 시험을 본다면, 우리는 숙소로 가서 그 녀석 짐을 싸 주는 게 좋을 거야. 그리고 이 유서 깊은 동아리는 저 뚱보같은 호구를 두 번 다시 보유하지 못할 거야"라고 회장은 침울해 했다.

그들은 뚱보가 가던 길을 멈추고, 손수건을 꺼내, 애절하게 코를 푸는 바람에 길고 가는 종이 한 장이 딸려 나오는 걸 발견했다. 그들은 뚱보가 그것을 보고 눈살을 찌푸리고, 손가락 마디에 두드리며 읽기 시작했고, 다시 그것을 주머니에 집어넣은 뒤 더 단호하게 걸어가는 걸 보았다.

그들은 손을 잡고 친목회 거실을 돌며 춤을 추면서 "저 녀석은 그 컨닝 페이퍼를 사용할 거야. 괜찮아, 통과하거나 아니면 목을 매겠지!"라고 서로에게 간절히 말했다.

그는 결국 합격했다.

ᗉᖇ VI ᖇᗉ

디감마 파이는 뚱보의 멍청함, 클리프 클로슨의 소란스러움, 앵거스 듀어의 거친 목소리, 아이라 힝클리 목사님의 잔소리보다 마틴이 수시로 회의론을 제기하는 것에 더 불편해 했다.

시험공부를 하는 동안 마틴은 "최고급 살균기를 사 모으듯이 최고 고상한 의학 용어들을 익히는 것… 환자들에게 사용하여 이해시키기 위한 것이 아니라 환자들에게 고상하다는 인상을 주기 위한 것"에 대해 유난히 짜증이 났다. 디감스 입장을 대표해서 한 명이 이렇게 말했다. "즉, 우리가 의학 공부하는 방식이 네 맘에 안 든다면, 우린 너를 괴롭혀서 짐을 싸 엘크 밀스로 돌아가게 할 것이야, 거기로 돌아가면 넌 우리처럼 저속하고 돈만 밝히는 놈들에게 괴롭힘 당할 일이 없겠지. 여기를 보라고! 우리는 네가 어떻게 공부해야 할지 강요하지 않아. 어디서 우리에게 말해야 한다는 생각을 갖게 됐지? 오, 그런 생각 버려, 임마!"

앵거스 듀어는 시큰둥함이 섞인 상냥한 어투로 말했다. "우리는 단순히 목수일 뿐이라는 것을 인정할 게. 그리고 넌 훌륭한 학자지. 하지만 네가 이 의과학을 중도하차 하면 그 다음에 네가 도전해야 할 일들이 몇 개 있지. 건축에 대해 무엇을 알고 있지? 프랑스어 동사 변화에 대한 실력은 어때? 대작 소설은 몇 권이나 읽어 봤어? 오스트리아-헝가리의 총리는 누구지?"

마틴은 "난 막스 고틀립 같은 인물이 의도하는 것 빼고는 아무것도 아는 척하지 않아. 그는 올바른 방법을 가지고 있고, 다른 모든 떨거지 교수들은 주술사일 뿐이야. 힝클리, 너는 고틀립이 신앙심이 없다고 생각해. 왜 그래, 그가 실험실에서 일하는 것이 곧 기도하는 신앙 행위야. 멍청이들아, 그런 사람이 여기서 새로운 생명의 개념을 만든다는 것이 무엇인지 못 알아 차리니? 안 그래?"라고 항변했다.

클리프 클로슨은 하품을 하며 "실험실에서 기도한다고! 내가 세균학을 전공한다 치고, 만약 고틀립 '신부'님께서 내가 실험 시간에 기도하는 것을 발견하면, 아마 내 바지를 벗겨 버릴 걸!"이라고 말했다.

"빌어먹을, 들어봐!" 마틴은 울부짖었다. "분명히 말하는데, 너희들은 의학을 단지 추측으로만 진단 하는 부류라고, 그래서 여기 그걸 타파할 사람이 있는데…."

그래서 그들은 힘들여 사실 하나하나를 따지며 수시간 동안 논쟁을 벌였다.

모두 다 잠자리에 들어, 방 안엔 벗어 던져 널브러진 옷가지들이 쌓이고, 지친 이들은 철제 침대에서 코를 골고 있을 때, 마틴은 다 부서져 가는 기다란 소나무 책상에 앉아 고뇌를 하고 있었다. 앵거스 듀어가 미끄러지듯 안으로 들어와 말했다. "여기 봐, 애 늙은이. 우리 모두 네 투덜거림에 신물이 나. 네가 생각하기에 우리가 공부하는 의학이 썩었다고 생각한다면, 그리고 네가 그리도 지독하게 정직 하다면, 왜 의대를 자퇴하지 않지?"

그가 나가자 마틴은 고뇌했다. "듀어, 네가 옳아. 난 불만 있어도 입을 다물거나 그러지 못하면 자퇴해야 해. 난 진심일까? 내가 원하는 것이 무엇인데? 앞으로 무얼 해야 하지?"

⤜ VII ⤛

앵거스 듀어는 근면하고 올바른 예의범절에 대한 경건함을 갖고 있었기에, 클리프의 야한 노래, 클리프의 울부짖는 대화, 클리프가 남들 수프에 뭔가를 떨어뜨리는 것을 좋아하는 취향, 그리고 클리프가 손을 씻지 않으려 처절히 몸부림치는 것을 보면 모욕을 당한 듯 기분 나빠 했다. 듀어는 항상 무심해 보이는 외양에도 불구하고 시험 기간 중에는 마틴 만큼이나 민감해져서, 어느 날 저녁 식사 시간에 클리프가 시끄럽게 굴자 발끈해서 소리쳤다. "제발 그 시끄러운 소음 좀 그만 내 주실까?"

"내가 그 망할 놈의 소음을 다 내 드리지!"라고 클리프는 단언했고, 그래서 둘 사이의 불화가 계속된다.

클리프는 그 뒤로도 너무 시끄럽게 굴어서 그 자신도 소음 내는 것에 지치는 지경에 이르렀다. 거실에서 시끄럽고, 욕실에서도 시끄럽고, 자는 척 코를 골았기에 몇몇은 제대로 잠을 못 잤다. 듀어는 조용히 자기 책을 싸고 있으면서, 그런 도발에 미동도 하지 않았다. 그는 치안 판사같은 눈으로 클리프를 똑바로 바라보며 겁을 주었다. 클리프는 마틴에게 나직하게 불평했다. "재수 없는 자식, 그 자식은 내가 무슨 벌레인 양 취급해. 그 자식이나 나 둘 중 하나는 디감을 탈퇴해야 한다는 건 확실해, 그리고 나가는 건 내가 아닐 걸!"

클리프는 흉폭하고 매우 시끄러웠고, 결국 나간 사람은 그였다. 그는 디감스 동아리 회원들이 "바보 같은 스포츠나 하고 포커 게임도 제대로 하지 못한다"고 말했지만, 그는 앵거스 듀어의 냉혹한 눈총을 피해 도망치고 있었던 것이었다. 그래서 마틴도 그와 함께하던 동아리에서 탈퇴했고, 다가오는 가을에 그와 함께 방을 쓰기로 했다.

클리프의 수다는 듀어에게 그랬던 것처럼 마틴을 괴롭혔다. 클리프는 입을 쉬는 법이 없었다; 어쩌다 그가 질척거리지 않더라도 이런 식으로 귀찮게 했다. "그 비싸 보이는 신발 얼마에 샀어… 너 무슨 반더빌트 재벌가 자손이라도 되는 줄 아는구나!" 혹은 "너 매들린 폭스랑 데이트하는 거 봤어. 도대체 걔에게 무슨 짓을 하려는 거야?" 그러나 마틴은 세련되고 근면하며 예의바른 디감마 파이 청년 문화로부터 떨어져 나왔다. 이미 그는 그들의 얼굴에서 처방전들과 광택 나는 하얀 살균기, 멋지게 빠진 자동차, 그리고 잘 만들어진 개업 의원 간판을 볼 수 있었다.

그는 그런 귀족들을 마다하고 천민으로서의 고독을 택했다. 왜냐하면 이듬해 그는 막스 고틀립 슬하에서 연구를 할 것이기 때문이었으며, 그런 품위있는 것들과는 상종을 안 할 것이니까.

그 해 여름 그는 몬태나에서 전선 설치 팀과 함께 시간을 보냈다.

그는 통신 팀의 전선 설치자로 일했다. 그의 일은 전봇대를 타고 올라가 부드럽고 은빛이 도는 소나무에 박차를 박고 전선을 갖고 올라가 유리 절연체에 매단 다음 내려와서 그 다음 전봇대로 가는 것이었다.

그들은 하루에 약 5마일씩을 설치했고, 밤이 되면 곧 무너질 듯한 나무 집들로 된 작은 마을로 차를 몰고 들어갔다. 하루 일과를 끝내는 방식은 간단했다. 신발을 벗고 말 담요 속에 들어가 자는 것이었다. 마틴은 멜빵바지와 플란넬 셔츠를 입었다. 그는 마치 농부처럼 보였다. 하루 종일 전봇대를 오르고 심호흡을 하며, 그의 눈은 모든 시름에서 벗어났고, 그러던 어느 날 그는 기적을 경험했다.

그는 전봇대 꼭대기에 있었는데 갑자기 뚜렷한 이유 없이 그는 눈을 뜨고 보았다; 마치 그가 방금 깨어난 것처럼, 대초원의 광활함을 보았고, 태양은 거친 목초지와 익어가는 밀 위로, 늙은 말들 위로, 다루기 쉽고, 넓은 갈기를 가진 순한 말들 위로, 그리고 붉은 얼굴의 유쾌한 그의 동료들 위로 자애롭게 햇빛을 비추는 것을 보았다. 그는 초원을 나는 종달새들이 환희에 넘치고, 일단의 검은 새들이 빛나고 있으며, 살아있는 태양과 함께 모든 생명이 살아 있는 것을 보았다. 앵거스 듀어 같은 이들과 어빙 워터스 같은 이들이 뛰어난 대가가 된다고 가정해보자. 그게 뭐가 그리 중요한데? 그는 의기양양해 하며 소리쳤다. "나 여기 있어!"

전선 설비 팀은 서풍처럼 건강하고 단순 했으며, 가식은 전혀 없었고, 전기 장비를 다루었지만 의료진처럼 혼란스러운 과학 용어를 익혀서 농부들에게 자신이 과학자인 척 하지는 않았다. 그들은 쉽게 웃고 자기 자신으로 만족했으며, 그런 그들과 함께 하며 마틴은 자신이 얼마나 고귀한지 잊는 데 만족했다. 그는 대학에서 그 누구도 아닌 막스 고틀립에게만 그런 것처럼, 그들에게 애정을 가지고 있었다.

그는 고틀립의 '면역학' 책을 가방에 넣고 다녔다. 그는 종종 반 페이지를 못 가 화학식의 늪에 빠져버렸다. 가끔 일요일이나 비가 오는 날이면 그 책을 읽으려 했고, 실험실을 동경했으며, 가끔 매들린 폭스를 생각했고, 그녀를 갈망하며 엄청나게 외롭다는 것을 확신하게 되었다. 하지만 일주일은 속절없이 흘러갔고, 그는 마구간에서 깨어나 달콤한 건초 냄새와 말 냄새, 그리고 판잣집 마을의 심장부에 가까이 다가온 종달새 울음소리가 나는 초원 냄새를 맡으며 그날의 일과 서쪽으로 일몰을 향해 하이킹하는 것만을 신경 썼다.

그래서 그들은 몬태나 밀밭을 걸었고, 빛나는 들판에 밀밭이 우거진 곳과 산쑥이 우거진 사막을 지나갔다. 그리고 갑자기 마틴은 사라지지 않고 꾸준히 떠 있는 구름을 바라보며 자신이 산악지대를 보고 있다는 것을 깨달았다.

그리고 그는 기차를 타고 있었고, 전신 설비 팀은 이미 마음 속에서 잊혀져 있었다. 그리고 그는 매들린 폭스, 클리프 클로슨, 앵거스 듀어, 막스 고틀립만을 생각하고 있었다.

4장

막스 고틀립 교수

막스 고틀립 교수는 기니 피그 한 마리에게 탄저균을 주입하여 암살하려던 참이었기에, 세균학 수업 강의실엔 긴장감이 팽배했다.

학생들은 세균의 형태를 연구했고, 페트리 접시[1]와 백금 고리[2]를 다루었으며, 무해한 바실루스 프로디지오수스(*Bacillus prodigiosus*)의 붉은 배양균을 감자 조각 위에서 자부심을 갖고 키웠고, 이제는 병원성 세균까지 진도를 나가서, 빠르게 진행되는 감염병을 유발하기 위해 살아있는 동물에게 접종하기에 이르렀다. 유리 상자에서 노닥거리던 반짝이는 두 눈망울의 기니 피그는 이틀 내로 뻣뻣 해져서 죽을 것이었다.

마틴은 흥분 상태였지만 한편으로는 불안감에 사로잡혀 있었다. 그는 이런 자신이 한심했다. 세균에 문외한인 사람들이 이 실험실을 방문할 때, 저 피에

---

1   세균 배양하는 접시.
2   세균 배양으로 자란 집락을 따는 기구.

굶주린 미생물들이 저 기이한 원심분리기에서, 혹은 실험 벤치에서, 혹은 아예 공기에서 직접 자신에게 훌쩍 뛰어 옮겨올 거라 믿는 것을 보고 참 어리석다 하며 전문가 스럽게 경멸했던 걸 기억해 냈다. 하지만 그는 지금 시범을 보이는 교수의 책상 위, 기기가 채워진 욕조와 염소[3]가 채워진 병 사이에 솜마개를 한 시험관에는 수백만 마리의 치명적인 탄저균이 있다는 것을 의식하고 있었다.

수업 참여 학생들은 존중을 보이되 너무 가까이 가지 않았다. 실험을 다루는 기교, 그리고 손을 아주 살짝만 움직여도 돋보이는 확신에 찬 신속함으로, 고틀립 박사는 조수가 잡고 있는 기니피그 복부의 털을 제거하였다. 그는 손솔질 한 번으로 배에 비누칠을 한 다음, 그것을 깎고 요오드로 칠했다.

(한편 그 시범을 보이고 있던 당시 막스 고틀립은 코흐와 파스퇴르와 함께 연구하던 시절, 엄청난 맥주 조끼 마시기와 남학생회, 그리고 격렬한 논쟁들로부터 벗어나 막 돌아오고 나서 맞아들인 첫 학생들이 보여줬던 간절함을 속으로 내내 회상하고 있었다. 열정적이고 아름다운 날들이여! *Die golden Zeit* (황금의 시간이여)! 퀸 시티 칼리지에서 했던 미국에서의 첫 강의는 세균학의 놀라운 발견들에 대한 경외심을 받았다; 수강자들은 경건하게 그를 둘러싸며 몰려들었다; 그들은 지식을 갈망했었다. 오늘날에 이르니 수강자들은 오합지졸들이다. 그들을 바라보았다. 앞줄에 풍보 파프, 문고리처럼 공허한 얼굴; 감성적이고 겁에 질린 여학생들; 오직 마틴 애로우스미스와 앵거스 듀어 만이 눈에 띄게 똘똘해 보였다. 그의 기억은 뮌헨에서 본 창백한 푸른 황혼, 그 다리, 그리고 거기서 나를 기다리던 있던 소녀, 그리고 또 음악 소리를 찾으며 더듬고 있었다.)

그는 두 손을 염소 용액에 담그고 흔들어 마치 건반 위 피아니스트의 손가

---

3 원래는 bichloride, 즉 원소 기호로 Cl₂라서 bichloride, 혹은 dichloride라 부르는 게 맞지만 염소가 속한 할로겐 족 원소의 특성상 평소에 두 원자끼리 붙어야 안정된 구조를 형성하기에 그냥 염소라 부르기로 하겠다.

락처럼 아래로 빠르게 털었다. 그는 기기 욕조에서 피하주사기를 꺼내어 시험관을 들었다. 그의 목소리는 독일어 모음과 뭉개지는 W 발음과 함께 나지막하게 흘러 나왔다:

"제군들, 이것은 탄저균의 24시간 배양액일세. 텀블러 바닥에는 튜브가 깨지는 것을 방지하기 위한 면이 깔려있다는 건 제군들은 이미 알아차렸을 걸세. 탄저균이 든 시험관을 깨뜨리고 나서 배양액에 손을 넣는 것은 권할 수 없지. 탄저균 종기가 생길지도 모르니."

학생들은 두려움에 떨었다.

고틀립은 새끼 손가락으로 솜 플러그를 뽑았는데, 이걸 너무나 깔끔하게 해치워서 "세균학은 쓰레기야. 우린 검사에 대해서는 소변 분석 검사와 혈액 검사만 알면 된다"고 투덜대던 의대생들이 이제는 카드 트릭을 기가 막히게 하거나 충수돌기를 단 7분 내로 잘라 낼 수 있는 이에게 보낼만한 존경심을 표하고 있었다. 그는 분젠 버너에서 튜브의 입구를 휘저으면서 웅얼거렸다. "매번 튜브에서 플러그를 뽑을 때마다, 튜브의 입구를 불꽃으로 그을리시게나. 이건 반드시 지키게. 필수 기술이네. 기술이란 말일세, 제군들, 모든 과학의 시작이라네. 과학계에선 덜 알려진 진리이기도 하지."

학생들은 참을성이 없었다. 아니 왜 기니 피그에게 접종하는 재미있고 무시무시한 순간까지 가다 말고 한 박자 쉬는거야?

(그리고 막스 고틀립은 유리 상자 안에 있는 다른 기니 피그를 힐끗 쳐다보며 생각했다. "죄도 없는 불쌍한 것! 내가 왜 널 죽여야 하니, 저 *Dummköpfe* (멍청이들)을 가르치려고? 차라리 저 뚱보 녀석에게 실험을 해보는 게 나을 거야.")

그는 주사기를 튜브에 집어넣고, 검지로 피스톤을 솜씨 좋게 빼내고, 다음과 같이 강의했다:

"배양액 반 cc를 채취하시게. 세상엔 두 종류의 의사가 있지. cc가 입방 센

티미터(cubic centimeter)를 의미하는 걸로 아는 의사와 복합 배변제(complex cathartic)을 뜻하는 걸로 아는 의사. 후자가 돈을 더 잘 벌어서 더 잘 살게 되지."

(그러나 cc로만 발음하면 cubic centimeter라고 발음하는 그 맛은 전달할 수 없지; 그 모음을 가냘프게 느릿하니 길게 발음하고, 냉소적이면서도 상냥함을 담으며, S 발음을 할 때의 쓰 하는 소리, D 발음이 뭉툭해지면서 도전적인 느낌이 되는 T 말일세…)

조교는 기니 피그를 바짝 붙들었다; 고틀립은 배의 피부를 집고 피하주사기를 빠르게 아래로 밀어 넣어 찔렀다. 기니 피그가 약간 움찔하더니 작게 찍찍거리자 여학생들이 몸서리를 쳤다. 고틀립의 노련한 손가락들은 복막벽에 언제 도달했는지를 감 잡았다. 그는 주사기 피스톤을 밀어 안으로 균을 집어 넣었다. 그는 조용히 말했다. "이 불쌍한 동물은 이제 곧 모세처럼 죽을 거라네." 학생들은 서로를 불안하게 쳐다보았다. "제군들 중 일부는 상관없다고 생각할 것이고, 일부는 버나드 쇼처럼 나는 사형 집행인이고 이 일에 대해 냉정하기 때문에 더 괴물 같다고 생각할 것이며, 일부는 아무 생각도 없을 걸세. 이렇게 철학들이 다르니 인생이란 재미있는 거지."

조수가 기니 피그의 귀에 주석 원판을 붙여 유리 상자에 다시 넣는 동안, 고틀립은 실험 노트에 접종 시기와 세균배양의 시기를 기록하였다. 그 기록을 칠판에 다시 꼼꼼하게 적으면서 "제군들, 삶에서 가장 중요한 부분은 살아 있는 것이 아니라 삶에 대해 곰곰이 생각하는 것일세. 그리고 실험에서 가장 중요한 것은 실험을 하는 것이 아니라 잉크로 기록을, 그것도 아주 정확하게 정량적으로 남기는 것이라네. 수많은 영리한 사람들은 자신의 머릿속에 메모를 남길 수 있다고 생각한다 들었네. 그런 사람들은 자기 실험 기록을 제대로 기억할 머리가 없다는 사실을 나는 그동안 봐 오며 재미있어 했다네. 왜냐하면 그렇게 해 봐야 세상은 그들이 얻은 결과를 결코 보지 못 하고, 과학은 그

의사과학자 애로우스미스

것들로 인해 방해 받지 않기 때문이지. 나는 이제 두 번째 기니 피그를 접종할 것이고, 수업은 끝날 것이네. 다음 실험 시간 전에, 제군들은 페이터(Pater)의 '쾌락주의자 마리우스(Marius the Epicurean)[4]'를 읽고, 그 책에서 실험 기법의 비결인 침착함에 대해 익힐 수 있다면 좋겠네."

꽁 II 꽁

부산을 떨며 복도를 내려오면서, 앵거스 듀어는 어느 디감 회원에게 말했다. "고틀립은 실험실에 틀어 박힌 구세대야. 그는 상상력이 전혀 없어. 세상 밖으로 나가 싸움을 즐기는 대신 여기에 안주하고 있지. 하지만 그는 확실히 손재주가 좋아. 정말 좋은 기술을 갖고 있어. 일류 외과의사가 될 수도 있었고, 1년에 5만 달러를 벌었을 수도 있어. 지금 이대로 계속 있다면 그는 4천 달라에서 단 1센트라도 더 받을 것 같지 않은데!"

아이라 힝클리는 고민을 하며 혼자 걸어갔다. 이 덩치 크고 활기찬 목사는 유난히 선한 인간이었다. 그는 의대 교수들이 자기에게 해 준 말들이 아무리 모순된다 하더라도 너그럽게 다 받아들였지만, 이번같이 동물을 죽이는 행위란… 그는 정말 싫었다. 이번 동물실험과 연관성이 확실하다고는 할 수 없지만, 그는 지난 일요일 그가 의대 다니는 와중에 부지런히 가서 설교를 하던 빈민가 예배당에서 순교자들의 희생을 치하하고, 어린 양의 피, 성 에마누엘의 정맥에서 뽑아낸 피로 가득 찬 분수를 노래했던 것을 떠올렸다. 하지만 이러한 연상은 곧 사라지고, 그는 연민의 안개 속에서 디감마 파이를 향해 힘 없이 걸어가고 있었다.

---

4 '쾌락주의자 마리우스'는 마르쿠스 아우렐리우스의 '명상록'을 바탕으로 월터 페이터가 쓴 소설로, 국내에서는 '페이터의 산문'으로 더 잘 알려져 있음.

풍보 파프와 함께 걷고 있던 클리프 클로슨이 "아이고, 고틀립 '신부'가 그 바늘을 박자 그 늙은 기니피그는 확실히 꽥꽥거렸지!"라고 소리쳤고, 풍보는 "하지 마! 제발!"하고 애원했다.

그러나 마틴 애로우스미스는 자신이 같은 실험을 하는 모습을 상상하고 있었다. 고틀립의 정확히 움직이던 손가락을 기억하면서 그의 손 또한 이를 모방하며 휘어졌다.

❧ III ❧

기니피그 들은 점점 더 잠에 빠졌다. 이틀 만에 몸을 굴리고 경련을 일으키며 발길질을 하다가 결국 죽었다. 과원들은 극적인 기대감으로 가득 차서 부검을 위해 다시 모였다.

시범 테이블 위에는 나무로 만든 쟁반이 놓여 있었는데, 거기엔 오랜 세월 동안 사체들을 고정시켜 놓았던 압정 자국들이 가득했다. 기니피그 들은 단단한 유리병 안에 있었고, 털들은 헝클어져 있었다. 학생들은 저 기니피그들이 어떻게 깨작거리며 살아 움직였었는지 기억하려고 애썼다. 조교는 그 피그들 중 한 마리를 꺼내 쭉 펴서 압정으로 고정했다. 고틀립은 라이솔에 적신 면봉으로 배를 닦은 다음, 복부부터 목으로 절개를 했으며, 빨갛게 달아오른 주걱으로 심장을 소작 했는데, 이 주걱으로 심장이 그슬리는 소리를 듣자 학생들은 몸을 떨었다. 마치 악마 같은 신비의 사제처럼, 그는 피펫으로 검게 변한 피를 뽑았다. 팽창된 폐와 비장, 신장과 간을 가지고, 조교는 유리 슬라이드에 물결 모양으로 얼룩을 바른 뒤 염색을 하고 나서 학생들에게 검사해 보라고 제공하였다. 한쪽 눈을 감을 필요 없이 현미경을 보는 법을 배운 학생들은 자부심을 가지고 능숙하게 놋쇠로 만든 나비 나사로 올바르게 초점을 맞추어 어두침침했던 시야에서 세포들이 선명하게 슬라이드에 모습을 드러내었고, 그들 모두는 원인 세균을 알아낸다는 이 멋진 작업에 대해 얘기를 나누었다. 그러나 그들은 계속 불편함을 느꼈는데, 왜냐하면 고틀립 교수가 그 날도 그들 곁에 남아 그들의 뒤를 집요하게 계속 따라다니면서 말없이 항상 그들을 지켜보며, 기니 피그들의 유해 처리를 어찌 하는지 감시했으며, 거기에 실험실에서 탄저균에 감염되어 죽은 어느 학생에 대한 신경 쓰이는 괴담이 벤치마다 나돌았기 때문이었다.

❧ IV ❧

이 시기, 마틴에게는 자신을 만족 시켜주는 일들이 많았다; 속도감 넘치는 하키 경기의 즐거움, 대초원의 고요함, 훌륭한 음악이 주는 미혹감, 창조의 느낌 등. 그는 일찍 일어나며 하루 일과에 대해 만족스럽게 계획을 하며 임했다; 그는 자신의 공부에 독실하게, 그리고 맹목적으로 뛰어들었다.

세균학 실험실의 혼란은 그에게 황홀경이었다. 셔츠 소매를 입고 배양용 영양 젤라틴을 여과하고, 쭈글쭈글한 젤라틴이 손가락에 덕지덕지 붙은 학생들; 은빛 곡사포처럼 오토클레이브 안에서 끓여지고 있는 배지들. 뜨거운 공기 오븐 아래서 활활 타오르는 분젠 불꽃, 아놀드 살균기에서 뿜어져 나온 증기가 서까래까지 번져 올라 창문에 김이 서리는 광경들이 마틴에게는 활기찬 사랑스러움이었고, 혈청액으로 가득 채우고 커피 색깔로 그슬려진 솜 마개를 한 시험관들이 늘어서 있으며, 반짝이는 실험 병에 기대어 놓여진 백금 고리, 실험 단지들을 신비롭게 서로 이어주는 기다란 시험관의 울타리, 혹은 젠티안 바이올렛 염색액으로 가득찬 병 등은 그에게 있어 세상에서 가장 휘황찬란한 것들이었다.

그는 아마도 젊은 시절 고틀립이 했을 법한 행동을 모방하여, 밤에 실험실에서 혼자 연구하기 시작했다. 그가 보는 현미경 뒤에서 가스등 빛이 비춰지긴 했지만 그 널따란 연구실은 칠흑같이 어두웠다. 빛의 원뿔이 밝은 황동관에 광택을 주었고, 그가 접안렌즈 위로 몸을 굽혔을 때 그의 검은 머리카락에 윤기를 더했다. 그는 쥐의 트리파노솜[5]을 연구하고 있었다. 다색 메틸렌 블루로 염색된 여덟 갈래 장미꽃잎 모양; 보라색 핵과 옅은 푸른 세포, 편모의 가는 선을 가진 수선화처럼 섬세한 미생물들의 뭉치. 그는 흥분하고 약간 자랑스러워했다; 그는 병원체를 완벽하게 염색했으니까. 모양을 깨뜨리지 않고 장미꽃잎 모양을 염색하는 것은 쉬운 일이 아니었다. 어둠 속에서 다가오는 막스 고틀립의 지친 발걸음, 그리고 마틴의 어깨에 얹히는 손. 말없이 마틴은 고개를 들고, 현미경을 그에게 밀었다. 몸을 숙인 채, 담배꽁초를 입에 물고, 그 누구의 눈에게나 따가울 연기를 내면서 고틀립은 그가 마련한 결과물을 들여다보았다.

그는 가스등을 4분의 1인치 정도 조정하고 나서 혼자 이렇게 말했다. "아주 좋아! 자넨 손 재주가 아주 좋구만. 오, 과학에서도 극소수 몇몇은 예술적 솜씨를 가지는 경우들이 있지. 자네 같은 미국인들, 모두 아이디어로 가득 찬 그 많은 미국인들 말이야, 하지만 자넨 오랜 시간 쏟는 노동의 아름다운 지루함을 못 참아 하는구먼. 난 이미 알고 있네, 그리고 난 전부터 실험실에서 자넬 지켜보고 있지, 아마도 자넨 수면병을 일으키는 트리파노솜을 연구하고 있는 거겠지. 트리파노솜은 매우, 매우 흥미롭고, 다루기에도 매우, 매우 사람 애를 태우지. 꽤나 멋진 병이야. 아프리카 어느 부락들에선 말이지, 부락민의 50%가 걸려있고, 어김없이 치명적이라네. 그래, 맞아. 나는 자네가 그

---

5 기생충인 파동편모충.

놈을 연구하고 있는 거라 생각하네.”

이런 칭찬은 마틴에게 있어서, 그의 여단을 데리고 교수 자신의 전투에 동참하라는 말이었다.

고틀립이 말했다, “자정에 내 방에서 작은 샌드위치를 만들어 먹을 거야. 자네가 이렇게 늦게까지 연구할 일이 있을 때, 한 입 먹으러 와 주면 나는 참 기쁠 거 같네.”

마틴은 한밤중에 약간 자신 없는 태도로 조심스럽게 홀을 가로질러 고틀립의 티 하나 없이 깔끔한 실험실로 갔다. 벤치 위에는 커피와 샌드위치가 있었는데, 그 샌드위치들은 작고 훌륭했으며, 마틴의 점심 식당 취향과는 달랐다.

고틀립과 얘기를 하다 보니 마틴의 머리 속에서 클리프는 그 존재가 사라졌고, 앵거스 듀어는 어리석은 출세 지향주의자에 지나지 않아 보였다. 그는 고틀립이 얘기해 주는 런던의 실험실들로 소환된 듯 했고, 서리가 내리는 저녁의 스톡홀름에서 저녁식사를 했으며, 산 피에트로 돔 뒤로 석양이 지는 핀시오 강을 걸었고, 마르세이유에서 전염병이 창궐한 배설물이 묻은 옷으로부터 느끼는 극도의 위험과 압도적인 혐오감을 실감했다. 그가 끝까지 지키던 경계심은 이제 다 빠져 나갔고, 마치 마틴이 자신의 동시대 사람인 것처럼 자신과 자신의 가족에 대해 이야기했다.

우루과이에서 군 대령을 했던 사촌과 모스크바에서 행해진 제정 러시아 유대인 학살 때 고문을 당한 랍비였던 사촌. 병든 아내 – 암일지도 몰랐다. 세 자녀들 – 막내 딸 미리엄은 훌륭한 음악가였지만, 열네 살짜리 아들 녀석은 골칫거리였다; 짓궂고 공부도 하지 않았다. 그 자신은 항체 합성에 수년간 매진했는데, 지금은 막다른 골목에 부딪혔으며, 모할리스에서는 자기에게 관심을 가져주는 사람이 아무도 없고, 자길 귀찮게 하는 이조차 하나 없었지만, 옵소닌 이론을 학살하며 즐거운 시간을 보내고 있었고, 그것이 그를 기운 나게 했다.

"아니, 나는 너무 많은 것을 주장하는 사람들에게 불쾌감을 주는 것 외에는 아무것도 하지 않았지만, 언젠가는 진짜배기 발견을 할 꿈을 가지고 있지. 그리고… 아니다. 장인 정신과 정확성, 그리고 가설에 대한 큰 상상력을 이해하는 학생들은 지난 5년 동안 단 다섯 명도 없었어. 아마 자네도 나중에 그런 학생들을 만날 날이 있을 거야. 내가 도와 줄 수 있다면… 그렇게 되겠지!"

"난 자네가 훌륭한 의사가 될 거라 생각하진 않네. 훌륭한 의사란 좋은 기량에 종종 예술의 경지에도 이르지만 이재에 밝지. 우리같이 실험실에 처박혀 연구만 하는 외로운 이들은 아닐세. 한 때는 나도 의사 딱지를 붙인 적이 있었지. 하이델베르크에서 1875년에, *Herr Gott* (젠장)! 나는 다리에 붕대를 감고 혀를 진찰하는 데 별로 관심이 없었어. 나는 헬름홀츠[6]의 추종자였어. 정말 미친 듯이 수다를 떠는 젊은이였지! 나는 음향 물리학을 연구하려고 열심히 매진했지. 정말 납득이 안 됐지만, 나는 실적이 별로였어. 하지만 난 좌절의 눈물 속에서 깨달았지. 정량적인 방법 외에는 아무것도 없다는 것을. 그리고 나는 화학자가 됐다네. 악취를 잘 만드는 사람이었어. 그러다 생물학으로 투신했고 많은 고생을 겪었지. 괜찮게 했어. 한 두 가지 업적을 이루었지. 그리고 가끔 내가 망명자라고 느끼고 냉정한 현실을 실감했지. 언젠가 난 라인강의 파수꾼(*Die Wacht am Rhein*: 보불 전쟁과 1차 대전 때 불리던 독일의 군가) 부르기를 거부하고 기갑부대 대위를 죽이려고 덤벼든 바람에… 그 자식 꽤 건장한 놈이었어. 그 자식 목을 졸랐어야 했는데… 독일을 떠나야 했어. 내가 뻐기는 걸로 보이겠지만, 30년 전만 해도 나는 힘이 넘치는 싸나이(*Kerl*)였다구! 아! 그럼!"

---

6 Helmholtz: 독일의 물리학자로 유체역학의 기반을 확립함.

의사과학자 애로우스미스

"철학적 세균학자의 고민은 단 한 가지네. 왜 우리는 이 사랑스러운 병원균들을 파괴해야 할까? Y.M.C.A.에 다니고, 짜증나는 노래들이나 부르고, 이니셜을 새긴 모자를 쓰고 있는 이 아름답지 않은 젊은 학생들 중 대부분을 말이지, 아름다운 편모를 가진, 그렇게 우아하게 기능하는 바실루스 티푸스 (Bacillus typhosus)로부터 보호할 가치가 있을까? 알다시피, 그 병원균들을 세상에 퍼지게 놔두는 것이 모든 경제적인 문제를 해결할테니 그게 낫지 않냐고 실바 학장에게 내가 한번 물었었지. 하지만 그는 내 의견에 아무 신경도 쓰지 않았다네. 글쎄, 그는 나보다 나이도 많고, 내가 듣기로는, 모두 근사한 옷을 입은 주교들과 재판관들이 참석한 가운데 저녁 파티를 열기도 한다고 하더군. 그는 니체 님과 쇼펜하우어 님(하지만 빌어먹을 쇼펜하우어! 그 녀석은 목적론적인 사고방식이야!), 코흐와 파스퇴르님, 그리고 친애하는 작크 뢰브(Jacques Loeb)와 아레니우스[7]를 좋아하는 이 독일 유대인보다 더 유식할 거야. 오, *Ja* (그래)! 내가 바보 같은 소리를 하고 있어. 가서 네 슬라이드를 보고 잘 자게나."

그가 그 갈색 작은 집에 고틀립을 두고 나왔을 때, 그의 얼굴은 마치 한밤중의 저녁 식사와 그 모든 횡설수설한 이야기란 전혀 없었던 것처럼 과묵한 표정을 하고 완전히 취한 채 숙소로 달려갔다.

---

7 Arrhenius: 산 염기 정의를 내린 것으로 유명한 화학자.

5장

너의 대조군은 어디에

❧ I ❧

지금은 세균학이 마틴 삶의 전부이지만, 병리학, 위생학, 외과 해부학 등 천재 조차도 감당하기 힘들 만큼 압도적으로 많은 양의 다른 과목들도 공부해야 하는 것이 의과대학의 정석이었다.

클리프 클로슨과 마틴은 꽃 무늬 벽지와 더러운 옷 더미, 철제 침대, 그리고 침 뱉는 그릇이 있는 큰 방에서 지냈다. 그들은 아침을 직접 만들어 먹었다. 저녁으로는 필그림 이동식 간이 식당이나 듀 드랍 인 식당에서 고기 넣고 으깬 감자를 먹었다. 클리프는 가끔 짜증을 냈고 창문이 열려있는 것을 싫어하기도 했으며, 더러운 양말에 대해 잔소리도 했고, 마틴이 공부할 때 '누군가는 당뇨병으로 죽는구나'라며 노래를 불렀다. 그는 그 어느 것도 직설적으로 말하는 법이 없었다. 그는 꼭 유머러스하게 돌려 말했다. 그는 "이제 우리가 그 늙은이들을 먹여 살릴 수도 있다는 것이 네 생각이냐?" 아니면 "열량을 얼마 더 처먹는 게 어때?"라고 말했다. 하지만 마틴에게 있어서 클리프는 그의 쾌활함, 민첩함, 은연중에 보이는 용기만으로는 설명할 수 없는 매력이 있었다. 클리프의 모든 것은 그가 보여주는 여러 모습들을 합친 것 이상이었다.

마틴은 실험실에서 일하는 즐거움으로 디감마 파이에서 최근까지 함께 했던 동료들을 거의 생각하지 않았다. 그는 가끔 아이라 힝클리 목사가 마을 경찰이 되고 어빙 워터스가 배관공이 되며, 앵거스 듀어가 할머니 인맥을 타고 출세가도를 걸어가고, 뚱보 파프 같은 바보가 무력한 환자들을 상대로 의료 행위를 한다면 그건 범죄라고 험담했지만, 그 이외 평상시 대부분은 그들을 의식하지 않고, 성가시게 굴지도 않았다. 그리고 세균학 분야에서 처음으로 훌륭한 성적을 거두면서 자기가 얼마나 아는 것이 없는지를 깨닫고 나자, 그는 몹시 겸손해졌다.

그가 과 친구들에 대해 덜 거슬려 한 반면, 수업 분야에 대해서는 짜증날 일이 좀 더 많았다. 그는 실험에서 치료나 처치 과정을 받지 않은 사람이나 동물, 화학 물질에게 '대조군'이라는 용어를 비교 기준으로서 사용하는 요령을 고틀립에게 배웠는데, 이보다 사람들을 더 짜증나게 하는 건 없었다. 어느 의사가 어떤 약이나 전기 기기를 과시하며 자신의 성공을 자랑하면, 고틀립은 항상 코웃음을 쳤다. "대조군이 어디 있지요? 얼마나 많은 증례를 동일한 조건에서 실시했는데요? 그리고 그 중 얼마나 처치를 안 받았죠?" 이제 마틴도 떠들기 시작했다. - 대조군, 대조군, 대조군, 대조군이 어디 있죠? - 마침내 그의 동료 대부분과 몇몇 강사들은 그를 줘 패고 싶어했다.

그는 특히 약물학이 싫어졌다.

약물학 교수 로이드 데이비슨(Lloyd Davidson)박사는 걸출한 가게 주인이었을 지도 모르겠다. 그는 매우 인기가 있었다. 미래에 의사가 될 이는 그에게서 무엇보다도 중요한 것, 즉 환자의 문제가 무엇인지 발견할 수 없을 때 그냥 환자에게 줄 수 있는 적절한 약을 배울 수 있었다. 학생들은 그의 수업을 열정적으로 경청했고, 신성한 150가지 처방전을 외웠다. (그는 이것이 그의 전임자가 요구했던 것보다 50가지가 더 많다는 것을 자랑스러워했다.)

하지만 마틴은 반항적이었다. 그는 공개적으로 이렇게 물었다. "데이비슨 박사님, 어떻게 익티올(ichthyol)이 단독[1]에 좋다는 것이죠? 그냥 썩은 화석 물고기 아닌가요? 옛날 사람들이 사용하던 미라 먼지나 강아지 귀 같은 것 아닌가요?"

"어떻게 아냐고? 왜 그리 묻는가, 비판적인 젊은이, 수천 명의 의사들이 오랜 세월 그것을 사용해왔고, 그걸로 환자들이 나아졌다는 것을 발견했지. 그렇게 알게 된 거야!"

"하지만 솔직히 말해서, 박사님, 환자들은 그리 안 했어도 어쨌든 좋아졌을 수도 있지 않을까요? 어쩌면 결과적으로 그렇게 됐으니 그것 때문이라고 간주하는 것(a post hoc, propter hoc) 아닐런지요? 선배 의사들은 많은 환자들을 대조군과 함께 실험해 본 적이 있었나요?"

"아마도 그렇지는 않을 것일세. 그리고 애로우스미스, 자네와 같은 천재는 단독을 앓는 수백 명의 정확히 동일한 환자들을 모을 때까지, 그 검증은 엄두도 못 낼 걸세! 반면에, 애로우스미스 군 같이 심오한 과학적 지식과 '대조군'과 같은 편리한 전문용어를 사용할 수 있는 능력이 모자라는 나머지 제군들은, 단지 나의 이 별 볼일 없는 충고를 따라서 계속 익티올을 사용할 것이라고 믿는다네!"

하지만 마틴은 굽히지 않았다. "제발, 데이비슨 박사님, 어쨌든 이 모든 처방전들을 외워봐야 무슨 소용이 있습니까? 우리는 그 대부분을 잊어 버릴 텐데, 게다가 그건 항상 책 찾아 보면 나와요."

데이비슨은 입술을 꾹 다문 다음 이렇게 말했다:

---

1 Erysipelas: 사슬알균에 의한 감염병으로 얼굴을 비롯한 피부에 뚜렷한 경계를 가진 붉은 피부 병변이 생기는 것을 특징으로 한다.

의사과학자 애로우스미스

"애로우스미스, 난 자네 나이만 한 이에게 마치 세 살짜리 어린이처럼 대답해 주기가 싫지만, 분명 대답해 주긴 해야겠네. 그러니까, 자네는 내가 가르쳐 주니까 이 약들의 특징들과 처방의 내용들을 익히게 되는 걸세.

만약 내가 이 수업에서 다른 학생들의 시간을 낭비하는 데 주저하지 않는다면, 나는 내가 가르치는 게 왜 맞는지 자네에게 확신을 시켜 주고 싶다네. 왜 맞느냐 하면 이건 나의 보잘것없는 권위에 기반을 둔 것이 아니고, 과거의 현명했던 선학들 - 자네보다 지혜롭고 확실히 조금이라도 더 나이를 먹은 이들일세, 젊은이 - 그런 선학들이 오랜 세월에 걸쳐 얻어낸 결실이기 때문일세. 하지만 나는 화려한 수사와 언변을 현란하게 펼치려는 생각은 없기에 난 그냥 이렇게 말해야 하겠네. 자네는 받아 들이고, 이를 공부하고, 이를 암기하시게나, 왜냐하면 내가 자네에게 그렇게 가르치니까!"

마틴은 자신의 의학 과정을 그만두고 세균학을 전공할 것을 고려했다. 그는 클리프에게 털어 놓으려고 했지만, 클리프는 그가 안절부절 하는 걸 잘 받아주지 않았기 때문에, 그는 활기차고 하늘하늘거리는 매들린 폭스에게 다시 눈을 돌렸다.

❧ II ❧

매들린은 공감력과 실용적인 감각을 동시에 지니고 있었다: 의대 과정을 중퇴하지 말고 완전히 수료해, 그러고 나서 하고 싶은 걸 해 보는 게 어때?

그들은 같이 걷고, 스케이트를 타거나, 스키를 즐기러 갔고, 대학 연극 공연장에 갔다. 과부인 매들린의 어머니는 딸과 함께 살기 위해 와 있었는데, 당시 모할리스의 넓고 오래된 목조 주택들을 대체하기 시작하고 있던 작은 아파트들 중 하나의 꼭대기 층에 거주하고 있었다. 그 곳은 문학 서적과 장식

으로 가득했다: 시카고에서 온 청동 불상, 셰익스피어 비문의 탁본, 아나톨 프랑스 번역본 전집, 퀼른 대성당 사진, 대학 내 아무도 작동 법을 모르는 사모바르가 놓인 고리버들로 만든 티 테이블, 그리고 기념품 포스트 카드 앨범 등. 매들린의 어머니는 메인 스트리트에서 존중 받는 노부인이었다. 그녀는 위엄 있고 머리는 백발이었지만, 감리교 교회에 다녔다.

모할리스에서 그녀는 학생들의 수다에 당황했고, 고향과 교회의 사교 모임, 여성 클럽의 모임을 그리워했다. 그 모임에선 올해 교육을 공부하고 있었고, 그녀는 대학 생활에 대한 모든 정보를 놓치는 것을 싫어했다.

집과 어머니라는 보호자를 갖추고, 매들린은 "사교 모임 주최"를 시작했다: 커피, 초콜릿 케이크, 치킨 샐러드, 그리고 워드 게임으로 이뤄진 8시 파티였다. 그녀는 마틴을 초대했지만, 마틴은 연구에 매진하는 그의 자부심 넘친 저녁 시간을 지키려고 애를 썼다. 그녀가 그를 유혹한 첫 번째 건은 1월에 있었던 그녀의 성대한 신년 파티였다. 그들은 아마도 광고 사진에서 힌트를 얻어서 이를 모방한 연출을 하여 "그야말로 광고 한 편을 찍었다." 그들은 축음기에 맞춰 춤을 췄고, 무릎에 얹어 사용하는 저녁 식사용 쟁반뿐 만 아니라 작은 깔개들로 과도하게 덮인 작은 테이블 위에도 음식을 놓고 먹었다.

마틴은 그런 우아함에 익숙하지 않았다. 비록 그는 기분이 내켜 하지 않은 채 오긴 했지만, 저녁식사와 젊은 여성들의 화려한 드레스에 깊은 인상을 받았다. 그는 자신의 춤 솜씨가 형편 없음을 깨달았고, "보스턴"이라고 불리는 새로운 왈츠를 출 수 있는 선배가 부러웠다. 마틴 애로우스미스가 힘, 우아함, 지식을 의식할 때마다 그것들은 그의 배우고 싶은 내면을 자극했고 그는 어김없이 그것들을 갈망하였다. 소유물에 대한 욕심이 거의 없는 대신, 그는 그런 것들 모두에 능숙하고 싶어했다.

그는 이렇게 다른 이들에게 주저주저 하며 놀라워했지만, 이런 경이감은 곧 매들린에게 폭 빠져서 다 묻혀버렸다. 여태까지 밖에서 본 그녀는 재킷 입은 평범한 여성이었지만, 지금 실내에서 보는 그녀의 모습은 노란 비단 옷을 입은 가녀린 모습의 아름다운 매들린이었다. 손님들에게 장난을 쳐서 즐거운 분위기로 만드는 그녀의 모습은 그에겐 재치와 편안함 이라는 기적을 연출하는 이로 보였다. 그녀는 재치를 부릴 이유가 있었는데, 노먼 브럼핏 박사가 그곳에 있었기 때문이었다. 저녁 초대자리에서 항상 그랬듯이 브럼핏 박사는 이번에도 평소대로 약간 무례했다. 그는 매들린의 어머니에게 키스하는 척을 했는데, 이러한 행동은 이 불쌍한 부인을 엄청나게 불편하게 만들었다. 그는 지옥이라는 단어가 들어있는, 많이 불편하게 들리는 흑인 노래를 불렀고, 한 무리의 여자 대학원생들에게 조류쥬 상드[2]의 불륜은 아마도 재능 있는 남자들에게 미쳤던 영향을 감안해 보면 어느 정도는 정당화될지도 모른다고 주장했다. 그리고 그들이 그런 발언에 충격을 받은 것처럼 보이자, 그는 좀 의기양양해 하였고, 그의 안경알은 반짝였다.

매들린이 그를 담당했다. 그녀는 쾌활하게 지저귀었다. "브럼핏 박사님은 무시무시한 지식들을 끊임없이 꺼내서, 가끔은 영어 수업 시간을 듣다 보면 무서워 죽을 때도 있지만, 그 외의 경우에는 그저 악동일 뿐이에요… 그래서 당신이 여자애들을 놀리게 하고 싶지 않군요. 내가 셔벗을 가져 올테니 절 도와 줄 수 있겠죠. 바로 그게 당신이 할 수 있는 일이에요."

마틴은 그녀를 사랑했다. 그는 브럼핏이 그녀와 함께 아파트의 옷장 같은 부엌으로 사라지는 특권을 가지는 것 때문에 그를 싫어했다. 매들린! 그녀는 나를 이해해 주는 유일한 이란 말이다! 모든 사람들이 그녀와 말하고 싶어하고, 브럼핏 박사가 거의 결혼하고픈 호감을 가지고 그녀에게 활짝 웃는 이곳

---

2   조르쥬 상드, George Sand는 19세기말 프랑스의 진보적인 여류 문학가로, 당대의 유명 남성 예술인, 예를 들어 빅토르 위고, 투르게네프, 공쿠르 등과 교류를 했으며, 특히 쇼팽과의 연인 관계로 유명했다.

에서, 그녀는 소중했고, 그녀는 그가 꼭 자기 걸로 만들어야 할 대상이었다.

그는 그녀가 테이블 세팅하는 걸 도와주는 척하면서 그녀와의 시간을 잠시 가졌고, 훌쩍이며 이렇게 말했다. "세상에, 넌 정말 사랑스러워!"

"네가 날 좀 좋게 생각해줘서 기뻐." 장미 꽃이자 세상의 모든 사람들이 사랑하는 그녀는 그에게 호의를 보였다.

"다음에 만나면 네게 뭔가… 아니, 내일 저녁에 방문해도 될까?"

"글쎄, 난… 아마."

ᕗᕉ III ᕉᕫ

결코 영웅이라고 할 수 없는 이 젊은 남자의 전기에서, 자신을 진리를 추구하는 사람으로 여겼지만 평생 동안 비틀거리며 후퇴하고 매번 수렁에 빠졌던 그에게, 마틴의 매들린 폭스에 보인 의도는 소위 "명예로운" 처신이었다고 할 수는 없다. 그는 돈 후안 같은 바람둥이는 아니었지만, 생계를 유지하기 위해서는 몇 년을 더 기다려야 할 가난한 의대생이었다. 물론 그는 청혼할 생각은 하지 않았다. 그는 그러한 경우에 처한 대부분의 가난하고 열성적인 젊은이들처럼, 자신이 얻을 수 있는 모든 것을 원했다.

그녀의 아파트를 향해 달려가며, 그는 모험을 하는 기대심에 가득 차 있었다. 그는 그녀가 애간장을 녹이는 걸 상상했다. 그는 그녀의 손이 그의 뺨을 미끄러지듯 내려오는 것을 느꼈다. 그는 그런 자신을 꾸짖었다. "이제 바보짓은 하지 말라고! 아마 아무 짓도 하지 말아야 해. 흥분해서 만사 망치고 후회하지 말고. 그녀는 아마 네가 파티에서 뭔가 잘못한 일 때문에 비난 할지도 몰라. 그녀는 아마 잠에서 덜 깼기에 네가 오지 않았으면 할 지도 몰라. 아무것도 하지 말자고!" 하지만 그는 단 한 순간도 설마 그럴 거라 믿지 않았다.

　　　　　　　　　　　　　　　의사과학자 애로우스미스

그는 현관 벨을 눌렀고, 그녀가 문을 여는 것을 보았으며, 그녀의 손을 잡고 싶은 심정을 꾹 누르면서 그녀를 따라 무미건조한 홀을 내려왔다. 그는 지나치게 밝은 거실로 들어왔고, 피라미드처럼 견고하고, 햇볕이 비치지 않는 겨울처럼 변함이 없어 보이는 그녀의 어머니를 맞닥뜨렸다.

그래도 물론 어머니는 기꺼이 나가 주면서 내가 그녀와 단 둘이 있도록 해 줄 것이야.

그러지 않으셨다.

모할리스에서는 젊은 남자들이 작별 인사를 고하기에 적절한 시간은 10시이지만, 마틴은 8시 이후 11시 15분까지 폭스 부인과 암투를 벌였다. 매들린이 예쁘게 앉아있는 와중에 그는 폭스 부인에게 두 종류의 언어를 구사했는데, 하나는 귀에 들리는 잡담, 그리고 나머지 하나는 귀에 들리지는 않지만 화가 난 무언의 항의였다. 그들은 날씨와 대학, 제니스로 가는 트롤리 서비스에 대해 이야기하는 것처럼 보였지만, 폭스 부인은 적대감으로 방이 가득 찰 때까지 그와 똑같이 조용한 어조로 그에게 대답하고 있었다.

"그래, 물론이죠, 언젠가는 배차 간격이 매 20분마다 있을 거라고 생각해요." 그가 무겁게 말했다.

("아 정말, 이 할머니는 잠도 없나? 대단해! 뜨개질을 하고 있군. 얼씨구, 젠장! 털실 공 하나 더 집어 드네.")

"아, 그렇죠, 분명히 더 나은 서비스가 제공돼야 할 거예요"라고 폭스 부인이 말했다.

("젊은이, 나는 자네에 대해 잘 모르지만, 나는 자네가 매들린과 어울린다고 생각하진 않아. 어쨌든, 자네 지금 귀가할 시간이야.")

"오, 네, 물론이죠. 훨씬 더 나은 서비스 말이죠."

("내가 너무 오래 있다는 거 알고, 그쪽이 안다는 사실도 알지만, 상관 안 해요!")

그가 눈치 없게 계속 안가고 미적대고 있다는 사실을 폭스 부인이 더 이상 참아주는 것은 불가능해 보였다. 그는 사고 방식, 의지력, 최면술을 사용해 봤지만, 결국 패배를 인정하고 마침내 일어났을 때도 그녀는 여전히 자리를 지키며 극도로 침착했다. 그들은 건성으로 서로 작별 인사를 나누었다. 매들린은 그를 문 앞으로 데려갔다. 그는 참으로 박진감 넘쳤던 30분 동안 그녀와 한 마디도 못하고 보낸 것이었다.

"난 너무나, 너무나 너랑 얘기를 나누고 싶었다고!"

"알아. 미안해. 언젠가 다음 기회를 기약해!" 그녀가 중얼거렸다.

그는 그녀에게 키스했다. 그것은 열렬한 키스였고, 매우 달콤했다.

⤷ IV ⤶

다과 파티, 스케이트 파티, 썰매 파티, 제니스 애드버커트 타임즈의 사회면을 장식한 객원 여성 명예 기자를 초대한 문학 파티 등등, 매들린은 쾌활하지만 엄청나게 피곤한 오락거리로 뛰어 들었고, 마틴은 고분고분하지만 불만에 찬 채로 그녀를 따라갔다. 그녀가 참석자를 충분히 모으는 데 어려움을 겪는 것처럼 보였기에 마틴은 화가 난 클리프 클로슨을 문학의 밤 모임에 끌고 갔다. 클리프는 "이곳은 내가 여태껏 본 중에 가장 빌어먹을 참새 동물원이야"라고 투덜거렸지만, 그는 뜻하지 않은 보물을 건졌다. 그는 매들린이 마틴을 그녀만의 애칭인 "마티킨스(Martykins)"라 부르는 걸 들었다. 그거 참 쓸모 있었다. 이때부터 클리프는 그를 마티킨스라고 불렀다. 클리프는 다른 사람들에게도 그를 마티킨스라고 부르라고 불렀다. 뚱보 파프와 어빙 워터스가

그를 마티킨스라고 불렀다. 그리고 마틴이 이제 그만 자러 가겠다고 말하자, 클리프가 키들거렸다:

"여어, 넌 아마 저 여자와 결혼하게 되겠지. 저 여자는 완전히 엿 된 거야. 아흔 걸음마다 너보다 똑똑한 젊은 의사들이 발길에 채일텐데 말이야. 오, 그 치마 두른 아가씨가 네 모가지를 낚아채고 나면, 넌 과학을 하며 근사한 젊음의 시간을 보낼 수 있을 거야. 저 여자는 그런 종류의 문학소녀 니까. 문학에 대해 모르는 게 없지, 아마 읽는 방법을 제외하고는 말이야. 저 여자는 그렇게 못생기지 않았어, 지금은. 나이 먹으면 지 엄마처럼 살이 찌겠지만."

마틴은 그런 모임이 필요하다고 말했고, 이렇게 결론을 내렸다. "저 여자는 대학원에서 유일하게 촉망 받는 여성이야. 나머지들은 그냥 주위에 앉아서 재잘거릴 뿐이지, 그리고 저 여자가 주도하는 최고의 모임은…."

"키스들이나 하는 파티들 말이지?"

"자, 여기를 봐, 임마! 명심해, 나 화 나려고 해! 너와 나는 거친 사내녀석이지만, 매들린 폭스는 어떤 면에서는 앵거스 듀어 같아. 나는 우리가 놓치고 있는 게 무언지 모두 알겠어: 음악과 문학, 그래, 그리고 품위 있는 옷도 말이지. 옷 잘 입는다고 나쁠 거 없어…."

"그게 바로 내가 너에게 말하는 거야! 그녀는 네가 알버트 왕자처럼 치장하고 잘 삶아서 깨끗한 셔츠를 입게 해서, 모든 병을 부잣집 과부병으로 진단하며 살게 할 거야. 너 어떻게 저런 허세나 부리는 여자에게 홀려 넘어갈 수 있지? 네 대조군은 도대체 어디 있는 거야?"

클리프의 반대는 그를 흔들어 놓아서 매들린을 단순히 교활하고 탐욕스러운 이로 보게 하지 못하고 오히려 그녀와 결혼하고 싶다는 더 극적인 확신만 갖게 만들어 놓았다.

자기 남자를 '개선'시키고 싶은 걸 오랫동안 꾹 참을 수 있는 여성이란 거의 없다. 여기서 '개선'이란 자기 남자를 현재 모습에서, 더 나은 다른 무엇으로 탈바꿈 시킴을 의미한다, 그것이 무엇이건 말이다. 매들린 폭스와 같이 일은 하지 않으면서 예술 감각이 있는 젊은 여성들은 '개선'시키려는 시도를 하루에 한 번으로 자제하지 못한다. 다급해 하는 마틴이 그녀의 우아함에 마음이 동요하는 것을 보여주자 마자, 그녀는 그의 옷차림, 즉 그의 코듀로이와 부드러운 칼라, 별난 모양의 낡은 회색 펠트 모자를 간섭했고, 그가 사용하는 어휘와 그가 읽는 소설에 대한 취향을 새롭고 보다 있어 보이게 바꾸려 했다. "왜 아니겠어, 물론 모든 사람들은 에머슨이 가장 위대한 사상가였다는 것을 알고 있지"라고 그녀가 말하는 이런 개략적인 방식은, 고틀립의 어두운 인내심과는 대조적으로 그를 더 불편하게 했다.

"거 참, 나 좀 내버려 둬!"라고 그는 버럭 했다.

"아는 것에 대해 신조를 굽히지 않을 때의 너는 조물주가 지금까지 창조한 피조물들 중에 최고야, 하지만 네가 정치나 화학요법에 대한 생각을 쏟아낼 때면, 젠장, 나 좀 그만 괴롭히라고! 내가 쓰는 비속어에 대한 비판은 네 말이 맞는 것 같긴 해. '많이 처 먹는다' 같은 이런 저속한 표현들은 하지 않을게. 하지만 난 딱딱한 칼라는 달기 싫어! 안 달 거야!"

그 당시 어느 봄 날 저녁의 옥상에서 있었던 일이 아니었다면 그는 그녀에게 청혼하지 않았을지도 모른다.

그녀는 자신이 거주하는 아파트의 평평한 옥상을 정원으로 사용했다. 그녀는 한때 묘지에서 볼 수 있었던 것과 같은 제라늄 한 상자와 주철로 된 벤치를 하나 놓아두었고 일본식 등을 두개 매달아 놓았는데, 그것들은 너덜너덜

하고 비뚤어진 채 매달려 있었다. 그녀는 이 아파트의 다른 주민들을 경멸하며, 그들은 "너무 따분하고, 너무나 고리타분해서, 이렇게 사랑스러운 은신처에 올라온 적이 없었어"라고 말했다. 그녀는 자신의 피난처를 무어 궁전의 옥상에, 스페인식 테라스에, 일본식 정원에, 그리고 "오래된 프로방스의 정원"에 비유했다. 하지만 마틴에게 이것은 평범한 옥상 정도로 보였다. 4월의 그 날 저녁 그는 매들린에게 찾아갔고 그녀의 어머니가 딸을 보려면 옥상으로 가라고 거만하게 말했을 때 그는 막연하게 말다툼을 할 태세를 갖추고 있었다.

그는 굽은 계단을 터벅터벅 올라가면서 "빌어먹을 일본식 등 같으니. 차라리 간 해부도를 보는 게 낫겠네"라고 투덜거렸다. 매들린은 두 손으로 턱을 괴고 장례식에나 적합한 그 철제 벤치에 앉아 있었다. 이번에는 과장되게 반가운 척 꾸미는 태도가 아니라 이도 저도 아닌 애매한 태도로 "안녕"이라고 그에게 건성 내뱉었다. 그녀는 아무 생각 없어 보였다. 그는 자기가 비웃었던 것에 대해 죄책감을 느꼈다; 그는 이렇게 타르로 바르고 널판지로 덮은 정원이 휘황찬란한 곳이라고 가식을 떠는 그녀에게서 갑자기 연민을 느꼈다. 그는 그녀 곁에 앉아서 이렇게 말했다. "그러네, 멋진 새 매트를 깔아 놓았네 …." 그러자 고개 돌려 그를 바라보며 그녀가 말했다. "아니야! 후진 거야!" 그녀는 통곡했다. "아, 마트, 난 이런 내게 정말 질렸어, 오늘 밤은. 난 사람들이 내가 특별한 인물이라 생각하게 하려 항상 애쓰고 있지. 사실 난 아니야. 순 허세지."

"무슨 일이야, 자기?"

"아, 정말 많아. 브럼핏 박사, 그 자식 죽이고 싶어, 하지만 맞는 말을 했어. 내가 더 열심히 공부하지 않으면 대학원에서 쫓겨나야 한다고 말해줄 만큼 배려하긴 했어. 나는 아무 것도 하고 있지 않고, 그가 말하는데, 내가 박사학위를 따지 못하면 그럴듯한 학교에서 영어를 가르치는 좋은 직업도 얻을 수 없을 것이니까, 나는 낙향하는 게 나을 거야, 왜냐하면 그 누구도 이 형편 없는 매들린과 결혼하려 하지 않을 거니까."

그는 팔로 그녀를 감싸며 외쳤다. "나는 네가 정확히 어떤 사람인지 알…."

"아니야, 널 떠보는 게 아니야. 오늘 밤 나 솔직해. 난 형편없어, 마트. 난 내가 얼마나 영리한 지 사람들에게 과시하지. 하지만 난 그들이 믿는다고 생각하진 않아. 아마도 뒤에서 날 비웃을 거야!"

"그렇지 않아! 만약 그런 사람이 있다면 대체 누가 비웃으려 했는지 찾아내고 싶어."

"너 정말 친절하고 사랑스럽구나, 하지만 난 그럴 자격이 없어. 시인 매들린이여! 세련된 어휘를 구사하는 그녀여! 나는, 나는.. 마틴, 나는 빈 깡통이야! 네 친구 클리프가 나에 대해 제대로 봤어. 말할 필요 없어. 난 그가 날 어떻게 생각하는지 알아. 그리고… 엄마랑 낙향해야 할 것 같아, 더 참을 수가 없어, 자기, 난 더 참을 수가 없어! 낙향하고 싶지 않아! 그 후진 마을! 아무 것도 하지 못하는 그 곳! 저 늙고 짐승 같고 항상 똑같은 구식 농지거리나 하는 늙은이들. 난 돌아가고 싶지 않아!"

그녀의 머리는 그의 팔 안으로 안겼고, 그녀는 격렬하게 울고 있었다; 지금은 탐욕스럽지 않고 상냥하게 그는 그녀의 머리를 쓰다듬으며 이렇게 속삭였다: "자기야! 내가 감히 너를 사랑할 것 같은 기분이 들어. 너는 나와 결혼할 거야. 그리고… 의대 과정 몇 년 그리고 병원에서 수련과정 몇 년을 마치면, 우린 결혼할 거야. 네가 나를 내조한다면, 정말로 참! 난 최정상으로 올라갈 거야! 위대한 외과의사가 되어! 우리는 모든 것을 가질 거야!"

"자기야, 현명하게 행동해. 네가 과학을 연구 하는 데 내가 방해되고 싶지는 않아…."

"글쎄. 음, 나는 계속 연구를 좀 하고 싶긴 해. 하지만, 난 그저 실험실에 처

의사과학자 애로우스미스

박히는 놈이 아니야. 생존 투쟁도 할거야. 인생을 개척하는 거야. 실전에서 진짜 남자들과 경쟁하면서 말이야. 내가 그렇게 하지 못하고 과학 분야 일만 좀 한다면, 나는 별로인 놈이 되지. 물론 고틀립과 함께 있는 동안에는, 나는 그것을 잘 활용하고 싶지만, 그 후에는… 아, 매들린!"

그리고 그녀에게 밀착하면서 모든 게 시야에서 흐려지며 모든 이성도 상실되었다.

ᐳᑊᑊᐸ VI ᐳᑊᑊᐸ

그는 폭스 부인과의 면담을 두려워했다; 그는 그녀가 "젊은이, 우리 매디를 어떻게 도울 생각이지? 그리고 자네는 어휘 구사가 점잖지 못 해"라고 말할 거라 확신했었다. 그러나 정작 그녀는 그의 손을 잡고 애절하게 말했다. "자네와 우리 애가 행복하길 바래요. 그 앤 좋은 애지, 어떤 때는 좀 튀긴 하지만, 그리고 난 자네가 예의 바르고 친절하고 열심히 공부한다는 걸 알고 있어요. 난 둘이 행복하기를 기도할게요. 아, 난 열심히 기도할 거예요. 자네 같은 젊은이들은 기도에 대해 그리 중요하게 생각하지 않는 것 같지만, 기도라는 게 어떻게 나에게 힘이 되는지 안다면, 아, 난 둘이 행복하기를 주님께 부탁할게요!"

그녀는 울고 있었다; 그녀는 마틴의 이마에 건조하고 부드럽고 자애로운 노파의 키스로 입을 맞췄고, 마틴도 그녀와 함께 거의 울 뻔 했다.

헤어질 때 매들린은 속삭였다. "자기야, 나는 조금도 상관 안 해. 하지만 우리가 어머니와 함께 교회에 간다면 어머니는 좋아하실 거야. 한 번만이라도 해 줄 수 있지 않아?"

경천동지할 일일세, 불경스러운 클리프 클로슨은 너무나 경악했다. 번쩍이는 잘 다려진 옷과, 목을 눌러 고통스러운 린넨 칼라, 그리고 힘겹게 묶은 스카프를 두른 마틴이 폭스 여사와 재잘대는 매덜린을 대동하고 모할리스 감리교회로 가서 마이런 슈웝 목사의 "올바름으로 가는 길"에 대한 담론을 듣는 것을 목격하고서.

그들은 아이라 힝클리 목사를 지나쳤고, 아이라는 마틴이 주님의 품에 들어온 것에 대해 만족해 하며 흐뭇하게 바라보았다.

❦ VII ❦

마틴은 인간의 지성에 대한 막스 고틀립의 비관적인 견해에 전적으로 동의했지만, 그는 진보라는 것은 분명 있다고 믿었으며, 세상만사는 무언가 의미를 갖고 있고, 사람들은 거기서 그 무언가를 배울 수 있다고 믿었다. 만약 매덜린이 자신이 종종 실패도 맛보는 평범한 젊은 여성이라고 일단 인정만 한다면, 그녀는 구원을 받는다고 믿었다.

그녀가 그 어느 때보다 대수롭지 않다는 듯 그를 개선시키려는 시도를 더하기 시작하자 그는 당황했다. 그녀는 그의 저속함과 더불어 자기가 보기에 그가 야심이 별로 없는 것에 대해 불평했다. "자기는 자신이 너무나 똑똑해서 우월하다고 생각해. 가끔 나는 자기가 그러는 게 단지 나태함의 문제만이 아닐 거라는 생각이 들어. 자기는 실험실에서 시간 보내며 몽상하길 좋아해. 왜 시간을 내서 약물학 같은 걸 외울 생각을 안 해? 다른 사람들은 다 그걸 하잖아. 키스? 싫어, 안 해 줄 거야. 난 자기가 좀 더 성장해서 이성에 귀를 기울였으면 해."

그녀가 계속 바가지 긁는 것에 화가 나기도 했고, 그녀의 입술에 입 맞추고 싶고 그녀가 보이는 용서의 미소를 갈망하기도 하면서 그는 학기 말까지

의사과학자 애로우스미스

정신없이 보냈다.

기말 고사 일주일 전, 그는 하루 24시간을 그녀와 사랑을 나누는데, 그 다음 24시간을 시험 준비에 갈아 넣고, 그 다음 24시간을 세균 실험실에서 보내며, 클리프에게 이번 여름 휴가를 그와 함께 캐나다 호텔에서 웨이터로 일하면서 보내겠다고 약속했다. 그는 저녁에 매들린을 만났고, 그녀와 함께 농대 실험소 구내의 체리 과수원을 거닐었다.

그녀는 이렇게 불평 했다. "자기는 내가 저 끔찍한 클리프 클로슨에 대해 어떻게 생각하는지 알고 있지. 자기는 내가 그에 대해 어찌 생각하는지는 신경도 안 쓰는 거 같아."

"네 생각 잘 듣고 있어, 내 사랑" 하고 마틴은 너무 유쾌하게 들리지 않도록 점잖게 말했다.

"글쎄, 지금 웨이터 일에 대한 내 의견을 자긴 안 들었잖아. 정말로 말이지 난 자기가 방학 동안 품위 있게 신사적인 일을 하지 않는 이유를 모르겠어, 그러는 대신 부산스레 접시나 다루면서 말이지. 왜 신문사 같이 품위 있게 옷을 입고 세련된 사람들을 만나는 곳에서 일하지 못하는 거야?"

"그래. 신문 편집 일을 할 수도 있어. 하지만 네가 그렇게 말하니까 올 여름에는 일을 아예 하지 말아야겠다. 어쨌든 바보 같은 짓이네. 뉴포트에 가서 골프도 치고 매일 밤 정장도 입어야 쓰겠네."

"네게 상처를 줄 의도가 아니었어! 난 정직한 노동을 존중해. 마치 번즈가 말한 것처럼 말이야. 하지만 식탁에 서서 시중을 들다니! 마트, 왜 그렇게 몸으로 때우는 일을 자랑스러워 해? 잠깐만이라도 멈추고 똑똑하게 굴어. 밤의 소리를 들어보라고. 그리고 벚꽃 향기를 만끽 하란 말이야… 아니면 자기같이 훌륭한 과학자께서는, 일반 사람들보다 뛰어난 자기 같은 사람은 벚꽃을 즐기기에는 너무나 훌륭하시단 말이지!"

"글쎄요, 모든 벚꽃은 몇 주만 지나면 다 져버린다는 사실만 제외하고는 네 말이 진짜 맞네."

"오, 벚꽃은 져 버리지! 그렇게 사라질 지는 몰라도, 자기는 우리 머리 위에 있는 저 창백한 하얀 덩어리가 무엇인지 말해줄 수는 있지?"

"그러지. 내가 보기엔 종업원 셔츠 같네."

"마틴 애로우스미스, 만약 잠시라도 내가 저속하고, 거칠고, 이기적이고, 미생물을 탐구하는 똑똑하신 싸가지와 결혼하게 될 거라고 생각한다면 말이야…."

"그리고 내가 하루 종일 나한테 잔소리-잔소리-잔소리하고 바가지를 긁고 또 긁는 여자와 결혼할 거라고 생각한다면 말이야…."

그들은 서로에게 독설을 퍼부었고, 그걸 즐겼다. 그리고 그들은 영원히 헤어졌고, 또 한 번 영원히 헤어졌다. 두 번째 이별 통보는 매우 무례했는데, 그때는 학생들이 밴조에 맞춰 가슴 아픈 여름의 실연 노래를 부르고 있는 친목회 건물 근처에서였다.

다시는 그녀를 만나지 않기로 한 지 열흘 만에 그는 클리프와 함께 노스우즈로 떠났다. 그는 세균학 성적이 과에서 톱이 됐고, 그렇게 해서 막스 고틀립이 이듬 해에 그를 학부 조교로 임명했다는 것에 단지 약간 흥분했을 뿐, 그녀를 잃은 슬픔과 그녀의 부드러운 살에 대한 그리움, 그리고 그의 말을 기꺼이 들어주려 하던 그녀의 마음을 그리워하며 지냈다.

의사과학자 애로우스미스

6장

안녕, 리오라?

﴾❦ I ❦﴿

　온타리오 주의 소나무 숲에 싸인 노코미스 로지에서 일하는 웨이터들은 모두 대학생들이었다. 그들은 원래 로지 무도회에 참석하지 말았어야 했지만, 그냥 들어와서 가장 예쁜 소녀들만 가로채 갔기 때문에 그녀들에게 춤 신청을 하려던 하얀 플란넬을 입은 나이 든 구혼자들로부터 갖은 비난을 들었다. 그들은 일을 하되 하루에 7시간만 했다. 나머지 시간 동안은 낚시를 하고, 수영을 하고, 그늘진 오솔길을 걸었다. 그러다가 마틴은 평온한 모할리스로 돌아왔고, 매들린에 대한 어마어마한 사랑으로 가득 차 있었다.

　그들은 서로에게 편지를 썼다. 처음에는 예의 바르게, 그리고 후회하다가, 2주에 한 번씩; 그 후에는 열정적으로 매일. 여름 동안 그녀는 오하이오 경계 근처의 위네맥이라는 고향으로 끌려갔다. 위네맥은 마틴의 고향인 엘크 밀스보다 더 크지만, 더 햇볕에 타고, 더 황량하며 작은 공장들이 있는 곳이었다. 그녀는 한숨을 쉬며, 페이지 전체에 커다랗고 느슨한 글씨로 썼다:

　우린 어쩌면 서로 다시 못 볼 수도 있겠지만 과학과 이상, 교육 등에 관해 함께 나누었던 대화들을 이제 내가 얼마나 높게 평가하는지 알아 줬으면 좋겠어. 고루한 이야기들을 듣다 보면 난 정말로 너와 나눴던 대화들이 얼마나 더 좋았는지 절감한다고. 아, 정말 너무 끔찍해. 자동차 이야기 하며, 자기 하녀들에게 급료를 얼마나 줘야 하는지 등등. 자기는 내게 너무나 많은 걸 주었지만 나도 자기에게 좀 주긴 했지? 내가 항상 잘못하는 쪽은 아니잖아?

"귀여운 내 사랑!"라고 그는 한탄했다.

"'항상 잘못하는 쪽은 아니'라니! 이 안쓰러운 내 자기, 이 안쓰러운 내 자기야!"

한여름이 되자 그들은 확고하게 다시 약혼했다. 비록 그는 위스콘신에서 학교 선생님을 하는 젊고 키득키득 잘 웃고 예쁜 발목을 가진 계산원양에게 살짝 마음이 가긴 했었지만, 그는 매들린이 너무 그리워서 지금 하는 아르바이트를 관두고 도망가 그녀의 애무를 받고 싶다는 충동이 한 번씩 일어나 잠을 몇 번 설치곤 했다.

돌아오는 기차는 너무 느리게 느껴져서 괴로웠고, 그는 그녀 생각으로 열기에 휩싸여 모할리스에 내렸다. 그로부터 20분 후, 둘은 조용한 그녀 방에서 서로 바싹 끌어안고 있었다. 물론 그로부터 20분 후 그녀는 클리프 클로슨을 비웃고, 낚시를 비웃고, 모든 학교 선생님들을 비웃고 있었지만, 그가 화를 내자 그녀는 눈물을 흘리며 잘못했다고 했다.

❧ II ❧

그의 2학년은 파란만장했다. 오전에는 진단학, 외과, 신경과, 산부인과 수업을 듣고, 오후에는 병원에서 임상 시연을 참관하며, 고틀립의 실험을 위해 배양 배지 제작과 유리병과 시험관 살균을 감독하였고, 신입생들에게 현미경

의사과학자 애로우스미스

과 필터와 오토클레이브(가압 멸균 처리기)의 사용을 가르쳤으며, 때때로 독일어나 프랑스어로 쓰인 과학 문헌 한 페이지를 읽었고, 매들린과 계속 만났으며, 이 모든 것을 다 해 내기 위해 그는 신경질적으로 서둘렀다. 가장 어지러운 이 시기에 그는 자신의 첫 독창적 연구를 시작했다. 그의 첫 서정시이자 미지의 산악을 향한 첫 등정이었다.

그는 토끼들에게 장티푸스균을 접종해서 면역시켰는데, 만약 이렇게 면역된 동물들로부터 채취한 혈청을 장티푸스균과 섞으면, 그 세균들은 죽을 것이라고 믿었다. 불행하게도, 그 세균들은 그가 느끼기에도 즐겁게 잘만 자랐다. 그는 곤혹스러웠다. 자신의 실험 테크닉이 서툴렀다고 확신하며 실험을 반복하여 계속했다. 그는 자정까지 일했고, 새벽에 일어나 자신이 기록한 실험 노트에 대해 되새김질 했다. (비록 매들린에게 보낸 편지 문구들은 중구난방이었어도, 실험 노트에 쓰는 문장들은 정확했다.) 그는 자연이 할 리가 없는 일을 계속 보여주고 있음을 확신하자, 죄책감을 가지고 고틀립에게 가서 이렇게 항변했다. "이 면역 혈청에 집어 넣으면 저 빌어먹을 세균들은 죽어야 하는데, 그렇지가 않더군요. 그 이론들은 뭔가 잘못된 것입니다."

"젊은이, 자넨 과학을 거스를 생각인가?" 고틀립이 책상 위에 놓인 서류들을 다루며 쏘아붙였다. "자넨 면역학의 확고한 이론들을 반박할 능력이 있다고 느끼는가?"

"죄송합니다, 교수님. 그 확고한 이론들이란 게 도대체 무엇인지 모르겠군요. 여기 제가 시행한 프로토콜이 있습니다. 솔직히, 저는 이 프로토콜을 몇 번이고 검토했고, 보시다시피 저는 항상 같은 결과를 얻었습니다. 제가 아는 건 제가 관찰한 것들뿐입니다."

고틀립은 환하게 미소를 지었다. "내 제자여, 자네를 축복하겠네! 바로 그거야! 네가 관찰한 것을 준수하라, 그리고 그것이 모든 훌륭하고 올바른 과학

이론에 위배가 된다 해도, 개의치 말고 끝까지 고수하라! 나는 매우 기쁘다네, 마틴. 하지만 이제는 왜 그런 결과가 나오는지, 그 이면에 도사린 원리를 찾으시게."

고틀립은 평소에 그를 "애로우스미스" 또는 "자네" 또는 "어이"라고 불렀다. 화가 나면 고틀립은 그나 또는 다른 학생들을 "닥터"라고 불렀다. "마틴"이라고 부르며 존중하는 경우는 매우 칭찬할 때뿐이었다. 그래서 그는 축복받은 행복감으로 고틀립 방에서 걸어 나갔고, 왜 자기 실험 결과가 모조리 그렇게 됐는지 찾으려 열심히 노력했다(그러나 결국 전혀 성공하지 못했다).

❧ III ❧

고틀립은 그를 제니스의 대형 종합병원으로 보내 어느 흥미로운 증례의 환자로부터 수막알균 균주를 확보하도록 했다.

환자들의 이름, 직장 주소, 종교 정보 등을 얻는 데만 관심이 있고, 누가 죽었는지, 누가 아름다운 청백색 리놀리움에 침을 뱉었는지, 누가 수막알균을 채취하러 가는지는 주소만 제대로 입력되면 개의치 않는 일상을 지루해 하는 접수계 직원은 그에게 D병동으로 올라가라고 건성으로 말했다. 기다란 복도를 걸으며 누렇게 뜬 할머니들이 보푸라기 많은 환자 가운을 입고 침대에 앉아 있는 수많은 입원실을 지났다. 마틴은 자신이 의사로 보이길 바라며 중요한 사람인양 굴면서 걸어갔지만, 유난히 당황스러울 뿐이었다.

그는 여러 명의 간호사들을 빠르게 지나갔고, 막 수술하러 가는 뛰어난 젊은 외과의사처럼(또는 마틴 자신이 그렇게 생각한 방식으로) 그들에게 반쯤 고개를 끄덕였다. 그는 뛰어난 젊은 외과의사처럼 보이는 것에 너무 몰두해서 완전히 길을 잃었고, 정신차리고 보니 개인 병실들만 잔뜩 있는 구역에 들어와 있

Arrowsmith

었다. 그는 지각했다. 그는 더 이상 인상적으로 보이려 행동할 시간이 없었다. 다른 모든 남성들처럼, 길을 물어 자기가 아무것도 모른다는 걸 실토하는 상황을 싫어했지만, 마지못해 그는 한 수습 간호사가 바닥을 닦고 있는 어느 입원실 문 앞에 멈춰 섰다.

그녀는 자그마한 체구의 가녀린 수습 간호사로, 거친 파란색 데님 드레스, 커다란 흰색 앞치마, 탄력 밴드로 머리에 터번을 고정해 쓰고… 그렇게 차려입은 유니폼은 지금 그녀가 걸레질에 사용하는 양동이 물 만큼이나 지저분했다. 그녀는 다람쥐가 경계심을 갖고 보듯이 그를 빤히 올려다 보았다.

그가 말했다. "간호사, D병동으로 가려고 하는데요."

귀찮다는 듯이 그녀가 말했다. "그래요?"

"그래요! 혹시 당신 하던 일을 방해했다면 미안하…."

"상관 마세요. 그 빌어먹을 간호사 감독관이 나보고 바닥 닦으라고 시켰어요. 우리 수습 간호사는 바닥 닦는 일을 하는 게 아니거든요. 이걸 하는 이유는 제가 담배 피우는 걸 들켰기 때문이에요. 그 치는 끔찍한 꼰대라니까요. 만약 선생님처럼 여기서 어슬렁거리는 애를 발견하면 귀를 잡고 끌어내 내쫓을 걸요."

"친애하는 아가씨, 이제부터 제가 하는 말이 흥미를 끌지도 모를텐데 말이죠…."

"오! '친애하는 아가씨, 이제부터 제가 하는 말이…' 식의 말투는 우리 학교 늙은 교수님과 똑같네요."

그녀의 나른한 명랑함, 마치 기차역에서 혀를 메롱거리고 서로를 놀리며 노는 한 쌍의 아이들처럼 그를 대하는 그녀의 태도는 고틀립 교수의 열성적인 젊은 조교에게 분노를 불러일으켰다.

"저는 닥터 애로우스미스 입니다"라고 그는 코웃음을 쳤다. "그리고 저는

의사과학자 애로우스미스

수습 간호사들조차도 간호사의 첫 번째 의무는 의사들에게 말할 때 예의 바르게 서 있는 것이라 배운다고 들었습니다. 저는 D병동을 찾아서, 균주 하나를 채취하려 합니다. … 그 균주가 매우 위험한 미생물인 것을 알면 당신의 흥미를 끌지도 모르겠네요. 그래서 제게 길을 알려주시는 친절을 베풀어 주시면….”

“오, 이런, 저 기분이 다시 좋아졌어요. 나는 이렇게 군기 잡는 게 맞지 않는 것 같아요. 좋아요, 일어서죠.” 그녀가 일어섰다. 그녀의 모든 움직임은 고양이처럼 빠르고 매끄러웠다. “뒤로 돌아가서, 오른쪽으로 튼 다음 왼쪽으로. 미안해요, 제가 신참이라. 하지만 간호사가 순종해야 하는 몇몇 늙은 의사들을 보면… 솔직히, 의사 선생님, 그 쪽이 진짜 의사라면 말이죠….”

“난 그대를 설득할 필요가 있다고는 생각하지 않아요!”라고 그는 성큼 물러나며 화를 냈다. 그는 D병동까지 가는 내내 그녀가 은연중에 조롱한 일에 기분이 나빴다. 그는 훌륭한 과학자였기에 수습 간호사 따위에게, 그것도 형편 없는 수습 간호사, 서부 출신으로 보이는 깡 마르고 천박한 말을 쓰는 젊은 여성의 싸가지를 참아줘야 한다는 것에 화가 났다. 그는 자신이 내뱉었던 질책을 속으로 되뇌였다. “난 그대를 설득할 필요가 있다고는 생각하지 않아요.” 그는 자신이 고상하게 대처했다는 데에 자부심을 느꼈다. 그는 나중에 매들린에게 이 얘기를 해주는 걸 상상했다. 그는 이렇게 맺을 생각이었다. “난 단지 그녀에게 조용히 말했지. ‘아가씨, 내가 여기서 하려는 임무에 대해 당신이 설명을 들을 사람이라고는 생각하지 않는데요’라고 말이지. 그 말을 듣고 그녀는 풀이 죽었지.”

하지만 그가 자신을 도와줄 인턴을 찾아 척수액을 채취하면서도, 그녀의 이미지는 사라지지 않았다. 그녀는 그의 눈 앞에 선했고, 도발적인 모습으로 계속 어른거렸다. 그는 그녀를 다시 봐야 했고, 다음과 같이 설득시켜야 한다고 생각했다. "나에게 모욕을 주고도 무사할 수 있는 사람은 당신보다 더 나은 사람이어야 해. 내가 지금까지 만난 사람들 중에서도 더 나은 사람이어야 해!"라고 겸손한 젊은 과학자로서 말하는 거다.

그는 그녀가 있는 방으로 다시 달려갔다. 그리고 그들은 서로를 쳐다보고 있다가, 자기가 속으로 짓누르고 있던 걸 아직 말하지 않았음을 그는 문득 깨달았다. 그녀는 걸레질을 중단하고 일어섰다. 머리에 쓴 터번을 벗었는데, 그녀의 머리는 비단결 같은 황금색이었고, 눈동자는 파란 색이었으며, 얼굴은 앳되었다. 그녀에게 하녀 같은 모습은 전혀 없었다. 그는 그녀가 산비탈을 뛰어 내려와, 짚더미에 폴짝 뛰어오르는 걸 상상할 수 있었다.

"아" 하고 그녀가 진지하게 말했다. "그때 무례하게 굴 생각은 없었어요. 그냥⋯ 걸레질 하는 것 때문에 기분이 상해 있었어요. 저는 당신이 정말 친절하다고 생각했는데, 당신의 기분을 상하게 해서 미안해요, 하지만 당신은 의사 치고는 너무 젊어 보였어요."

"의사 아니에요. 전 의대생이죠. 의사인 척 했었어요."

"저도 정규 간호사인 척 했어요!"

그는 그녀와 즉각적이고 완전한 동지애를 느꼈고, 그러한 연대감은 매들린과 티격태격하며 펜싱 하듯 싸우느라 포즈를 취하는 것과는 전혀 달랐다. 그는 이 아가씨가 자기와 같은 류의 사람이란 걸 알아차렸다. 그녀는 저속하고, 농담을 잘하고, 수다스럽기도 했지만, 또한 대담했고, 잘 웃었으며, 소설 속 여 주인공처럼 보이기엔 너무 태평스럽고 자연스러웠다.

그는 단지 이렇게 말했지만, 목소리는 활기찼다:

"간호 수련은 꽤 힘들겠군요."

"그렇게 끔찍하지는 않고, 낭만적이어요, 고용된 여성처럼. 이건 우리가 다코타 식으로 하는 표현이지요."

　　　　　　　　　　　　　　　　　　　　　　의사과학자 애로우스미스

"다코타에서 왔어요?"

"노스 다코타 주 전체에서 가장 진취적인 마을, 주민 362명만 사는 마을 윗실배니아(Wheatsylvania)에서 왔어요. 의과 대학에 다니세요?"

어느 간호사가 지나가다가 이 둘을 보면 병원 일에 열중하는 것처럼 보였을 것이다. 마틴은 문 앞에 서 있었고, 그녀는 걸레용 물이 담긴 양동이 옆에 서 있었다. 그녀는 다시 터번을 머리에 둘러쓰고, 이로 인해 그녀의 밝은 색 머리칼이 가려졌다.

"네, 저는 모할리스에서 의대 다녀요. 하지만 잘 모르겠어요. 저는 장차 임상의가 될 적성은 아니에요. 실험실 쪽이 더 마음에 들어요. 세균학자가 되어서 면역학 계통의 바보 같은 이론들로 성서의 카인 같은 이단아를 키울 것 같아요. 그리고 저는 임상에 임해서 어떻게 처신 해야 할지 별로 생각하지 않고 있어요."

"그렇지 않다니 다행이네요. 여기 있어보면 알게 되죠. 자기 환자들에게만 잘 해주는 몇몇 늙다리 의사들에 대해 틀림없이 듣게 될 거고, 그들이 어떻게 간호사들을 들볶는지도 듣게 되겠죠. 하지만 실험실이라… 그건 진짜 같아요. 전 당신이 세균으로 허세를 부릴 수는 없을 거라 생각해요. 근데 그게 뭐죠? 세균이요?"

"아니, 그 세균이란.. 그나저나 당신 이름이 뭐죠?"

"저요? 아, 바보같은 이름인데요. 리오라 토저(Leora Tozer)[1]."

"리오라가 뭐 어때서요. 좋기만 하구만."

짝짓기하는 새의 노랫소리, 고요한 공기 속에 봄 꽃이 떨어지는 소리, 한밤 중에 강아지들이 졸면서 짖는 소리, 누가 그런 소리들을 단지 진부한 것이라

---

1 리오라는 히브리어로 '빛'이라는 뜻이다. 왜 스스로 바보 같다고 말하는지는 역자도 좀 의아하다.

고 매도할 것인가? 이러한 오래된 소리들처럼 그 열정적인 반 시간여 동안 마틴과 리오라가 나눈 대화는 자연스러웠고, 평범했고, 젊은이답게 어설펐으며, 영원히 아름답고 진정성이 있는 울림이었다. 그 때 둘은 각자 상대방에게서 자기 자신에게 없던 다른 면을 발견했는데, 이는 항상 어렴풋하게 결핍되어 있었던 것이었으며, 이제는 깜짝 놀랄만한 기쁨 속에 찾아 내게 되었다. 그들은 끈끈한 이야기 속의 남녀 주인공들처럼, 스웨터 가게 주인이 옷을 파는 것처럼, 활발한 시골 사람들처럼, 왕자와 공주처럼 재잘거리며 대화를 나누었다. 그들이 나눈 대화들은 유치하고 영양가 없는 것들이었지만 하나하나 들어 보고 다 종합해 보면 밀려오는 조수나 큰 소리를 내는 바람처럼 현명하고 중요한 것들이었다.

그는 그녀에게 자기는 막스 고틀립을 존경하고, 그녀 고향 노스 다코타 주를 기차로 횡단한 적이 있으며, 훌륭한 하키 선수라고 말했다. 그녀는 그에게 자신이 보드빌 뮤지컬을 "사랑한다"고 말했고, 그녀의 아버지 앤드류 잭슨 토저는 동부(그녀 입장에선 일리노이를 의미하는) 출신이며, 자기는 간호 업무에 별 애정이 없다고 말했다. 자기는 특별히 개인적인 야심은 없었으며, 모험을 좋아해서 이곳에 온 것이라 했다. 그녀는 당당히 유감을 표명하며 넌지시 간호사 관리자가 자길 별로 마음에 들어 하지 않는다고 말했다. 자긴 원래 잘해보려고 했던 것인데, 한밤중에 간식을 먹거나 슬쩍 나갔다 오는 일탈에 자꾸 엮이곤 했다 한다. 그녀가 해준 얘기에 호기로운 면은 없었지만, 그는 차분한 그녀의 어투에서 유쾌하고 대담하다는 인상을 받았다.

그는 다급하게 그녀가 말하는 도중에 끼어들었다. "저녁 먹으러 병원에서 언제 나갈 수 있나요? 오늘 밤은 어때요?"

"왜…."

"제발!"

"그러죠."

"언제 데리러 가면 될까요?"

"제가 꼭 그래야 한다고 생각하세… 그래요, 7시."

모할리스로 돌아오며 그는 화를 냈다가 기뻐했다를 반복했다. 그는 자신이 하루에 이렇게 두 번이나 제니스로 가는 멍청이라고 스스로에게 말했고, 자신이 매들린 폭스라는 여자와 약혼했던 것을 떠올렸으며, 그녀에 대한 신의를 저버리는 걸 걱정했고, 리오라 토저는 그저 부엌데기처럼 교양 없는 처자이고 신문 배달 소년처럼 무례한 간호사 흉내쟁이에 불과하다고 단언했다. 그는 결심했다. 그녀에게 전화를 걸어 약속을 취소하기로 몇 번이고 결심했다.

그는 7시 15분 전에 병원에 다시 와 있었다.

그는 장의사 같은 응접실에서 이십 분을 기다려야 했다. 그는 공황 상태였다. 나 여기서 뭐하고 있는 거야? 그녀는 아마 오랜 시간 저녁 식사를 하면서 괴로울 정도로 시큰둥해 질 지도 몰라. 그녀가 사복을 입으면 내가 알아 볼 수 있을까? 그때 그가 벌떡 일어섰다. 그녀가 문 앞에 있었다. 그녀의 샐쭉한 파란 유니폼은 사라졌고, 높은 칼라와 부드러운 젊은 가슴에서 발까지 내려오는 공주같은 옷차림을 한 앳된 날씬함과 가벼운 모습을 보여주었다. 그들이 병원을 나서면서 그녀는 자연스럽게 그와 팔짱을 끼었다. 그녀는 살짝 춤 사위를 밟으며 그의 옆에서 움직였고, 자신의 직업 때문에 품위를 지켰던 때보다는 수줍어하면서도 당당하게 그를 올려다보았다.

"제가 다시 와서 좋죠?"라고 그는 그녀에게 대답해달라고 요구했다.

그녀는 곰곰이 생각했다. 그녀는 뻔한 질문에도 진지하게 생각하는 면이 있었다. 진지하게 (하지만 정치인이나 사무장 같은 진중함이 아니라 어린아이 수준의 진지함으로) 그녀는 인정했다. "네, 기뻐요. 제가 너무 풋내기라 그때 당신이 가고 나서 저한테 화가 났을까봐 걱정스러워서 사과하고 싶었어요. 당신이 세균학에 미쳐있는 게 좋아 보였어요. 물론 저도 좀 제정신이 아닌 것 같아요. 여기 있는 인턴들은 많이 성가시게 하지만, 새 청진기와 풋내기 위엄을 과시하며 너무 질척거리죠. 어휴, 가장 심각한 것은요… 아니다. 이런, 네, 다시 와 줘서 기뻐요. 그렇게 인정하면 전 멍청이인가요?"

"당신은 그렇게 인정하는 멋진 사람이에요." 그는 그녀에게 약간 아찔함을 느꼈다. 그는 자기 팔에 힘을 주어 팔짱을 낀 그녀의 손을 눌렀다.

"제가 아무 의대생이나 의사가 꼬시면 얼씨구나 응한다고 생각하는 건 아니겠죠?"

"리오라! 그렇다면 당신도 내가 예쁜 여성을 만날 때마다 다 꼬신다고 생각하지 않잖아요? 난 말이죠, 우리 둘이 어쩌면 사귈 수 있다는 생각이 들었어요. 안 돼요? 안 돼?"

"저도 모르겠어요. 두고 보죠. 저녁 먹으러 어디로 가는 거죠?"

"그랜드 호텔."

"안 돼요! 거긴 엄청나게 비싸요. 당신이 굉장한 부자가 아니라면요. 그렇잖아요?"

"네, 전 부자는 아니죠. 거기 가격은 의대 학비만큼은 되죠. 하지만 전 거기 가고 싶은…."

"비주로 가요. 좋은 곳이고, 비싸지도 않아요."

그는 매들린 폭스가 제니스에서 가장 화려한 호텔인 그랜드 호텔에 가면 미식을 즐길 수 있을 것이라고 얼마나 자주 넌지시 얘기했던지 기억하고 있었지만, 그날 저녁 그가 매들린을 연상한 것은 그때가 마지막이었다. 그는 리오라에게 푹 빠져 있었다. 그는 그녀의 초연함, 그리고 편견이 없다는 점, 직설적인 태도, 앤드류 잭슨 토저의 딸에게서 나오는 이런 놀라운 모습을 발견했다. 그녀는 여성스러웠지만 요구가 없었고, 남자에게 개선을 요구하는 잔

의사과학자 애로우스미스

소리도 하지 않았고, 웬만해선 놀라는 일도 없었으며, 추파를 던지거나 냉정한 태도를 보이지도 않았다. 그녀는 사실 그가 무의식적으로 이야기를 건넨 첫 번째 여자였다. 그는 고틀립의 제자로서 가진 모든 자신감을 줄줄 얘기했기 때문에 리오라 자신은 무슨 말을 할 기회가 없었다. 매들린의 시각에서 고틀립은 결혼과 부활절 백합의 신성함을 비웃는 사악한 노인이었고, 클리프의 입장에서는 따분한 늙은이였지만, 리오라에게는 마틴이 식탁을 두드리며 자기 우상의 어록을 다음과 같이 인용할 때 고틀립은 빛나는 존재로 다가왔다: "지금까지, 에를리히의 연구에서조차, 대부분의 연구는 대체로 시행착오의 문제였고, 체계 없이 경험에 의존한 방법론을 사용해 왔는데, 이는 과학적인 방법과 정 반대입니다. 과학적 방법을 사용하여 연구해야만 일단의 현상들이 생기는 전반적인 법칙을 확립하여 무슨 일이 장차 일어날지를 예측할 수 있는 것이죠."

그는 경건한 어조로 말하며, 테이블 건너편에서 그녀를 응시하며, 거의 뚫어지게 바라보고 있었다. 그는 "당신은 아세요, 그가 썩은 거름 더미 위에서 날파리처럼 윙윙대며 쪼잔한 것에 집착하는 천편일률적인 이 모든 연구자들을 멀리하는 걸요. 마치 그가 돈 밝히는 의사들에게 하는 것과 동일하게 말이죠. 그를 이해하십니까? 정말로요?"라고 말했다.

"네, 그렇다고 생각해요. 어쨌든, 그에 대한 당신의 열정은 이해해요. 하지만 저를 그렇게 괴롭히지는 마세요!"

"제가 괴롭혔다구요? 그럴 의도가 아니었어요. 단지, 이 망할 놈의 전문가들 대부분이 그가 무엇을 추구하고 있는지조차 모른다고 생각하면 말이죠, 정말이지…."

마틴은 다시 폭주하기 시작했고, 리오라는 항체의 합성과 아레니우스의 연구 업적과의 관계를 완전히 이해하지 못했지만, 그녀는 그의 열정에 편안한 기분으로 귀를 기울였는데, 매들린 폭스처럼 부드럽게 바로 잡아주려는 식의 훈계는 전혀 하지 않았다.

그녀는 그에게 자기가 10시까지는 병원에 가야 한다고 상기시켜 줘야 했다.

"제가 말을 너무 많이 했네요! 맙소사, 제가 당신을 지루하게 하지 않았기를 바랍니다."라고 그가 불쑥 말했다.

"전 좋았어요."

"그리고 저는 너무 전문적인 얘기만 했고, 너무 시끄러웠어요. 아, 나는 얼간이야!"

"저는 당신이 저를 믿어주는 것이 좋아요. 저는 '성실한' 사람도 아니고, 머리가 있는 편도 아니지만, 제가 만나는 남자들이 그들의 진짜 생각을 들어줄 만큼 제가 똑똑하다고 생각할 때 정말 좋아요. 이만 헤어지죠!"

그 둘은 2주 동안 두 번 함께 저녁 식사를 했고, 그 기간 동안 마틴이 그의 정숙한 약혼녀 매들린을 만난 것은, 그녀가 그에게 전화를 한 적이 있기는 했지만, 딱 두 번뿐이었다.

그는 리오라의 모든 배경을 알게 되었다.

제니스에 있는 그녀의 할머니는 병으로 몸져 누워 있었는데, 이것이 그녀가 병원 수련을 받으러 여기까지 온 구실이었다. 노스 다코타 주 윗실베니아의 아주 작은 마을; 맨 끝에 빨간 곡물 엘리베이터가 있는 어느 판자촌 거리. 그녀의 아버지인 앤드류 잭슨 토저는 멍청이 토저(Jackass Tozer)로 알려져 있기도 하고, 마을 금고의 주인이자 유제품 제조 공장주이기도 하며, 그래서 마을의 유지였다. 수요일 저녁 기도회에서 자신이 리오라나 아내에게 주는 페니 하나 하나에 대해 일일이 확인하였다. 그녀의 오빠인 버트(Bert) 토저; 다람쥐 같은 덧니에 귓가에는 금박을 칠한 안경 줄을 늘어뜨렸는데, 아버지 소유 마을 금고의 출납원이자 아버지 외의 나머지 직원으로 일했다. 모라비아

의사과학자 애로우스미스

형제단 교회(the United Brethren Church)²의 치킨 샐러드와 커피 메뉴로 이뤄진 저녁 식사; 독일 루터교의 농부들이 고대 튜튼 찬송가를 부르고 있었고, 홀란드 사람들, 보헤미안 사람들과 폴란드 사람들이 살고 있었다. 그리고 마을 주위를 돌면, 생생한 밀이 엄청난 구름 모양을 이루며 아치형으로 덮여 있었다. 늘 '독특한 아이'로 불린 리오라는 따분한 집안일을 고분고분하게 하고는 있지만, 언젠가는 젊은 짝을 찾아내어 앞으로 위험이 닥치건, 가난하게 되건 개의치 않고 그와 함께 찬란한 세상을 보겠다는 믿음을 속으로 간직해오고 있었다는 걸 그는 알게 되었다.

그녀가 머뭇거리며 자기 어린 시절을 다 얘기해 주자 그는 외쳤다. "리오라, 내게 자신에 대해 얘기해 줄 필요 없어요. 난 항상 당신을 알고 있었던 것 같아요. 무슨 일이 있어도 당신을 놓치지 않을 겁니다. 당신은 저와 결혼하게 될 겁니다."

그들은 그 통상적인 식당에서 두 손을 꼭 맞잡고, 고백하는 눈길로 말했다. 그녀의 첫 마디는 다음과 같았다:

"저는 당신을 '샌디'라고 부르고 싶어요. 왜 그럴까요? 왜 그런지 모르겠어요. 당신은 암만 봐도 샌디같지는 않지만, 어쩐지 '샌디'라는 이름이 당신을 상징하는 것 같아요. 그리고.. 오, 이런, 전 당신을 정말 좋아하고 있군요!"

마틴은 동시에 두 명의 여성과 약혼을 한 상태로 숙소에 돌아갔다.

---

2 모라비아 형제단 교회: 15세기경 모라비아 - 지금의 체코 일부에 해당한다 - 와 보헤미아를 중심으로 만들어진 개신교 종파.

～❦ IV ❦～

그는 다음날 아침에 매들린을 만나기로 약속했었다.

그 어떤 존경받을 만 한 행동 규범으로 판단해 봐도 자기는 비열한 인간처럼 느껴야 한다고 확신했지만, 그렇게 느낄 수가 없었다. 그는 매들린의 애처로운 열정을 생각했다: 그녀의 소위 "프로방스 식 정원"과 그녀가 애정 어린 손가락 끝으로 어루만지는 가죽 장정으로 된 시집 한 권, 그녀가 그를 위해 사준 넥타이, 그리고 그가 잡지 삽화에 나오는 에나멜 구두를 신은 주인공들처럼 머리를 빗었을 때 보인 그녀의 자부심을 생각했다. 그는 자신이 신뢰를 어기는 죄를 지었다고 개탄했다. 그러나 그가 흔들린다면 리오라와의 결속력에 문제가 생긴다. 그녀와 같이 있으면 그의 영혼이 해방되었다. 리오라는 사석에서는 교양 없이 껌을 짝짝 씹을 것이고, 공공장소에서도 남들에게 손톱이 어떻게 보일지 신경 쓰지 않는다고 매들린 편에 서서 험담을 할 때 조차도, 그녀의 평범함은 그 자신에게도 있는 평범함과 죽이 맞았고, 야심이나 경외심처럼 타당했으며, 그의 예민한 과학적 호기심이 그러하듯이, 그녀가 유쾌한 것의 기반이었다.

그 치명적인 다음날이 되자, 그는 멍한 상태로 실험실 업무에 임했다. 고틀립은 그에게 새로운 배지를 준비했는지를 두 번이나 물어야 했다. 고틀립은 독재자였고, 일반 학생들보다는 자신의 사람에게 더 엄격한 사람이었다. 그는 으르렁거렸다. "애로우스미스, 자네는 멍청이구만! 맙소사, 나는 멍청이(*Dummköpfe*)와 내 인생을 함께 보내야 하나? 나는 항상 혼자서 일할 수 있는 게 아니야, 마틴! 내 일을 망쳐버릴 건가? 요즘 2~3일 사이 자넨 일을 제대로 하지 않고 있네."

마틴은 중얼거렸다. "난 이 분을 사랑해!" 그는 복잡하게 뒤엉킨 기분으로

　　　　　　　　　　　　　　　　　　의사과학자 **애로우스미스**

매들린의 가식, 잔소리, 이기심, 근본적인 무지 등을 목록으로 정리했다. 그렇게 하다 보니 결국 그는 이런 것들이 싫어서 매들린을 차 버려야 한다는 분명한 결론에 도달하는 지경에 이르렀다. 그는 매들린이 불평을 시작하면 즉각 화를 내고 나중에 가서 용서해 주었지만 그들의 약혼을 파기하고 자기 인생을 다시 단호하게 정리할 태세를 갖추고 저녁에 그녀에게 찾아 갔다.

그런데 그녀는 불평을 늘어놓지 않았다.

그녀는 그에게 달려왔다. "자기, 너무 피곤해 보여. 피곤해 보이는 눈이네. 무섭게 열심히 일하고 있어? 이번 주에, 자기가 내 곁에 없어서 정말 힘들었어. 자기, 자기 몸을 생각해. 자기 앞에 펼쳐질 찬란한 미래를 생각해. 아니, 말하지 마. 자긴 쉬었으면 좋겠어. 엄마는 영화 보러 갔어. 여기 앉아. 이 베개들에 눕혀서 아주 편안하게 해줄게. 자고 싶으면 여기 기대서 자. 그러면 내가 '황금의 항아리³'를 읽어줄게. 자긴 이 책 마음에 들거야."

그는 그 책을 좋아하지 않기로 결심했다. 아마도 그가 유머 감각이 없기 때문이건 다른 이유에 의해서건, 그가 그 책을 좋아했을 것 같지는 않다. 하지만 그러한 서로 다른 취향의 차이는 그를 각성시켰다. 리오라의 여유 넘치는 부드러움을 접한 이후 듣는 매들린의 목소리는 날카롭고 옥수수 밭처럼 들쭉날쭉했지만, 너무 열심히 읽고 있었기에, 그는 그녀에게 상처를 주려 했던 의도에 대해 부끄러운 마음이 들었다. 그는 허세 가득한 매들린은 애나 다름 없고, 초연하고 두려움 없는 리오라는 성숙한 성인, 현실 세계의 자기 배필이라고 생각했다. 그가 매들린을 짓밟으려고 준비했던 독설들은 어느 틈에 사라졌다.

갑자기 매들린은 그의 옆에 앉아, "자기를 그리며 너무 외로웠어, 일주일

---

3   황금의 항아리, The Crock of God: 1912년에 출간된 그림 소설, 요즘으로 말하자면 라이트 노벨로 당시 큰 인기를 얻었다.

내내!"라고 애원했다. 그래서 그는 두 여자 모두에게 배신자가 되었다. 참을 수 없을 정도로 그를 각성시킨 건 리오라였다; 그가 현재 애무하는 대상은 실제 마음 속으로는 리오라였지만, 그의 욕정을 독차지 하고 있는 건 매들린이었고, "자기가 여기에 와 줘서 정말 기뻐"라고 훌쩍이자 그는 아무 말도 할 수가 없었다. 그는 리오라에 대해 이야기하고 싶었고, 리오라에 대해 소리치고, 그녀가 있어 행복하다고, 나의 여자라고 말하고 싶었다. 그는 마지 못해 듣기 좋은 말, 하지만 열정이 담겨있지 않게 몇 마디 꺼냈다; 매들린은 빼어난 용모의 아가씨이고 건전한 영문학도라고 말이다; 매들린은 그의 미적지근한 태도에 실망해서 말을 잇지 못했지만, 그는 저녁 10시가 되자 그녀 집에서 나왔다. 그는 결국 자기가 아주 저속한 개자식임을 절감하게 되었다.

그는 서둘러 클리프 클로슨에게 달려갔다. 리오라에 대해서는 아무 말도 하지 않았다. 그는 클리프가 비웃을 것 같아서 분한 맘이 들었다. 그는 그와 쓰는 방에 침착하게 들어서며 나 참 잘하고 있다고 생각했다. 클리프는 작은 등받이에 기대서 맨발은 책상에 걸쳐 놓고 자신이 평소에 읽는다고 주장하는 무시무시한 두께의 오슬러 내과학[4] 책 위에 셜록 홈즈 추리 소설을 얹어 놓고 읽고 있었다.

"클리프! 술 한 잔 마시고 싶어. 피곤해. 바니네 주점에 몰래 내려가서 한 잔 걸칠 수 있는지 알아보자." "넌 혀를 놀리며, 소뇌와 연수로 구성된 후뇌 뒤에서 열내는 사람처럼 말하네." "오, 귀여운 척은 그만둬! 나 지금 기분이 안 좋아." "아, 그 고결하신 작은 매들린과 다투기라도 했나? 역겨운 '마티킨

---

4 오슬러 내과학: 전설적 존스 홉킨스 내과 주임교수인 윌리엄 오슬러의 내과 교과서로, 나중에 해리슨 내과학이 나오기 전까지는 의료인들의 바이블이었다. 당시 코난 도일의 셜록 홈즈 시리즈는 그야말로 선풍적인 인기를 끌었는데, 실제 윌리엄 오슬러 경도 이 작품에서 보여주는 추리 과정은 실제 임상에서도 질병 원인 규명에 대한 논리 전개 과정에 크게 참고할 가치가 있다고 말하곤 했다 한다. 코난 도일 자신이 원래 의사였기 때문에 추리 과정도 임상에서의 진단 논리 전개와 일맥상통하는 점이 있었기 때문이었을 것이다.

스'에 진저리라도 치셨나? 좋아. 그만 둘게. 가자. 술 마시러 요잇!"

그는 로버트쇼 교수에 관한 세 가지 새로운 이야기를 들려주었는데, 그 이야기들은 모두 악의에 찬 루머들이었고, 대부분은 사실이 아닌 것들이었다. 그렇게 그는 마틴이 기분이 거의 좋아지도록 잘 달래주었다. '바니네 주점'은 포켓볼 당구장이었고, 담배가게였으며, 모할리스는 지역 조건 상 건조 지역이었기 때문에, 사람들이 선호하는 무허가 술집이기도 했다. 클리프와 털북숭이 손을 가진 바니는 귀빈을 맞이하기라도 하는 양 서로 요란하고 반갑게 인사를 나눴다:

"바니, 축복의 밤이 되기를 기원합니다. 그대의 혈류 순환이 막히지 않고 순조롭게 잘 돌기를, 그리고 특히 척골 동맥의 손등 쪽 가지가 말이죠. 이와 관련해서 동지여, 의대 교수이신 에그베르트 애로우스미스 박사와 저는 저 유명한 딸기 팝 술 한 병을 대수롭지 않게 흔쾌히 마시겠나이다."

"세상에, 클리프, 넌 정말 술을 마시며 턱에서 목구멍으로 꿀꺽꿀꺽 넘어가는 멋진 소리를 낼 거야. 네가 의사가 되었을 때 내가 팔을 절단해야 할 일이 혹여 생기기라도 한다면 말해줄게. 딸기 팝 마실거지, 신사들?"

바니 주점의 앞방은 포켓볼 당구대, 담배 더미, 초콜릿 바, 카드, 핑크색 스포츠 종이 등이 어지럽게 뒤섞인 인상주의 그림을 이루고 있었다. 뒷방은 더 간단했는데, 달콤하고 연한 맛이 나는 탄산음료, 커다란 아이스박스, 그리고 깨진 의자가 있는 작은 테이블 두 개가 있었다. 바니는 진저 에일이라고 간단히 표시된 병에서 독하고 형편없는 생 위스키 두 잔을 따라냈고, 클리프와 마틴은 그걸 받아 들고 구석에 있는 테이블로 갔다. 취기가 빨리 돌았다. 마틴의 혼란스러운 슬픔은 낙관주의로 바뀌었다. 그는 클리프에게 이상주의를 드러내는 책을 쓰려고 한다고 말하고 있었지만, 사실 의도한 건 양다리 걸치기 약혼에 대해 무언가 약삭빠른 짓을 하겠다는 것이었다. 그는 바로 그걸 생각해냈다! 그는 리오라와 매들린을 점심식사에 함께 초대해서, 그들에게 진실을 말하고, 그들 중 누가 그를 더 사랑하는지를 확인하겠다고 했다. 그는 우후 하고 탄성을 지르고 위스키를 한 잔 더 마셨다; 그는 '클리프에게 넌 좋은 친구야'라고 말했고, 바니에게는 당신은 공공의 은인이라고 말했으며, 비틀대며 전화 박스로 걸어갔다. 그 박스는 폐쇄된 좁은 공간이라 말소리가 밖으로 들리지 않게 되어 있었다.

제니스 종합병원에 전화를 거니 야간 감독관이 받았는데, 그는 차갑고 의심이 많은 사람이었다. "지금은 수습 간호사 부를 시간이 아닙니다! 밤 11시 반입니다. 그런데 누구신지?"

마틴은 자연스럽게 빡쳐서 "내가 곧 누구인지 말해주지!" 하고 받아쳤다. 그리고 말하길 나는 리오라의 병약한 고모 할머니를 대신해서 전화하는 것이며, 그 불쌍한 노파는 상태가 매우 안 좋으며, 만약 당신이 전화 안 바꿔줘서 당신과 무관한 이 노인을 죽이는 데 한 몫을 하신다면 말이지….

리오라가 전화 받으러 오자, 그는 술이 확 깨어 가지고, 낯선 사람이 안전을 위협하는 기세로 말하는 양 속사포로 말했다:

"리오라? 샌디야. 내일 12시 30분에 그랜드 로비에서 만나자. 꼭! 중요해! 어떻게든 꼭 시간 지켜. 고모가 아프시니까."

"좋아, 자기. 잘 자."가 그녀가 말한 전부였다.

매들린의 아파트에 건 전화는 저쪽에서 받는 데 몇 분이 걸렸으며, 그러고 나서 받은 폭스 부인의 목소리는 잠결에 떨리고 있었다.

"네, 네?"

"샌디 마틴입니다."

"누구라고? 누구? 뭐야? 폭스 네 아파트에 전화 걸은 건가?"

"네, 네! 폭스 부인, 마틴 애로우스미스입니다."

"오, 이런! 자다가 전화 소리에 깨어 받고 있어서 무슨 말을 하는지 알아들을 수가 없네. 나 너무 무서웠어요. 혹시나 나쁜 소식 전하는 전보나 그 비슷한 것일까 봐. 난 매디 오빠에게 무슨 일이라도 생겼나 했지 뭐야. 그런데 무슨 일이죠? 아무 일도 아니면 좋겠네!"

그에 대한 그녀의 신뢰, 오래 살던 곳에서 낯선 타향으로 떠나와 당혹해하는 노파의 애착이 그를 압도해 버렸다. 그는 술김에 자신이 민첩한 사람이라고 생각했던 자신감을 다 잃어 버렸고, 뭔가 우울한 방식으로 다시 삶의 무게에 눌린 상태로, 아무 일도 아니라고 한숨을 쉬며 말했지만, 그는 매들린 어머니에게 말해야 할 무언가를 잊어 먹었다. "너무… 너무 늦은 밤 전화해서 죄송한데… 매들린과 잠시만 통화할 수 있을…?"

곧 매들린이 전화를 받아서 거품을 물듯이 말했다. "왜, 마티 자기, 무슨 일이야? 나 정말 아무 일도 아니길 바라는데! 왜 그래, 자기, 자기 방금 여기 있다 떠났었잖아.."

"잘 들어, 자… 자기. 너한테 말할 게 있었는데 깜빡 했어. 제니스에 있는 내 정말 절친이 있는데, 자기가 만나 봤으면 하는데…."

"어떤 남자인데?"

"내, 내일 보게 될 거야. 잘 들어, 자기가 와서 만났으면 좋겠어. 그러니까, 음.. 점심 때 만나자. 그러니까," 여기서 그는 짐짓 농담조로 말했다. "그랜드 호텔에서 근사한 식사를 하면서 즐겁게 시간을 보낼 거야."

"오, 참 좋네!"

"… 그래서 11시 40분 도시간 열차를 타고 와서, 대학 광장에서 만나자. 가능하지?"

그녀는 애매모호하게 말했다. "오, 그러고 싶지만, 11시 선약이 있어서, 그걸 취소하고 싶지는 않아. 메이 하먼과 함께 쇼핑을 가기로 약속했거든. 걔는 분홍색 크레이프 드 신(crêpe de chine) 비단 옷에 어울리는 종류의 신발을 찾고 있거든. 자기가 합류할 수도 있지만, 우린 예 콜라쥬 카라반세라이(Ye Kollege Karavanserai)에서 점심을 먹을 수도 있고 그리고 나서 걔나 다른 사람이랑 영화를 보러 갈까 말까 하고 있어. 새로 들어온 알래스카 영화가 멋지다고 엄마가 말씀하셨거든. 오늘 밤에 보고 오셨고, 난 극장에서 내려가기 전에 봐야겠다고 생각하고 있어. 하지만 그날 어쩌면 영화관 까지는 안 가고 바로 귀가해서 아무 데도 안가고 공부할 지도 모르겠지만 말이지….”

“자, 들어봐! 중요한 일이야. 날 못 믿겠어? 올 거야, 안 올 거야?”

“아, 물론 난 믿어, 자기야. 좋아, 거기 가도록 노력해 볼게. 11시40분까지?”

“응.”

“대학 광장에서, 아니면 블루스만 서점에서?”

“대학 광장에서!”

숨막힐 것 같던 전화 박스에서 뛰쳐나와 클리프에게 돌아오는 그의 귀에는 부드러운 “믿어”와 옹알거리는 “노력해 볼게”라는 말이 머리 속에서 시끄럽게 맴돌았다. 클리프는 “뭐가 그렇게 슬퍼?”라며 의아해 했다.

“마누라가 죽기라도 했어? 아니면 자이언츠가 9회에서 역전승 하기라도 했어? 바니, 한밤중에 방황하는 우리 소년들은 부검대에라도 올라온 것처럼 보여요. 마틴에게 딸기 팝 술 한 잔 더 줘요, 빨리. 여보세요, 박사님, 그대는 의사 선생님께 전화하시는 게 좋을 것 같군요.”

마틴이 할 말은 “아, 입 닥쳐” 외엔 없었고, 자신감도 없었다. 전화를 하기 전까지만 해도 그는 약간은 명석함으로 가득 찬 상태였다. 그는 클리프의 당구 실력을 칭찬하고 바니를 "늙은 시멕스 렉툴라리우스[5]"라고 불렀었다. 그러나 지금은 다정한 클리프가 그와 놀아주는 동안, 그는 앉아서 "만약 내가 하는 걱정들, 빌어먹을 개 망나니들이나 하는 걱정을 내가 하는 걸 알게 되면, 넌 실망하게 될 거야!"라고 (이때쯤 그는 자신감을 회복했다) 투덜대며 지금까지 진행된 일들을 곱씹고 있었다.

클리프는 깜짝 놀랐다. "여기 봐, 빌어먹을 놈아. 만약 빚을 진 거라면, 어떻게든 현금을 마련해 줄게. 만약 말이지.. 혹시 매들린과 넘어선 안 될 선을 넘었냐?"

"정말 넌 날 골치 아프게 해! 생각하는 게 건전치 못해. 난 매들린의 손도 만질 자격이 없어. 난 그녀를 오로지 존중할 뿐이야."

"잘도나 그러겠다! 하지만 그렇다 해도 신경 쓰지 마. 이런, 내가 해줄 수 있는 일이 있었으면 좋겠네. 오! 한 잔 더 해! 바니! 이리 냉큼 와 봐!"

마틴은 몇 잔의 술을 마시고 나서, 헤롱헤롱한 상태가 되어 조심성이 사라졌다. 그래서 클리프는 마틴이 큰 덩치의 2학년 학생 세명과 시비가 붙자 그를 질질 끌고 숙소로 데려갔다. 그러나 아침이 되니, 그는 두개골이 깨질 듯한 두통으로 일어났고, 그날 점심에 리오라와 매들린을 마주하게 될 것이라는 현실을 깨달았다.

---

5 *Cimex lectularius*: 빈대의 학명.

❦ V ❦

매들린과 함께 제니스로 가는 30분간의 여정은 폭풍우 구름처럼 노골적으로 압박감을 주는 것 같았다. 그는 그저 일분 일분을 차례로 보내기만 하면 되는 것이 아니라, 암울한 30분의 시간이 뭉텅이로 동시에 존재했다. 그는 지금부터 2분간 발표할 유창한 말을 속으로 연습하는 동안, 자기가 2분 전에 내뱉었던 서투른 말들이 계속 귓가에 맴돌았다. 그는 그들이 만나기로 한 "그의 훌륭한 친구"라는 것에 그녀가 집중하지 못하도록 애를 썼다. 가식적으로 밝게 웃으며 그는 어제 밤 바니네 주점에서 있었던 일을 얘기해 주었지만, 재미 있으라고 하려던 그의 노력은 전혀 성공적이지 못했다. 그리고 이에 매들린이 그에게 술의 폐해와 부도덕한 사람들과 어울리는 폐해에 대해 설교를 늘어 놓자 그는 일단은 마음이 놓였다. 하지만 그는 그녀가 신경 쓰는 걸 흐트려 놓을 수가 없었다.

"우리가 보러 갈 이 남자가 누군데? 무슨 일로 그렇게 베일에 싸여있는 거야? 마티킨스, 농담이지? 우리 아무도 안 만날 거지? 엄마에게서 잠시만 도망치고 싶어서 같이 그랜드 호텔에 온 거지? 아, 정말 재미있어! 난 전부터 항상 그랜드 호텔에서 점심을 먹고 싶었어. 물론 이건 너무 로코코 시대처럼 사치스럽다고 생각하지만, 그래도 인상적이잖아. 그리고… 내가 제대로 맞춘 거야, 자기?"

"아니, 실제로 있어. 우린 누군가를 만나, 알겠지!"

"그럼 그 남자가 누군지 말해주지 그래? 솔직히 마트, 자긴 날 조바심 나게 해."

"글쎄, 제대로 말해주지. '그 남자'가 아니야. '그녀'야."

"뭐!"

"그게 말이지, 업무때문에 병원에 가게 됐는데, 그 제니스 종합병원의 간호사 몇몇이 정말로 내게 큰 도움을 주었어." 그는 헐떡이고 있었다. 그는 눈이 아팠다. 곧 있을 점심식사 자리에 대한 괴로움은 어차피 불가피한데, 과연 이런 고통에 저항하는 게 맞는지 그는 의아해 했다. "특히 거기에 놀라운 간호사가 한 명 있어. 그녀는 환자들을 간호하는 데 아는 게 많고, 어려운 술기를 잘 할 수 있게 도와주고 해서, 참 멋진 여성인 것 같아. 미스 토저, 그게 그녀성이야. 이름은 아마 리 혹은 그 비스 무리 할 거야. 그리고 그녀는 노스 다코타에서 거물급 인사, 그러니까 굉장히 부자, 거물급 은행가 집안이야. 내가 보기에 그녀는 세상에 봉사하려고 간호사를 하는 것 같아." 그는 매들린이 평소 보이던 시인 특유의 고양감의 경지에 도달했다. "나는 너희 둘이 서로를 알고 지내면 좋아할 거라고 생각했어. 너는 모할리스에 이상을 제대로 갖고 있는 여성이 정말 없다고 말하곤 했던 거 기억하니."

"으… 으응." 매들린은 먼 산 보듯이 멍하니 뭔가를 응시하고 있었고, 바라보던 것이 무엇이든 간에, 마음에 들지 않았다. "물론, 그녀를 만나게 된다면 정말 기쁘겠지. 자기 친구라면 누구든 말이지. 아, 마트! 난 자기가 걔에게 추근대는게 아니길 바라고 있어. 자기가 이 모든 간호사들과 너무 친근하게 지내지 않으면 좋겠어. 물론, 잘 모르지만, 이런 간호사들 중 몇몇이 얼마나 남자를 잘 꼬시는지는 계속 들어왔어."

"음, 지금 말하겠는데, 리오라는 그렇지 않아!"

"아니, 난 확신해. 하지만… 오, 마티킨스, 자기는 어리석게 굴지 않을 거고 이 간호사들이 자기를 갖고 놀게 하지는 않겠지? 내 말은, 자기 자신을 위해서 말이야. 걔네들은 그 방면에 도사들이야. 불쌍한 매들린은 남자들의 공간을 얼씬거리며 무언가를 배우는 게 용납되지 않을 거야, 그리고 자기는 제 딴엔 멘탈이 매우 강하다고 생각하지, 하지만 솔직히 말해서, 약은 여자라면 누구나 당신을 손바닥 안에 놓고 얼마든지 좌지우지할 수 있어."

"글쎄, 나는 내 앞가림 정도는 할 수 있다고 생각하는데!"

"아, 내 말은, 아니 그럴 의도는 아니지만… 난 이 토저라는 인간이… 자기가 호감을 갖고 있다면 나도 그녀에게 호의를 가지게 될 거라 확신해, 하지만… 난 오직 자기의 진정한 사랑이잖아, 항상!"

그녀는 평소의 품위를 지키던 모습답지 않게 주변 사람들을 무시하고 그의 손을 잡았다. 그녀가 너무 겁에 질린 모습을 보인 나머지, 마틴은 리오라에 대한 그녀의 거부감에 화가 났다가 그녀에 대한 연민감을 갖게 되었다. 그러고 보니, 그의 손을 꽉 쥔 그녀의 엄지손가락은 고통스럽게 그의 손등을 찌르고 있었다. 그는 부드러운 표정을 지으려고 애썼고, 이렇게 항변했다. "물론이지, 확실해. 세상에, 솔직히 말이지, 매드, 저거 봐. 통로 건너편에 저 늙은 얼간이 하나가 우릴 빤히 쳐다보고 있어."

그가 어떤 부정행위를 저지를 것이건 간에 그들이 그랜드 호텔에 도착하기 전에 그는 이미 충분히 벌을 받았다.

그랜드 호텔은 1907년에는 제니스 시 최고의 호텔이었다. 이 호텔은 출장다니는 판매원들이 파커 하우스, 팔머 하우스, 웨스트 호텔 수준에 비교하는 대상이었다. 그 이후로 나타난 거대한 손레이 호텔의 거만해 보이는 자태 때문에 한 풀 꺾였으며, 이제는 바둑판 모자이크 모양의 바닥과 거칠게 변색된 금박으로 지저분해졌고, 찢어진 솔기와 싸구려 여송연 담뱃재투성이인 묵직한 가죽 의자에는 말 판매업자들이 앉아 있다. 그러나 그 당시엔 이 호텔은 시카고와 피츠버그 사이에서 가장 위풍당당한 숙박업소였고, 동양풍의 궁전 장식, 벽돌로 된 무어 양식의 아치 입구, 흑백 대리석 바닥에서 우뚝 솟은 로비, 금박 철제 발코니를 지나서 7층 높이까지 올라가는 녹색, 분홍색, 진주색, 호박색 등의 채광 유리 천장이 있었다.

의사과학자 애로우스미스

그들은 로비에서 기둥 둘레로 놓여 있는 거대한 소파에 대조되게 조그만 체구의 리오라가 앉아 있는 걸 발견했다. 그녀는 조용히 대기하며 매들린을 응시했다. 마틴은 레오라가 평소보다 유난히 대충 차려 입고 – 마틴 특유의 표현 – 나왔다는 것을 알아차렸다. 그녀가 쓴 특징 없이 작은 버섯 모양의 검은 모자 밑에 노란 머리결이 얼마나 어설프게 구겨 넣어져 있는지는 그의 입장에선 별로 대수롭지 않았지만, 세번째 단추가 풀려있는 그녀의 블라우스, 체크무늬 치마, 유감스럽게도 어울리지 않는 밝은 갈색의 앞트임 볼레로 자켓이 매들린의 매끈하게 잘 차려 입은 옷차림과 비교가 되어 언짢아졌다. 그 언짢은 기분은 리오라를 향한 건 아니었다. 그 둘을 훑어 보면서 (까다롭고 오만한 남성으로서 거만하게 본 게 아니고 걱정스러운 마음으로) 그는 매들린에게 그 어느 때보다 심하게 짜증이 났다. 그녀가 옷을 더 잘 입는다는 것은 모욕감을 느끼게 했다. 그의 애정은 리오라를 지키고, 감싸고 보호하는 쪽으로 쏠려 갔다.

　그래서 그는 내내 횡설수설했다:

　"… 둘이 서로를 알고 지내야 한다고 생각해. 폭스 양, 난 그대가 토저 양과 친해지길 원해. 조촐하게 축하하고 싶네. 시바의 여왕을 둘이나 얻게 된 행운 아니까."

　그리고 넌지시 혼잣말을 했다. "에이, 망할!"

　그 둘이 서로 별 말을 나누지 않는 동안, 그는 그들을 그랜드 호텔의 유명한 식당 별실로 데리고 들어갔다. 그곳은 금빛 샹들리에, 빨간 고급 천을 입힌 의자, 무거운 은 식기류, 그리고 금색과 녹색의 조끼를 입은 노련한 흑인 종업원들로 가득했다. 벽들 주위에는 폼페이, 베니스, 코모 호수, 그리고 베르사유의 엄선된 전망 사진들이 펼쳐져 있었다.

　"좋은 방이네요!" 리오라가 쾌활하게 재잘거렸다.

　매들린은 같은 내용을 더 길게 말하려고 했던 것처럼 보였지만, 그녀는 프레스코벽화를 다시 한번 면밀히 주시해 보고는 "음, 아주 크네요"라고 말했다.

그는 힘들어 하며 주문을 하고 있었다. 그는 이 식사에 정확하게 팁까지 포함해서 4달러를 책정하고 있었는데, 좋은 음식에 대한 그의 기준은 4달러에서 1센트도 허투루 쓰는 일 없이 철저하게 쓰도록 만들어야 한다는 것이었다. 그가 '생제르맹 퓌레'가 무엇일지 궁금해하고 웨이터가 그의 어깨 뒤에 조용히 서서 바라보고 있을 때, 매들린이 입을 열었다.

그녀는 소름끼칠 정도로 정중하게 말했다:

"애로우스미스 씨는 당신이 간호사라고 하더군요, 미스… 토저 양."

"네, 그런 류이긴 하죠."

"그 일이 재미있습니까?"

"글쎄요.. 네.. 네, 재미있긴 한 것 같네요."

"고통을 해소해 주는 일은 멋진 일임에 틀림없다고 생각해요. 물론 제가 하는 일은… 저는 영문학 박사 학위 과정 중에 있어요." 그녀는 이 학위가 백작부인 지위를 획득하는 것이라도 되는 양 말하고 있었다. "이 분야는 메마르고 세속에서 떨어져 있는 편이죠. 전 언어의 성장 등등의 분야를 숙달해야 해요. 그 쪽이 실용적인 일을 한다는 점을 감안하면 제가 하는 일이 다소 바보 같아 보일 것 같아요."

"그래요, 틀림없이 그럴 거.. 아니, 그런 뜻이 아니구요. 틀림없이 재미있을 것 같군요.."

"제니스에서 오셨나요, 미스.. 토저 양?"

"아니, 전 조그만 마을에서 왔어요. 음, 도시라고 하긴 그렇죠. 노스 다코타요."

"오! 노스 다코타!"

"네… 서쪽으로 가면 있죠."

"오, 그래요… 그럼 이 동부에 잠시 단기로 머무르실 건가요?" 그것은 뉴욕에 있는 불만에 찬 사촌 동생 하나가 언젠가 매들린에게 했던 말과 정확히 똑같았다.

"글쎄요, 그렇진 않아요. 네, 아마 꽤 오래 머물지도 모르겠다는 생각이 들어요."

"그럴 거다, 이거죠? 음.. 여기가 마음에 드시나 보죠?"

"오, 네, 꽤 좋아요. 이런 큰 도시들, 볼거리가 너무 많죠."

"'큰'이라? 글쎄, 모든 것이 관점에 달려있다고 생각하지 *않나요?* 저는 항상 뉴욕이 크다고 생각하지만… 물론… 노스 다코타와 대조되는 게 흥미롭다고 생각하나요?"

"글쎄요, 물론 다르죠."

"노스 다코타가 어떤지 말해봐요. 난 항상 이 서부 주들에 대해 궁금했어요." 그것은 매들린이 그녀의 사촌을 표절한 두 번째 사례였다. "그것이 당신에게 주는 일반적인 인상은 무엇이죠?"

"무슨 의미로 물어 보시는지 제가 잘 포착을 못 한 것 같아요."

"제 질문의 의도는 일반적인 느낌이 무엇이냐는 것인데요? 그러니까… 인상이."

"글쎄요, 밀도 많이 나고 스웨덴 계열 사람들도 많아요."

"하지만 내 말은, 당신들 서부사람들은 모두 우리 동부인들과 비교해서 몹시 정력적이고 에너지가 넘친다고 전 생각해요."

"전 안 그래요. 글쎄요, 맞아요, 어쩌면."

"제니스에서 사람들 많이 만났어요?"

"그렇게 몹시 많지는 않았어요."

"아, 당신 병원에서 수술하는 버챌 박사를 만나 보신 적 있나요? 그는 정말 좋은 사람이고, 훌륭한 외과의사이면서 엄청나게 재능이 있어요. 그는 노래도 대단히 잘 부르고, 기가 막히게 좋은 집안 출신이에요."

"아니, 아직 그를 만나보지 못한 것 같아요." 리오라가 풀 죽은 목소리로 말했다.

"오, 꼭 만나 보세요. 그리고 그는 테니스를 가장 깔끔하고도 멋지게 잘 쳐요. 로열 리지에서 열리는 백만장자 파티에 항상 참석하죠. 대단히 똑똑해요."

마틴이 처음으로 대화에 끼어들었다. "똑똑하다구? 그 사람이? 그 사람은 아무 생각도 없는 사람이야."

"사랑하는 내 자기, 난 그런 의미로 '똑똑하다'고 말한 게 아니었어!" 그녀가 다시 리오라를 향해 얘기를 다시 시작하며 리오라가 어느 회사 법률 담당 변호사의 아들을 아는지, 사교계에 막 데뷔하는 저 유명한 여성을 아는지, 이 모자 가게 혹은 저 클럽을 아는지 더욱 밝은 태도로 물어 보는 동안, 그는 혼자 무력하게 앉아 있었다. 그녀는 제니스 사회의 지도층이라고 알려진 사람들, 애드버커트 타임즈의 컬럼에 매일 등장하는 인사들, 콕스 집안, 반 앤트림 집안, 그리고 도즈워스[6] 집안에 대해 너무나 익숙함을 과시하며 말했다. 마틴은 그녀가 이런 것들에 익숙하다는 사실에 깜짝 놀랐다; 그는 그녀가 제니스의 자선 무도회에 간 적이 있다는 것을 기억했지만, 그녀가 그런 상류층과 그렇게나 친밀한지는 알지 못했었다. 확실히 리오라는 이런 훌륭한 사람들에 대해 들어본 적이 없었고, 매들린이 화려하게 저녁을 보냈던 음악회, 강연회, 연주회에도 가 본 적이 없었다.

그러자 매들린은 조금 어깨를 으쓱거리고 나서 말했다. "음. 물론 그쪽이

---

6 도즈워스는 작가의 세계관에서 자동차 회사 경영주로, 엘머 갠트리처럼 작가가 이 작품 이후 1929년에 '도즈워스'라는 후속작의 주인공으로 내세우게 된다.

의사과학자 애로우스미스

병원에서 만나는 매혹적인 의사들이나 그런 사람들과 지내다 보면, 강연회라는 게 참으로 따분하다고 볼 것 같아요. 음….” 그녀는 리오라와의 대화를 끝내고는 마틴을 경멸하듯이 바라 보았다. “지금 자기는 토끼들과 함께 하는 연구에 대해 더 많은 걸 계획하고 계시나?”

그는 엄숙했다. 빨리 해결하려면 할 수 있는 건 바로 지금이었다. “매들린! 둘을 만나게 한 이유는… 서로 친해질지 아닐지 모르지만, 난 그랬으면 좋겠어. 나는 내 자신을 변명하는 게 아니지만 어쩔 수 없었어. 나는 당신 둘 모두와 결혼을 약속했는데, 그래서 나는 알고 싶은 게 뭐냐 하면….”

매들린이 벌떡 일어났다. 매들린이 그렇게나 당당하고 멋져 보인 건 처음이었다. 그녀는 둘을 응시하고 난 후, 아무 말 없이 걸어 나갔다. 그러다가 다시 돌아와서 리오라의 어깨를 만지며 조용히 키스를 해 주었다. “이런, 정말 유감이네요. 당신은 봉을 잡았군요. 이 불쌍한 아가씨야!” 그녀는 어깨를 곧게 펴고 성큼성큼 걸어나갔다.

마틴은 고개를 들지 못했고 겁에 질린 채 리오라를 바라보지 못했다.

그는 그녀의 손이 자기 손에 닿는 것을 느꼈다. 그는 고개를 들었다. 그녀는 웃고 있었고, 편안한 태도로, 그리고 약간 놀려대고 있었다. “샌디, 내가 경고하는데, 난 자길 포기하지 않을 거야. 자기는 그녀가 말하는 것만큼 나쁜 놈이라고 난 생각해; 그러니 난 바보가 맞는 것 같아. 난 푼수야. 하지만 자긴 내 거야! 내가 경고하는데, 자기가 또 다른 사람과 다시 약혼하려 하면 잘 안될 거야. 그러면 난 그녀의 눈을 찢을 거야! 이제 자신을 너무 좋게 생각하지 마! 난 자기가 꽤 이기적이라고 생각해. 하지만 난 상관없어. 자긴 내 거야!”

그는 둘 사이의 공통점에 있는 많은 장점들을 더듬거리며 말했다.

그러자 그녀는 차분히 생각하고 말했다. “나는 우리 사이가 자기와 매들린 사이보다 더 가까이 있다고 봐. 아마도 자기가 그녀보다 나를 더 좋아하는 이유는 내게 맘 놓고 험한 말을 할 수 있기 때문일 거야. 그리고 난 자기의 페이스대로 따라다니며 항상 함께 있을 것이고, 그녀는 안 그럴 것이니까. 그리고 자기에게는 연구가 나보다 더 중요하다는 건 알고 있지, 아마 자기 자신보다도 더 중요할 걸. 하지만 난 바보 같고 평범하지만 매들린 그녀는 그렇지 않지. 난 자기를 그냥 몹시 숭배하지(왜 그러는지는 나도 모르겠어, 하지만 정말 난 그래), 반면에 그녀는 자기 자신을 숭배하고 자신의 페이스대로 따라오게 하려는 생각이지.”

　“아니야! 맹세컨대, 내가 자기에게 막말을 할 수 있기 때문이 아니야. 맹세코 그건 아니라고 생각해. 내 사랑, 그렇게 생각하지 마. 그녀가 자기보다 더 똑똑하다고 생각하지 마. 그녀는 언변이 좋지, 하지만… 오, 그만 하자! 난 당신을 찾아냈어! 내 진짜 인생이 시작된 거야!”

7장
무도회

🪶

~❦ I ❦~

   마틴과 매들린, 그리고 마틴과 리오라의 관계가 서로 다른 점은 전자가 열정적인 결투라면 후자는 차분한 동지애라는 차이였다. 처음 만난 날 저녁부터 리오라와 그는 서로에 대한 충심과 호감에 의지했고, 그의 존재 속에는 그 무엇인가가 영원히 자리를 잡았다. 그럼에도 그는 그녀에게 끊임없이 몰두하였다. 그녀가 담배 연기를 내뿜어 도넛 모양을 만들며 조용히 미소를 짓고 있으면, 그녀의 비밀스러운 작은 머리 속에서 계속 품어왔던 삶에 대한 성찰을 항상 발견하곤 했다. 그는 그녀 리오라를 갈망했다; 그녀는 그를 휘저었고, 쾌활하고 솔직한 열정으로 그에게 화답했지만, 또 다른 면으로는 성과 무관한 여자 친구 리오라로서 말 상대가 되어 주었기에, 마틴은 고틀립이나 걱정 많은 자기 자신에게 보다 그녀와 더 솔직하게 대화를 했다. 그럴 때면 그녀는 마치 소년처럼 고개를 끄덕여 주거나 가끔씩 몇 마디 말로 그에게 힘이 되도록 해 줌으로써 그의 점차 커져가는 야망과 안하무인의 태도에 자신감을 부여해 주었다.

II

디감마 파이 친목 동아리는 무도회를 주최할 예정이었다. 위네맥 대학이 워낙 세계적인 대학으로 발전하고 있기에 학생들은 "예복"이라고 알려진 명예로운 상징을 입는다는 권고사항을 의대생들은 신경 쓰며 서로 소근대고 있었다. 마틴은 대학 세탁소(the Varsity Pantorium)에서 대여한 야회복을 혼자 입어 보고 긴장했지만, 이제 리오라를 자신의 자랑이자 꽃처럼 활짝 피어나는 여인으로 세상에 소개하려 했기에 그 옷을 완전히 자기 것으로 소화해야 했다. 소원해진 자식들이 살고 있는 별로 호의적이지 않은 낯선 거리를 서로 의지하면서 자신 없이 찾아가고 있는 두 명의 작은 노부부처럼, 마틴과 리오라는 제니스에서 가장 위풍당당한 백화점인 '벤슨, 핸리 & 코흐' 같이 잘 정돈된 장엄한 건물 속으로 쭈빗 거리며 들어갔다. 그녀는 번쩍거리는 마호가니와 접시 유리, 오페라 관람용 모자와 윤기가 흐르는 머플러, 그리고 크림색의 승마용 바지 때문에 주눅이 들었다. 마틴은 야회복을 입어보고 그녀에게 보여주고 이만하면 됐다는 승락을 받으려 했다. 그의 옷차림은 약간 촌스러워 보이는 기다란 갈색 넥타이와 부드러운 칼라의 와이셔츠 위에 걸치는 조끼로 구성되었다. 그리고 점원이 칼라를 가지러 갔을 때, 리오라는 투덜거렸다:

"이런, 샌디, 자긴 내게 너무 과분해. 나는 내 옷에 신경 쓸 수가 없는데, 이제 자기가 그렇게 멋지게 차려 입으면, 나는 자기랑 감히 어울릴 엄두도 못 낼 거야."

그는 그녀에게 하마터면 키스를 선물해 줄 뻔 했다.

점원은 다시 돌아와서 "제 생각에, 사모님, 남편 분께서는 이 윙 칼라를 착용하면 정말 멋지실 겁니다"라고 쾌활하게 말했다.

그리고 나서 점원이 넥타이를 찾는 동안 그는 리오라에게 키스를 했고 그

의사과학자 애로우스미스

녀는 한숨을 쉬었다:

"오, 이런, 자기는 앞서가는 사람들 중 한 명이구나. 난 야회복을 입고 하늘로 날아 오를 것 같은 칼라를 한 남자에게 어울리는 사람이 되어야 할 거라고 예전엔 전혀 생각하지 못했어. 아, 그러니 난 자기만 따라 갈테야!"

❧ III ❧

디감마 무도회 주최 장소인 대학 무기고는 극도로 화려하게 장식되어 있었다. 벽돌로 쌓은 벽에는 화려한 깃발들이 어지러울 정도로 걸려 있었고, 종이 국화와 석고로 만든 해골과 10피트 길이의 나무 메스로 치장되어 있었다.

모할리스에서 지낸 6년 동안 남녀 공학인 대학 생활에서 가장 주된 즐거움은 남녀가 대규모로 모여서 세련되게 포옹을 하며 춤을 춘다는 짜릿함이었겠지만, 그럼에도 마틴은 무도회에 몇 번 가보지도 않았다.

그가 무도회장에 도착했을 때, 리오라는 어떤 유행도 따르지 않는 푸른 색 비단 크레이프 옷을 소심하지만 용감하게 입고 있었다. 마틴은 남자들이 리오라에게 몰려들어 춤을 신청하고 그녀를 찬미함으로써 환영 받는 존재가 되기를 몹시 갈망했지만, 간단한 투 스텝 춤을 출지 말지에 대해서는 신경을 쓰지 않았다. 하지만 그는 자부심이 너무 강해서 자기 친구들에게 리오라와 춤을 춰 달라고 구걸하는 것처럼 보일까 봐 그녀를 여기저기 소개할 수가 없었다. 그 둘은 발코니 아래에 외따로 서서 넓디 넓은 무도회장을 담담하게 바라보고 있었고, 그 둘 너머에는 아름답고, 만만치 않으며, 매력이 넘치는 이들이 춤을 추며 이루는 물결이 장관을 연출하고 있었다.

리오라와 그는 '벤슨, 핸리 & 코흐' 백화점 내 양복점에서 들은 대로, 학생 행사에서는 야회복 재킷과 검은 색 조끼가 제격이라고 서로 확신을 하고 있었다. 하지만 다른 사람들이 입은 하얀색 조끼들을 보니 마틴은 쪽팔린다는 생각이 점차 들었고, 저 유명하신 초보 외과의사 앵거스 듀어가 그레이하운드처럼 오만하게 지나가며 하얀(엄청나게 하얀, 지구 상에서 최고로 하얀) 장갑을 내밀자 자기 자신이 촌뜨기라는 생각이 들었다.

마치 모든 앵거스 듀어 같은 이들에게 저항이라도 하는 양 그는 이렇게 말했다. "자, 우리 춤 추자." 그는 매우 집에 가고 싶었다. 그는 춤 추는 게 즐겁지 않았다, 비록 그녀가 무난하게 왈츠를 추고 그 또한 나쁘지 않은 솜씨로 춤을 췄지만. 심지어 그녀를 자기 팔로 안고 있다는 사실도 즐기지 않았다. 그는 그녀가 자신의 품에 안겨 있다는 사실이 실감이 안 났다.

둘이 춤추며 돌아가는 동안 마틴은 듀어가 의대 학장인 위대한 실바 박사 주위의 눈부시게 예쁜 소녀들 그리고 뛰어난 외모의 여성들과 함께 어울리는 걸 보았다. 앵거스는 매우 편안해 보였고, 가장 예쁜 소녀와 미끄러지듯 돌고, 민첩하게 왈츠를 추었다. 마틴은 그를 바보 취급하려 애쓰며 미워했었지만, 그가 전날 시그마 자이(Sigma Xi) 명예 회원으로 선출되었다는 사실이 기억났다.

리오라와 마틴은 아까 있었던 발코니 아래 바로 그 자리, 그들의 은신처, 그들만의 안전한 피난처로 슬그머니 돌아갔다. 그는 태연한 척하며 자기가 입은 새 옷에 대해 좋은 척 말하면서, 다른 여성들과 하하 호호 하며 지나가면서 리오라에겐 눈길도 주지 않던 놈들을 욕하고 있었다.

그는 안달하며 말했다. "아직 여기 오지 않은 이들이 많아. 좀 있으면 다들 올 거야. 그러면 자기는 많은 남자들과 춤을 추게 될 거야."

"아, 신경 쓰지 마."

("신이시여, 누구라도 이 불쌍한 여인에게 춤추자고 신청할 사람 없을까요?")

그는 춤을 추던 의대생들 중에서도 자기가 별로 인기가 없다는 사실에 조

의사과학자 애로우스미스

바심이 났다. 그는 클리프 클로슨이 참석하기를 바랐는데 - 클리프는 모임이라면 어떤 것이라도 다 좋아했지만, 무도회 용 예복을 마련할 돈이 없었다. 그러다가 만인이 다 좋아하고 전문직의 귀감인 어빙 워터스를 발견하고 반가워서 반색을 하며 다가갔지만, 워터스는 그냥 고개만 끄덕이며 지나가 버렸다. 이런 식으로 마틴은 희망에 가득 찼다가 곧장 낙담하기를 3번이나 반복했고, 이제 그의 모든 자존감은 바닥이 나 버렸다. 리오라가 행복할 수 있다면… "그녀가 대학 전체에서 가장 떠들썩한 난리법석에 몰두하여 저녁 내내 날 무시해도 전혀 신경 안 쓸 거야. 그녀가 즐거운 시간만 보낼 수 있다면 무엇이든 다 좋아! 내가 듀어를 잘 구슬러서…"

아니다, 그건 내가 참을 수 없는 일이네; 그 더러운 속물에게 다가 가다니.. 아니, 할 거야!"

뚱보 파프가 느릿느릿한 걸음으로 막 도착했다. 마틴은 친한 척 하며 그에게 달려갔다. "안녕, 늙은 뚱보! 오늘 밤 춤 출 거지? 내 여친 토저 양을 소개하지."

뚱보의 둥글넓적한 눈은 리오라의 뺨과 호박색 머리카락을 맘에 들어 하고 있었다. 그는 힘주어 말했다. "만나서 반갑군요. 춤이 시작됐네요. 같이 출 영광을 베풀어 주시겠습니까?" 이렇게 너무나 말도 예쁘게 하니 마틴은 그에게 키스라도 기꺼이 해 줄 수 있을 것 같았다.

춤을 추는 무리들 속에서 자기 혼자 서 있다는 사실은 마틴에겐 의식이 안 되었다. 그는 기둥에 기대어 흡족해 하고 있었다. 그는 완벽하게 이타적인 기분이었다. 춤 신청을 받지 못한 많은 여성들이 그의 옆에 서서 언제 춤 신청을 받나 기다린다는 것도 그는 깨닫지 못했다.

그는 뚱보가 어느 한 화려한 커플에게 리오라를 소개해주는 것을 보았고, 그 중에 남성이 리오라에게 뚱보 다음에 춤을 춰 달라고 신청했다. 그리고 나서 그녀는 본인이 받아 줄 수 있는 것보다 더 많이 신청을 받았다. 마틴의 흥분은 가라앉았다. 그의 눈에는 그녀가 파트너들에게 너무 밀착하고, 그들의 춤 스텝을 너무나 열정적으로 따라가는 걸로 보였다. 다섯 번째 춤이 지나가자 그는 동요했다. "물론이지! 리오라는 즐기고 있어! 내가 바로 여기 서 있는 걸 주목할 시간도 없어, 그래, 제기랄, 저 자식 리오라 스카프를 잡고 있네! 확실해! 리오라에게야 좋지. 사실 나도 춤을 추고 싶어. 그리고 리오라가 저 바보 브린들 모건에게 웃어주면서 바라보는 거 봐라, 저, 저, 망할…. 오, 아가씨, 당신 나랑 얘기 좀 해야겠어요! 그리고 내게서 리오라를 앗으려고 달려드는 저 사냥개 같은 놈들, 내가 사랑하고 있는 여인을 말이지! 저 자식들이 나보다 춤을 능숙하게 추고 바보같은 말들을 번지르르 하게 잘 한다는 이유만으로, 그리고 저 망할 놈의 오케스트라가 저 빌어먹을 후진 음악을 연주한다는 이유만으로, 리오라는 저 놈들의 천박한 칭찬에 홀리고 말이지… 우리 둘은 이에 대해 깔끔하게 정리 좀 해야 하겠어!"

그녀가 들떠있는 의대생 세 명에게 둘러 싸여서 노닥거리다가 그에게 돌아오자 그는 "아, 난 괜찮아!"라고 궁시렁 대었다.

"이거 먹을래? 물론 먹겠지!" 그녀는 이제 온전히 그에게 눈을 돌렸다; 그녀는 남들의 눈을 의식해서 행동해야 한다는 매들린 식의 개념이 전혀 없었다. 계속되는 기다림에 스트레스를 받은 그가 째려보는 동안, 리오라는 무도회 무대, 무도회장의 규모, 그리고 그녀와 춤을 춘 "멋진 파트너들"에 대해 재잘거렸다. 연주가 다시 시작되자 그는 팔을 내밀며 춤을 요청하였다.

"아니"라고 그녀가 말했다. "자기랑 얘기하고 싶어." 그녀는 그를 구석으로 데려간 후 그에게 안겼다. "샌디, 이번까지만 자기가 질투하는 걸 참아줄 거야. 아, 알아! 여길 봐! 만약 우리가 계속 잘 지내고 싶으면 말이지, 그리고 실제로 그러고 있지, 난 가능한 한 많은 남자들과 춤을 출 거고 마음껏 그들과

의사과학자 애로우스미스

놀 거야. 저녁 식사와 저 모든 것들… 난 항상 입을 다물 것도 같아. 할 말이 없거든. 하지만 난 춤 추는 게 좋아. 그리고 난 내가 딱 하고 싶은 걸 할거야. 그래서 만약 자기가 어떻게 생각하건 난 자기 밖에 없다는 걸 알아야지. 난 자기 거라고! 절대적으로. 자기가 무슨 바보 짓을 한다 해도 말이야… 바보 짓 많이 할 것 같긴 한데. 그러니까 자기가 다시 질투심이 난다면 그거 떨쳐 버리라고. 창피한 줄 아세요!"

"질투하는 게 아니었어, 그럼. 아, 나도 어쩔 수 없어! 자길 너무 사랑해. 난, 비록 지금은 아니지만 더 이상 질투하지 않는 멋진 당신의 애인이 될게!"

"좋아. 잘 명심만 해 주신다면야. 이제 그만하고 나가자."

그는 그녀의 노예가 되어 있었다.

❧ IV ❧

위네맥 대학에서는 자정이 넘어서 춤을 추는 것이 비도덕적인 일로 간주되었기에, 그 시간이 되면 모두 임페리얼 카페로 자리를 옮겼다. 평소엔 8시에 문을 닫았지만, 그날 밤에는 새벽 1시까지 문을 계속 열었고, 거의 응큼한 흥취로 분위기가 조성되었다. 풍보 파프는 지그 춤을 추었고, 또 다른 장난스러운 학생은 냅킨을 팔에 걸친 채 웨이터 행세를 했으며, 어떤 여자 급우는(하지만 그녀는 꽤 싫어들 했다) 담배를 피웠다.

클리프 클로슨은 문 앞에서 마틴과 리오라를 기다리고 있었다. 그는 파란색 플란넬 셔츠를 입고 늘상 입는 반짝이는 회색 옷 차림이었다.

클리프는 자신이 마틴의 친구들을 모두 검증할 자격을 갖고 있다고 생각했다. 그는 리오라를 만난 적이 없었다. 마틴은 클리프에게 자기가 양다리를 걸쳤음을 실토한 바 있었다: 리오라는 의심할 바 없이 이 세상에서 가장 품위 있는 아가씨라고 말한 적이 있지만, 이전에 이미 매들린에 대해 온갖 표현으로 찬사를 했었고, 클리프의 인내심은 바닥이 났기에, 클리프는 그가 하는 말을 듣지 않았고, 리오라는 마틴의 도덕성에 유해한 또 다른 사이렌 마녀로 간주하고 싫어할 태세를 갖추고 있었다.

이제 그는 상대를 낮춰보는 듯한 비호감의 눈빛으로 그녀를 쳐다보았다. 그는 그녀 뒤에서 마틴에게 나직이 말했다. "잘생긴 애송이야, 내가 그녀를 위해 말해 주지… 저 여자 뭐가 문제인 거야?" 카운터에서 각자 먹을 샌드위치와 커피, 모자이크 케이크를 가져오고 나서, 클리프는 다음과 같이 거칠게 말했다:

"음, 너희 같이 잘 차려 입은 멋쟁이들이 나와 함께 패션과 사교의 중심에서 시간을 보내주다니 정말 대단하셔. 이크, 내가 저녁에 걱정 많은 듀어[1]랑 그 또래 고상하신 놈들 같이 선택 받은 이의 쾌락을 즐기고 싶어하는 건 너무 잔인한 일이지. 그래서 난 저질스러운 포커 게임이나 했고, 이 타짜께서 기똥차게 10점을 내서, 어디서 굴러먹은 놈팡이들과 양아치들이 낸 6점자리를 제압했지. 레오리[2], 내 생각에 그대와 마티킨스는 이제 폴로와, 음, 몬테 카를로 같은 것이 뭔가 하고 생각하는 것 같군요."

그녀는 사람들을 있는 그대로 받아들이는 엄청난 능력을 가지고 있었다. 클리프가 반응을 기다리며 음흉하게 바라보는 동안, 그녀는 태연하게 치킨 샌드위치의 내부를 살펴보고 나서 "오호"하고 만족해 했다.

"당신 착한 사람이네요! 난 마틴이 평소 내게 하듯이 당신이 '네가 천한 사람이라면, 주제를 알고 가만 있을 것이지 왜 굳이 티를 낼 생각인지 이해를

---

1 Anxious Duer, 이미 앞에서 자주 봤지만 클리프는 남의 이름 갖고 익살스럽게 바꿔 부르는 짓을 잘 한다 그래서 Angus Duer를..

2 또 이름을 왜곡해서 부른다.

의사과학자 애로우스미스

못하겠어'하는 식으로 말할 거라고 잘못 생각했었어요."

그 말을 듣자 클리프는 쾌활하고 평소답지 않게 말수가 적은 (그의 기준에서는) 친구로 변해 버렸다. 전직 농촌 머슴, 전직 책 장수, 전직 기계공 출신인 그는 아직 돈에 너무나 쪼달려 휘황찬란한 삶에 대한 욕망을 갈망하며, 가난에 대한 자부심이라는, 공격적인 자부심이라는 피난처로 도피하고 있었다. 이제 리오라가 그의 허세에 숨은 것을 간파하는 기색을 보이니, 그는 마틴 만큼이나 빨리 그녀가 좋아져서, 그들 모두 즐겁게 놀게 되었다. 마틴은 저 끝에서 실바 학장과 합석 하고 있는 앵거스 듀어와 찬란한 여성들까지 포함해서 모든 인류에게 자비심을 느낄 정도로 따뜻한 기분이 들었다. 아무 의도도 없이 마틴은 벌떡 일어나 방 안을 가로 질렀다. 그는 손을 쭉 뻗으며 외쳤다:

"앵거스, 이 점잖은 친구야, 시그마 자이 가입을 축하해. 정말 좋은 일이야."

듀어는 마틴이 뻗은 손이 마치 전에 본 적이 있지만 어떻게 연주하는지는 잘 기억나지 않는 악기인 것처럼 여겼다. 그는 마틴의 손을 잡아주고 머뭇거리며 악수를 해 주었다. 그는 등을 돌리지 않았고 - 차라리 무례한 게 낫지, 더 안 좋은 반응 - 참는 기색이었다.

"음, 행운을 빌어." 마틴이 부르르 떨며 말했다.

"훌륭해, 고맙네."

마틴은 리오라와 클리프에게 되돌아와서, 지금 일어난 이 사건은 우주 수준의 비극이라고 말하였다. 그들은 앵거스 듀어 저 자식 저러다 총 맞지 하고 입을 모았다. 그 와중에 듀어가 실바 학장의 무리를 따라 지나가면서 자기를 노려보는 마틴에게 고상하고 점잖은 분위기로 고개를 끄덕였다.

헤어질 때, 클리프는 리오라의 손을 잡고, "사랑스런 리오라 양, 난 마트를 정말 많이 생각해 주고 있어요, 그래서 한 번은 저 애늙은이를 악수나 디립다

해 대는 놈으로 바꿔 놓을 집단에 꼼짝없이 붙들릴까 봐 걱정했어요. 저도 악수나 해 대는 놈이지요. 전 로버트쇼 교수만큼 의학에 대해 잘 알지는 못 해요. 하지만 이 멍청이도 약간의 양심은 있으니까, 그가 제대로 된 아가씨와 사귄다니 정말 기뻐요. 아, 나 지금 취해서 비틀대며 넘어지네! 그래서 이 클리프님께서 리오라 양처럼 어머나를 많이 연발하더라도 리오라양은 신경 안써 줬으면 좋겠네요!"

마틴이 리오라를 숙소에 데려다 주고 집으로 돌아온 것은 4시가 다 되어서 였고, 그는 침대에 쳐 박혔다. 그는 잠을 잘 수가 없었다. 앵거스 듀어가 자기를 무시한 것은 자신에 대한 모욕이자 리오라에게도 은근한 모욕이라는 생각이 그를 괴롭혔다. 하지만 그의 유치한 분노는 음울한 걱정으로 변해 버렸다. 듀어는 속물성과 천박함에도 불구하고 마틴 자신에게는 없는 무언가가 있지 않은가? 범도 안 무서운 강아지 같이 무모한 유머와 보드빌[3] 공연에 출연하는 농부 같은 말투, 예의 범절 따위는 겉치레일 뿐이라고 생각하는 클리프는 너무나 안이하게 삶을 보내는 건 아닐까? 듀어는 자신의 옹졸한 마음을 통제하고 몰아가는 방법을 제대로 아는 게 아닐까? 실험에서 테크닉이 필요하듯이 매너에서도 테크닉이란 게 필요한 것이 아닐까.. 고틀립이 실험 벤치에서 보여주는 능숙한 솜씨와 비교해서 아이라 힝클리의 서툴기 짝이 없는 곰 같은 손을 보라구… 아니면 이 모든 의문은 이제, 듀어의 기준에 굴복한 나에 대한 배신감인가?

너무 피곤해서 눈꺼풀을 감은 그의 뒤에는 섬광이 번뜩였다. 그의 혼란한 마음은 그날 밤 그가 말하거나 들은 모든 문장 하나하나의 위에서 휘몰아쳤

---

3 보드빌, vaudeveille: 19세기 말에서 20세기 초에 미국에서 큰 인기를 끌었던 극장 버라이어티 쇼. 우리 식으로 보면 일제 시대 때의 악극단 공연쯤으로 보면 되겠다. 무성 영화 시대가 시작되기 직전의 주된 서민 오락 거리였다.

고, 열불이 나는 그의 몸도 에워싸 버렸다.

❦ V ❦

　다음날 그는 병원 캠퍼스를 투덜거리며 가로질러 가다가 우연히 앵거스와 마주쳤고, 그는 돈을 빌렸는데도 갚지 않을 것 같은 사람이 가지는 죄책감과 당혹감에 사로잡혔다. 반사적으로 그는 불쑥 "안녕"하고 말하기 시작했지만, 심드렁하게 인상을 쓰며 좀 더듬거렸다.

　"아, 마트." 앵거스가 인사를 받아주었다. 그는 당황스러울 정도로 차분했다. "어제 저녁 내게 말 걸었던 거 기억나? 내가 밖으로 나갈 때 보니 너 토라져 있는 것 같더라. 혹시 내가 무례했다고 생각하나 궁금했어. 네가 기분 나빴다면 미안. 사실 그때 심한 두통에 시달렸거든. 봐봐. 다음 주 금요일 저녁 제니스 시에서 하는 'As It Listeth"의 공연 티켓 4장이 있어. 뉴욕 오리지널 캐스트들이야! 보고 싶지? 그리고 어제 무도회장에서 네가 아주 멋진 여성을 데려온 걸 봤어. 그 아가씨도 우리랑 가고 싶다면, 그녀랑 그녀 친구 몇 명도 오라고 할래?"

　"오 예, 왜 안 하겠어, 내가 그녀에게 전화 할게. 우리에게 이렇게 해주다니 너 정말 좋은 놈이야…."

　감상적인 분위기의 해질녘이 되어서야 리오라는 그 제안을 받아 들이고 넬리 바이어스라는 간호 실습생과 함께 오겠다고 했는데, 그 때 마틴은 다음과 같이 곱씹어 보기 시작했다:

　"쟤 어젯밤에 머리가 아팠던 게 사실일까?"

4　As it listeth: 구식 영어 표현인데, 요한복음 3장 8절에 있는 'The wind bloweth where it listeth. 바람이 임의로 불어와서' 라는 구절에서 따 온 제목.

"누가 그에게 표를 줬을까?"

"왜 실바 학장의 딸에게 같이 가자고 하지 않았지? 혹시 리오라를 내가 어쩌다 꼬신 행실 안 좋은 여자로 보나?"

"물론, 그는 누구와도 절대로 다투지 않아. 우리 모두와 좋은 관계를 유지하고 싶어하니까, 나중에 우리가 G.P.[5] 의사가 되고 그는 유일무이하게 뛰어난 외과 의사가 되면, 우리는 그에게 수술할 환자들을 몰아 주겠지."

"나는 왜 이렇게 순순히 알아서 기었을까?"

"에이 상관 없어! 리오라가 즐거워만 한다면, 나야 개인적으로 이 정신없이 돌아가는 상황이 도대체 무슨 의미인지 신경 쓸 이유가 없지. 물론 잘 차려 입은 예쁜 여성들을 본다는 것, 그리고 멋진 옷을 입는다는 건 나쁘지 않지만 말이야… 아, 에라 모르겠다!"

⚜ VI ⚜

약간 중서부에 치우친 도시 제니스에서는, "오리지날 뉴욕 캐스트" 연극을 공연한다는 건 일대 사건이었다. (어떤 연극을 하는지는 문제가 아니었다.) 도즈워스 극장은 로열 리지에 위치한 대저택 출신의 상류층들이 출입하는 화려한 곳이었다. 새된 목소리로 지저귀는 눈부신 미모의 여성들을 동반하여 맨 앞 줄에 앉아 있는 예일대, 하버드대 그리고 프린스턴대를 졸업한 사람들, 변호사와 은행가, 자동차 업자와 부동산 상속인들, 위대한 골프 선수들, 뉴욕 생활이 익숙한 고귀한 혈통들에 대해 리오라와 넬리 바이어스는 경외심을 보였다. 바이어스 양은 '타운 토픽'지에 자주 언급되었던 도즈워스 가문 사람들이 저

---

5   G.P. = General Physician, 일반의. 의대 졸업해서 전문의까지 따지 않고 그냥 개업한 의사.

기 와 있다고 가리켰다.

리오라와 바이어스는 극 중에서 주인공이 주지사직을 거절하는 영웅적 처신에 감탄을 하였고, 마틴은 여주인공이 리오라보다 예뻐서 신경이 쓰였으며, 앵거스 듀어(평생 연극을 대여섯 편 이상 보지 못했으면서 모든 연극을 다 알고 있는 듯한 모습을 보이며)는 "잭 반두젠의 아디론댁 캠프: 일몰, 그 다음 날"을 묘사한 세트가 정말 훌륭했다고 평했다.

마틴은 그들을 진심으로 잘 대접해 주려 하였다. 그는 저녁을 사려 했고 집요하게 권했다. 바이어스 양은 11시 15분까지는 병원에 복귀해 있어야 한다고 설명했지만 리오라는 느긋하게 말했다. "오, 상관없어. 창문을 통해 슬그머니 들어가면 돼. 아침에 네가 숙소에 있는 걸 보면 그 늙은 꼰대는 네가 늦게 들어왔다는 걸 알 도리가 없지." 이런 거짓말 잘하는 천연덕스러움에 고개를 저은 바이어스 양은 전차에 올라타서 떠났고, 리오라와 앵거스, 마틴은 술 마시자고 독일어로 쓰인 간판과 혼응지[6]로 만든 갑옷이 장식 되어있는 엡스타인 네 구식 뉘른베르크 카페로 맥주와 스위스 치즈 샌드위치를 먹으러 갔다.

앵거스는 리오라를 면밀히 관찰하다가 마틴에게까지 눈길을 옮겨서 그들이 애정 어린 눈빛을 교환하는 걸 바라보고 있었다. 성공 욕구를 가진 젊은이가 출세하는 데 도움이 되기 힘들어 보이는 여성과 사귀다니, 저런 식의 소년 소녀의 열정이 마틴과 리오라 사이에 존재할 수 있다니, 아마도 이건 앵거스의 입장에선 상상도 할 수 없는 일이었을 거다. 그는 그녀가 공략하기 만만하다고 판단했다. 그는 점잖게 마틴을 힐끔 바라보았고, 그녀에게 환심을 사려고 작업에 들어갔다.

---

6 혼응지(混凝紙): 펄프에 아교를 혼합해 제작된 단단한 종이.

"이 연극 공연 재미 있으셨다면 좋겠군요." 그는 그녀에게 거들먹대는 태도로 말했다.

"아, 네…."

"어이쿠, 정말이지 저는 두 분이 부러워요. 물론 왜 여자들이 로맨틱한 눈망울을 가진 마틴에게 빠지는 지는 이해해요, 하지만 저같은 공부 벌레는 저와 공감을 나눌 사람 단 한 명도 없이 계속 공부하고 또 하고 해야 하거든요. 아, 글쎄요, 저는 여자들 앞에서 쑥맥인 게 당연하지요."

리오라가 예상 밖의 반격을 했다: "그렇게 말한다는 건, 사실은 쑥맥이 아니라는 뜻이고 실은 여성을 경멸하는 것이죠."

"경멸한다구요? 아, 솔직히 전 돈 환을 동경했지요. 하지만 어떻게 해야 그런 이가 될 지 모르겠어요. 가르쳐 주시겠어요?" 앵거스의 건조하고 정확한 목소리는 그녀를 달래는 어조로 변했다. 그는 기니피그를 해부할 때 보여주는 집중력으로 그녀에게 몰두했다. 그녀는 이제 마틴에게 싱긋 웃어 보이고 나서 말했다. "질투하지 마, 이 바보. 난 이 우쭐대는 최면술사에겐 전혀 관심 없어." 그러나 그녀는 앵거스가 그녀의 눈과 재치 그리고 다소곳함에 보내는 찬사를 청산유수로 늘어 놓으며 보이는 자신감에 당혹해 했다.

마틴은 질투가 나서 부들거렸다. 그는 그들이 귀가해야 한다, 리오라는 정말 복귀해야 한다고 불쑥 말했다. 전차는 자정이 지나면 드문드문 다녔기에 그들은 텅 비어서 발소리가 울려 퍼지는 길을 걸어 병원으로 갔다. 앵거스와 리오라는 계속해서 시끄럽게 수다를 떨었고, 마틴은 그들 옆에서 조용히 그리고 부루퉁한 채, 그리고 지금 부루퉁한 게 당연하다고 여기며 따라갔다. 차고 골목을 빨리 빠져 나와서 한 블록 거리를 차지하며 몇 군데는 희미한 불이 켜진 황량한 창문들이 달린 5층짜리 건물인 거대한 제니스 종합병원에 도달했다. 주변엔 아무도 없었다. 일층은 땅에서 5피트 밖에 안 되는 높이였기에,

그들은 반쯤 열린 복도 창문의 석회 기둥으로 리오라를 번쩍 들어 올렸다. 그녀는 "안녕! 고마웠어요!"라고 속삭이며 안으로 미끄러져 들어갔다.

마틴은 불만스러운 가운데 허전함을 느꼈다. 그 밤은 차가운 애절함으로 가득 차 있었다. 그들 위 창문에서 갑자기 불빛이 깜박거리고 있었고, 갑자기 어느 여인이 찢어질 듯 비명을 지르다가 곧 신음을 하고 있었다. 그는 삶의 찰나에 그녀의 존재를 잠시나마 잃어야 한다는 이별의 슬픔을 느꼈다.

"리오라를 쫓아 들어 갈래; 거기 가서 괜찮은지 확인하러"라고 그는 말했다.

벽돌의 차가운 가장자리가 그의 손을 아프게 했지만, 아랑곳 하지 않고 그는 펄쩍 뛰어올라 무릎을 세우고 창문을 통해 급하게 기어 들어갔다. 그의 앞에 아주 작은 전구 만이 비추는 코르크 나무로 된 복도에서, 리오라는 발끝을 세우고 위로 올라가는 계단을 향해 살금살금 가고 있었다. 그도 발끝을 세우고 그녀를 뒤쫓았다. 그녀의 팔을 잡자 그녀는 끽하는 소리를 냈다.

"우린 아까보다는 더 나은 식으로 잘 자요 이별 인사를 해야 해!"라고 그가 투덜거렸다. "그 망할 듀어하고 말이지…."

"쉬이잇! 여기서 잡히면 날 그냥 죽여버릴 걸. 나 잘리는 꼴 보고 싶어?"

"그게 나 때문이라면 싫어?"

"응… 아니… 글쎄.. 하지만 아마도 자긴 의대에서 잘릴 걸. 만약…." 그녀의 손을 사랑스럽게 어루만지는 그의 손끝에서 그녀가 불안으로 파르르 떠는 걸 느낄 수 있었다. 그녀는 복도를 내다보고 있었고, 그는 조급하다 보니 저기 문가에서 자기들을 쳐다보는 은밀한 존재가 있는 것 같다는 상상이 들었다. 그러고 나서 그녀는 한숨을 쉬고 단호하게 말했다. "우리는 여기서 이야기 나누면 안 돼. 은밀히 내 방으로 올라가자. 내 룸메이트가 일주일 동안 자리를 비웠거든. 거기 어두운 데 몸을 숨기고 있어. 위층에 아무도 안 보이면, 다시 올게."

그는 그녀를 따라 위층으로 올라가 흰색 문으로 가서 숨을 죽이고 안으로 들어갔다. 문을 닫자 그는 이 비좁은 피신처에 감명을 받았는데, 거기에는 야영 침대와 집에서 찍은 사진들이 있었고, 부드럽게 주름이 잡힌 린넨이 있었다. 그는 그녀를 껴안았지만, 그녀는 그의 가슴에 손을 대고 저지하면서 슬프게 말했다:

"자기 또 질투 했잖아! 어떻게 날 그렇게 안 믿을 수 있지? 그 바보랑! 여자들이 그를 안 좋아한다고? 그럴 기회도 없을 걸! 그는 자아 도취가 심하니까. 그리고 넌 질투나 하고 있고!"

"나 질투 안 했어.. 그래, 했어. 그랬지만 뭐 어때서! 자기랑 얘기하고 싶고, 키스하고 싶은데, 우리 사이에 그 녀석을 끼워 놓은 채로 거기 앉아 하이에나처럼 웃고 있어야 하냐고! 좋아! 아마 난 항상 질투만 하겠지. 날 신뢰해야 할 사람은 바로 자기야. 난 자기 관계에 소홀하지 않고, 앞으로도 소홀하지 않을 거야. 아, 믿어 줘…."

앵거스와 보냈던 삭막한 시간을 떠올리곤, 그들의 걷잡을 수 없던 깊은 키스는 더욱 맹목적이 되었다. 그들은 간호 관리자가 무시무시하게 들이 닥칠지도 모른다는 사실도 잊고 있었다; 그들은 앵거스가 밖에서 기다리고 있다는 사실도 잊고 있었다. 마틴은 눈을 감고 오랜 기간의 외로움을 해소하는 가운데 "오, 빌어먹을 앵거스… 그 자식 그냥 숙소로 가라고"하며 곱씹을 뿐이었다.

그는 좋아 어쩔 줄 모르며 "사랑하는 내 사랑, 잘 자요. 영원한 내 사랑,"하고 말했다.

그는 유령처럼 을씨년스러운 홀 안에서 앵거스가 틀림없이 얼마나 짜증을 내며 가 버렸을 지 생각하고는 즐겁게 웃었다. 그러나 창문으로 내다보니 앵거스는 돌 계단에 웅크리고 앉아 졸고 있었다. 마틴은 땅으로 내려와서 휘파

의사과학자 애로우스미스

람을 불었지만 금방 멈추었다. 어둠 속에서 어렴풋이 짐꾼 옷을 입은 덩치 큰 남자가 튀어나왔고, 그는 이렇게 외치고 있었다:

"잡았다 요놈! 널 병원으로 다시 끌고 가서, 뭘 하고 있었는지 알아낼테다!"

그들은 서로 근접하였다. 마틴은 강단 있었지만, 그 경비가 그를 꽉 움켜쥐자 숨이 탁 막혔다. 그의 더러운 작업복에서는 평소 목욕하지 않은 살에서 나는 악취가 풍겼다. 마틴은 그의 정강이를 걷어 찼고, 새빨간 뺨에 주먹을 날렸으며 그의 팔을 비틀려 했다. 그는 경비에게서 벗어나 도망치기 시작했는데, 곧 멈춰 섰다. 리오라가 해 준 짜릿한 달콤함과는 대조적으로, 이 경비와 싸우고 보니 화가 많이 났다. 그는 격분 속에 그 경비와 다시 마주했다.

그런데 갑자기 잠에서 깬 앵거스가 그의 옆에 나타나 역겨워 하는 투로 말했다. "아, 그만해! 여길 벗어나자고. 뭐하러 저런 쓰레기랑 싸워서 네 손을 더럽히냐?"

경비가 고함질렀다. "오, 그래 나 쓰레기다. 그렇지? 어디 쓰레기 맛 좀 봐라!"

그는 앵거스의 멱살을 잡고 뺨을 때렸다.

깜빡이는 가로등 아래에서 마틴은 한 남자가 광적으로 격분하는 광경을 보았다. 지금 경비를 응시하고 있는 것은 평소 무심하던 앵거스 듀어가 아니었다; 그것은 살인자였다. 그의 눈은 무서운 살인자의 눈을 하고 있었으며, 가장 풋내기에게 보내는 죽음의 경고를 보내고 있었다. 그는 분노에 숨이 찬 목소리로 외쳤다. "너 감히 나를 건드렸어!" 그는 주머니칼을 꺼내 들고 경비에게 달려들었으며, 그의 목을 베려고 격렬하게 칼을 휘둘러댔다.

마틴이 그들을 붙잡고 말리려고 한 순간, 경찰이 달려오며 경찰봉을 보도블럭에 딱딱 치는 소리가 들렸다. 마틴은 말라깽이였지만, 왕년에 건초더미를 거뜬히 던지고 전신 전화 줄을 팽팽하게 묶었던 몸이었다. 그는 냉정하게 경비의 왼쪽 귀 옆에 펀치를 먹이고, 앵거스의 손목을 낚아채 끌고 도주했다. 그들은 병원 안 뜰을 가로질러 골목을 뛰어 올라갔다. 그들이 대로로 나왔을 때, 야간 전차가 번쩍거리고 소리를 내며 모퉁이를 돌고 있었다. 그들은 주행하는 전차를 따라 달리다가 전차 문 발판으로 뛰어 올랐고, 이제는 안전해졌다.

앵거스는 뒷단 플랫폼에 서서 흐느꼈다. "세상에, 내가 그 자식을 죽이고 싶어 했어! 그 자식이 더러운 손을 내게 댔단 말이야! 마틴! 나 좀 잡아줘. 난 내가 극복한 줄 알았어. 내가 어렸을 때 난 어떤 자식을 죽이려 했었거든… 맙소사, 내가 그 더러운 돼지 새끼의 목을 따고 싶어 했다니!"

전차가 시내 중심부로 들어오자 마틴은 "우리가 밀주를 사먹는 오벌린 애비뉴에 가면 야참을 먹을 수 있어. 가자고. 그거 먹고 나면 기운이 날 거야" 라고 달래주었다.

앵거스는 부르르 떨며 비틀거리고 있었다. 그 빈틈 없이 꼼꼼한 앵거스가 말이다. 마틴은 그를 점심식사를 하는 방으로 안내했는데, 케첩 병들 사이에서 화강암 같은 커피 잔에 생 위스키를 담아 마셨다. 앵거스는 그의 팔에 머리를 기댄 채 술에 취해 정신을 잃을 때까지 주위 시선을 의식하지 않고 흐느꼈다. 그리고 마틴은 그를 숙소로 데려다 주었다. 그러고 난 후, 가구가 비치되어 있고 클리프가 코를 골고 있는 자신의 방에 와서 복기해 보니 그날 저녁 일들은 정말 믿을 수 없을 만큼 흥미진진 했지만, 그 중에서도 앵거스 듀어만큼 놀라운 것은 없었다. "음, 그 자식 이제는 나랑 좋은 친구가 되겠군, 항상 말이지. 좋네!"

다음 날 아침, 해부학 건물의 홀에서, 앵거스를 보자 그를 향해 달려갔다. 앵거스는 "너 어젯밤에 끔찍하게 곤드레 만드레였더라, 애로우스미스. 너 자

기 주량을 그렇게 감당할 수 없다면 차라리 완전히 술을 끊고 사는 게 좋을

거야."라고 톡 쏘아 붙였다.

　그는 또렷한 눈을 하고, 늠름하게 계속 걸었다.

8장

혼란

$\mathcal{C}$ⅇ I ⇜

　그리고 마틴의 일은… 막스 고틀립을 돕고, 세균학 수강생들을 가르치고, 강의와 병원 실습 시범에 참여하며 하루에 16시간씩 무자비하게 쉬지않고 계속되었다. 그는 가끔 저녁 때는 몰래 자기만의 독창적인 연구를 하거나 프랑스와 독일에서 폭발적으로 계속 나오는 세균학 관련 간행물들을 면밀히 읽어보곤 했다. 그는 때때로 자부심을 가지고 고틀립의 작은 집을 방문했는데, 그곳에는 빗물이 새서 스며든 벽지에 블레이크[1]의 그림과 당사자의 싸인을 받은 코흐의 초상화가 걸려 있었다. 하지만 그 외 나머지 과목들은 그의 신경을 갉아 먹을만큼 괴로움을 주었다.

　신경학, 산과, 내과, 진단학; 그가 곧 무너질 듯한 책상에서 잠들기 전에 겨우 몇 페이지를 더 읽을 수 있을 뿐이었다.

　부인과, 안과 과목 지식을 외우다 보면 정신이 나갈 것 같았다.

1　윌리엄 블레이크: 18~19세기에 걸쳐 활동한 화가이자 시인.

항상 피곤에 쩔은 임상 교수들이 하도 태워서, 당황한 의대 실습 학생들이 어버버 거리며 웅얼대는 소리로 가득 찬 오후 임상 실습.

앵거스 듀어가 재수없어 보일 정도로 완벽을 기하며 개에게 행한 기가 막히게 정확한 해부 솜씨.

마틴은 의학부 학장이기도 한 "아빠" 실바로 알려진 내과 교수 T. J. H. 실바를 존경했다. 그는 단신에다 작은 초승달 모양 콧수염을 한 동그란 체구를 하고 있었다. 실바의 롤모델은 윌리엄 오슬러 경(Sir William Osler)[2]이었고, 환자에게 공감하며 치유하는 것이 그에게는 종교와도 같았으며, 정확한 신체 진단은 그의 신조였다. 그는 마틴에게 엘크 밀스 시절의 비커슨 박사인 셈인데, 그 분보다는 업그레이드 버전으로 더 현명하고, 더 냉정했으며, 더 자신만만했다. 하지만 마틴은 실바 학장을 존경한 반면, 이비인후과 교수인 로스코 지크(Roscoe Geake) 박사는 혐오하는 걸로 자신의 호불호 균형을 맞췄다.

로스코 지크는 장사꾼이었다. 그는 정유업계에 종사했으면 정말 잘 했을지도 몰랐다. 이비인후과 의사로서 그는 편도선이란 의사들에게 꾸준한 수익을 제공하기 위해 인체 내에 삽입된 것이라 믿었다. 의사가 어떤 환자든 편도선을 떼지 않고 내버려 두고 나온다면 이는 그의 노후 건강과 안락함에 해가 될 소지를 - 여기서 '그'란 편도선을 떼지 않고 나온 그 의사를 말함이다 - 그냥 두고 넘어가는 바보 같고 무지한 짓이라 생각했다. 비중격에 대해서도 집착을 했는데, 비중격 일부를 잘라낸다고 해서 환자에게 전혀 해가 되지 않으며, 열심히 검사해도 환자의 코와 목에서 어떤 문제도 발견할 수 없다면 (그가 지나친 흡연을 한다는 사실을 제외하고), 어쨌든, 비중격 수술 후 강제 휴식이 그 환자

2　윌리엄 오슬러 경: 19세기부터 20세기 초까지 활약한 캐나다 의사. 존스 홉킨스 의대 내과학 교실을 정립하였고, 무엇보다 진단에 필요한 추론의 거의 모든 기초, 그리고 임상 실습의 토대를 마련하였으며, 심내막염을 비롯한 수많은 질환들을 정립한 그야말로 현대의학의 시조이자 전설이다. 비단 이 작품 속의 실바 교수 만이 아니라 당시 모든 의사들의 롤 모델이었다. 본 번역자에게도.

에게 좋다고 주장했다. 지크는 자연은 있던 그대로 놔두라³는 말은 위선적인 것이라고 비난했다. 왜, 통상적으로 부유한 사람들은 이런 자연 치유를 높게 평가하냐는 말이다! 그들은 어쩌다 수술을 - 큰 수술은 아니고 아주 아프지도 않은 - 그런 수술을 받는 게 아니라면, 전문의들에게 정말 조금도 관심을 주지 않는단 말이다. 지크는 매년 새 의대 실습생들을 만날 때마다 하는 일이 있는데, 이비인후과 영역을 넘어 모든 임상 과를 평가하고, 어빙 워터스 같이 자기를 추앙하는 이에게 어떻게 해야 짭짤하게 수익을 거둘 수 있는지 다음과 같이 설명을 해 주는 것이었다:

"의학 분야에서 지식이란 위대하지. 하지만 그걸 팔 수 없다면 무용지물이야. 잘 팔기 위해서 제군들은 지갑을 열 고객들에게 자신의 첫 인상을 제대로 잘 각인시켜야 하네. 신환이건 오래된 친구이건 상관하지 말고 *장사 수완*을 발휘해야만 하네. 그에게 설명을 해주되, 충격을 받아 불안해 하는 그의 가족들에게도 해 주게, 그 환자에게 자네가 얼마나 열심히 공을 들이고 배려해 주고 있는지를 말일세. 그렇게 해서 자네가 그에게 정말 좋은 일을 해주고 있고 잘해주려 하고 있다고 느끼게 만드는 것이 나중에 그에게 부과할 진료비보다 더욱 중요하네. 그리고 나서 그가 자네의 청구서를 받아 들면 그는 오해하거나 화를 내지 않을 걸세."

❧ II ❧

아직 마틴의 마음 속에는 평온한 여유 공간이 없었다. 의심할 여지 없이 그는 부산스러운 청년이었고, 오히려 예민했다. 자신은 세상 모든 것과 연결

---

3 멀쩡한 편도선을 굳이 뗄 필요 있느냐는 말.

이 되어 있다는 것을 알게 됐을 때 - 즉 자신이 있는 곳 이외에도 세상은 넓고 할 일은 많다는 것을 정말로 깨달았다고 해도 그는 희망에 찬 행복감이 전혀 느껴지지 않았다. 그의 친구 클리프는 참으로 상스러웠고, 그의 사랑하는 리오라는 아무리 씩씩해도 결국은 촌스러웠고, 그 자신도 정신없이 바쁜 와중에 지루함에 놀라면서 에너지를 낭비하고 있었다. 그는 완전히 성숙하지는 않았지만 현실적이었고, 허세를 싫어하였으며, 직접 자기 손으로 일을 했고, 꺼지지 않는 호기심으로 구체적인 실질을 추구하였다.

한편, 가끔 지크는 인생에는 즐거운 순간이 있음을 인지했다; 그런 멋진 순간을 맞음으로써 그를 숭배하는 이들로 받은 피로감에서 잠시 휴식을 얻는 것 말이다. 로스코 지크가 명예로운 자리에 오른 크리스마스 휴가 몇 시간 전이 바로 그런 순간이었다.

위네맥 데일리 뉴스에서 보도하길, 이비인후과 학과장을 하던 지크 박사가 저지 시 소재의 유력한 기업인 신 아이디어 의료 기구 및 가구 회사의 부회장으로 추대되었다고 하였다. 그는 축하의 의미로 의대 전체를 대상으로 "의사 진료실을 제대로 꾸미는 기술과 과학"이라는 연제로 작별 연설을 했다.

지크는 단정한 옷차림을 하였으며, 안경을 쓰고 열정적이며 대중을 좋아했다. 그는 사랑하는 학생들에게 환한 미소를 지으며 이렇게 외쳤다:

"여러분, 의사들이 너무 많아 문제가 있지만, 진흙과 폭풍, 겨울의 차가운 바람과 누그러질 기미도 안 보이는 8월의 더위를 극복한 찬란한 선배 개척자들은, 세상에서 가장 겸손한 사람들, 심지어 안정적으로 살아가는 늙은 현인들에게 힘이 되어 주고, 그들이 받는 고통을 덜어주고 있습니다. 제가 오랫동안 행복하게 일해온 이 곳을 떠나는 마당에, 저는 여러분 모두에게 읽을 책을 권하건대, 의업을 준비하기 위해서 로즈노우[4]와 하웰[5], 그레이[6]만 읽지 마시고, 모든 선량한 시민들처럼, 즉 실용적인 사람들이 되기 위해 그로스베너 A. 비비(Grosvenor A. Bibby)가 쓴 현대 심리학의 가장 가치 있는 작은 매뉴얼인 '어떻게 판매 기술에 활력을 불어넣을 것인가'를 읽으시길 권하고 싶습니다. 그러므로 잊지 마십시오, 여러분, 그리고 이것이 제가 여러분에게 보내는 마지막 메시지입니다. 가치 있는 사람은 단지 미소를 지으며 사물을 받아들이는 사람일 뿐만 아니라 철학, 그리고 *실용적인* 철학을 훈련 받은 사람이기 때문에, 제 아무리 출중하고 '자비심' 넘치며 명예로운 미덕을 갖고 있다 하더라도 몽상이나 '윤리'를 논하는 데에 자기 시간을 낭비하는 대신, 세상은 유감스럽게도 한 사람을 평가하는 데에 그가 얼마나 많은 돈을 보유하고 있는지를 잣대로 두고 있다는 것을 명심해야 한다는 것입니다. 하드녹스 대학[7]의 졸업생들은 한 의사를 평가할 때, 기업인을 평가하듯이 합니다. 즉 그가 주장하는 '높은 이상'만이 아니라 그 이상을 실제로 실현시켜서 수익을 거둘 수 있게 하는 추진력을 말이죠! 그리고 과학적인 관점으로 보아, 환자에게 투약하거나 수술을 행하는 데 새로운 심리학이 지배하는 오늘 날에 있어서 당신이 환자 한 사람에게서 수입을 적절하게 뽑아내는 능력을 보여주는 것이 정말 중요하다는 사실을 간과하지 마세요. 사람들이 당신의 솜씨가 훌륭하다고 평가하기에 돈을 지불한다는 것을 그 환자가 깨닫기 시작하는 바로 그 순간 그는 당신의 능력을 어김없이 느끼게 되고, 이후 일들은 잘 되어가는 것입니다."

---

4 Rosenau: 예방의학 교과서.

5 Howell: 생리학 교과서.

6 Gray: 해부학 교과서.

7 하드녹스 대학, University of Hard Knocks: 정말로 존재하는 대학이 아니고 19세기 말부터 영어 문화권에서 관용적으로 쓰는 표현이다. 이 대학을 졸업했다는 것은 정규 교육이 아니라 인생 실전에서 산전수전 온갖 쓴 맛을 다 보면서 관록이 쌓였다는 의미이다. 직역하자면 '역경으로 단련시켜 주는 학교' 정도 되겠다.

"환자에게 일이 잘 되어갈 거라고 고무시키는 것으로는, 일단 발을 들이기만 하면 적절한 치료를 제공할 것 같은 그런 멋진 진료실 이상 중요한 게 없습니다. 독일, 뮌헨, 볼티모어, 로체스터에서 공부했냐 안했냐는 상관없습니다. 그가 모든 과학 과목의 달인인지 여부, 가장 애매모호한 질환을 상당한 정확도로 즉각 진단해 낼 능력이 있는지 여부, 메이요(Mayo) 클리닉이나 크라일[8], 블레이크[9], 옥스너[10], 쿠싱[11] 수준의 수술 솜씨를 갖고 있는지 여부에 대해서도 전 신경 쓰지 않습니다. 만약 당신의 진료실이 꼬질꼬질한 의자들에다 중고 잡지들이 쌓여 있는 지저분하고 낡은 곳이라면, 환자는 당신을 신뢰하지 않을 것이고, 당신의 치료를 거부할 것입니다. 그렇게 되면 환자에게서 좋은 평판을 받고 적절한 치료비를 받아내기가 힘들어집니다."

"이 주제의 이면까지 깊숙하게 들어가 의사를 위한 진료실 가구 장만의 근본적인 철학과 미학에 도달하면, 제가 감히 명명 하여 간편하게 구별하건데, 오늘날 서로 갈등 중인 두 개의 파, 태피스트리 파와 무균 파가 존재하고 있습니다. 두 파 모두 그들 나름의 장점이 있습니다. 태피스트리 파는 주장하길, 대기 환자들을 위한 호화로운 의자들과 멋진 솜씨의 그림들, 값 비싼 호화 장정을 한 세계 최고의 문학작품 전집들로 꽉 찬 책장, 그리고 유리 세공 꽃병들과 종려나무 화분들이 어우러져서 순수한 능력과 지식에 의해서만 나올 수 있는 그런 화려한 인상을 만들어 낸다고 합니다. 반면에, 무균 파는 주

---

8 George Washington Crile: 동시대 저명한 외과의사로 두경부 수술과 수혈의 기반을 다졌으며, 특히 수술 시 출혈을 잡는 겸자인 forcep은 이를 디자인 한 그의 이름을 따서 Crile forcep이라 부른다.

9 아마도 영국 최초의 여성 외과의사인 Louisa Aldrich-Blake를 지칭하는 것 같다. 최초로 자궁 경부와 직장 수술을 시도한 업적으로도 유명.

10 Alton Ochsner: 동시대 미국 뉴올리언스를 주 무대로 활약한 외과의사. 오늘날 그의 이름을 딴 옥스너 의료원은 특히 심장 이식으로 정평이 나 있다.

11 Harvey Williams Cushing: 동시대 최고권위의 신경외과 의사로, 현대 신경외과의 아버지로 불리는 인물이다.

장하길, 환자가 원하는 것은 세심하게 위생에 신경 쓴 청결한 모습이라고 합니다. 이는 흰 색으로 칠한 의자와 책상들, 회색 벽에는 일본 전통 판화를 걸어 놓은 진료실 내부뿐만 아니라 바깥의 대기실까지 제대로 위생 작업을 해놓아야만 가능합니다."

"하지만 여러분, 제가 보기에 전례가 없는 게 아닌가 할 정도로 이상적인 접견실은 이 두 파가 추구하는 걸 서로 잘 조화시키는 것이라고 저는 확신합니다! 종려나무 화분과 멋진 그림을 갖다 놓는 것, 이는 실용주의적인 의사에게는 멸균기나 혈압계 같은 작업 장비만큼이나 필요한 것들입니다. 그러나 가능한 한 모든 것을 위생적으로 보이는 흰색으로 갖추고⋯ 굳이 흰색이 아니더라도 여러분이 생각하기에 더 위생적으로 보이기 적절한 색깔로 해도 무방합니다. 혹은 훌륭한 배우자, 뛰어난 예술적 취향의 재능을 갖춘 아내를 얻으세요! 순백의 에나멜로 장식된 모리스 의자에 놓여있는 화려한 황금색 혹은 붉은 색 쿠션! 섬세한 장미 모양으로 테두리를 장식하고, 하얀 에나멜로 치장한 바닥! 하얀 테이블에 놓여 있는 예술 작품을 표지로 하고 얼룩 한 점 없는 최신 고가 잡지들! 여러분, 저는 여러분에게 남기고 싶은 상상력 풍부한 판매 비법이 있습니다; 제가 여러분께 전도하고 싶은 참신한 분야의 복음이 있습니다. 바로 저지 시의 신 아이디어 의료 기구 및 가구 회사입니다. 여러분 중 누구라도 거기에 오면 언제라도 저는 기꺼이 맞이하고 반갑게 악수를 해드릴 겁니다."

❧ III ❧

크리스마스 기간에 폭풍우가 휘몰아 치듯이 시험을 치르면서 마틴은 리오라를 보고픈 갈망이 더욱 더 강렬해졌다. 그녀는 어머니가 몸이 안 좋다는 이유로 다코타 본가로 다시 불려가는데, 아마 몇 달은 있을 것이었다. 그래서 그는 그 전에 매일 그녀를 봐야, 혹은 그래야 한다고 생각했다. 그는 하룻밤에 4시간도 못 잤을 것이 틀림없다. 모할리스에서 제니스로 왕복하는 기차 속에서 시험 공부를 하며 그는 그녀에게 달려갔고, 그녀가 병원에서 활기찬 인턴들이나 남자 환자들을 접한다고 생각할 때마다 무섭게 쩨려봤으며, 그건 너무 일차원적이라고 자책하기도 했지만, 다시 이 노심초사를 반복하곤 했다. 오로지 그녀를 만나기 위해 그는 로비에서 몇 시간이고 기다려야만 하거나 그녀가 바쁜 와중에 시간을 내서 창문 밖에 몸을 내밀고 밖을 내다볼 수 있을 때까지 눈이 쌓인 건물 밖에서 왔다 갔다 해야 했다. 일단 둘이 만나면 서로에게 완전히 몰두했다. 그녀는 솔직하게 열정을 표현하는 데에 뛰어났고, 그를 애태웠으며, 애간장을 녹였지만 다정다감하고 거리낌이 없었다.

유니언 스테이션으로 그녀를 바래다 주고 나서 그는 외로움에 싸여 힘들어했다. 그의 시험 성적표는 그만하면 괜찮았지만, 세균학과 내과 이외에는 그럭저럭 과에서 중간치 정도 되었다. 방학이 되자 그는 공허한 상태로 실험실로 갔다. 그때까지 그는 자신이 하던 아주 작은 독창적 연구에서 의욕만 더 보였지 뾰족한 성과는 별로 보여주지 못했다. 고틀립은 인내심을 갖고 기다려 주었다. "이 교육은 훌륭한 체제라네. 우리가 학생들에게 주입하는 모든 것은 코흐라 해도 그리고 우리 같은 후학들이라 해도 다 익힐 수 있는 것은 아니지. 연구 성과에 대해 걱정하지 말게. 아직은 더 공부해야 하네." 하지만 그는 마틴이 방학 기간 2주 동안 한두 건 정도 기적을 행하기를 기대했기에 마틴은 차분히 생각할 배짱이 없었다. 그는 실험실에 처박혀서 유리그릇을 닦으며 시간을 보냈고, 그가 실험하는 토끼로부터 얻은 세균 배양액을 이식했을 때, 이에 대한 실험 노트도 부실하게 기록했다.

고틀립은 즉시 단호해졌다. "*Wass giebt es dann?* (이게 뭘 해 놓은 건가?) 자넨 이런 걸 실험노트라고 부르나? 내가 칭찬하면 어김없이 초심을 잃고 일을 소홀히 하는구면? 자넨 자신이 앉아서 명상이나 하는 테오볼드 스미스[12]나 노비[13]라도 되는 줄 아나? 자넨 파프처럼 무능하구면!"

이번 만은 마틴이 잘못을 시인하지 않았다. 고틀립이 마치 대공 전하처럼 발을 쿵쿵거리고 있을 때 마틴은 혼잣말로 궁시렁 거렸다. "제기랄, 난 이제 좀 쉬어야겠어. 으이구, 대부분은 다 집에 가서 방학을 보내고 춤도 추러 가고, 아버지도 있고, 그 밖에 모든 게 있지. 리오라가 여기 있다면 오늘 밤 공연을 보러 갔을 텐데."

그는 모자(라기 보단 눅눅하고 의심스러운 물건)를 사납게 움켜쥐고 바니네 주점에서 먹고 자며 포커 게임으로 휴가를 보내고 있는 클리프 클로슨을 찾아 갔고, 도시로 가서 진탕 술을 마실 계획을 제안했다. 이 계획은 매우 성공적으로 수행되었기에, 아무 의욕도 주지 않으며 다람쥐 쳇바퀴처럼 반복되는 고문 같은 실험 업무를 생각할 때마다, 그를 여기에 꼼짝없이 붙잡아 놓는 건 다름아닌 고틀립과 리오라 뿐이라는 걸 인지할 때마다 고주망태가 되도록 술 마시고 오는 짓은 방학기간 내내 반복되었다. 1월 말에 방학이 끝나자, 그는 위스키를 마시면 이 연구의 광란을, 그리고 외로움에서 오는 두려움을 해소시켜 준다는 것을 알게 되었다. 하지만 마실 때 뿐, 곧 그를 배신하여 마시기 전보다 더 처량하게 만들었고 더 외로움을 타게 만들었다. 그는 갑자기 자기가 나이를 먹었음을 자각했다. 그는 이제 24세이고, 자기가 진정으로 해야 할 일은 아직 시작도 안 한 애송이 학생임을 상기했다. 클리프는 그의 피신처였다. 클리프는 리오라를 추앙했기에 마틴은 그가 리오라에 대해 조잘거리는

---

12 Theobald Smith: 동시대 미국의 세균학자이자 역학자, 병리학자. 이런 표현을 쓰는 걸로 보아 고틀립은 스미스를 별로 좋아하지 않은 듯 하다.

13 Frederick George Novy: 역시 동시대 미국의 세균학자

의사과학자 애로우스미스

걸 들어주곤 했다.

그러나 마틴과 클리프는 창립자 기념일에 불행한 일을 맞이하게 된다.

❦ IV ❦

위네맥 의학부의 설립자인 故 워버튼 스톤엣지(Warburton Stonedge) 박사의 생일인 1월 30일엔 매년 동지애와 연설은 풍부하고 와인은 항상 모자란 기념 축하 연회가 열렸다. 모든 교수진이 이 행사를 가장 경건하게 축하하려 준비하고 있었고, 전교생이 참석하게 되어 있었다.

이번 해는 대학 Y.M.C.A의 큰 홀에서 열렸는데, 도덕적인 분위기의 공간으로, 붉은 색 벽지에 외부로 나가 선교사 활동을 했던 구레나룻을 한 동문들의 초상화들이 걸려있고, 오크 나무처럼 보이게 하려는 의도가 다분하게 가늘고 긴 소나무 서까래들이 줄지어 천장에 배열 되어 있었다. 참석한 이들 중 유명 인사들을 보자면 - 시카고의 외과의사인 라운스필드 박사, 오마하에서 온 당뇨병 전문가, 피츠버그의 내과의사 등이 교수진과 어울리고 있었다. 교수들은 축제 분위기에 맞춰 쾌활해 보이려고 애썼지만, 학교 생활을 4개월만 보냈는데도 이미 지치고 예민해져 있었다. 그들은 주름살이 생겼고 피로한 눈빛을 하고 있었다. 모두 비즈니스 정장을 입었고, 대부분 다림질이 되어 있지 않았다. 말투는 과학자답고 흥미롭게 들렸다; 동정맥확장(phlebarteriecta-sia)과 간담도-장루술(hepatocholangio-enterostomy) 같은 용어들을 사용했고, 손님들에게 "그래서 최근 로체스터에 계셨었다는 거죠? 거기 정형외과에서 찰리와 윌은 무얼 하고 있나요"라는 식으로 물었다. 하지만 그들은 허기와 우울함으로 가득 차 있었다. 당시 시각은 7시 반이었는데, 그들은 평소에 7시가 아닌 6시 반에 식사를 했었기에 그랬다.

이 질펀하게 유쾌한 분위기에서, 화려하고 거대한 검은 수염, 거대한 빙하 같은 가슴, 광대한 이마, 천재성 내지 광기에 찬 거친 눈길을 가진 어떤 사람이 등장했다. 그는 놀라울 정도로 멋진 목소리에 어딘지 독일 억양이 살짝 느껴지는 말투로 실바 박사가 어디 있는지 물어물어, 고기잡이 어선들 속으로 들어가는 소형 구축함처럼 학장 주위로 모인 무리들 속으로 진입했다.

"도대체 저 사람 누구야?" 라고 마틴은 궁금해 했다. "우리도 껴서 알아보지, 뭐." 라고 클리프가 말했고, 그들은 실바 학장과 약리학자 베노니 카(Benoni Carr) 박사로 자길 소개한 수수께끼의 남자를 중심으로 점점 모여드는 무리들 속에 합류했다.

그들은 카 박사가 약간 감탄하는 조교수들에게 굵은 목소리로 상냥하게 말하는 것을 들었다. 그는 독일에서 슈미트버그[14]와 함께 연구하여 디하드록시펜타메틸렌디아민[15]을 분리하였고, 화학요법의 가능성에 대한 연구, 수면병의 즉각적인 치료법을 찾아내기, 그리고 과학적 치유의 시대에 관해 이야기를 하였다. "비록 저는 미국 태생이지만, 어린 시절부터 독일어를 구사할 수 있는 장점이 있었던 것도 있고 해서, 제 소중한 친구 에를리히가 이뤄놓은 업적을 더 잘 이해할 수 있었죠. 저는 그가 카이저 전하로부터 제국 훈장을 받는 것을 보았습니다. 친애하는 에를리히, 그는 마치 어린아이 같았죠!"

그 당시에는 교수진들 중에 친독파들이 있었다(희한하게도 그 경향은 1914년과 1915년에 걸쳐 사그러 들었지만). 그들은 이 박학다식함의 선풍 앞에 압도되고 말았다. 앵거스 듀어는 자기가 앵거스 듀어라는 사실을 잊었고, 마틴은 잔뜩 고무되어 경청하고 있었다. 베노니 카는 모든 고틀립 사람들의 이목을 끌었고,

---

14 Johann Ernst Oswald Schmiedeberg: 동시대 독일의 약리학자. 수많은 약리학계의 후학들을 양성하여 독일 제약계의 아버지라 할 수 있는 인물이다.

15 Dihydroxypentamethylendiamin: 실제로 존재하는 물질은 아니다. 물론 화학식 명칭을 보면 인위적으로 합성은 가능해 보이지만.

　　　　　　　　　　　　　　의사과학자 애로우스미스

틀에 박힌 교수들에 대한 경멸, 모할리스를 촌구석처럼 보이게 만드는 넓은 세상에서 온 듯한 그의 늠름한 태도에는 고틀립에서 볼 수 있는 신경질적인 까다로움이라곤 전혀 없었다. 마틴은 고틀립이 여기에 왔었으면 하는 바람이 있었다. 그는 이 두 거물이 만나면 과연 충돌할지 궁금해졌다.

카 박사는 학장 근처의 연사 테이블에 자리를 잡았다. 마틴은 저명한 약리학자가 저녁식사 메뉴의 대부분을 차지하는 시큼한 닭고기와 되게 못 만든 샐러드를 시큰둥하게 바라본 후, 거대한 은색 휴대용 술병을 꺼내 내용물을 자신의 물컵에 붓고, 그걸 수시로 다시 따르는 것을 보고 깜짝 놀랐다. 그는 잠시도 가만 있지 못했다. 그는 몸을 기울여서 두 사람을 지나 언짢아 하는 학장의 어깨를 툭 쳤다. 그는 옆에 있는 사람들이 하는 말을 일일이 반박했으며 "I'm Bound Away for the Wild Missourai(나는 미조라이 주에서 멀리 떠나와 있다네)[16]"라는 가사의 노래를 불러댔다.

학생들은 거의 다 저녁 식사 자리에서 보여준 베노니 카 박사의 매너만을 주목하였다. 한 시간 동안의 긴장된 축제를 마친 후, 실바 학장이 일어서서 연자들을 공표하자, 카는 느릿느릿 일어나 소리쳤다. "연설 따위 다 집어 치워요. 바보들만 연설을 합니다. 현명한 사람들은 노래를 부르지요. 우히, 오, 트랄라, 오, 트랄라, 오, 트랄라 아가씨! 너네 교수들은 다 허풍쟁이!" 실바 학장이 그에게 그러지 말라고 하고, 클리프는 교수 둘과 축구팀 수비수 한 명이 그를 부축하고 연회장 밖으로 데리고 나가는 것을 보고 끔찍한 분위기 속에서도 즐거워하며 마틴에게 낄낄댔다. "여기서 난 교훈을 얻었어! 저 빌어먹을 병신 새끼는 술을 끊어야 한다고!" "응?" "어쩐지 저 새끼 취한 채로 나타나서 산통을 다 깰 거 같더라. 오, 아마도 학장은 날 잡아 족치는 걸로 끝내지

---

16 Shenandoah라는 노래 가사인데, 사실은 살짝 틀렸다. 원래 이 구절은 "I'm Bound Away, across the Wild Missouri"이다. '미조리'를 '미조라이'라고 발음하는 건 아마 독일식 발음이라 그랬을 것이다.

않을지도 몰라!"

그는 설명했다. 베노니 카의 원래 이름은 베노 카코프스키였다. 그는 2년 만에 학위를 수여하는 보건 학교를 졸업했다. 그는 독서량이 방대했지만, 유럽에는 전혀 가본 적이 없었다. 그는 약장수 쇼, 족부치료사, 강령술사, 치료 비방을 가르치는 이, 신경증 여성을 치료하는 요양원 원장 등의 여러 "spieler(역할)"로 활동해 왔다.

클리프는 제니스 시에서 그를 처음 만났는데, 당시 둘 다 술에 취해 있었다. 유럽에서 막 돌아온 저명한 약리학자가 제니스 시에 며칠 머물고 있으며, 초청하면 아마도 수락할 지도 모른다고 실바 학장에게 말한 사람이 바로 클리프였다.

학장은 클리프에게 진심으로 감사해 했다.

연회는 예정보다 일찍 끝났고, 라운스필드 박사의 '봉합 실 살균'에 대한 가치 높은 강연은 주목을 별로 받지 못하고 지나갔다.

클리프는 마틴이 본 몇 가지는 사실임을 인정하며 걱정 속에 잠 못 자고 밤을 꼬박 새웠다. 다음날, 그는 학장의 여비서를 졸라서 그가 어떻게 처리될지 알아냈다(그는 골치 아픈 일을 처리할 때면 특히 여성들을 능숙하게 잘 이용했다). 교수위원회가 열렸고, 베노니 카의 깽판에 대한 책임은 클리프에게 있으며, 학장은 클리프가 그간 저질렀던 모든 말썽들을 말하였고, 그 수는 너무 많아 일일이 헤아릴 수 없다고 하였다. 그러나 학장은 그를 당장 소환하지는 않았다. 그는 클리프가 초조함 속에 기다리는 고통에 시달리게 하였다가, 때가 되면 공개적으로 그를 징벌할 계획이었다.

"잘 가게, 잘나신 의사 학위여! 제기랄, 난 의사 일을 하는 것에 대해 별로 생각해 본 적 없어. 아마 난 채권 판매원이 될 거야."라고 클리프가 마틴에게 말했다.

그는 학장에게 가서 이렇게 말했다:

"오, 실바 학장님, 방금 의대를 그만두기로 결정했다는 말씀을 드리고자 들렀습니다. 어, 시카고에서 큰 일자리를 제안 받았는데, 어쨌든 저는 학장님이 학교를 운영하는 방식에 대해 별로 신경 쓰지 않습니다. 외워야 할 것이 너무 많고, 진정한 과학 정신은 너무나 부족해요. 행운을 빕니다, 박사님. 안녕히."

딘 학장은 "끄응" 하고 내뱉었다.

클리프는 제니스로 이사했고, 마틴은 혼자 남게 되었다. 그는 하숙집 현관에 있는 2인실을 포기하고 대신 그 뒤쪽에 위치한 방으로 갔으며, 그 좁은 곳에 앉아 황량한 고독에 슬퍼했다. 그는 기울어진 광고판 위에 너덜너덜한 돼지고기와 콩 광고가 펄럭이는 공터를 내다보았다. 그는 리오라의 눈이 보이는 듯 했고, 클리프의 편안함 마저 느껴지는 짓궂은 목소리가 들리는 듯 했기에, 이제 그 적막함은 정말 참을 수 없는 지경에 달했다.

9장

방황, 그리고 결혼

2월의 늦은 오후, 끈질기게 울리는 시끄러운 자동차 경적 소리가 마틴을 실험실 창문가로 끌어냈다. 그가 내려다보니 확 깨게 놀라운 로드스터[1]가 와 있었는데, 어마어마한 전조등에다 미끈한 유선형의 몸체에 크림색 페인트가 칠해져 있었다. 이윽고 그는 그 차를 모는 이가 누구인지 알아 보았다. 커피색 헐렁한 경주용 코트를 입고, 정신 없는 체크 무늬가 새겨진 모자를 썼으며, 현란한 목 스카프를 두른 청년, 바로 클리프 클로슨이었다. 그 클리프가 손짓하며 그를 부르고 있었다.

그가 서둘러 내려가자, 클리프는 이렇게 외쳤다:

"어이! 보트 타러 가는 거 어때? 이 옷이 뭔지 알아? 진짜배기 스카치 헤더야! 이 클리프님께서 수수료 포함 주당 25달러 버는 자동차 판매업을 시작하셨거든. 짜샤, 이 몸은 네가 다니는 저 고리타분한 의과대학에서 무얼 해야

---

1 지붕이 없고 좌석이 2개인 자동차.

할지 길을 잃었었지. 이제 난 누구에게나 무엇이건 팔 수 있는 몸이시다. 일 년 내로 난 주당 80달러를 버시는 몸이 될 거다. 올라 타, 짜샤. 그랜드 호텔 로 데려가 네 피골 상접한 몸에 생전 먹어보지 못한 기가 막힌 음식을 처 넣 어서 널 아주 끝내 줄게."

클리프가 차를 몰고 제니스 시로 들어가며 낸 시속 38마일은 1908년 당 시로서는 경악스러운 속도였다. 마틴은 클리프의 새로운 면을 발견했다. 그 는 언제나처럼 시끌벅적했지만, 더욱 확실한 것은, 빨리 거액을 손에 넣겠다 는 욕망으로 번들거리고 있었다. 한때 앞 머리가 부스스하고 기름기가 많았 으며, 뒷 머리는 들쭉날쭉한 경향이 있었지만, 지금은 깔끔하게 정리되어 있 고, 얼굴에는 피부관리를 잘 받아 핑크빛이 감돌았다. 그는 급작스럽게 끼익 하고 브레이크를 밟으면서 멋진 그랜드 호텔 앞에 정차했으며, 험악해 보이 는 노란 운전 장갑을 검은 색 실로 수놓은 회색 장갑으로 바꿔 착용한 후 차 에서 내렸고, 로비를 걸어가며 즉각 벗었다. 그는 코트를 받아주는 종업원 아 가씨에게 "상냥한 아가씨"라고 불렀고, 식당 문 앞에서 그는 수석 웨이터에 게 말을 걸었다:

"아, 거스, 요즘 어때요? 오늘 mucho famoso majordomoso[2]는 어때요? 거스, 닥터 애로우스미스를 소개하죠. 이 의사 선생님이 여기 오실 때마다 당 신은 버선발로 뛰어나와 그 유명한 서비스를 제공해 주고, 그가 원하는 것은 무엇이든 드리세요. 만약 그가 낼 돈이 모자란다면 내게 청구하세요. 거스, 난 차고가 있고 냉온수가 잘 나오는 우리 둘 전용 멋진 테이블을 원합니다. 그리고 거스타부스, 난 굴과 호어 더퍼 그리고 매키나가 열었던 연회에 쓰인

---

2 Mucho famoso는 스페인어로 '가장 유명한'이란 의미이고, majordomoso는 뜻이 불분명하지만 주요 메뉴를 의미하는 듯 하다. 클리프가 원래 허풍이 심해서 나름 스페인어 구사한답시고 뺄은 말이지만 엉 터리 스페인어라고 보시면 된다.

모든 요리 재료에 대해 그대의 조언도 듣고 싶다오."[3]

"네, 선생님, 바로 이쪽입니다, 클로슨 씨."라고 수석 웨이터가 나직이 말했다.

클리프는 마틴에게 속삭였다. "저 친구 2주 만에 내가 이렇게 탕 하고 잡 았지! 내 총에서 나는 연기 좀 보게나!"

클리프가 주문을 하는 동안, 한 남자가 그들의 테이블 옆에 멈춰 섰다. 그 는 매주 토요일 저녁에 교외에 있는 자기 별장으로 가길 좋아하는 열성적인 여행자 같았다. 그는 약간 대머리가 되기 시작했고, 약간 통통했다. 그의 테두 리 없는 안경은, 둥글고 매끄러운 얼굴 한가운데에 걸쳐 있어서, 순수한 사람 처럼 보이게 했다. 그는 마치 함께 식사할 사람이 있었으면 좋겠다는 듯이 주 위를 응시했다. 클리프는 달려가서, 그 남자의 팔꿈치를 톡톡 치며, 고함쳤다:

"아, 저기, 밥스키(Babski) 양반. 누구랑 식사하러 오셨어요? 이 스포츠 신사 회에 합류하세요."

"기꺼이 그러지요. 아내가 다른 도시로 잠시 가 있어서 혼자거든요." 남자 가 말했다.

"닥터 애로우스미스와 악수를 나누세요. 마트, hoch-gecelebrated[4] 제니 스의 부동산 왕 조지 F. 배빗[5]씨야. 배빗 씨는 이제 막 34세 생일을 축하하는

---

3 호어 도퍼는 원문에 hore duffer라고 써 있는데, 굴과 호어 도퍼, 즉 the oysters and hore duffers 하는 식으로 운율을 맞춰 허풍을 떤 것이다. 굳이 직역하자면 창녀와 얼간이라 할 수 있는데, 결국 아무 뜻도 아닌 것이다. 매키나는 고대 로마 아우구스투스 황제의 측근으로 정식 이름은 Gaius Cilnius Maecenas 이다. 특히 문화쪽으로 젊은 문학도들을 많이 지원했다. 당연히 문화 활동으로서 연회도 많이 열었을 것 이니, 클리프는 이걸 빗대어 또 허풍을 떤 것이다.

4 이젠 독자들께서도 익숙해 지셨겠지만, 클리프식 허풍이 섞인 엉터리 독일어다. '최고로 유명하신' 정도 로 해석하면 무난할 것이다.

5 지금 합석한 배빗은 싱클레어 루이스에게 미국인 최초 노벨문학상을 안겨준 대표작 '배빗'의 주인공 조지 배빗, 바로 그 사람이다. 나중에 엘머 갠트리로 환생하는 아이라 힝클리와 도즈워스에 이어 배빗까지, 이 렇게 마치 마블 어벤져스 세계관처럼 루이스는 그가 만든 위네맥 주 제니스 시 세계관의 등장 인물들을 '애로우스미스'에서도 크로스오버로서 카메오 출연시키는 팬 서비스를 제공해 주고 있다. 지금 애로우스 미스와 만나는 배빗은 30대로 설정되어 있는데, 소설 '배빗'에서는 이미 과년한 딸과 장성한 아들이 있기 때문에, 애로우스미스의 학창시절은 아마도 소설 '배빗'의 15-20년 전인 듯 하다.

의사과학자 **애로우스미스**

의미로 휘발유로 움직이는 화려한 차량을 처음 구입 했어, 항상 평안 하기를 기원한다는 편지를 쓰곤 하는 사람에게서."

적어도 클리프와 배빗 씨의 입장에서는 유쾌한 일이었기에, 마틴은 칵테일, 세인트루이스 맥주, 하이볼 등을 주문하며 그들과 어울리면서, 클리프는 지금 활동하는 이들 중에 가장 관대한 사람이고, 조지 F. 배빗 씨는 매력 넘치는 친구라 생각했다.

클리프는 자신이 자동차 공장의 사장이 될 것을 아주 확신한다며 장광설을 풀었고, 자기가 의대를 다녔다는 출중한 경력은 분명히 이에 영향을 준다고 하였다. 그러자 배빗 씨는 이렇게 털어놓았다:

"당신들은 나보다 여덟 내지 열 살 정도 훨씬 젊어서 아직 저만큼은 아는 게 많지 않군요. 어디에 큰 기쁨이 있는지, 그러니까 이상과 봉사 그리고 공직 경력을 가지는 것이 얼마나 큰 기쁨인지 말이죠. 지금 여기 문 기둥과 더불어 우리끼리만 있으니 하는 말인데, 제가 잘 나가는 건 부동산이 아니라 언변에 있어요. 사실, 한 때는 법을 공부하고 바로 정치에 뛰어들 계획이었습니다. 우리끼리 하는 얘기인데, 이런 야심 때문만은 아니지만, 최근에 꽤 좋은 인맥을 만들어오고 있지요. 떠오르는 공화당 젊은 유망주들 몇몇과 만나고 있습니다. 물론 사람이란 첫 시작을 겸손하게 해야 하지만, *sotto voce*(낮은 목소리로), 제가 오는 가을에 시의회 의원에 출마할 것 같아요. 시장으로 가는 첫 걸음이자 장차 주지사까지 가는 길이지요. 그리고 그런 경력을 밟는 것이 제게 맞는다고 본다면 10년 내지 12년 내로, 다시 말해 1918년이나 1920년에 워싱턴 정가로 진출하여 이 위대한 위네맥 주를 대표하는 이가 되는 영광을 누리지 말란 법도 없지요!"

클리프 같은 나폴레옹과 조지 F. 배빗 같은 글래드스턴과 함께 있으니, 마틴은 자신이 권력도 사업 수완도 없는 사람임을 깨닫고, 모할리스로 돌아오고 나서는 안절부절 못했다.[6] 자신이 가난하다는 사실을 그는 거의 의식하지 않았었지만, 이제는 클리프의 풍요로운 안락함과는 대조적으로 자신의 남루한 옷과 협소한 방에 수치스러움을 느꼈다.

❦ II ❦

리오라가 제니스로 돌아오지 못할 수도 있음을 암시하는 장문의 편지는 그를 더욱 외롭게 만들었다. 할 가치가 있는 건 아무 것도 없어 보였다. 이렇게 의욕을 잃은 상태에서 그는 실험실에서 기본적인 세균학 학생 실습을 건성으로 하고 있었는데, 그 때 고틀립이 그를 지하실로 보내 수컷 토끼 여섯 마리에게 접종을 하라고 시켰다. 고틀립은 새로운 실험을 시작하여 하루 16시간씩 일을 했다. 그는 안달복달하고 짜증을 잘 내는 상태였다. 그는 일을 시킬 때면 마치 모욕을 주는 듯한 말투를 썼다. 마틴이 수컷이 아닌 암컷 토끼에게 접종을 하고 지친 상태로 돌아오자 고틀립은 그에게 "빽" 하고 소리를 질렀다. "넌 말이지, 이 실험실에서 일해온 사람들 중에 역대급 바보야!"

그때 실험실 1층에 있던, 평소 마틴이 잔소리해도 귓등으로 흘리고 작은 동물처럼 킥킥대던 의대 2학년 학생들이 보이면서 마틴은 그동안 쌓였던 분노심이 폭발했다. "글쎄요, 교수님이 무슨 말을 했는지 이해할 수가 없군요. 제가 실수한 건 이번이 처음입니다. 제게 그런 말투로 말하는 건 참을 수가 없군요!"

"자넨 내가 하는 말은 무엇이건 감수해야 해! 서툰 놈 같으니! 모자 집어 들고 나가!"

---

6 글래드스턴, William Ewart Gladstone: 19세기 말 영국의 총리를 지낸 인물로, 자유주의 사상으로 유명하였다.

"그러니까 내가 조교 직에서 해고되었다는 겁니까?"

"내가 아무리 형편없이 말해도 찰떡같이 잘 알아들을 만큼 머리는 있으니 기쁘구먼!"

마틴은 화가 나서 나가버렸다. 고틀립은 일순 당황해 하며 나가는 마틴에게 한 발 다가갔다. 그러나 실습에 참가한 키득대는 작은 동물들은 이 상황을 재미있어 하며 서 있었고, 더 흥미로운 상황이 전개되길 기대하고 있었다. 그러나 고틀립은 어깨를 으쓱하고는 그들을 노려보았고, 결국 학생들은 공포에 질렸으며, 그들 중 그나마 덜 서툰 학생 한 명을 내려 보내 토끼에게 접종시켰고, 실험을 계속하였으며, 이후 이 날의 실험 실습은 이상할 정도로 조용하게 진행되었다.

그리고 마틴은 바니네 싸구려 술집에서 위스키 첫 잔을 단번에 들이키기 시작하고 밤새 헤롱거렸다. 한 잔 한 잔 마실 때마다 그는 자기가 술고래가 될 가능성이 높다고 인정했고, 그럼 어때 하고 매 잔 마다 허세를 부렸다. 리오라가 1,200마일이나 떨어진 윗실배니아 보다는 가까운 곳에 살았다면 나를 구원 해달라고 당장 그녀에게로 도피해 갔을 것이다. 다음날 아침이 되어서도 그는 여전히 비틀대고 있었고, 실바 학장으로부터 당장 학장실로 와서 어제 일을 보고하라는 전갈을 받았을 때는 이미 어떻게든 아침을 넘기기 위해 해장술 한 잔을 마셔놓고 있었다.

학장은 이렇게 설교를 늘어 놓았다: "애로우스미스, 그대는 최근 교수회의에서 많이 논의가 되었다네. 한 두 과목 제외하고는… 내 입장에선 흠잡을 게하나도 없지만… 자넨 전혀 열심히 하지 않았었네. 자네 성적은 괜찮지만 더 잘 할 수도 있잖나. 요즘 자넨 술독에 빠져 있더군. 평판이 나쁜 곳들에서 몇 번 목격되었고 나와 이 학교 창립자, 기념일에 초대된 손님들, 그리고 이 대학을 모욕한 것으로 보이는 이와도 친하게 지내왔네. 여러 교수들은 자네가 보이는 건방진 태도… 각 과목마다 수업에서 비웃어 대는 그 태도에 대해 불만을 표해 왔다네! 그러나 고틀립 박사는 항상 자네를 따뜻하게 옹호해 왔지. 그는 자네가 과학 연구에 진정한 재능이 있다고 주장했지. 허나, 어제 밤 자네가 최근 그에게 버르장머리 없게 굴었음을 인정했네. 이제 자네가 즉각 뉘우치지 않는다면, 젊은이, 난 이번 학년 남은 기간 동안 자네를 정학시켜야 한다네. 이래도 자네가 나아지지 않는다면 난 자네에게 퇴교를 명할 수 밖에 없어. 그리고 내 생각엔 이렇게 하는 게 자네가 겸손해지는 데 좋을 거라 보네. 자네는 사악하게 구는 것에 대해 일종의 자부심을 갖고 있는 듯이 보이네. 이러는 게 좋겠네. 자넨 고틀립 박사를 찾아가서 사과를 하고 개과천선을 하는 것이…."

마틴은 이렇게 반응했는데, 이는 마틴의 본의가 아닌 술기운 때문이었다: "제가 사과한다면 전 사람도 아닙니다! 그는 타락했어요! 전 그에게 제 모든 걸 헌신했어요, 그런데 그가 학장님께 고자질 하다니…."

"그렇게 본다면 고틀립 박사 입장에선 억울한 것일세. 그는 단지…."

"아, 그러세요. 그냥 제가 그에게 실망한 것일 뿐 이군요. 그를 위해 일해온 걸 청산하고 나서 지옥에나 가서야 그에게 사과할 겁니다. 그리고 학장님이 제게 암시하신 클리프 클로슨에 대해서 말인데요, 그가 도대체 누굴 모욕했는데요? 그는 단지 장난을 친 것이고, 학장님은 그를 추적해서 그의 머리 가죽을 벗긴 겁니다. 전 그가 그런 장난을 해서 즐거웠다구요!"

그리고 나서 마틴은 그의 과학 인생을 끝장낼 학장의 말을 기다리고 있었다.

작고, 장미빛 피부에 펑퍼짐한 인자스런 남자인 학장은 그를 응시하며 나직하고 부드럽게 말했다:

"애로우스미스, 물론 지금 당장 자넬 퇴학시킬 수도 있지만, 난 자네가 훌륭한 자질을 가지고 있다고 믿네. 난 자네가 이탈하길 거부하네. 자연스럽게 자넨 정학일세. 적어도 자네가 정신을 차리고 나와 고틀립 교수에게 사과하게 될 때까지는."

그는 이처럼 아버지 같이 자상하게 굴었기에 마틴이 거의 회개하게 만들 뻔했지만, 그는 이렇게 말을 이어갔다. "그런데, 클로슨에 대해서는 말일세, 베노니 카 이 사람에 대한 그의 '장난'은… 아, 그리고 내가 왜 그 치에 대해 자세히 알아 보지 않았냐고 의문이 있다면, 그건 내 능력 밖이었네. 난 너무 바빴거든, 그리고 그의 '장난'이라, 자네는 그렇게 부른다만, 내가 보기엔 바보천치 같은 짓이거나 불한당의 횡포였네. 그리고 자네가 그 사실을 인정하기 전까지는 난 자네가 복귀할 자세가 되어 있다고 생각하지 않네."

"좋습니다."라고 마틴은 말하고 방을 나갔다.

그는 자신에게 매우 유감스러웠다. 그가 느끼는 진정한 비극은 비록 고틀립이 그를 저버리고 그의 커리어를 끝장내 버려서 그가 과학 분야의 대가가 될 가능성과 리오라와 결혼할 가능성도 막아버렸지만, 그는 여전히 고틀립을 존경하고 있다는 것이었다.

그는 집주인 아줌마를 제외하고는 모할리스에서 접하던 그 누구에게도 작별인사를 하지 않았다. 그는 짐을 쌌는데, 간단한 짐만 챙겼다. 책과 노트, 허름한 양복, 불충분한 린넨, 그리고 부끄럼 없이 내 놓을 수 있는 유일한 옷인 저녁 정복을 그의 거추장스러운 모조 가죽 가방에 쑤셔 넣었다. 그는 술에 취해 눈물을 흘리며 저녁 재킷을 샀던 때를 떠올렸다.

마틴은 아버지의 얼마 안 되는 재산에서 두 달에 한 번 엘크 밀스 은행의 수표를 받았다. 그는 지금 6달러밖에 가지고 있지 않았다.

제니스에 도착해서 그는 가방을 도시간 전차 정류장에 놓고 클리프를 찾아 갔는데, 클리프는 맥주를 얼큰하게 마신 장의사가 아주 즐거워하며 흥미를 보이는 아름다운 진주 빛 회색 영구차를 놓고 달변을 구사하고 있었다. 그는 리무진의 철제 발판에 웅크리고 앉아 기다렸다. 그는 분해하고 있었지만, 다른 판매원들과 여성 속기사들이 쳐다보는 것에 화를 내기엔 너무나 무기력했다.

클리프는 허둥지둥 소리를 지르며 달려왔다. "이거 봐, 이거 봐, 어떻게 지냈어? 나가서 술 좀 마시자."

"안 그래도 나 술이 땡겨."

마틴은 클리프가 자기를 응시하고 있음을 의식했다. 그들은 그랜드 호텔의 바에 들어섰다. 바 안은 사랑스럽지만 멍해 보이는 여자들의 그림과 거울이 걸려 있었고, 마호가니 카운터를 따라 두툼한 대리석 레일이 둘러져 있었다. 마틴이 불쑥 말했다:

"글쎄, 나도 징계 받았어. 실바 아빠가 그냥 부주의 하다고 날 쫓아냈지. 이제 난 좀 빈둥대다가 일자리 하나 얻으려고 해. 맙소사, 하지만 난 지금 지치고 신경이 예민해! 그러니까, 너 내게 돈 좀 꿔줄 수 있어?"

"물론이지. 내가 가진 건 전부 다 줄 수도 있어. 얼마를 원하는 거야?"

"백 달러가 필요할 것 같아. 갚는 데는 시간이 좀 걸릴 듯 해."

"와, 내게 그렇게 많은 돈은 없지만, 아마 사무실에서 가불해 올 수는 있을 거야. 여기 이 자리에 앉아서 기다려 봐."

클리프가 어떻게 백 달러를 마련했는지는 절대 설명해 주지는 않았지만, 그는 15분만에 그 돈을 갖고 돌아왔다. 둘은 저녁을 먹으러 갔고, 마틴은 위스키를 너무 많이 마셨다. 클리프는 그를 자기 하숙집으로 데려갔는데, 그 하숙집은 클리프의 옷차림에 비해 그가 잘 나간다는 인상을 주지 못했다. 그는 찬 물로 마틴의 정신이 번쩍 들게 하고 침대에 눕혔다. 다음날 아침 그는 일자리를 구해주겠다고 제안했지만, 마틴은 거절하고 정오에 북쪽으로 가는 기차를 타고 제니스를 떠났다.

언제나, 미국에는 개척자 시대부터 방랑벽을 가지고 주에서 주로, 이 패거리에서 저 패거리로 정처 없이 돌아다니는 꾀죄죄한 청년들로 이뤄진 쾌활한 부랑자 무리들이 아직 남아 있다. 그들은 검은 새틴 면 셔츠를 입고, 보따리를 들고 다닌다. 그들은 영원히 부랑자로 사는 건 아니다. 그들은 돌아갈 고향이 있어서, 공장이나 철도 보선 작업반에서 일년 동안 혹은 일주일 동안 조용히 일하다가 어느새 다시 홀연히 사라진다. 그들은 밤에 흡연자용 전차에 잔뜩 탄다. 그들은 더러운 역의 벤치에 조용히 앉아 있다; 그들은 나라 구석구석을 다 알지만, 사실 정말로 제대로 아는 건 아니다. 왜냐하면 수백 개의 도시를 가봤어도 단지 직업 소개소, 밤새 야참 먹는 곳, 무허가 술집, 후진 하숙집들이나 전전했기 때문이다. 그런 부랑자들의 세계로 마틴은 들어갔다. 항상 술을 마시고 다녔기에, 자기가 대체 어디로 가고 있는지, 정말 무엇을 하고 싶은 건지 제대로 의식하지 못하고 있었고, 리오라와 클리프 그리고 능숙한 솜씨의 고틀립에게 수치스러울 정도로 마음이 사로 잡힌 채로, 제니스에서 스파르타 시로, 그리고 오하이오 주를 거쳐 미시간으로, 그리고 더 서쪽으로 일리노이주를 향해 계속 이동하였다. 그의 머리 속은 엉망진창 이었다. 그렇게 살다 보니 그는 자기가 어디를 들렀다 가는 건지 전혀 기억할 수가 없었다. 하나 분명히 기억나는 것은 그가 미네머갠틱[7]의 약국에서 탄산음료수를 파는 점원 일을 했었다는 것이었다. 또 한번은, 그가 일주일 동안 싸구려 식당의 악취 속에서 식기 설거지 일을 했던 게 분명했다. 그는 화물 열차나 수화물 기차를 타거나, 혹은 직접 걸으면서 방랑을 했다. 방랑 중에 만난 동행자들에게 그는 가장 성미가 나쁘고 가장 정서불안인 "갈비씨"로 알려져 있었다.

---

7 Minnemagantic: 실제로 있는 게 아닌 작가의 세계관 내 가상의 지명. 아마 미네소타 주와 거대함의 합성어인 듯 하다. 이 지명은 그의 전작 '배빗'에도 나온다.

— segment follows —

얼마 후 그의 광란의 표류에 방향 감각이 갖춰지기 시작했다. 그는 본능적으로 서쪽으로 방향을 잡았다. 그리고 서쪽으로, 길게 펼쳐진 대초원의 황혼을 향해, 리오라가 기다리고 있는 곳으로. 하루나 이틀 동안 그는 술을 끊었다. 그는 "갈비씨"라는 별명의 비실비실한 떠돌이 막노동꾼이 아니라 마틴 애로우스미스 같은 느낌을 받으며 아침에 일어났고, "내가 의대로 복귀할 이유가 있을까? 지금까지 이렇게 살아온 건 나쁘지 않았던 것 같아. 난 너무 열심히 일하고 있었어. 꽤 팽팽해져 있어. 상당히 고조되어 있지. 마치, 음… 내가 실험하던 토끼들은 지금 어떻게 지내는지 궁금하긴 하네? 내가 다시 연구를 하도록 허락해 주기는 할까?"

하지만 리오라를 다시 보기도 전에 대학으로 돌아가는 것은 불가능했다. 그녀가 필요한 그의 욕구는 집착이었고, 그녀 이외의 세상을 터무니없고 가치 없게 만들었다. 그가 어찌 보면 교활하게 클리프에게서 얻어낸 100달러의 대부분은 저축해 놓고 있었다. 그 간의 과정에서 번 돈으로 기름기가 둥둥 떠 있는 스튜와 신 냄새가 나는 빵을 먹으며 참으로 형편없는 수준의 생활을 이어왔다. 갑자기 그는 별로 특별하지도 아닌 날에, 위스콘신의 별로 특별할 것도 없는 마을에서 슬그머니 기차역으로 가 노스 다코타 윗실배니아로 가는 기차표를 끊었다. 그리고 리오라에게 전보를 보냈다. "내일 수요일 오후 2시 43분 도착 샌디."

❧ III ❧

그는 넓은 미시시피 강을 건너 미네소타로 들어갔다.[8] 그는 세인트폴에서

---

8   노스 다코타 주는 미네소타 바로 서쪽에 인접해 있다.

의사과학자 애로우스미스

기차를 갈아탔고, 철조망의 가는 선들이 길게 경계를 이루고 있는 거대한 눈보라 돌풍 속으로 휩쓸려 들어갔다. 그는 자유로움을 느꼈다. 위네맥과 오하이오 주의 작은 평야로부터 얻었던 해방감을, 밤늦게 공부하거나 한밤중까지 술에 찌들어 신경 불안에 있었다가 기분 전환을 하던 때 느꼈던 해방감을 말이다. 그는 몬태나 주에서 전화선을 설치하던 시절을 떠올리고 당시 그 어떤 것에도 아랑곳 하지 않던 평화로움을 되찾았다. 진홍빛 파도를 보이던 일몰에 이어, 땅거미가 지자 그는 숨이 막힐 것 같은 열차 칸에서 내려 소크 센터(Sauk Center)의 플랫폼으로 걸어가며 차가운 공기를 마시면서 고개를 들어 광활하고 황량한 겨울날의 별무리를 쳐다 보았다. 북극광이 펼쳐지며 밤하늘에 무시무시한 분위기와 더불어 또한 장관을 연출했다.

그는 저 당당한 땅으로부터 에너지를 충전 받고 열차칸으로 돌아왔다. 그는 잠시 잠이 들어 고개를 꾸벅거리고 드르륵 소리를 내며 코를 골았다. 그러다 일어나 좌석에 널브러져 앉아 우호적인 동행 부랑인들과 이야기를 나눴다. 역 구내 식당에서 쓴 커피를 마시고 메밀 케이크를 엄청나게 먹었다. 그래서 익명의 마을에서 기차를 갈아탄 후, 그는 쪼그려 앉아야 하는 대피소, 두 대의 밀 엘리베이터, 소 우리, 기름 탱크, 그리고 내린 눈으로 진창이 되어 있는 역 플랫폼의 빨간 상자, 이런 것들이 주된 경관을 구성하는 윗실배니아의 외곽에 마침내 도착하였다. 역 맞은편에는 거대한 아메리카 너구리 가죽 코트를 입은 우스꽝스러운 차림으로 리오라가 서 있었다. 그가 열차간 연결 통로에서 찬 바람에 몸을 떨며 그녀를 바라볼 때 그는 마치 약간 화가 난 것처럼 보였음에 틀림없었다. 그녀는 빨간 벙어리 장갑을 낀 채 마치 어린 애처럼 두 손을 그에게 활짝 펼쳐 올렸다. 그는 뛰어내린 후 불편한 가방을 플랫폼에 떨어뜨렸고, 놀라서 입을 벌리고 쳐다보는 털북숭이 농부들도 의식하지 않은 채, 무아지경으로 키스를 했다.

세월이 흐른 뒤, 그는 어느 열대 지방에서 정오쯤에 그 당시 바람을 맞아 차가워져서 싱싱하던 그녀의 뺨을 떠올리게 된다.

기차는 그 작은 역을 쿵쿵거리며 빠져 나갔다. 한동안 플랫폼 옆에 어두운 벽처럼 서 있어서 그들 둘의 모습을 가려줬지만, 이제 기차가 가버리고 나서 눈이 쌓인 벌판이 고스란히 노출되어 그 반사광이 그들을 비추는 바람에 서로 정신을 차렸다.

"무슨 일이야?" 그녀가 팔락거렸다. "그 동안 편지도 안 보냈잖아. 나 너무 무서웠어."

"실망하지 마. 학장이 날 정학시켰어… 교수 나부랭이들에게 발랄하게 굴었거든. 신경 쓰여?"

"당연히 신경 안 쓰지. 만약 자기가 그러고 싶다면….""

"나 너랑 결혼하러 왔어."

"우리가 어떻게 할 수 있을지 모르겠어, 자기야. 하지만 아빠와 사랑스러운 의견 대립이 있을 거야." 그녀가 웃었다. "아빠는 예상치 못한 일이 일어나면 언제나 깜짝 놀라고 상처를 받거든. 자기는 나랑 같이 이 싸움에 참전하는 게 좋을 거야, 왜냐하면 자긴 아빠가 모든 것에 대해 먼저 대비를 세운다는 걸 모를테니까. 오, 샌디, 난 자길 그리워하며 너무 외롭게 지냈어! 엄마는 사실 그렇게 아픈 것도 아니야, 조금도 말이지, 하지만 부모님은 내가 여기 계속 있길 바라고 있어. 만약 사랑스러운 딸이 간호 업무를 배우러 외지로 가야만 한다면, 마을 사람들은 아빠가 파산했음에 틀림없다고 수근 댈 거라 누군가가 말했을 거야. 그리고 아빠는 아직 그 정도로 걱정하는 것 같진 않아. 우리 아빠 앤드류 잭슨 토저 씨는 어떤 일이건 걱정하는 데 일년은 걸릴 정도로 느리거든. 오, 샌디! 드디어 자기가 여기 왔네!"

기차가 덜컹거리며 간 후에 마을은 텅 빈 것 같았다. 그는 윗실배니아 주

경계를 10분 만에 후다닥 주파할 수도 있었을 것 같았다. 리오라에게는 아마도 비슷한 건물이라도 구별하는 게 어렵지 않았을텐데, 예를 들어 노블럼 잡화점과 프래지어 & 램 잡화점 정도는 쉽게 구별 하였다. 하지만 마틴에게는 널따란 주 도로를 따라 그냥 늘어선 2층짜리 목조 건물 가게들은 아무 특징도 없어서 구분을 할 수 없었다. 그렇게 걷다가 리오라가 "다음 블록 끄트머리에 우리 집이 있어."라고 말했는데, 사료점과 가구점에서 모퉁이를 돌고 나서 그는 문득 당황한 나머지 잠시 멈추자고 했다. 그는 폭풍우가 몰려오고 있음을 감지했다: 아마도 토저 씨는 딸 리오라를 망치려고 하는 실패자 놈이라고 비난할 것이고, 엄마는 울고 있을 것 같았다.

그가 말을 더듬었다. "이런, 이런, 이런, 자기 나에 대해 부모님께 말했어?"

"응. 대충. 자기가 천재적인 의대생이고, 인턴 과정을 마치면 아마 결혼할 것이라고. 그리고 자기가 전보를 보내니까, 엄마 아빠는 자기가 왜 오려고 하는지, 그리고 왜 위스콘신에서 전보를 보냈는지, 그리고 전보 보낼 때 어떤 색깔의 넥타이를 매고 있었는지를 궁금해 하셨고, 이 모든 일에 대해 내가 모른다는 걸 이해시켜드릴 수 없었어. 엄마 아빠는 이에 대해 의논을 했지. 아주 많이. 정말로 의논했어. 저녁 식사 시간 내내. 엄숙히. 오, 샌디, 그 저녁 식사 시간에 자길 비난도 하고 욕도 하긴 하셨어."

그는 두려움에 휩싸였다. 그녀의 부모님, 예전에 그녀가 해 주던 이야기 속에서는 재미있어 보이는 인물들이었던 그녀의 부모는 갈색의 넓은 현관이 보일 때쯤 숨이 막힐 것 같은 현실로 다가왔다. 색 테두리가 있는 커다란 판유리 창문이 번영을 상징하며 벽에 달려 있었고, 차고는 새롭고 권위적으로 보였다.

그는 뭔가 크게 터질 것임을 예상하며 리오라의 뒤를 따라갔다. 토저 부인이 문을 열어주며, 그를 구슬픈 표정으로 쳐다 보았다. 마르고 빛 바랜, 유머

라곤 없어 보이는 여인이었다. 그녀는 그를 환영 하지 않는다기 보다는 누군지 의심스럽다는 투로 목례를 하였다.

"오리[9], 애로우스미스 씨에게 그가 있을 방을 안내해 줄래, 아님 내가 할까?" 그녀가 흘깃 눈치를 보았다.

커다란 전축은 있지만 책은 갖춰지지 않은 그런 집이었고, 그럴 리는 없겠지만, 그림이라도 걸려 있었는지는 지금도 마틴의 기억엔 없다. 그가 묵을 방의 침대는 울퉁불퉁했지만 꾸밈없이 소박한 침대보로 덮여 있었고, 꽃받침과 그릇은 양, 개구리, 수련, 경건한 좌우명 등이 붉은색으로 수 놓인 탁자보 위에 놓여 있었다.

그는 굳이 풀 필요가 없는 짐을 풀면서 가능한 한 오래 시간을 끌었고, 머뭇거리며 계단을 내려왔다. 응접실에는 아무도 없었는데, 거기엔 화로에서 나는 열과 발잠 베개의 향취가 나고 있었다. 그러고 나서, 느닷없이 토저 부인이 거기 나타나 그의 눈치를 보면서 뭔가 공손하게 말을 하려고 하였다.

"기차 여행은 편안 했나요?"

"아, 네, 그랬어요. 음, 꽤 붐볐어요."

"아, 사람이 많았나요?"

"네, 여행하는 사람들이 많았어요."

"많았단 말이죠? 그러니까 내 말은, 네, 그렇죠. 가끔은 그 많은 사람들이 다 어디로 가는지 궁금할 때가 있거든요. 미니애폴리스와 세인트폴 쪽 도시들은 꽤 추웠죠?"

"네, 꽤 추웠어요."

"아, 추웠단 말이죠?"

---

9 리오라의 애칭. 리라고 부르기도 한다.

의사과학자 애로우스미스

토저 부인은 매우 조용하고, 불안스러운 느낌을 줄만큼 매우 정중했다. 그는 마치 도둑질하러 왔는데 손님으로 오해 받는 듯한 느낌이 들었고, 리오라는 어디 있는지 궁금했다. 그녀는 커피와 건포도와 반짝이는 흑설탕으로 만든 엄청나게 큰 스웨덴식 커피 케익을 들고 조용히 들어왔고, 마틴과 엄마 둘이서 얘기하는 걸 가만히 지켜 보았다. 둘은 겨울의 추위와 포드 자동차의 가치에 대해 얘기를 나누고 있었는데, 이렇게 모처럼 밝아진 분위기에서 아빠 앤드류 잭슨 토저 씨가 들어오는 바람에 다시 정중한 분위기로 가라앉았다.

토저 씨는 아내만큼이나 마른 몸매에 그리 튀지 않는 외모였으며 햇볕에 그을린 얼굴이었고, 그녀처럼 마틴을 눈 여겨 보면서 침묵을 지키며 조바심을 내고 있었다. 그는 자기가 소유한 곡물 엘리베이터, 유제품 공장, 작은 마을 금고, 모라비아 형제단 교회, 오버랜드 자동차의 세심한 작동과 관련된 일 외에는 어느 것에나 놀라워했다. 그는 거의 부자가 될 뻔 했지만 그렇게 못된 게 놀라운 일이 아니었다, 왜냐하면 앤드류 잭슨 토저는 자기에게 자연스럽고 편리하지 않은 것은 그 어떤 것도 인정하지 않았기 때문이었다.

그는 마틴이 "술을 마시는지", 그가 얼마나 잘 나가는지, 그리고 어떻게 위네맥의 세련된 도시 풍을 마다하고 여기까지 올 수 있었는지 알고 싶은 마음을 내비쳤다. (토저 부부는 일리노이에서 태어났지만 어릴 때부터 다코타에서 살아왔고, 위스콘신 주는 동쪽 변방에 가장 멀리 있는, 가장 위험한 지역으로 여겼다.) 그들의 대화는 너무나 겉돌았고, 기분 이상할 정도로 정중해서, 마틴은 정학 같은 불쾌한 일을 언급하는 건 피했다. 그는 자신이 리오라를 위해 곧 돈을 많이 벌 성실한 젊은 의대생이라는 인상을 잘 남겼지만, 그가 의자에 다시 기대기 시작할 때쯤 리오라의 오빠가 나타나면서 산통이 깨져 버렸다.

버트 토저, 정식 이름은 앨버트 R. 토저, 윗실배니아 주립 마을 금고의 출납원 겸 부총재, 토저 곡물저장회사의 감사 겸 부사장, 스타 유제품 공장의 재무 겸 부사장은 미심쩍어 하며 마틴의 말을 듣고 있는 부모님의 태도에 조금도 영향을 받지 않았다. 버트는 일을 할 때 자기 표현이 아주 분명한 신세대였다. 그는 뻐드렁니를 가지고 있었고, 안경테에는 왼쪽 귀 뒤에 섬세한 고리로 이어지는 금 체인이 달려 있었다. 그는 마을 활성화, 조직적인 자동차 투어, 보이 스카우트, 야구를 선호하였고, I. W. W.에 대한 반감을 가지고 있었다.[10] 그가 가장 애석하게 생각하는 것은, 아직까지 윗실배니아가 Y. M.C.A.나 상업 클럽을 보유하기에는 너무 작다는 것이었다. 그의 옆에는 사료 및 용품점의 딸인 그의 약혼녀 에이다 퀴스트(Ada Quist)양이 팔짱을 끼고 있었다. 그녀의 코는 날카로웠지만, 그녀의 목소리나 마틴을 수상쩍다고 바라보는 눈길은 더 날카로웠다.

"이 분이 애로우스미스요?" 라고 버트가 묻고 계속 말을 이어갔다. "허허! 음, 신의 나라[11]에 와서 기뻐하는 것 같군요!"

"네, 좋네요."

"동부 주들의 문제는, 변변한 농작물 하나 제대로 키울 땅이 없다는 거지요. 정말 다코타에서 나는 진짜 수확물을 봐야 합니다! 그런데, 이거 보세요, 어찌하여 일 년 중 이 시기에 학교에 안 있고 여기에 있는 겁니까?"

"왜냐하면요…."

"학사 일정에 대해서는 다 알고 있어요. 그랜드 포크스에 있는 경영대학을 다녔거든. 어떻게 지금 여기 나와 있을 수 있지요?"

"잠깐 휴학했어요."

"리오라가 말하길 둘이서 결혼할 생각이 있다고 합디다."

---

10 I.W.W.=Industrial Workers of the World, 세계 산업 노동자 연맹.
11 신의 나라: 사람들이 순박하고 서로 도우며 사는 평화로운 곳이라는 뜻인데, 주로 미국 서부 주들을 지칭하는 표현이다.

"우리는….".

"학비 말고 따로 보유한 현금이 있나요?"

"없어요!"

"그럴 줄 알았지! 어떻게 배우자를 먹여 살릴 건데요?"

"언젠가는 의사 일을 하게 되겠죠."

"언젠가는! 그럼 배우자를 먹여 살릴 수 있을 때까지 약혼에 대해 이야기 하는 게 무슨 소용이 있지요?"

버트의 약혼녀 퀴스트가 대화에 끼어 들었다. "그게 바로 내가 말한 것이 어요, 오리!" 그녀는 입을 뾰족하게 오므리고 말했는데 마치 그만큼이나 뾰족한 코로 말하는 것처럼 보였다. "나도 버트와 결혼 할 때까지 이렇게 시간을 두고 기다리는데, 하물며 다른 이들은 이렇게 못할까!"

토저 부인이 훌쩍이며 말했다. "애로우스미스 씨에게 너무 심하게 굴지 말거라, 버티. 저 사람은 올바르게 살 것이라는 확신이 드는구나."

"저는 누구에게도 심하게 대하지 않아요! 전 분별력이 있는 사람이에요. 만약 아버지와 어머니가 어떤 일에 안달을 하는 대신 차분히 잘 처리하신다면, 저야 끼어들 필요가 없지요. 전 누군가가 하는 일에 끼어들거나 누군가가 제 일에 끼어드는 건 좋아하지 않아요. '그냥 이대로 살다 죽을 거니까 자기 일에나 신경 쓰세요'가 제 모토입니다. 그게 바로 예전에 제가 알렉 잉글블라드에게 한 말이죠. 그 때는 제가 면도를 하고 있는데, 우리가 많은 담보를 가지고 있는 것에 대해 그 녀석이 깐족거리고 있었거든요. 하지만 만약 제가 전혀 알지 못하는 어떤 놈팽이가 내 누이에게 와서 집적대는데, 그가 장래성이 있는지 알려고 하지 않는다면 난 나쁜 놈이죠!"

리오라는 "아이고 우리 버티, 넥타이가 또 옷깃 위로 올라가고 있네."라고 부드럽게 말했다.

"그래, 그리고 너, 오리 말이야," 버트가 소리쳤다. "내가 개입하지 않았으면 너는 2년 전에 샘 페첵 녀석과 결혼했을 걸!"

버트는 또한 이전에 있었던 일들을 예를 들고 구체적으로 묘사를 하면서 그녀의 경솔함을 타박했다. 그리고 간호 일 말인데.. 간호 일 말이야!

그녀는 마틴에게 버트가 원래 이런 사람이며, 샘 페첵에 대한 일을 해명하려고 했다. (이 일은 아직 완전히 해명된 적이 없다.)

에이다 퀴스트는 리오라가 사랑하는 부모님의 마음을 아프게 하고 버트의 사회생활을 망치려고 하는데도 전혀 개의치 않는다고 불평했다.

마틴은 "이거 봐요, 난 말이지….” 라고 말했다가 더 이상 말을 이어나가지 않았다.

토저 부부는 우린 둘 다 점잖은 사람들이며, 물론 버트는 악의가 없었다고 말했다. 하지만 정말로, 이건 사실 아니냐; 우리는 분별력 있는 사람이다, 그러니 애로우스미스 씨가 어떻게 내 딸을 부양할 수 있을지를 알고 싶은 것은 …

그 가족 회의는 토저 씨가 지적한 바와 같이 누구나 자야 할 시간이었던 9시 30분까지 계속되었고, 에이다 퀴스트 양이 저녁식사를 같이 할지 의논한 5분과, 그리고 식사 마지막에 나온 이 콘비프가 짜네 마네 살짝 논쟁이 있었던 것만 제외하고는, 나머지 시간은 마틴과 리오라가 약혼한 것인지에 대해 갑론을박하였다. 마틴과 리오라의 의견은 분명히 소외된 듯한 가운데, 모든 이들이 그렇지 않다고 결론을 내렸다. 버트는 마틴을 위층으로 안내했다. 그는 연인과 굿 나잇 키스를 할 기회가 없다는 것을 알았고, 토저 씨가 10시 7분에 "버트, 밤새 거기 앉아서 지껄일 거냐?"라며 그만 아래로 내려오라고 부를 때까지 버트는 마틴의 침대에 앉아, 그의 초라한 짐을 한심하다는 듯이 쳐다보며, 마틴의 혈통, 종교, 정치관, 그리고 카드 놀음과 춤을 싫어하는 지 등에 대해 꼬치꼬치 물었다.

아침 식사를 하며 그들은 마틴에게 하룻밤 더 머물라고 했다. 묵을 방은 많았으니까.

버트는 마틴에게 10시에 시내로 오면 마을금고, 유제품 공장, 밀 나르는 엘리베이터를 보여주겠다고 말했다.

그러나 10시에 마틴과 리오라는 동쪽으로 가는 열차를 타고 있었다. 그들은 인구 4천 명의 큰 도시인 레오폴리스로 가서 3층짜리 건물이 있는 카운티 소재지에 내렸다. 그 날 오후 1시에 그들은 독일 루터교 목사의 주재로 결혼식을 올렸다. 그의 하객석은 장작을 태우는 커다란 녹슨 난로 주위에 걸쳐 텅 비어 있었고, 결혼식 증인들은 목사의 부인과 당시 교회 산책로를 삽으로 고르고 있던 어느 늙은 독일인이었는데, 그는 나무 상자에 앉아 졸고 있는 듯 했다. 마틴과 리오라 둘이 윗실배니아로 돌아오는 열차를 탄 오후가 되어서야 그들은 하루 종일 자신들을 괴롭힌 유령 같은 불안감에서 벗어났다. 악취가 진동하는 열차 안에서 둘은 손을 꼭 잡고 밀착해 있었고, 사람들을 멀어지게 만드는 몇몇 결혼식과는 다르게 둘은 순수한 친근감을 느끼고 있었다. 그리고, "자, 이제 이렇게 된 이상 우리는 무엇을 해야 할까? 어떻게 해야 할까?"라며 한숨을 쉬었다.

윗실배니아 역에 도착하자 이미 난리가 난 온 가족이 그 둘을 맞이 했다.

버트는 둘이 사랑의 도피를 했던 것이 아닐까 의심했었다. 그는 장거리 전화를 걸며 대여섯 군데 마을을 샅샅이 뒤졌고, 결혼 허가가 발급된 직후에야 군청 직원과 연결되었다. 군 서기가 만약 마틴과 리오라가 성인이라면 자신이 할 수 있는 조치는 하나도 없다고 말을 해 주어도 버트의 분노는 누그러지지 않았으며, "누가 말하든 상관없어. 이 사무실을 운영하는 건 나야!"라고 말했다.

버트는 역으로 와서 마틴을 끝장 내려 하였다. 오히려 버트 토저가 당한다 해도 어쨌든 당장 그럴 것이었다.

토저 가의 입장에선 끔찍한 저녁이었다.

토저씨는 마틴이 책임을 진다고 주절주절 말했다.

토저 부인은 눈물을 흘리며 오리가 어떤 불가피한 사유가 있어 결혼한 거라면 그래서는 안 된다는 바람을 말했다.

버트는 만약 누이가 결혼을 해야 할 피치 못할 사정이 있는 거라면 마틴을 죽이겠다고 했다.

에이다 퀴스트는 오리가 예전에 제니스 시로 떠나던 당시 자부심을 보이며 으스대던 이유를 알겠다고 말했다.

토저 씨는 어쨌든 한 가지 좋은 점이 생기긴 했다고 말했다: 우리 식구는 오리가 간호학교로 돌아가게 놔주지 않을 것이며 이보다 더한 고난에 처하게 될 것임을 스스로 깨달을 수 있을 거라는 것.

마틴은 자신이 훌륭한 젊은이이고, 훌륭한 세균학자이며, *자신의* 아내를 먹여 살릴 수 있다고 수시로 얘기했지만, 리오라 이외에는 아무도 그의 말에 귀를 기울이지 않았다.

버트는 한 마디 더 거들기를 (아버지가 "이제 저 친구를 너무 심하게 대하지 말자고" 라고 빽 하고 소리쳤을 때) 마틴이 도망갔다가 아무도 *오라 하지 않았는데* 불쑥 다시 왔다는 건 혹시 마틴이 토저네 식구들로부터 땡전 한 푼이라도 얻어내 겠다는 *생각을* 단 일초라도 해서였는지, 자기는, 그러니까 버트는, 알고 싶 다, 그게 다 이다, 자기는 미치도록 정말로 알고 *싶다!* 라고 말했다.

리오라는 작은 머리를 이 쪽에서 저 쪽으로 갸웃대며 그들이 떠드는 걸 지 켜만 보았다. 일단 그녀는 마틴에게 가서 그의 손을 꼭 잡았다. 책망의 폭풍 이 최고조에 달하자, 마틴은 그들을 노려보기 시작했는데, 그때 그녀는 뭐가

의사과학자 애로우스미스

들어있는지 알 수 없는 호주머니에서 싸구려 품질의 담배갑을 꺼내 한 개비에 불을 붙였다. 토저 가족들 그 누구도 그녀가 흡연자임을 몰랐었다. 그들이 그녀의 정조 관념, 모라비아 형제단 교회에 잘 나가지 않는 것, 그리고 전반적으로 어벙한 것에 대해 어떻게 생각해 왔던 간에, 적어도 그녀가 담배를 피우는 것과 같은 터무니 없는 짓을 저지를 수 있을 거라고는 상상도 하지 못했었다. 혼비백산 한 가족들이 그녀에게 비난을 퍼붓자, 마틴은 곧 폭발할 마냥 흉포하게 숨을 고르고 있었다.

이러한 대소동의 와중에, 토저씨는 어떻게든 결심을 굳혔다. 그는 때때로 쓸모는 있으나 약간 신중치 못하고, "달러 한 장이 얼마만큼이나 가치가 있는 것인지"를 완전히 파악하지 못한다고 평가하던 아들 버트로부터 주도권을 도로 가져 왔다. (토저씨는 1달러를 사실상 1달러 90센트로 평가했지만, 성급한 아들 버트 입장에서의 평가는 50센트가 채 안 되었다.) 토저씨는 순순히 다음과 같이 명령했다:

이제 우리는 "비난"을 멈춘다. 우리는 마틴이 오리에 어울리지 않는 배필이라고 우길 근거가 없다. 지내다 보면 알게 되겠지. 마틴은 당장 의대로 복귀해서 모범생이 되고, 가능한 빨리 과정을 완전히 마치고 의사가 되어 돈벌이를 시작한다. 오리는 집에 남아 신부 수업을 할 것이며 다시는 '불량 소녀' 짓을 하지 않을 것임을 확실히 한다. 담배 피는 것 같이 말이다. 그동안 마틴과 우리 딸은 아무런, 어, 그러니까 (성적인) 관계를 하지 못할 것이다. (토저 부인이 당황한 기색을 보였고 예비 시아버지의 말에 온통 집중하고 있던 에이다 퀴스트 양은 얼굴이 빨개졌다.) 너희 둘은 일주일에 한 번씩은 서로 편지를 주고 받을 수는 있겠지만, 관계란 그게 다 인 것으로 한다. 내가 허가할 때까지는 절대로, 어, 그러니까 결혼한 부부처럼 행동하면 안 된다.

"됐냐?"라고 그가 대답을 요구했다.

의심할 여지 없이 마틴은 그들의 제안을 거부하고 신부를 품에 안은 채로 야반도주를 했어야 했다. 하지만 제대로 의대 과정을 졸업하고 의사 일을 시작하는 건 그리 시간이 많이 걸리는 일은 아니라는 생각이 들었다. 그러면 그는 리오라를 영원히 소유하게 된다. 그녀를 위해서, 그는 분별력을 가져야 했다. 원래 업무에 복귀할 것이며 "실용적"이 될 것이다. 고틀립의 과학적 이상? 실험실? 연구? 에라이!

"좋습니다, 그렇게 하지요"라고 그가 말했다.

그는 오늘 밤 자기들의 사랑을 포기했다는 생각이 들지 않았다. 그는 리오라에게 손을 내밀면서, 신중을 기하기로 결심한 자신의 지혜로움에 미소를 지으며 좋아하고 있었다. 토저 씨가 이렇게 말해서 아, 내가 사랑을 한시적으로 포기한 게 맞긴 맞구나 하는 실감이 새삼 들기 전까지는. "오리, 이제 네 침실로 올라가. 네 방 말이다!"

그렇게 그는 첫날 밤을 맞았다. 자기 침대로 몸을 던지며 말이다. 그녀와 무려 10야드나 떨어진 곳에.

그녀의 침실 문이 열리는 소리가 나자, 리오라가 몰래 들어오려나 하고 두근거렸다. 그는 팽팽한 긴장감 속에 기다렸다.

오지 않았다.

그는 자기가 그녀의 침실로 가겠다는 의도로 밖을 내다 보았다. 그의 처남에 대해 갑자기 신경이 많이 쓰였다. 버트는 망을 보며 복도를 왔다 갔다 하고 있었다. 버트가 조금만 더 무섭게 굴었으면 마틴은 그를 죽였을지도 모르지만, 그는 뻐드렁니를 하고 정의감에 찬 그런 인물을 직면하기가 좀 그랬다. 그는 다시 누워서 아침에 일어나면 식구들 모두를 저주하고 리오라를 데리고 가버릴 거라고 결심했지만, 새벽 3시가 다가올 때쯤 그는 지금 상태의 자신과 같이 하면 리오라를 먹여 살리는 건 어려울 것이 거의 틀림없음을 자각하게 되었다. 그렇게 된다면 그로서는 망신이며, 그가 주정뱅이로 타락하지 말

의사과학자 애로우스미스

라는 법이 없다는 걸 깨달았다.

"초라한 친구야, 난 리오라의 삶을 망치지 않을 거야. 맙소사, 난 그녀를 사랑하잖아! 난 돌아가서 공부를 다시 시작할 거야. 내가 이걸 감수할 수 있으려나?"

그 때가 그의 첫날 밤이자 황량한 새벽이었다. 사흘 뒤 그는 위네맥 의과 대학 학장 실바 박사의 사무실로 걸어 들어가고 있었다.

10장

졸업

ꕤ I ꕤ

실바 학장의 비서는 쾌활하게 고개를 들고 뭔가 재미있는 일이 일어날 것 같다는 기대감으로 귀를 기울였다. 그러나 마틴은 공손히 "부탁 드립니다. 학장님을 좀 뵐 수 있을까요?"라고 말하고는 도슨 헌지커 제약사 달력 아래 늘어선 오크 나무 의자들 중 하나에 앉아 얌전히 대기하였다.

그가 간유리로 된 문을 엄숙하게 통과해서 학장실로 들어가자, 실바 박사가 자기를 응시하고 있음을 알았다. 거기 앉아 있는 작은 체구의 남자는 오히려 거대해 보였고, 그의 머리는 돔 지붕 같았으며, 콧수염은 매우 수북했다.

"저, 교수님!"

마틴은 이렇게 간청했다. "저는 복학하고 싶습니다, 교수님이 허락해 주신다면. 솔직히 말씀 드리자면, 저는 진정으로 교수님께 사과 드립니다. 그리고 고틀립 박사님께도 가서 사과를 하겠습니다만, 솔직히 전 클리프 클로슨과 절교할 수는 없습니다."

실바 박사는 튀어 오르듯이 의자에서 벌떡 일어섰다. 마틴은 움찔했다. 내

의사과학자 애로우스미스

가 달갑지 않은가 보네? 내가 기댈 곳은 어디에도 없는 건가? 그는 싸울 수도 없었다. 그는 더 이상의 전의를 상실했다. 토저 가족들에게 화 내는 걸 자제한 후 떠나온 지루했던 여행으로 지쳐 있었다. 나는 매우 지쳐 있다고! 그는 아쉬워하는 듯한 표정으로 학장을 바라 보았다.

그 작은 남자는 흐뭇하게 빙그레 웃었다. "신경 쓰지 마시게, 젊은 친구. 괜찮아! 자네가 돌아와서 우린 기쁘다네. 사과 하느라 너무 신경 쓰지 말게! 난 자네가 의욕을 가질 일이라면 무엇이건 하길 바랐다네. 자네가 복귀하게 되어 기쁘네! 난 자넬 믿고 있었지, 그래서 자넬 잃을까 노심초사 했네. 나도 참 주책 맞은 노인네지!"

마틴은 울먹이고 있었다. 절제하기엔 너무 나약 했고, 너무 외로웠고, 그리고 너무 약해져 있었다. 실바 박사는 이렇게 말하며 달래주었다. "지금까지 있었던 모든 걸 돌이켜 보고 어디서부터 잘못 되었는지 알아 보세나. 내가 뭘 도와주면 될까? 이해하네, 마틴. 내가 인생에서 가장 하고 싶은 일은 최선을 다해 좋은 의사와 훌륭한 치료자를 이 세상에 내보내는 것이라네. 자네의 정서불안을 일으키기 시작한 게 무엇일까? 그리고 자네 그동안 어디 있었나?"

마틴이 리오라에 대한 이야기와 그가 결혼식을 올리던 얘기까지 했을 때, 실바 교수는 기분 좋게 말했다. "거 참 기쁘구먼. 얘길 들어보니 그 아가씨는 멋진 아가씨 같구먼. 자, 우리는 자네를 이제부터 1년 후에 있을 제니스 종합병원의 인턴 과정에 합격 시켜야 한다네, 그렇게 해서 그녀를 제대로 먹여 살려야지."

마틴은 고틀립이 얼마나 자주, 얼마나 신랄하게 "즐거운 결혼식 좋아하네, 달리 말해 감옥으로 가는 벨소리야"라며 비웃었는지를 지금도 떠올린다. 그는 고틀립을 떠나 실바의 제자로 입문하여, 맹렬히 공부하였으며, 그렇게 해서 막스 고틀립의 천재적 재능의 현란한 광기는 그의 신조에서 사라졌다.

리오라는 결석일 수 초과와 결혼을 이유로 간호학교에서 제적됐다고 편지로 전해왔다. 그녀는 병원 당국에 알린 것이 자신의 아버지가 아닌가 의심했다. 그러고 나서, 그녀는 비밀리에 속기책을 주문한 것 같았고, 버트를 돕는다는 구실로 은행에서 타자기를 치고 있었는데, 내년 가을쯤 되어 마틴에게 합류해서 속기사로 생계를 꾸릴 수 있기를 바란다는 의도였다.

한때 그는 의업을 포기하고 자신이 구할 수 있는 직업을 얻겠다고 제안했지만, 그녀는 거절하였다.

리오라와 더불어 새 롤 모델인 실바 학장을 섬기며, 금욕적으로 생활하고, 술을 끊었으며, 냉정 하고도 열심히 의학 공부를 한자 한자 열심히 익혔지만, 그는 항상 그녀를 향한 욕망이 채워지지 않아, 하숙집으로 귀가할 때는 그녀에게서 편지가 왔을까 하고 끝까지 한달음에 달려갔다. 갑자기 그는 계획이 하나 생겼다. 그는 부끄러움을 맛보았다. 이 마지막 한 가지 부끄러움은 큰 문제가 아닐 것이다. 그는 부활절 휴가에 그녀에게 달려가기로 했다; 그리고 토저 가족으로 하여금 그녀가 제니스에서 속기를 공부할 것이니 그녀를 지원하라고 강요할 생각이었다. 그렇게 하면 자기가 졸업할 때까지 그녀를 지척에 둘 수 있을 것이다. 엘크 밀스에서 두 달에 한 번 오는 수표를 받자 그는 클리프에게 빌린 돈 100 달러를 갚았고, 자기가 가진 돈이 얼마나 남았나 페니 단위까지 계산해 보았다. 그가 싫어하면서도 입긴 입어야 하는 정장을 굳이 사지 않는다면 그럭저럭 생계를 꾸릴 수 있다는 결론을 얻었다. 그래서 한 달 조금 넘는 기간 동안 하루에 두 끼만 먹었는데, 그 중 한 끼는 빵과 버터 그리고 커피 정도였다. 그는 욕실에서 자기가 쓰는 린넨을 직접 빨았고, 담배도 끊었다. 가끔 가다 강렬한 금단 증상에 끝내 못 참고 아주 맛있게 한 대 핀

적이 있긴 했지만.

윗실배니아로 돌아가는 과정은 처음과 비슷했지만, 동승하던 부랑자들과 이야기를 나누는 일이 덜 했고, 여정 내내 기차칸 내 붉게 물든 좌석에서 불안정하게 낮잠을 자며 사이사이에 깨어나 두툼한 부인과 내과 교과서를 공부했다. 그는 리오라에게 이러저러하게 하라는 지시사항을 편지로 써서 보냈다. 그는 윗실배니아의 진입 경계 지역에서 그녀를 만났고, 그들은 잠시 동안 얘기를 하다가 열렬히 키스를 나눴다.

윗실배니아에서는 소문이 퍼지는 속도가 느리지 않다. 사람들은 남의 일에 확실히 관심이 있으며, 마틴이 미처 의식하지 못했던 동네 사람들의 관심이 그가 도착했을 때부터 내내 그를 따라다녔다. 동네 사람들의 관심을 받던 둘이, 여기저기 뼈가 흩어져 있는 토저 가문 괴물들의 성에 도착하자, 리오라의 아빠와 오빠가 거기에 대기하고 있다가 으르렁거렸다. 늙은 앤드류 잭슨이 그들을 향해 "학교를 한 번쯤 일탈하는 건 미친 짓이 아닐 수도 있겠지만, 두 번씩이나 학교를 나와서 여기로 몰래 숨어들어 오는 건 완전히 미친 짓이야," 라고 소리쳤다.

마틴과 리오라는 그의 장광설을 들으며 자신감에 찬 미소를 지었다.

버트는 이렇게 으르렁댔다. "맙소사, 의사 선생, 이거 너무하는 거 아니오!" 버트는 소설을 읽는 듯이 말했다. "난 불경스러운 말투를 구사하는 걸 싫어하지만, 당신이 다시 와서 '내 누이'를 괴롭히고 있으니, 내가 해 줄 수 있는 말은 신에게 맹세하지만, 의사 선생, 이건 심하게 욕먹을 짓이라고!"

마틴은 생각에 잠겨 창 밖을 바라보았다. 세 사람이 진창이 된 집 앞 거리를 어슬렁대고 있는 게 보였다. 그들 모두 토저네 집을 흥미롭게 훔쳐보고 있었다. 그러고 나서 그는 침착하게 말했다:

"토저 씨, 저는 열심히 공부해 왔어요. 모든 것이 잘 풀렸습니다. 하지만 저는 아내 없이는 살고 싶지 않다고 결정했어요. 전 아내를 되찾기 위해 왔습니다. 법적으로, 당신은 저를 막을 수 없어요. 내 인정 하겠습니다, 제가 대학생으로 있는 동안은 아내를 아직 먹여 살릴 수 없다는 건 두말할 필요가 없다는 걸요. 그래서 제 아내는 생계를 꾸리기 위해 속기술을 공부할 겁니다.

몇 달만 잘 익히면 스스로 생계를 꾸리게 될 터인데, 그 동안에 처가 식구들께서는 제 아내에게 품위 있게 생계비를 지원해 주시리라 기대합니다."

토저 씨는 "이건 너무 하잖아"라고 말했고 버트가 이어서 응수했다. "진짜한 여자의 팔자를 망치고 나선, 이제 자기 좋도록 마누라에게 돈을 대라고 하네!"

"좋아요. 당신들이 원하는 대로요. 장기적으로는 제가 의대를 마치고 의사 일을 하게 된다면 그녀와 저 그리고 당신들에게도 더 좋은 일이겠죠. 하지만 당신들이 제 안을 받아들이지 않는다면 전 학교를 그만두고 다른 직업을 찾아 일하러 갈 겁니다. 오, 저야 제 아내를 먹여 살리지요, 그럼요! 단, 그렇게 되면 당신들은 제 아내를 다시는 보지 못하게 되겠죠. 당신들이 계속 그렇게 바보 짓을 하면 제 아내와 저는 오늘 밤차로 여길 떠나 서해안으로 가서 살 것이고, 그걸로 끝장이 될 겁니다." 그가 토저 식구들과 말다툼을 한 이래 처음으로 그는 멜로 드라마에 나오는 주인공처럼 굴었다. 그는 주먹을 휘둘러 버트의 코 바로 아래에서 멈춤으로써 위협을 했다.

"그리고 말이지, 우리가 가는 길을 막으려 한다면, 세상에! 이 동네 사람들 모두 당신들을 비웃을 걸…! 어때, 리오라? 나랑 같이 갈 준비가 되었어? 영원히?"

"응"하고 그녀가 대답했다.

그들은 그 제안에 대해 부산스럽게 의논했다. 토저와 버트는 방어적인 태도를 취하고 있었다. 그들 말을 들어보면 자기들은 마을 주민 그 누구에게서

의사과학자 애로우스미스

라도 비난을 받을 수는 없다는 것이었다. 마틴은 무모한데, 우리가 리오라에게 보내는 돈으로 그가 살아가려는 속셈이 아님을 리오라가 어떻게 보장 하냐구요? 결국 그들은 굴복하기로 했다. 그들은 이 새로이 성숙해진 마틴과 이 새로이 강경해진 리오라가 서로를 위해 모든 걸 포기할 준비가 되어 있다고 결론을 내렸다. 토저 씨는 상당히 툴툴거리면서, 딸이 사무실 일을 할 준비가 완료될 때까지 한 달에 70달러를 보내겠다고 약속했다. 윗실배니아 기차역에서 기차의 창문을 통해 내다보며 마틴은 깨달았다. 이렇게 걱정 많은 눈길로 입술을 오므리고 딸이 떠나는 걸 슬퍼하는 앤드류 잭슨 토저 씨는 따님을 정말로 사랑하고 있음을.

❦ III ❦

그는 리오라에게 제니스 시 북쪽 경계에 방을 하나 구해 주었다. 거기는 그녀가 있었던 병원보다 모할리스와 대학에서 몇 마일 더 가까운 곳이었다. 흰색과 푸른 색깔이 칠해진 정사각형의 방으로, 얼룩이 좀 졌지만 널찍한 의자들이 있었다. 밖으로는 산들 바람이 부는 뭉툭한 황무지가 펼쳐져서 저 멀리 반짝이는 기차길 선로까지 이어지고 있었다. 집 주인은 오동통한 독일 아줌마로, 로맨틱한 눈길을 가지고 있었다. 자기들이 결혼한 사이임을 그녀가 믿기는 하는지 의심스러웠다. 그녀는 착한 아줌마였다.

리오라의 트렁크가 왔다. 그녀는 속기 공부 책들부터 작은 탁자 위에 놓았고, 분홍색 펠트 슬리퍼는 하얀 철제 침대 밑에 놓았다. 마틴은 그녀가 이건 여기, 저건 저기 하는 식에 정신 없이 하며 그녀와 함께 창가에 서 있었다. 갑자기 그는 너무 약해지고, 너무 피곤해져 세포와 세포를 고정하던 신비한 시멘트가 녹아버린 듯 쓰러질 것 같았다. 그러나 무릎에 힘을 줘 단단히 펴고,

머리를 곤두세우고 입을 굳게 다물고 나서 자신을 다잡으며 외쳤다. "우리의 첫 보금자리야!"

그가 그녀와 함께 있다는 것, 조용한 가운데, 아무에게도 방해 받지 않고 있다는 것은 기분 좋게 취한 것이나 마찬가지였다.

평범한 그 방은 특별한 빛으로 빛나고, 황무지의 무성한 잡초와 거친 풀들은 사월의 태양 아래서 빛나고, 참새들은 쨱쨱 지저귀고 있었다.

"그래"라고 리오라가 목소리를 냈고, 그의 키스를 갈구했다.

✖ IV ✖

리오라는 제니스 경영 금융 대학에 다녔는데, 이 대학 간판이 의미하는 것은 속기사나 회계장부 담당자, 그리고 심지어 주립대학에도 가기 힘든 제니스 양조업자와 정치인의 아들들이 다니는 크고 그다지 뛰어나지 못한 학교라는 것이었다. 그녀는 노트와 잘 깎은 연필을 가방에 넣고 다니는 깔끔한 초등학생 같은 차림으로 매일 전차 노선을 타는 학생들 무리 속으로 합류하였다. 반 년이 되자 그녀는 어느 보험 회사 사무실에서 일자리를 얻을 만큼 충분히 속기술을 숙달했다.

마틴이 졸업할 때까지 그들은 그 방을, 그들의 보금자리를, 그 어느 때보다 소중하게 지켰다. 이 철새들처럼 가정적인 부부는 없었다. 일주일에 적어도 이틀 저녁은 모할리스에서 뛰쳐나와 그곳에서 공부했다. 그녀는 존재감을 느끼지 않게 하는 천재적 재능이 있어서, 마틴이 공부할 때는 함께 방을 쓰던 시절의 클리프처럼 부스럭대고, 가래를 뱉던 그런 환경이 아닌, 따스한 그녀의 존재감을 미약하게만 느끼며 지냈다. 가끔, 자정이 되어, 그러고 보니 배가 고프다는 것을 새삼 깨닫게 될 때면 그의 팔꿈치 바로 옆에는 마치 우렁

의사과학자 애로우스미스

각시가 만들어 놓기라도 한 양 샌드위치 한 접시가 나타나는 마법이 조용히 펼쳐지곤 했다. 그는 이에 대해 아무런 말도 하지 않았지만, 그럼에도 불구하고 그는 애정이 넘쳤다. 그녀는 그에게 안정감을 느끼게 해 주었다. 그녀는 그가 세상 일에 신경을 쓰며 집중 못하는 일이 없도록 그를 잘 감싸 주었다.

그들이 산책할 때, 저녁 식사를 할 때, 침대 가장자리에 두툼한 이불을 두르고 앉아 15분 정도 즐거운 시간을 보내고 나서, 친정 아빠의 명을 어기고 뻔뻔하게 아침 식전 담배를 즐길 때, 그는 그녀에게 자신이 하고 있는 공부에 대해 말해 주었으며, 그녀는 그녀 자신이 하던 공부가 끝나고 나면 그가 붙잡고 있지 않는 책이라면 어떤 책이라도 읽으려 노력했다. 의학의 실제 세부 사항에 대해 아무것도 모르고, 배운 것도 별로 없었지만, 그녀는 그의 의학에 대한 관점과 그가 하는 연구의 기반 – 어쩌면 앵거스 듀어보다 나은 – 에 대해 잘 이해하고 있었다. 만약 그가 고틀립에 대한 존경심과 실험실에 대해 안식처로서 갈망하는 걸 포기했다 해도, 만약 그가 실속을 차리며 돈을 잘 버는 의사가 되기로 결심했다 해도, 그럼에도 불구하고 고틀립에게서 영향 받은 학구적인 정신은 여전히 남아 있었다. 그는 사물이 돌아가는 원인에 대해 나열된 섬세하고도 인상적인 학문적 용어들의 이면, 즉, 전혀 닮은 구석이 있긴 커녕 상충되기만 하는 현상들의 혼돈을 최소화 해서 화학적 질서로 잡아 버리는 보편적 법칙에 대해서 더 추구하고 싶어했다.

토요일 저녁, 둘은 조용히 영화를 보러 갔다. 그 영화들은 카우보이 빌리 앤더슨과 나중에 메어리 픽포드로 유명해지게 되는 어느 신인급 여배우가 나온 한 두 편의 영화들이었다.[1] 집에 돌아오면서 그 가상의 줄거리에 대해 거

---

[1] 빌리 앤더슨, 일명 Broncho Billy Anderson: 미국 초기 서부 영화의 스타급 배우; 메어리 픽포드, Mary Pickford: 미 할리우드에 진출한 캐나다 출신의 여배우로, 무성 영화 시절엔 '만인의 연인'으로 까지 불렸다. 그녀는 남편이자 역시 톱 배우였던 더글라스 페어뱅크스와 함께 United Artists 영화사를 건립했는데, 시작할 때마다 사자가 으르렁대는 MGM 영화사에 1980년대에 합병되었다.

리에 있는 다른 사람들의 눈은 전혀 의식하지 않고 진지하게 토의했다. 그러나 그들이 일요일에 시골로 놀러 갈 때면 (샌드위치 네 개와 진저 에일 맥주 한 병을 낡아서 올이 다 드러난 그의 호주머니에 넣고), 그는 그녀가 나 잡아봐라 하고 언덕 위로 뛰어 올라가거나 냇가로 달려 내려올 때마다 일일이 쫓아 다녔고, 그렇게 해서 마치 애들처럼 즐거움에 빠져서 종전의 점잔 빼던 것은 다 날려버렸다. 그의 생각으론 저녁에 그녀의 방에 찾아 왔다가 모할리스로 돌아가는 차편은 되도록 막차를 타고 간신히 돌아가, 다음 날 아침에 일어나 수업 시간에 딱 대서 출석한다는 것이었다. 그는 단호하게 이렇게 하겠다고 했으며, 그녀는 그가 이렇게 효율적으로 행동하는 것에 대해 감탄하였다. 허나 그는 계획대로 막차를 제대로 잡고 돌아간 적이 한 번도 없었다. 그래서 새벽 여섯 시에 운행하는 도시간 열차에는 끄트머리 좌석에 쭈그리고 앉아 커다란 빨간 책을 탐독하며 불량 식품으로 보이는 도넛을 아무 생각없이 뜯어먹는 웬 창백한 얼굴을 한 날렵한 젊은이 하나가 승객으로 타고 있곤 했었다. 그러나 오늘 하루도 을씨년스럽고 별 보람 없는 노동을 하며 하루를 보내기 위해 꼭두새벽부터 잠자리에서 억지로 끌려 나온 듯 일상에 찌든 일꾼들에게서 보이는 그런 삶의 무거움은 이 청년에게서는 보이지 않았다. 그는 별나게도 자신만만했고, 특이하게도 삶에 만족하는 모습이었다.

이제 그는 고틀립의 영향을 받은 폭군적인 정직성으로부터, 그리고 파고들면 들수록 오히려 더 깊이 들어가 버리는 과학의 원리들을 끊임없이 파고드는 것으로부터, 그리고 자기 자신이 얼마나 아는 게 없는지를 알게 되는 매일매일의 참을 수 없는 압박으로부터도 부분적으로 해방되었기 때문에 그의 일상은 전보다 훨씬 더 편안해졌다. 그렇게 함으로써 그는 고틀립이라는 얼음 상자에서 실바 학장이라는 이웃 세계로 탈출하여 온기를 얻었다.

이따금 그는 교정에서 고틀립과 마주쳤다. 둘은 그때마다 당황하여 건성으로 서로 목례를 하고 서둘러 지나갔다.

V

그의 본과 1~2학년 시절과 3~4학년 시절 사이에는 아무런 차이가 없어 보였다. 그는 정학으로 인한 공백기가 있었기 때문에, 여름 내내 모할리스에 머물러 벌충해야만 했다. 결혼 후 의대 졸업까지 가는 1년 반이란 기간은 지금이 무슨 계절인지, 오늘은 몇 월 몇 일인지 신경 쓸 겨를도 없이 정신없이 보내는 나날이었다.

선배들이 표현하듯 "말도 안 되는 짓 그만하고 닥치고 공부에나 전념"하다 보니, 그는 실바 박사와 모든 모범생, 특히 앵거스 듀어, 그리고 아이라 힝클리 "목사님"의 존중을 받게 되었다. 마틴은 항상 말하길 자긴 꾸준하게 엉덩이 붙이고 앉아 공부한다는 걸로 그들에게서 인정받는 것을 신경 쓰지 않는다고 했다. 그러나 그가 실제로 성실하게 공부에 임한 이상, 그런 칭찬을 받을 만 했다. 그는 대수롭지 않은 척 했지만, 앵거스가 그를 자기와 같은 부류로 대우해 주니 내심 흐뭇했다. 여름 방학 동안 제니스 종합병원에서 출퇴근하는 수련의로 근무했고, 이미 성공적인 젊은 외과의사 티가 나게 범접할 수 없는 위엄을 갖춘 앵거스에게 말이다.

그 더운 여름을 마틴과 리오라는 헐떡이며 열심히 일하며 보냈고, 리오라의 방에 앉아 흑맥주를 마시며 각자 자기들이 보는 책들을 읽고 있는 모습을 보고 있자면, 과학 분야와 헌신적 노력에 매진하는 낭만적인 한 쌍에서 기대할 수 있는 그런 복장이나, 품위 있는 언어는 찾을 수 없었다. 그들은 그다지 점잔을 빼는 성격이 아니었다. 리오라는 앵거스나 버트 토저가 들었으면 당혹 했을지도 모를 그런 점잖지 못한 어휘와 고대 앵글로 색슨어의 단음절 어휘들[2]을 평상시에도 아무렇지 않게 사용하게 되었다. 저녁때 마다 그들은 비용을 아껴서 더러운 거품이 떠있고 악취가 나는 호수 옆에 위치한 짝퉁 코니 아일랜드로 놀러가 즐겁게 핫도그를 먹었고, 어렵사리 열차를 타고 좋은 경관을 즐겼다.

다 먹고 나서 그들이 주로 화제에 올리는 이는 클리프 클로슨이었다. 클리프는 잠잘 때 빼놓고는 잠시도 혼자 있지 않았고 쉬지 않고 입을 놀렸다. 그가 자동차 판매업에서 성공한 것은 아마 그 직업 분야의 필수 요소인 밝은 분위기로 수다를 떠는 걸 좋아하는 데 있었음에 틀림없다. 마틴과 리오라에게 그가 얼마나 우호적이었는지, 그게 사실은 혼자 되는 걸 두려워하는 데에 기인했던 건 아니었는지는 확실하지 않다. 하지만 분명히 그는 그 둘을 즐겁게 해 주고, 밖으로 끌어 냈으며, 마틴이 때때로 그에게 마지 못해 반가운 척하는 무례를 범하고 죄책감을 느껴도 전혀 상처 받지 않는 것으로 보였다.

그는 소음기가 항상 제거되어 굉음을 내는 자동차를 몰고 오곤 했다. 그리고 창문을 향해 소리치곤 했다. "자, 친구들, 밖에 나오라고! 빨리 뛰어 와! 드라이브 좀 하고 머리 좀 식히자, 그러면 내가 맛있는 거 사줄게."

마틴은 공부를 해야 한다는 사실을 클리프는 전혀 양해해 주지 않았다. 마틴이 가끔씩 언짢아 하며 거칠게 구는 데에는 사소한 변명거리가 있었지만, 이제 리오라와 사는 만족감에 차 있고, 타인이 무엇을 부족해 하는지에 대해 이제 전적으로 그리고 이기적으로 전혀 신경 쓰지 않고 근면하고 만족스러운 교우 관계로 틀이 잡힌 생활을 하고 있는 마당에, 이제 그는 클리프의 변함 없이 과도한 명랑함이 싫증 난 상태였다. 클리프에게 예의 있게 대하는 이는 리오라였다. 클리프가 조금씩만 다르지 사실은 다 똑같은 소리인 유머와 철

---

2 Ancient Anglo-Saxon monosyllables: 사실은 'fuck'이나 'shit'을 상당히 돌려 말한 것이다.

의사과학자 애로우스미스

학을 과도할 정도로 늘어 놓고, 자기가 얼마나 판매를 잘 하는지 수다를 떨고 있어도 그녀는 내내 정감 있는 태도를 유지하며 몇 시간이고 앉아서 들어 주었다. 그리고 그녀는 마틴에게 단호하게 상기 시키길, 우리 둘은 이렇게나 충실하고 관대한 친구를 가지기 힘들 거라 했다.

그러다 클리프는 뉴욕에 있는 새로운 자동차 대리점으로 갔고, 마틴과 리오라는 그 어느 때보다 서로에게 완전히 그리고 행복하게 의지하고 있었다.

장인 토저 씨마저 현 상황에 적응하여 안주함으로써, 둘의 걱정거리는 이제 완전히 사라졌다. 그는 보내오는 편지마다 자애로운 문장들로 일관했다. 단 매번 수표를 보내올 때마다 어김없이 부모로서의 잔소리를 꼬박꼬박 했기 때문에 그 둘을 짜증나게 했지만.

❦ VI ❦

정신없이 돌아가는 본과 3~4학년의 공부와 업무들은 - 신경과, 소아과, 산부인과 실습, 병원에서 환자들의 병력 청취, 수술 참관, 수술 창상 드레싱, 자선 병원 환자들이 "의사 선생님"이라 불러도 당황하지 않기 - "나중에 졸업하면 무엇을 할 것인가?"를 논의하는 것만큼 중요한 건 아니었다.

1년 이상 인턴 생활을 해야 할까? 평생 일반의로 지내야 할까, 아니면 전문의가 될까? 어떤 과 전문의를 하는 게 가장 좋을까, 그러니까 가장 돈을 많이 버는 전문과는 어디일까? 시골에 정착할까, 아니면 도시에 개업할까? 서부로 가는 건 어때? 군의관으로 가는 건 어떻고? 경례, 군화, 예쁜 여자들, 그리고 많은 곳을 다니는 건?

이러한 논의들은 의대 본관 복도에서, 병원에서, 학생 식당에서 계속되고 있었고, 마틴은 리오라의 거처에 와서도 이 모든 논의 거리들을 매우 박식하고 상세하게 설명했다. 거의 매일 저녁 그는 "이렇게 해야지"하고 결론을 내렸지만 다음날 아침이 되면 그걸 뒤집고 원점으로 돌아갔다.

한 번은 객원으로 참관하는 많은 유명한 의사들 앞에서 외과 교수인 로이조 박사가 수술을 하는 모습 - 그들이 위에서 내려다 보는 가운데 수술을 하는 작은 외과의 한 명 - 삶과 죽음 사이에서 메스를 다루며, 마치 커튼 콜을 받는 대배우처럼 드라마틱한 모습이 연출되는 걸 보고, 마틴은 자기가 외과에 적성이 맞을 가능성에 대해서는 아예 떨쳐버렸다. 그리고 나서 그는 실험 수술 부문에서 최고 상인 휴 로이조 메달을 획득한 앵거스 듀어의 주장, 즉, 외과 의사란 의사들 중에서도 사자이자 독수리이자 용사라는 것에 동의하였다. 앵거스는 자신이 무엇을 할 것인지를 흔들림 없이 정확히 아는 몇 안 되는 사람들 중 한 명이었다: 그는 인턴십 이후 저명한 복부 외과 의사인 라운스필드 박사가 이끄는 유명한 시카고 클리닉에 합류하기로 되어 있었다. 그는 간단히 말해 5년 안에 외과의사로서 일년에 2만 달러를 벌 것이었다.

마틴은 리오라에게 이 모든 것을 설명해 주었다. 수술. 드라마. 겁 없는 배짱. 자신을 우러러 보는 조수들. 생명을 구하는 것. 새로운 기술을 개발하는 과학. 돈 벌기 - 물론 장삿속이 아니라 리오라에게 편안한 삶을 제공하는 그런 것 말이다. 유럽으로 둘이 가자. 잿빛 안개로 흐릿한 런던. 비엔나의 카페들. 리오라는 마틴이 장광설을 풀어놓는 데 좋은 상대가 되어 주었다. 그녀는 건성으로 맞장구를 쳐 주었다. 그리고 다음날 저녁, 그가 외과란 모두 그저 그렇고, 외과의사들이란 그저 솜씨 좋은 목수일 뿐이라고 애써 납득시키려고 하자 그녀는 그 어느 때보다도 더욱 정감 있게 동조해 주었다.

앵거스, 그리고 장차 의료 선교를 하실 아이라 힝클리 다음으로 장차 자기가 무엇을 할 것인지 깨달은 이가 뚱보 파프였다. 그는 산과 의사, 혹은 의대생들이 엄밀히 말해 "아기 받는 사람"이라 부르는 그런 분야를 할 생각이었

의사과학자 애로우스미스

다. 그는 천상 산파였다. 그는 숨을 헐떡이며 괴로워하는 산모들에게 공감해 주었는데, 정말 진심으로 그리고 같이 울어주며 공감을 해 주었다. 그리고 그는 오래 앉아서 차를 마시며 기다려 주는 데에 매우 뛰어났다. 그가 실습학생으로서 처음으로 산부인과 환자 증례를 맡았을 때, 황량한 입원실 내 침상에서 부산하게 환자를 보며 그와 같이 임하던 동료 학생은 그저 예민하게 굴었던 반면에, 뚱보는 전율을 했고, 그간 지내온 무기력하고 후회만 남았던 그의 삶에서 상상도 못했었지만, 이렇게 고통 속에 창백한 얼굴을 한 익명의 산모를 편안케 해주고, 그녀의 고통을 덜어주는 그런 것을 갈망하고 있었음을 각성하게 되었다.

다른 동기들은 이거 할까 저거 할까 정하지 못하고, 가끔은 우연히, 가끔은 인맥을 통해 다양한 분야로 진로를 정하고 있는 동안, 마틴은 여전히 장래를 정하지 못 하고 있었다. 그는 실바 학장이 주장하는 바, 임상의사로서 사람들을 직접 다루는 것에 대한 동경이 있었지만, 실험실에서 보냈던 냉정하고 엄격했던 시절 또한 잊지 못 하고 있었다. 졸업 학기가 다 끝나가면서 진로 결정은 필수 사항이 되었는데, 그는 실바 학장이 했던, 요즘 의학 분야가 지나치게 세분화되고 있는 걸 비판하는 연설에 감명을 받아, 시골의 착한 의사 선생님으로 늙어 가며, 자기가 돌보는 환자들의 목회자이자 신부님 역할을 해주고, 탁 트인 하늘 아래 올바르게 살아가며, 스스로를 잘 자제한 가운데 평화를 누리는 모습을 그리게 되었다. 이 모든 것들을 결정하는 데 가장 큰 계기는, 윗실배니아로 와서 개업하여 정착하라고 간청하며 급히 보낸 장인어른의 편지에도 있었다.

장인은 딸을 매우 사랑했고, 마틴도 어느 정도는 좋아했다. 그리고 그는 둘이 자기 곁에 있기를 원했다. 윗실배니아는 "괜찮은 곳"이라고 그는 말했다: 진료비를 잘 내는 스칸디나비아, 네덜란드, 독일 그리고 보헤미아 계의 농민들로 이뤄진 굳건한 사회라는 것. 그 마을에서 의사가 있는 가장 가까운 곳은 흐로닝언에 있는 헤셀링크 박사의 병원인데, 9.5마일이나 되는 거리이고, 헤셀링크는 감당할 환자들이 너무 많았다. 만일 딸 내외가 귀향한다면, 장인은 마틴이 일할 수 있게 필요한 장비를 사 줄 것이다. 그는 마틴이 병원에서 2년간의 수련의 과정을 마친다면 그 동안 수시로 수표를 대 주겠다고 하였다. 마틴이 보유했던 돈은 사실상 다 바닥 난 상태였다. 앵거스 듀어와 그는 제니스 종합병원으로부터 비교 할 수 없이 좋은 수련을 받을 것이라는 확약을 받았다. 그러나 제니스 종합병원은 인턴 첫 해에는 급여 없이 숙식만 제공하기에 그는 그 병원의 제안을 받아들이기 어려울 것으로 걱정하고 있었다. 그런데 장인이 이렇게 제안을 하니 그는 고무되었다. 리오라와 그는 밤새 앉아 서쪽 지방의 자유로움, 개척자들의 친절한 마음과 우호적인 손길, 시골 의사들의 영웅성과 유용성에 대한 열정에 빠져들었고, 그리하여 이번에는 진로를 최종 결정하게 되었다.

그들은 윗실배니아에 정착하기로 했다.

만약 연구와 고틀립의 신성한 학문적 호기심을 충족 시키고픈 욕구가 조금이라도 있다면, 글쎄, 로베르트 코흐처럼 시골 의사로 있으면서 연구 업적을 쌓을지도 모른다![3] 브릿지 카드 놀이나 하고 시끌벅적하게 오리 사냥이나 하며 퇴물이 되지 않을 것이다. 조그마한 실험실도 하나 장만할 것이다. 그렇게 해서 그는 학기말을 맞이해서 졸업 모자와 가운을 입고 좀 허둥지둥하며 졸업을 했다. 앵거스는 수석 졸업이었고 마틴은 7등이었다. 그는 작별을 애통해 하며 맥주를 많이 마셨다. 병원 가까운 곳에 리오라와 함께 살 방을 구했고, 이제 마틴 L. 애로우스미스, 제니스 종합병원의 전공의 타이틀을 달게

---

3 파스퇴르와 함께 세균설의 전설적 대가 로베르트 코흐는 처음부터 실험실을 운영했던 것이 아니고, 시골에서 개업의로 일하다가 당시 발생한 탄저병 유행을 조사하게 되면서 학문의 세계로 본격 진입하였다.

되었다.

11장

인턴 애로우스미스

I

보드맨 박스 공장은 불길에 휩싸였다. 낮게 드리워진 구름 위로 비치는 눈부신 불빛과 목재가 그을리는 냄새, 소방차가 달려오면서 내는 끔찍한 벨 소리 때문에 남부 제니스 시는 대혼란에 빠졌다. 공장에서 서쪽 수 마일에 걸친 작은 목조 주택들이 위협을 받고 있었고, 숄을 뒤집어쓴 여성들, 잠옷 위에 바지를 입은 헝클어진 머리의 남성들이 침대에서 급히 굴러 나와 밤 공기 차가운 거리에 시끄러운 발소리를 내며 달려 나왔다.

전문가의 침착함으로, 헬멧을 쓴 소방관들은 잦아드는 엔진을 활성화시키고 있었다. 경찰들은 밀려오는 사람들에 맞서서 경찰봉을 휘두르며 "거기 당신, 물러나요!"라고 소리치고 있었다. 소방선은 침범하면 안 되는 것이었다. 단지 공장주와 기자들만이 허용되었다. 눈이 뒤집힌 공장 직원 하나가 어느 경사에게 저지되었다.

"내 도구들이 안에 있다고!"라고 그가 소리쳤다. "그거까지 신경 쓸 겨를이 없어요"라고 경사는 거들먹대며 소리쳤다. "아무도 여길 통과할 수 없다고!"

그러나 누군가가 통과했다. 저지에도 아랑곳하지 않고 삐뽀, 삐뽀, 삐뽀 하며 거침없이 힘차게 달려오는 구급차 소리가 들렸다. 아무도 명령한 사람이 없었음에도 사람들은 알아서 비켜 주었고, 그들을 거의 스칠 듯 하면서 그 사이로 거대한 회색의 차량이 미끄러져 지나갔다. 차 뒷좌석에는 흰 가운을 입은 도도한 모습으로 좁은 좌석임에도 개의치 않는 듯한 닥터 - 애로우스미스가 앉아 있었다.

군중들은 그에게 존중하는 태도를 보였고, 경찰들은 그를 맞이하려 후다닥 뛰어왔다.

"다친 소방대원은 어디 있습니까?"라고 그가 물었다.

"저기 창고에 있습니다." 그 경사가 구급차 옆에서 달리며 외쳤다.

"구급차 가까이 갖다 대요. 연기는 신경 쓰지 말고!" 라고 마틴은 구급차 기사에게 외쳤다.

소방위(消防尉; fire lieutenant) 한 명이 그를 톱밥 더미가 있는 곳으로 인도했는데, 거기에는 의식을 잃은 채 창백하고 식은 땀으로 축축한 얼굴을 한 젊은 대원이 웅크리고 있었다.

"생 재목이 타며 나온 연기를 많이 마셔서 쓰러졌습니다. 좋은 녀석입니다. 가망이 없을까요?"라고 소방위가 간절하게 말했다.

마틴은 그 청년의 옆에 무릎을 꿇고, 진맥을 하고 그의 호흡음을 청진했다. 그는 퉁명스럽게 검은 색 가방을 열고 스트리크닌[1] 피하 주사를 한 방 놔 주고 암모니아 바이알을 그의 코에 갖다 대었다. "정신이 들 겁니다. 여기, 당신들 둘 말이오, 이 젊은이를 구급차에 태우세요, 서둘러요!"

---

[1] 스트리크닌, strychnine은 사실은 독이다. 다만 극소량을 사용하면 근육 및 중추신경계 자극에 의한 각성제로서의 효과가 있어서, 20세기 초에 이렇게 치료제로 쓰이기도 했다. 물론 요즘엔 절대 쓰지 않으며, 주로 살충제로 사용된다. 특히 추리 작가 애거서 크리스티 여사가 비소와 더불어 독살용으로 즐겨 사용한 독약으로 유명하다; 암모니아 역시 의식을 잃은 이를 깨우는 용도로 사용되었다.

그 경사와 새로 온 수습 순찰 대원이 뛰어왔고, "알겠습니다, 의사 선생님"
이라고 말했다.

마틴에게 애드버커트 타임즈 수석 기자가 다가왔다. 그는 겨우 스물아홉
살이었지만, 불과 몇 년 동안에 그 세계에서 가장 노련하고 아마도 가장 냉소
적인 기자가 되어 있었다. 그는 상원의원들을 인터뷰 해왔고, 자선단체와 심
지어는 상금을 놓고 벌이는 프로 권투 시합에서도 뇌물이 오가는 걸 잡아냈
다. 그의 눈가에는 잔주름이 있었고, 불 더럼 담배를 끊임없이 말아서 피웠으
며, 남성의 명예와 여성의 미덕에 대해서는 그다지 대단하게 생각하지 않았
다. 하지만 마틴에게는, 아니 적어도 의사 선생님에게는 예의를 차렸다.

그는 비음 섞인 목소리로 말했다. "회복할까요, 선생님?"

"그럼요, 그럴 것 같아요. 질식 했었네요. 심장은 잘 뛰고 있어요."

마틴은 구급차 뒤 발판에서 이렇게 마지막 말을 외쳤다. 구급차는 공장 마
당을 덜컹대고 흔들거리며 가로 질러, 매운 연기를 뚫고 급히 물러나는 군중
들을 향해 달렸다. 그에게는 제니스 시가 자기 영역이었고, 구급차 기사도 그
랬다. 그들은 교통법규를 무시하고, 극장과 영화를 보고 나오는 사람들이 치
일지 말지 전혀 배려하지 않았다, 그래서 그들은 돌진해 오는 구급차 앞에서
허겁지겁 피하며 거리로 흩어졌다. 비키라고! 치커소와 20번 가의 교통 경관
이 구급차가 야간 특급열차인양 속도를 내며 달려오는 소리를 들었다 - 우르
르르 - 삐뽀-삐뽀-삐뽀-삐뽀 - 그래서 소란스러운 모퉁이에 있던 사람들을
모두 물러나게 했다. 사람들은 도로 경계석으로 밀려나서, 뒷발질 하는 말들
과 후진하는 차들에게 위협을 받았고, 그들 사이로 구급차가 삐뽀 삐뽀 거리
며 휙 지나갔다. 구급차 안에서 마틴은 안전띠를 붙잡고 불안정한 좌석에서
구급차의 움직임에 따라 이리저리 흔들리고 있었다.

병원에 도착하니, 경비 아저씨가 "아버에서 총상 입은 환자가 왔어요, 선생

님."하고 소리쳤다.

마틴은 "알았어요. 잠깐 목 좀 축이구요."라고 차분하게 말했다.

자기 방으로 가는 길에 그는 문이 열린 채 있는 병원 내 실험실로 들렀다. 거기엔 무심하게 널린 플라스크와 시험관들로 어질러진 벤치가 있었다.

"허! 저것들 말이야! 실험실에 널려 있는 거 보소! 이것이야말로 참으로 잘 나신 삶이란 말이지" 라고 비꼬며 그는 기쁘게 외쳤고, 그러한 실험실에서 매우 삭막하게, 매우 피곤에 절어, 매우 참을성 있게 기다리는 막스 고틀립의 환영이 떠오르는 것을 애써 외면하였다.

⬥ II ⬥

마틴과 앵거스 듀어를 비롯한 제니스 종합병원의 인턴 여섯 명은 여섯 개의 침대와 여섯 개의 책상이 있는 길쭉하고 어두운 방에 온갖 사진들과 풀어 놓은 넥타이 그리고 꿰매지 않은 양말들이 어지러이 널린 참으로 기막힌 곳에 기거했다. 그들은 침대에 앉아서 외과가 낫냐 내과가 낫냐 논쟁을 하고, 밤에 비번이면 저녁 시간을 어떻게 근사하게 즐길지 계획하고, 유일한 유부남인 마틴에게 자기들이 차례차례 연애를 하게 된 여러 간호사들마다 어떤 점이 매력인지를 얘기해 주며 시간을 보냈다.

마틴은 병원에서의 일상생활이란 좀 지루하다는 것을 알게 되었다. 비록 그는 가운 주머니 위로 드러나게 청진기를 꽂아 넣은 채로 복도를 잰 걸음 치며 지나가는 인턴식 걷기를 하게는 됐지만, 침상 옆에서 환자를 대하는 것은 썩 잘하지 못 했다.

그는 다쳐서 멍들거나, 황달로 누렇게 떴거나, 고통에 시달리는 환자들을 보며 측은지심을 가졌다. 환자마다 다르지만 고통에 대한 전반적인 동정심은 결코 변하지 않았다. 그러나 창상을 세 번까지 드레싱하고 나면, 그만하면 충분히 했다고 생각했다. 그는 계속 새로운 경험을 얻고 싶어했다. 하지만 병원 밖으로 구급차를 타고 나가는 일은 그의 자부심을 끊임없이 올려주었다.

의사 선생님이라.. 그리고 의사 선생님이라는 간판만으로도 "아버"라고 불리는 슬럼가를 밤에 안전하게 다닐 수 있었다. 그가 들고 다니는 검은 가방은 통행 허가증이었다. 경관들은 그에게 경례를 했고, 매춘부들은 그에게 수작을 걸지 않고 인사를 했으며, 술집 주인들은 "안녕하세요, 의사 선생님" 하고 그에게 아는 척 했고, 기도들은 문가에서 뒤로 물러나 그가 지나가도록 해 주었다. 마틴은 그의 인생에서 처음으로 명백한 권력을 가지고 있었다. 그래서 그는 끝없이 이어지는 모험을 겪었다.

그는 싸구려 클럽에 쓰러져 있던 어느 은행장을 구해냈고, 그 은행장 가족들이 이런 부끄러운 일을 은폐하려는 걸 도왔으며, 그들이 뇌물을 주려는 건 짜증내며 거절했다. 단 그걸 받았으면 리오라와 얼마나 근사한 저녁 식사를 했을지 생각해 보니, 거절했던 게 좀 후회 되긴 했다. 그는 가스 냄새가 지독히 나는 호텔 방 문을 부수고 들어가 자살 시도가 의심되는 사람을 살려냈다. 그는 금주법을 찬성하는 어느 국회의원과 트리니다드 산 럼을 같이 마셨다. 그는 파업하는 이들에게 공격당한 어느 경찰을, 그리고 경찰 진압으로 부상당한 어느 파업 참여자를 돌봤다. 그는 새벽 3시에 응급 복부 수술에 어시스트로 임했다. 수술실 - 즉 하얀 타일 벽과 바닥, 그리고 반짝이는 서리가 내린 유리 천장 - 은 반짝이는 얼음으로 즐비한 것 같았고, 커다란 백열등은 도구가 들어 있는 유리 케이스와 그 안의 살벌해 보이는 작은 수술 칼들을 비추고 있었다. 긴 하얀 가운과 하얀 수술 모자, 그리고 옅은 오렌지색 고무장갑을 낀 외과의사는 수술포 사이로 사각형으로 드러난 누런 살점을 재빨리 절개해 지방층으로 깊이 들어갔고, 마틴은 첫 절개에 따라 위협적으로 피가 나

의사과학자 애로우스미스

옴에도 흔들림 없는 기색이었다. 그리고 그로부터 한 달 후, 찰루사강 홍수가 일어났던 당시, 그는 연속 76시간을 일하면서 구급차 안에서 또는 경찰서 테이블 위에서 반시간 정도 눈을 붙였다.

그는 보트를 타고 침수된 다세대 주택의 2층에 내려 꼭대기 층에서 한 아기의 출산을 도왔고, 한 무리의 사람들을 각자 머리와 팔을 묶어 연결해 구해 냈지만, 무엇보다 그에게 찬사를 안겨준 일은 무모하게도 홍수 속을 헤엄쳐 가서 요동치는 교회 좌석에 몰려 앉아 고립된 공포심에 질려 있던 다섯 명의 어린이들을 구한 것이었다. 신문들은 그를 대서특필했고, 그는 귀가하여 리오라에게 키스하고 12시간을 내리 잤다. 그는 누워서 연구라는 것에 대해 짜증나게 자기 방어적인 경멸을 하고 있었다.

"고틀립, 후지고 늙은 비현실적인 호들갑쟁이! 저 홍수 물살 속에서 허우적대는 꼴 좀 보고 싶네!"라며 의사 선생님 애로우스미스는 마틴에게 야유를 보냈다.

그러나 혼자 야간 당직을 서며, 그는 드러내기 두려웠던 자신의 본 모습을 마주해야 했고, 실험실에 대한 그리움을 느꼈다. 전인미답의 사실을 발견하는 스릴감, 그 이면에 그리고 그 순간을 넘어서 더 찾아내려는 즐거움, 마치 독실한 종교인들이 일상의 즐거움을 넘어 신이 주시는 놀라운 영광과 자연을 찬양하듯이 과학자들이 일시적인 만족감보다 더 높이 찬양하는 (제 아무리 신성모독적이고 세속적으로 묘사한다 하더라도) 근본적인 법칙들을 탐구하는 것. 자기는 이렇게 추구하는 데서 동 떨어져있는 반면, 다른 이들은 자길 앞서가며, 실험 기량도 더 확실히 앞서가고, 생물학적 화학 현상에 대해 더 폭 넓게 알게 되고, 선배 개척자들이 규명은 못했어도 어느 정도 힌트는 주었던 법칙들을 보다 심도 있게 과감히 설명할 수 있을 거라는 사실때문에 그는 이러한 연구들을 못하고 있다는 슬픔에 더해 부러움을 느끼고 있었다.

화재와 홍수, 살인 사건의 스릴이 마치 장부 정리하는 것만큼이나 흔한 일상이 되고, 사람들이 스스로를 다치게 하고 서로를 죽일 수 있는 기이한 방식을 몇 가지 목격하고, 의사 선생님이라고 우쭐대는 것도 이젠 식상해지는 인턴 2년차가 되자, 그는 과학 연구의 욕망을 충족하고 아마도 이에 대한 죄의식을 없애려는 의도도 더해서 자발적으로 병원내 검사실을 들락거리며 악성 빈혈에 관련된 혈액 검사에도 참여했다. 그는 임상 연구용 약을 위험할 정도로 과감하게 다뤘다. 그는 바쁘게 돌아가는 수술 일정들의 와중에, 실험실의 황홀한 한적한 모습을 상상하기 시작했다. 그는 리오라에게 이렇게 말했다. "만약 내가 윗실배니아에 정착해서 개업을 하고 생계를 유지하려면, 이런 생각들은 다 떨쳐버리는 게 좋을 거야, 그리고 난 지금 이대로 살래!"

실바 학장은 종종 병원에 진료 의뢰를 처리해 주러 왔다. 어느 날 저녁, 속기사 사무실에서 퇴근한 리오라가 마틴을 만나 저녁을 먹으려 할 때 마침 그가 로비를 지나가고 있었다. 마틴이 실바와 리오라를 서로 소개해 주었고, 그 작은 남자는 그녀의 손을 잡고, 즐거운 목소리로 말했다. "제가 젊은이 두 분을 저녁 식사에 초대하는 기쁨을 줄 수 있을런지요? 제 마누라가 절 저버렸거든요. 전 혼자 살며 원래 인류혐오 사상을 가진 사람이지만요."

그는 둘 사이를 오가며 행복해했다. 마틴과 그는 사제지간이 아닌 두 명의 동등한 의사였는데, 실바 학장은 더 이상 그의 슬하에 있지 않은 남자에게도 여전히 관심을 보일 수 있는 교육자였기 때문이다. 그는 쫄쫄 배고픈 두 명을 고기 구워먹는 집으로 데려갔고, 칸막이 벽이 세워진 자리에 앉아 능숙하게 거위 고기를 구워 배불리 먹여 주고 맥주 머그잔을 채워주었다.

그는 리오라와 집중적으로 이야기했지만, 이야기의 주제는 마틴에 관한 것이었다:

"당신의 남편은 예술적인 치유자에 틀림없어요. 실험실에서 처박혀 하찮은 것들만 찾아내는 그런 사람이 아니고."

마틴은 "하지만 고틀립은 하찮은 것들만 찾아내는 사람은 아닙니다,"라고 항변했다.

"아~ 자네 말이 맞네. 하지만 그에 대해 말하자면 누구를 신처럼 신봉하느냐의 차이이지. 고틀립이 숭배하는 신은 냉소주의자들, 파괴자들, 비관주의자 같이 수준 떨어진다네. 디드로(Diderot)와 볼테르와 엘서; 위대한 사람들, 경이로운 학자들이지. 그러나 그들은 다른 사람들의 이론을 파괴하는 걸 자신들만의 학설을 만들어내는 것보다 더 즐거워했지. 하지만 내가 지금 받드는 신들은 고틀립의 신들이 발견한 것을 받아들여서 인간에게 응용하는 걸로 바꾸어 그들을 살려낸다네.

물감과 캔버스를 발명한 사람들의 공은 치하할 만하지만, 이보다 더 치하할 만한 인물들이 있지 않은가? 그 발명품들을 이용하여 멋진 그림을 그려낸 라파엘이나 홀바인 같은 화가들 말일세! 래넥[2]과 오슬러 같은 위인들이 바로 그런 사람들일세! 괜찮아, 이 순수한 연구라는 건 진실을 추구하고, 상업주의나 명예를 쫓는 것에 방해를 받지 않는 것이지. 핵심으로 들어가 보세. 그 연구 성과가 가져올 영향이나 실용적인 쓰임새는 무시하지. 그러나 그대는 그 생각을 충분히 밀어 붙이고, 웨어하우스 애비뉴에 있는 자갈들의 수를 세는 것 외엔 아무것도 하지 않는 걸 정당화 하고, 그래, 사람들이 어떻게 비명을 지르는지 알기 위해 고문을 하는 걸 정당화 하고, 그리고 나서 수백만 명의 사람들을 행복하게 만들 사람을 비웃고 앉아 있다는 건 알긴 하는가!"

"아니, 아닙니다! 애로우스미스 부인, 이 젊은이 마틴은 열혈남아지, 단순 노동만 하는 사람이 아니에요. 그는 인류를 대변하는 열혈남아임에 틀림없어

---

2 René Laennec: 17세기 프랑스 의사로 청진기의 발명자이다.

요. 그는 가장 고귀한 소명을 위해 세상에 선택을 받았지만, 성급하고 실험을 좋아하는 악동입니다. 부인은 그가 튀지 않게 계속 잘 붙잡아야 합니다. 그렇게 해서 이 세상이 그의 열정으로 얻을 혜택을 잃지 않도록 해야죠."

이렇게 진지한 시간을 보낸 후, 아빠 실바는 그들을 뮤지컬 코미디 공연에 데리고 가서, 그들 사이에 앉아서 마틴의 어깨를 두드리며 격려하고, 리오라의 팔을 두드리며, 코미디언이 세면도구 통에 빠지는 장면에서 숨막힐 만큼 포복절도했다. 귀가 후 밤이 깊어지자 마틴과 리오라는 실바 학장에 대한 애정을 표현하며 수다를 떨었고, 그들이 장차 윗실배니아에서 개업하면 영광과 환자를 구원하는 일로 빛날 거라고 생각했다.

하지만 마틴의 인턴 생활이 끝나고 노스다코타로 이주하기 며칠 전, 그들은 길에서 막스 고틀립을 만났다.

마틴은 그를 보지 않은지 1년이 넘었고, 리오라는 한 번도 만난 적이 없었다. 그는 근심 많고 아파 보였다. 마틴이 그에게 고개 숙여 인사할지 말지 살짝 고민하며 지나치려 했는데, 고틀립이 걸음을 멈추었다.

"어떻게 지내나, 마틴?" 그가 다정하게 말했다. 하지만 그의 눈은, "왜 자넨 내게 돌아오지 않았나?"라고 원망하고 있었다.

마틴은 무언가 말하려 어버버 거리다가 아무 말도 못했고, 고틀립이 가버리고 나자 허리를 굽히고 고통스러운 듯이 흔들거렸다. 그는 고틀립을 뒤쫓아 가고 싶었다.

리오라는 "자기가 늘 말하고 있던 그 고틀립 교수?"라고 묻고 있었다.

"응, 말해 봐! 자기가 보기에 그는 어때 보여?"

"글쎄다, 샌디. 내가 마주쳐 본 사람들 중에 가장 위대한 사람 같아. 내가 어떻게 아는지 나도 모르지만, 어쨌든 그런 사람이야! 실바 박사님이 사랑스러운 사람이라면 저 사람은 *위대한* 인물같아! 난 저 분을 한 번 더 만나보면

의사과학자 애로우스미스

좋겠어. 다른 사람이라면 몰라도 그가 나 보고 오라고 한다면 난 당신을 기꺼이 버리고 갈 거야. 그는 그러니까, 오, 마치 검 같아.. 아니다, 마치 두뇌가 걷는 것 같았어. 오, 샌디, 그는 정말 비참함에 빠져 있는 듯 했어. 내가 다 눈물이 나더라. 그의 신발을 윤이 나게 닦아주고 싶었다니까!"

"세상에! 나라도 그럴 거야!"

그러나 제니스를 떠나느라 분주하기도 했고, 윗실배니아로 간다는 흥분감, 주 의사 자격증 시험, 임상 의사로서의 위엄 등등이 겹치면서 그는 고틀립을 잊어 버렸고, 모든 울타리 마다 종달새가 지저귀는 햇빛 찬란한 6월 초의 다코타 초원에서 그는 개업의 일을 시작했다.

12장

고틀립의 수난

ᏓᏫᏓ **I** ᏓᏫᏓ

마틴과 길에서 마주쳤을 당시, 고틀립은 엉망인 상태였다.

막스 고틀립은 1850년 작센에서 태어난 독일계 유대인이었다. 그는 하이델베르크에서 의학 학위를 땄지만, 임상 의사 일에는 결코 관심이 없었다. 그는 헬름홀츠의 추종자였고, 젊은 학자들의 음향 물리학 연구 성과들은 그로 하여금 의학에서 정량적 방법이 꼭 필요하다는 확신을 가지게 해 주었다. 그러고 나서 코흐가 발견한 성과들은 그를 생물학으로 이끌었다. 항상 정교하게 일하는 신중한 연구자이자, 숫자들을 줄줄이 만들어내며, 통제 불가능한 변수들이 있음을 언제나 인식하고, 학문적으로 허술하거나, 속이거나 혹은 허울만 좋게 잘난 척하는 것이라 생각하면 항상 용서없이 공격하며, 의도는 좋은 어리석은 연구에 절대 관용을 베풀지 않으면서, 그는 코흐, 파스퇴르의 연구실에서 일했고, 생체 통계학 분야에서 피어슨(Pearson)의 초기 이론을 충실히 따랐으며, 맥주를 마시고 독설로 가득 찬 편지를 썼고, 이탈리아, 영국, 스칸디나비아를 갔다 왔으며, 어쩌다 보니 참을성 많고 말수가 없는 비 유대

Arrowsmith

인 상인의 딸과 만난 지 이틀 만에 결혼도 했다(코트를 하나 사거나 가정부 한 명을 고용하듯이).

그러고 나서 끝없이 일련의 실험들을 시작했는데, 아주 중요하고, 아주 평범하고, 아주 지루하고, 아무도 좋아해 주지 않는 그런 일들이었다. 1881년으로 돌아가보면, 그는 닭 콜레라 면역에 대한 파스퇴르의 연구 결과를 확인해 주는 실험을 하고 있었고, 잠깐 기분 전환 겸해서 효모로부터 효소 분리를 시도하고 있었다. 그는 소규모 은행가였던 아버지로부터 받은 얼마 안되는 유산으로 살아가고 있었는데, 몇 년 만에 매우 부주의하게 그리고 아주 시원하게 다 말아먹었다. 당시 그는 토메인[1] 질병 이론을 비판적으로 분석하고, 미생물의 독성이 약화되는 기전을 연구하고 있었다. 그렇게 그는 자신의 연구로 명성을 조금 얻긴 했다. 아마도 그는 지나치게 조심스러웠고, 제대로 된 완성도를 갖추지 못한 연구 성적으로 서둘러 논문을 출간하려는 사람들을 악행이나 굶주림보다도 싫어했던 것 같다.

비록 그는 정치에는 거의 발을 담그지 않았고, 인간이 하는 행동 중에서도 가장 단순 반복에 가장 과학적이지 않은 행동이라고 생각했지만, 융커(junker: 당시 독일, 즉 프로시아의 귀족)를 증오할 만큼 충분히 애국적인 독일인이었다. 젊었을 때 그는 너저분한 국군 중위와 한두 차례 싸웠고, 그걸로 한번은 감옥에 일주일을 갇히기도 했다. 그리고 그는 종종 유대인에 대한 차별로 분노했다. 그리고 마흔 살에 슬프게도 그는 군사주의나 반유대주의가 있을 리 없는 미국으로 가서 브루클린의 호그랜드 연구소로 갔고, 그 다음에는 퀸 시티 대학교에 세균학 교수로 부임했다.

---

1 토메인, ptomaine: 20세기 시작무렵에 주장된 가상의 물질로, 아마도 음식을 먹고 중독 증세를 일으키는 핵심 물질일 것이라고 추정되었고, 이 물질에 의한 식중독 개념은 사회 전반으로 퍼져서 크게 인정 받았다. 그러나 10여년도 안 돼서 틀린 가설임이 입증되어 재빨리 폐기된다. 사실 식중독의 원인으로는 미생물 외에도 각종 다양하고도 많은 알칼로이드 물질들이 있다.

의사과학자 **애로우스미스**

여기서 그는 독소-항독소 반응에 대한 첫 연구를 시작했다. 그는 항독소 이외의 항체는 동물의 면역 상태와 아무런 관련이 없다고 밝혔고, 작지만 정신없이 돌아가는 과학자들의 세계에서 자신이 맹렬히 비난 받고 있는 와중에 예르상[2]과 마르모렉[3]의 혈청 이론을 차분하게 그러나 거침없이 다루었다.

지금까지 수년간의 힘겨운 연구를 통해 그가 성취하고 싶어한 가장 소중한 꿈은 시험관 내에서(in vitro) 항독소를 인공적으로 만들어내는 것이었다.

한때 그는 이에 대한 논문을 발표할 준비가 되어 있었지만, 오류를 하나 발견하고는 발표하려던 논문을 완고하게 보류했다. 그가 외로이 분투하던 내내 말이다. 퀸시티에서는 그를 작은 꼬리를 흔들며 힐끔거리는 미생물들을 잡아내는 괴짜 유대인 이상으로 보는 이는 아무도 없었다. 영웅들이 다리를 만들고, 말 없는 마차[4]를 실험하며, 시적으로 설득력 있는 문구로 된 최초의 광고를 만들고, 수 마일에 달하는 목양목과 시가를 팔던 시절을 살던 키 큰 남자로서 이는 업적 축에도 못 끼었다.

1899년, 그는 위네맥 의과대학 세균학 교수로 영입이 되었고, 이곳에서 십여 년을 버텼다. 그는 '실전용'이라고 불리우는 그런 종류의 결과에 대해 이야기한 적은 단 한 번도 없었고, 아직도 당시 대부분의 의학적 통념을 이루고 있는, 원인과 결과를 혼동한 오류로 나온 결론들에 대해 끊임없이 비판했으며, 그를 존중은 하지만 그가 비꼬는 태도에 불편해했던 동료들로부터 항상 미움을 받았다. 동료들은 그를 메피스토, 악마숭배자, 심술꾸러기, 비관주의자, 파괴적 비평가, 건방진 냉소주의자, 품위와 진지함이 결여된 망나니 과학

---

2 Alexandre Yersin: 19세기 말~20세기 중반의 스위스계 프랑스 세균학자로 특히 페스트 균을 규명하였다. 이 균은 그의 이름을 따서 Yersinia pestis 로 명명되었다.

3 Alexander Marmorek: 19세기 말~20세기 초의 프랑스 세균학자. 장티푸스 치료를 위한 혈청 이론을 주창했다. 학문적 업적 이외에 특히 시오니즘을 이끈 것으로도 유명하다.

4 자동차를 말함.

자, 지적인 속물, 평화주의자, 무정부주의자, 무신론자, 유대인 등으로 부르며
은밀히 낄낄댔다. 사람들이 말하길 그는 순수 과학, 최고 경지 자체를 위한
최고 경지 추구에 너무나 헌신적이어서, 잘못된 치료법으로 사람들을 치료하
느니 차라리 올바른 치료법으로 죽게 하는 것이 낫다고 생각한다고 했다. 인
류를 위한 성지를 세운 후, 그는 하찮은 인간들은 모두 그곳에서 쫓아내고 싶
어 했다.

　정말 똑똑한 사람들이 매년 평균 5편 정도의 논문을 내며 활발하게 돌아
가는 과학계에서 그가 발표한 논문의 총 수는 30년 동안 25편 이하였다. 그
들은 모두 아주 정교한 완성도를 가지고 있었고, 모두 확실하게 재현되었으
며, 이는 최대한 철저히 행해진 심사에 의해 확인되었다.

　모할리스에서 그는 대형 실험실과 훌륭한 조수들, 끝없이 공급되는 시험관
들과 기니피그들, 충분한 수의 실험용 원숭이들로 행복해 했다. 그러나 그는
매년 어김없이 돌아오는 교육 임무에 싫증이 났고, 자기를 알아주는 친구가
없음에 다시 우울증에 빠졌다. 항상 그는 자신에 대해 의심하거나 조심스러
워 할 필요 없이 대화를 나눌 수 있는 상대를 찾았다. 무식하기에 용감한 의
사들이나, 어설픈 주제에 과장해서 허풍을 친 발명가들이 잘 나가는 것에 대
해 같잖게 보거나, 미국에서, 심지어 모할리스에서조차 명성을 떨치지 못하
는 것에 짜증을 내거나, 점잖지 못하게 불평을 하는 걸 보면 그는 충분히 인
간적이긴 했다.

　그는 공작부인과 식사를 한 적도, 번듯한 상을 받은 적도, 인터뷰를 한 적
도, 대중이 이해할 수 있는 어떤 것도 만들어낸 적이 없었고, 품위 있는 이들
이 소위 낭만이라고 여기는 그런 연애사는 학창 시절 잠깐 해 본 이래 전혀
경험한 적도 없었다. 사실 그는 천상 진정한 과학자였다.

　그는 인류의 큰 은인이었다. 향후 그 어떤 시대를 막론하고, 대규모 전염병

유행부터 사소한 감염병까지 해결하려는 일에 막스 고틀립이 연구한 것에 영향을 받지 않을 것은 없을 것이었다. 왜냐하면 그는 세균과 원충을 일일이 이름 붙여서 멋지게 분류하는 일만 하는 사람이 아니었기 때문이다. 그는 열심히 일한 선대 생물학자들에 이어 그들이 연구한 생물 화학, 생물의 존재와 파괴에 대한 법칙, 아직 대부분 규명 안 된 것들에 대한 기본적인 법칙을 탐구하였다. 하지만 그를 "비관주의자"라고 부른 사람들은 제대로 부르긴 했다. 왜냐하면 그는 감염질환을 거의 제로 수준으로 줄이는 데 기여를 할 것이지만 감염 질환을 줄이는 것이 과연 가치 있는 일이 맞는지에 대해 누구나 그러하듯이 종종 의심을 했기 때문이다.

그가 재고해 본 바로는, 5, 6세대 정도가 전염병 대유행을 거의 겪지 않는다면 자연 면역이 매우 낮아져서 정말로 대형의 전염병이 느닷없이 전세계를 숨막히게 하는 암운으로 뭉게뭉게 올라와 온 세상이 초토화 될 것이며, 그렇게 됨으로써 그가 천재성을 발휘하여 모처럼 확립해 놓은 치료 방법들이 결국은 오히려 모든 인류의 생명을 앗아가 버리는 것이 될 수 있다는 것이었다 (이러한 그의 의견은 소수에게서만 지지 받고 나머지 다수에게서는 비난을 받았던 국제적인 논쟁거리였다).

그는 과학과 공중 위생에 주력하여 정말로 결핵과 다른 주요 전염병들을 퇴치한다면, 세상은 너무 많은 인구로 과밀해지고, 그렇게 온통 노예들로 가득 찬 난장판이 될 것이며, 모든 아름다움과 편안함과 현명함은 식량 부족에 의한 기근으로 순식간에 사라질 것이라고 생각했다. 그러나 그의 연구 업적에는 이러한 추측들이 점검되지는 못했다. 미래에 인구 과잉이 되면, 산아 제한이나 혹은 각자도생으로 해결할 것이 틀림없다. 아마도 그럴 것이라고 그는 고찰했다. 그러나 이렇게나마 한 방울의 건전한 낙관조차도 그의 마지막 의심에서는 결여되어 있었다. 왜냐하면 그는 지성과 감정이 진보를 할지 모두 의심했고, 무엇보다도 쾌활한 개들, 항상 우아한 고양이들, 도덕적이지 않고 동요하지 않고 종교적이지 않은 말들, 훌륭하게 모험을 감행하는 갈매기들과 비교해 보면 신성하신 인류께서 과연 우월하기는 한지 의심했기 때문이다.

돌팔이 의료업자, 특허 의약품 제조업자, 겸 판매자, 그리고 광고계 고위 관계자들이 대저택에 살고, 하인들의 시중을 받으며, 리무진을 타고 외출하는 반면에, 막스 고틀립은 칠이 벗겨지는 비좁은 오두막에 살았고, 낡아서 삐걱대는 자전거를 타고 그의 실험실로 출근했다. 고틀립 자신은 이런 사실에 거의 불만이 없었다. 그는 자유와 동시에 노예로서 받을 수 있는 대가, 두 가지를 다 요구할 만큼 그렇게 비합리적이진 않았다.

"왜 그래야 하는데?"라고 그는 언젠가 마틴에게 말했다. "왜 내가 원하고 다른 이들은 원치 않는 그런 일에 대해 대가를 받길 원해야 하냐고?"

그의 집에 편안한 의자가 딱 하나 있는데, 그의 책상 위에는 친밀하며 존경스러움을 표현하는 장문으로 쓰인 편지들이 있었다. 이는 프랑스와 독일, 이탈리아와 덴마크의 위대한 이들로부터 온 편지들, 그리고 영국이 증류주 제조업자들, 담배 제조업자들, 그리고 황색 신문사 사주에게 수여하는 것만큼이나 높은 위상의 칭호를 내려준 영국 과학자들로부터 온 편지들이었다.

그러나 그는 가난했기에, 여름이면 라인 강이나 잔잔한 세느 강가 포플러 나무 아래에 앉아 체크무늬 천을 덮은 테이블에 빵, 치즈, 포도주, 그리고 탁한 분홍색의 체리를 놓고 즐기는, 세상에서 오래되고 신성한 그런 소박함을 즐겨보지를 못했다.

❦ II ❦

막스 고틀립의 아내는 뚱뚱하고 행동이 굼뜨고, 말수가 거의 없었다; 육십

의사과학자 애로우스미스

세가 되어서도 그녀는 쉬운 영어 하나 제대로 익히지 못했다; 그녀가 구사하는 독일어는 소도시 중산층의 언어였다. 그 중산층이란 빚을 갚고 살며 과식을 해서 얼굴이 붉어지는 이들이었다. 만약 그가 그녀와 속을 터놓고 지내지 않거나, 식사 중에 깊게 생각하느라 그녀의 존재를 무시했다 해서, 그가 자상하지 못하거나 그녀의 존재를 참지 못 해서 그런 것은 아니었다. 그는 그녀가 집안 일을 하는 데에, 그녀가 그의 옛날식 잠옷을 따스하게 데워 놓는 데에 의존했다. 그녀는 최근에 건강이 좋지 않았다. 그녀는 메스꺼움과 소화불량이 있었지만, 묵묵히 평소대로 일을 했다. 그의 집에 가보면 항상 그녀가 움직이며 그녀가 신은 낡은 슬리퍼가 짝짝대는 소리가 들렸다.

자녀는 셋이었는데, 모두 고틀립이 38세 넘어서 태어났다. 막내 미리엄은 열정적인 아이로 피아노에 재능이 있었고 본능적으로 베토벤을 선호한 반면 미국에서 유행하는 "래그타임" 장르는 싫어했다. 그 위 언니는 특별할 것이 없었다. 그리고 아들인 로베르트 - 로베르트 코흐 고틀립. 그는 난폭했고 스트레스를 주는 아이였다. 많은 학비를 걱정하면서도 그를 제니스 시 근처의 영재학교로 보냈는데, 거기서 그는 공장주의 아들들을 만나게 되어, 빠른 자동차와 튀는 옷에 취향을 타게 되었고 공부에는 전혀 뜻이 없게 되었다. 집에 와서는 자기 아버지가 "구두쇠"라고 떠들어댔다. 고틀립은 자신이 가난한 사람이라 그렇다는 것을 분명히 하려고 하자, 아들은 응수하길, 가난한 와중에도 아버지는 그나마 있는 돈을 자기 연구에만 몰래 쓰고 있다고 말했다. 따라서 아버지는 자기에게 이래라 저래라 하거나 창피를 줄 자격이 없으니… 저 빌어먹을 대학이 아버지에게 연구 자재 좀 제공하게 하라구요!

༺᷾ III ᷾༻

고틀립에게 배우는 학생들 중에 고틀립 자체와 그에게서 배우는 것은, 가능한 빨리 지나가야 할 과정일 뿐이라고 생각하지 않는 이는 매우 희귀했다. 그 희귀한 학생들 중 하나가 마틴 애로우스미스였다.

마틴의 실수를 아무리 혹독하게 지적 했을지언정 그의 헌신을 거만하게 무시하는 것처럼 보였을지언정 고틀립은 마틴을 마틴 자신만큼이나 잘 알고 있었다. 그는 방대한 일들을 계획했다. 마틴이 정말로 그의 도움을 바란다면 (고틀립은 경쟁적인 과학 분야에서 이기적이고도 잘난 체 하는 것만큼이나 겸손한 인물이 될 수도 있었다), 그는 마틴의 경력에 자신의 업적을 보태 주었을 것이다. 마틴이 독창적으로 하던 아주 작은 연구 과정에서, 고틀립은 통상적이고 간단한 면역학 이론들을 기꺼이 포기하는 것과, 그 연구 결과들을 체크하면서 화를 내는 용의주도함도 즐거워했다. 마틴이 알 수 없는 이유로 신중하지 못하게 됐을 때, 그리고 과음했을 때, 그리고 분명히 터무니없는 사적인 일에 메여 있었을 때, 그 모든 행동은 자기 편을 갖고 싶은 갈망이었고, 고틀립이 마틴에게 으르렁거리게끔 한 출중한 연구 성과에 대한 강렬한 존중이었다. 실바가 요구해서 한 사과의 내용에 대해 그는 별 생각이 없었다. 정작 그가 분노한 것은 뭐냐 하면…

그는 마틴이 돌아오기를 기다렸던 것이다. 그는 자책했다. "바보 같으니! 훌륭한 인재였단 말이다. 고틀립, 넌 석탄을 푸는 데에 백금 루프를 사용하는 놈이란 없다는 걸 알았어야 했어." 고틀립은 할 수 있는 한 오랜 기간 동안 (마틴이 식당 설거지를 하고 도저히 갔을 것 같지 않은 마을들을 도저히 탔을 것 같지 않은 기차를 타고 여기 저기 방랑하던 그 기간) 새로운 조수의 임명을 묵혀두고 있었다. 그러다가 그의 모든 서운함은 싸늘하게 식어 분노가 되었다. 그는 마틴을 배신자로 간주했고, 자기 마음 속에서 그를 지워버렸다.

❦ IV ❦

막스 고틀립은 천재였을 가능성이 있다. 확실히 그는 여느 천재들처럼 광기가 있었다. 마틴이 제니스 종합병원에서 인턴으로 근무 하던 기간에 고틀립은 그가 경멸하던 그 어떤 미신보다도 터무니 없는 짓을 했다.

그는 보직자이자 개혁가가 되려고 노력했다! 냉소주의자이자 무정부주의자인 그는 어느 기관을 하나 설립하려 시도하였는데, 마치 노처녀가 어린 소년들이 못된 말을 하는 걸 막기 위해 학교를 만들듯이 그 일에 매진했다.

그는 이 세상에는 총체적으로 과학적이면서, 정확한 정량적 생물학과 화학이 지배하며, 안경 맞추기와 대부분의 수술은 중요하게 생각되지 않는 그런 의대가 존재 가능하다는 생각을 하고 있었으며, 또한 그러한 의대를 위네맥 대학에서 만들 수 있다고 생각했다! 그는 그 구상을 실제 실행하려 하였다; 아, 그는 극단적으로 실용적이었고 그럴 듯 했던 것이었다!

"저는 우리가 동네 사람 배탈이나 치료하는 의사들을 배출해서는 안 된다고 생각합니다. 물론 평범한 의사들은 존경스럽고 전적으로 필요합니다… 아마도 말이죠. 하지만 이미 그런 의사들이 너무 많습니다. 그래서 '실용적'인 측면에서, 저에게 20년만 맡겨 주시면 정확하고 차근차근하게 가르치는 학교를 만들어서, 당뇨병, 아마도 결핵과 암, 그리고 목수들이 고개를 저으며 '류머티즘'이라고 부르는 이 모든 관절염들을 치료할 것입니다. 정말로요!"

그는 그런 학교를 완전 장악하길 원하거나 그 어떤 인정을 받고 싶어 한 게 아니었다. 그는 너무 바빴다. 하지만 미국 과학 아카데미 회의에서 그는 훌륭한 학장이 될 하버드 출신의 젊은 생리학자인 엔트위즐 박사를 만났다.

엔트위즐은 그를 존경했고, 하버드에 오실 의향이 없는지 타진하였다. 고틀립이 자신이 생각하는 새로운 종류의 의과 대학에 대해 설명했을 때, 엔트위즐은 열광적으로 반응했다. "그런 학교는 난 꿈에서도 생각해 본적이 없어요,"라고 그는 들떠서 말했고, 고틀립은 의기양양해서 모할리스 대학으로 돌아왔다. 그 당시 그는 웨스트 치페와 대학의 의대 학장으로 제안을 받았었기 때문에 더욱 자신감이 넘쳤다(비록 냉소적으로 거부했지만).

너무나 단순하고 너무나 제정신이 아닌 상태에서 그는 실바 학장에게 편지를 써서 학장 자리에서 내려오시어 하버드에 있는 무명의 교수에게 학교를, 그의 연구 업적을, 그의 인생을 물려 주라고 정중히 부탁하였다. 오슬러 경의 적통으로서, 아빠 실바는 예의 바른 노 신사였지만, 이 믿을 수 없이 황당한 편지는 그의 인내심을 앗아갔다. 그는 답장하기를, 기초 연구의 가치를 알고는 있지만, 의과 대학은 주 시민들의 소유이며, 의과 대학의 임무는 시민들에게 즉각적이고 실질적인 보살핌을 제공하는 것이라고 했다. 이어서 넌지시 말하길, 자기의 사임으로 이 학교가 이득을 얻을 수 있다고 믿는다면 즉시 사임 하겠으나, 그러려면 자신의 아랫사람들 중 한 명이 보내오는 편지 하나에 쓰인 내용보다 더 넓은 범위의 구상을 제안하는 것이 필요하다고 하였다!

고틀립은 기세등등하게 무분별한 태도로 반발했다. 그는 위네맥 주의 시민들을 저주했다. 그들이, 이렇게 멍청한데, 어떤 종류의 진료라도 받을 가치가 있었을까? 그는 실바의 윗사람인 훌륭한 웅변가이자 애국자인 호레이스 그릴리 트러스콧 대학 총장에게 직접 요구를 하는, 어처구니 없는 짓을 저질렀다.

트러스콧 총장은 "정말이지 이런 키메라 같은 계획들이 아무리 기발하다 해도, 이를 고려하기엔 제가 몰두하고 있는 일들이 너무 많군요," 라고 말했다.

고틀립은 "총장님께선 체육관을 짓기 위해 백만장자에게 명예 학위를 파는 것 외에는 아무것도 생각하지 않지요"라고 말했다.

다음날 그는 대학 평의회의 특별 회의에 소환되었다. 세균학과 학과장으로서 고틀립은 이 모든 지배기구의 일원이었고, 금박을 입힌 천장과 무거운 고동색 커튼, 개척자들의 음울한 그림들이 걸린 긴 평의회 회의장에 들어갔을 때, 그는 수근대는 평의회 구성원들을 의식하지 않고, 아득히 먼 주제들을 묵상하며 평소 앉던 자리로 갔다.

트러스콧 총장이 요청했다. "오, 어, 고틀립 교수님, 저기 테이블 맨 끝에 앉으시겠어요?"

그제서야 고틀립은 긴장감이 팽배함을 알아챘다. 그는 일곱 명의 이사회 멤버 중에서 제니스 시나 그 인근 지역에 사는 네 명이 참석한 것을 보았다. 트러스콧 옆에 앉은 사람은 학과장이 아니라 실바 학장이었다. 그는 보았다. 그들이 편안하게 이야기를 하고 있었지만, 자욱한 대화 속 안개를 통해 그를 주시하고 있음을.

트러스콧 총장이 발표했다. "여러분, 평의원회와 이사회의 이번 연석회의는 막스 학장과 제 자신이 막스 고틀립 교수에게 제기한 징계 사유를 심의하기 위한 것입니다."

고틀립은 갑자기 쭈그러들었다.

"이 징계 사유들은 다음과 같습니다. 학장, 총장, 이사들, 그리고 위네맥 주에 대한 불충함입니다. 공인된 의학 및 학문 윤리에 대한 불충. 제 정신이 아닌 이기주의. 무신론. 동료들과 지속적으로 협력하지 못하고, 실질적인 일들을 이해하지 못하기 때문에, 중요한 실험실과 수업들을 그가 관장하도록 하는 것은 위험합니다. 여러분, 저는 이제 고틀립 교수가 실바 학장에게 보낸 편지를 가지고 이 모든 점들을 조목조목 증명하겠습니다."

그는 고틀립의 징계사유들을 하나하나 짚어냈다.

이사회 의장은 "고틀립 교수, 내 생각엔 이렇게 하면 간단 하겠습니다. 그냥 우리에게 사표를 건네주고 기분 좋게 헤어질 수 있도록 하는 것입니다, 불쾌하게 갈라서는 대신에…." 라고 제안했다.

"기가 막히네, 난 절대 사임 안해!" 고틀립은 순전히 분노에 차서 벌떡 일어났다. "왜냐하면 당신들 모두 애송이 학생같은 마음을 갖고 있고, 골프장에나 마음이 가 있고, 내가 표현한 것, 완벽하고 정확하게 표현한 것, 바람직한 혁명적 이상을 표현한 것을 왜곡하고 있어. 내가 무슨 영달을 하려고 이러는 게 아니란 말이오. 당신 같은 바보들이나 명예 여부를 따지지!" 그는 기다란 손가락을 낚시 바늘처럼 구부려서 트러스콧 학장의 사람들을 가리켰다. "안해! 난 사임 안 해! 당신들은 날 몰아낼 수 없어!"

"유감스럽지만, 그렇다면 우리가 투표를 하는 동안 방을 나가 주셔야 합니다." 총장은 거물급에다 강인하고 진심 어린 인물이었다.

고틀립은 흔들거리는 자전거를 타고 실험실로 왔다. 그가 "해임이 된 것으로 가결되었다"는 통보를 받은 것은 총장 집무실에 있는 무뚝뚝한 여직원의 전화를 통해서였다.

그는 괴로워하며 외쳤다. "나를 해고해? 그럴 수 없어! 난 이런 장삿속 학교에서 가장 큰 자랑, 유일한 자랑인 인물이라고!" 그들이 확실히 그를 해고했다는 것을 알게 되자, 그는 그들이 자길 쫓아낼 빌미를 주었다는 사실에 수치스러워 했다. 하지만 정말로 열 받는 것은 자신이 괜히 정치인 노릇을 하는 바람에 자기의 신성한 연구 업무에 차질이 생겼다는 사실이었다.

그에게는 평화와 실험실이 동시에 필요했다.

하버드가 그를 초빙했다는 사실을 들으면 자기들이 얼마나 어리석었는지 알 거야!

그는 케임브리지와 보스턴의 보다 유연한 방식을 갈망했다. 왜 나는 이리도 오래 후진 모할리스에 남아 있었을까? 그는 엔트위즐 박사에게 편지를 보

의사과학자 애로우스미스

내 그가 기꺼이 제안에 응할 것임을 암시했다. 그는 전보로 답장이 오길 기대했다. 그는 일주일을 기다렸지만, 곧 엔트위즐로부터 그가 하버드 교수진 권유를 한 것은 성급한 것이었음을 인정하는 장문의 편지를 받았다. 엔트위즐은 교수진들이 찬사를 보냈으며, 언젠가는 그대와 함께 하는 영광을 가질 거라는 희망을 시사해 주었지만, 지금 돌아가는 상황이 여의치….

고틀립은 웨스트 치페와 대학에 결국 자기는 학장 초빙 권유에 대해 기꺼이 생각해볼 용의가 있고 어쩌고 하는 편지를 보냈으나… 그 자리는 이미 채워졌고, 당신이 지난 번에 보내온 편지의 말투가 썩 맘에 들지 않았으며, "이 문제를 갖고 더 깊이 검토할 생각이" 없다고 하였다.

예순 한 살에 고틀립은 몇 백 달러, 말 그대로 몇 백 달러 밖에 없었다. 일감이 없는 여느 벽돌공처럼 그는 생계를 위한 직업을 구하거나 아니면 굶어야 했다. 그는 창의적인 작업을 간섭 받는 걸 못 참는 천재가 더 이상 아니었고 불명예스럽게 쫓겨난 허름한 전직 교수일 뿐이었다.

그는 그의 작은 갈색 집안 구석구석을 배회하고, 자기 논문들을 뒤적이다가, 아내를 쳐다보고, 오래된 사진들을 들여다 보다가, 결국은 멍하니 보긴 하되 아무 것도 보고있지 않았다. 그는 아직 학생들을 가르칠 수 있는 기한이 한 달 남아 있었는데, 위원회가 그 대신 써준 사직서에 나가기 전까지의 기한으로 명시되어 있었다. 그러나 그는 너무나 의기소침해져서 실험실로 갈 수 없었다. 그는 아무도 자길 원하지 않으며, 거의 안전하지 못하다고 느끼고 있었다. 그가 오랫동안 갖고 있었던 자신감은 산산이 부서져서 자기 연민이 되고 말았다. 그는 우편물이 배달될 때마다 자길 고용해 줄 소식이 없는지 계속 기다렸다. 내가 어떤 사람이고 무엇을 할 사람인지 아는 이가 틀림없이 있을 것이고 그가 도와줄 것이야. 그의 연구에 대해 우호적인 편지들은 많았지만, 그와 그런 서신을 주고 받은 사람들은 여러 대학 교수진들이 그가 어떤 사람인지 악평 하는 걸 미처 듣지 못했던 이들이었고, 그가 무엇을 필요로 하는지도 알지 못하는 사람들이었다.

하버드 대학의 불운과 웨스트 치페의 퇴짜 이후 그는 대학이나 과학 연구소에는 접근할 수 없었다. 그는 자기를 존경하는 이들에게 구직을 간청하는 편지를 쓰기엔 자존심이 허락하지 않았다. 아니다, 난 비즈니스처럼 일을 해결 할거야! 그는 시카고의 교사 에이전시에 지원해서 매우 형식적인 답변을 받았는데, 이는 자리를 알아보겠다고 약속하면서, 어느 교외의 한 고등학교에서 물리와 화학 교사 자리가 나면 하시겠냐는 것이었다.

화가 잔뜩 났다가 이젠 답변을 할 수 있을 정도로 충분히 회복되기도 전에, 그의 집안은 아내가 갑자기 아파서 어찌할 바 모르게 되었다.

그녀는 몇 달 동안 건강이 좋지 않았다. 그는 아내에게 의사 진료를 보라고 했지만, 그녀는 거절했었다. 그리고 나서 내내 그녀는 자기가 위암에 걸렸을 거라는 두려움에 질려 있었다. 이제 그녀는 피를 토하기 시작하자, 그에게 도와달라고 울어댔다. 임상의 지침들을 '목수들'이나 '약 팔이'라며 비웃던 고틀립은 임상적 진단 지식에 대해 다 까먹고 있었기에, 그나 그의 가족이 아프니 질병이란 미지의 악마가 어둠의 저주를 내린 것이라 믿는 시골 산간벽지 무지렁이만큼이나 절실하게 의사를 찾았다.

믿을 수 없이 단순하게, 그는 실바와의 다툼은 사적인 것이 아니었기 때문에 여전히 그를 부를 수 있다고 생각했고, 이번에는 그가 옳았다. 실바는 왔고, 상냥스럽게 미소를 지으며 그에게 말했다. "뭔가 문제가 생기면, 화학자 아레니우스나 생리학자 자크 뢰브(Jacques Loeb)를 찾는 게 아니라 나를 찾는구먼!" 그 작은 남자는 허름한 오두막에 활기를 불어넣어 주었고, 고틀립은 신뢰를 가지고 그를 내려다 보았다.

고틀립 부인은 고통스러워 하고 있었다. 실바는 그녀에게 모르핀을 투여했

의사과학자 애로우스미스

다. 그는 고틀립이 용량조차 모른다는 사실을 알게 되었다. 그는 그녀를 진찰했다. 그의 통통한 손은 고틀립의 뼈만 남은 손가락 정도 까지는 아니더라도 그 정도의 민감성은 가지고 있었다. 그는 공기가 잘 통하지 않는 침실, 짙은 녹색 커튼들, 작은 사무실에 있는 그리스도 수난상, 기품이 넘치고 풍만한 처녀가 그려진 색조 인쇄물들을 둘러보았다. 그는 최근에 이와 비슷한 분위기의 방에 들어온 적이 있었다는 생각이 나서 좀 불편했다. 기억이 났다. 그가 한 달 전 왕진 중에 보았던 독일 식료품점 가게 주인의 음울한 방과 판박이였다.

그는 동료 교수나 적으로서가 아니라 한 명의 환자로서 고틀립에게 격려를 해주려 이렇게 말하였다. "암 덩어리가 있다고 생각하지 마시게. 물론 알겠지만, 박사님, 갈비뼈 아래쪽 경계 모양의 차이와 심호흡 중 배 표면 모양을 보면 알 수 있지." "오, 그렇지." "난 조금도 걱정할 필요가 없다고 생각해요. 우린 아내분을 대학 병원으로 빨리 입원시켜서, 시험 식사를 제공해 보고 엑스레이를 찍어서 보아스 오플러 균[5]이 있는지 찾아보겠네."

그녀는 무거워서 움직이기 힘들어, 부축을 받으며 오두막 계단을 내려갔다. 고틀립이 그녀와 함께 했다. 그가 그녀를 사랑하는지, 평범하게 가정적인 면을 가질 수 있는지의 여부는 알 수 없었다. 실바 학장에게 의지해야 할 수밖에 없었다는 것은 평소 자신이 지혜에 대해 갖고 있던 소신에 손상을 주었다. 그것은 아이들에게 화학을 가르쳐 달라는 제안보다 더 미묘하고 더 기운 빠지게 하는 최후의 모욕이었다. 그가 그녀의 침대 옆에 앉았을 때, 그의 어두운 얼굴은 멍한 표정이었고, 안면에 깊게 패인 주름들은 슬픔을 혹은 공포를 나타내는 것이었을지도… 아니면, 그간 안전하게 보호받고 아무에게도 침해

---

5   보아스 오플러 균, Boas-Oppler bugs: 20세기 초에 위암 환자의 위액에서 발견된 세균으로, 위암 여부 진단에 쓰이기도 했다. 물론 오늘날의 관점에서 보면 말도 안 되는 것이었지만. 이 세균의 정체는 *Lactobacillus acidophilus*, 즉 오히려 몸에 이로운 균이었음.

받지 않던 세월 내내 그녀의 헌신을 상징하는 그리스도 수난상을(아까 왕진왔던 실바가 그들의 방에서 유심히 봤던) - 금박을 입힌 조개껍질로 만든 상자 세트에 장식된 석고로 만든 번지르르한 그 그리스도 수난상을 생각했는지도 모른다.

실바는 그것이 위궤양일 가능성이 있다고 진단하고, 자주 가볍게 식사를 하게 하면서 그녀를 치료했다. 그녀는 나아졌지만, 4주 동안 병원에 있었고, 고틀립은 궁금해했다: 이 의사들이 우리를 속이는 것일까? 사실은 암인데, 저들이 신비한 솜씨로 아무 것도 모르는 나에게 숨기고 있는 건 아닐까?

피곤에 지친 밤이 되어 그가 평소에 의지하던 그녀의 부재를 확실히 실감하게 되자, 그는 딸들을 들들 볶았고, 딸들이 피아노 연습을 하며 내는 소음에, 딸들이 단정치 못한 하녀 하나를 제대로 다루지 못하는 모습에 절망하다 체념하였다. 딸들이 자러 가자 그는 희끄무레한 전등 아래 홀로 앉아, 가만히 있었으며 책도 읽지 않고 있었다. 그는 당혹해 하고 있었다. 그의 도도했던 모습은 마치 반란 노예들의 손에 떨어져 더러운 짐 아래 웅크리고 앉아, 자부심 넘치던 눈매는 촉촉해지고, 절망감을 감내하면서, 검을 잡았던 오른손은 잘려져 나가고, 지겨운 파리떼들이 잘린 손목 단면으로 기어 다니는 악덕 귀족 같았다.

그가 마틴과 리오라를 제니스의 거리에서 마주쳤던 것이 바로 이때였다. 그들이 지나가 버리자, 그는 뒤돌아 보지 않았지만, 그 날 오후 내내 그들을 생각하고 있었다. "그 여자, 아마 그녀가 나에게서 마틴을 앗아갔을 거야. 과학으로부터 앗아 갔단 말이야! 아니야! 그가 옳았어. 나같은 멍청이가 장차 어떤 일을 당할지 정도는 누구나 알잖아!"

마틴과 리오라가 윗실배니아로 즐겁게 노래 부르며 떠난 다음 날, 고틀립은 시카고로 가서 교사 에이전시를 방문했다.

그 에이전시는 한 때 지방 교육감이었던 어느 활동가에 의해 운영되고 있

의사과학자 애로우스미스

었다. 그는 별로 관심을 보이지 않았다. 고틀립은 화가 났다: "선생님들 자리를 구하기 위해 일하는 건가요, 아니면 단지 회람을 보내며 만족해 하는 건가요? 내 기록을 찾아 보긴 했나요? 내가 누군지는 아시는지?"

에이전트는 크게 웃으며 말했다. "아, 우리는 당신에 대해 알고 있어요, 좋아요, 좋아! 제가 당신에게 처음 편지를 쓸 때는 그렇지 않았지만… 당신은 실험실 사람으로서 좋은 기록을 가지고 있는 것 같군요, 비록 당신이 의학에 조금이나마 도움이 되는 성과를 만들어낸 건 아닌 걸로 보이지만 말입니다. 우린 당신께 그 누구도 가져본 적이 없던 기회를 드리고 싶습니다. 존 에드투스라고 오클라호마의 석유 재벌인데, 최근 종합대학을 하나 건립하려고 해요. 시설과 기부금 그리고 재학생 개개인의 면에서 교육계에 지금까지 나온 그 어떤 학교도 압도할 수 있는 그런 대학 말입니다. 세상에서 가장 큰 체육관에 과거 뉴욕 자이언츠 야구 감독까지 초빙해서 말입니다! 우리 생각에 아마 당신은 세균학이나 생리학에서 일자리를 마련할 것으로 보는데, 짐작하건대 그 과목들도 가르칠 수 있을 것으로 예상해요, 그 과목의 달인이라면요. 하지만 이를 위해 우리는 몇 가지 질문을 해오고 있습니다. 우리의 친한 친구들 몇몇은 위네멕 쪽 계열이죠.

그리고 우리는 당신이 책임자들에게 불신임을 받았다는 것을 알게 됐어요. 왜 그랬을까요? 그들은 당신을 전반적으로 무능하다는 이유로 해고했지요! 하지만 이제 당신은 교훈을 얻었을테니, 음.. 에드투스 대학에서 실용 위생을 가르칠 수 있을 것 같나요?"

고틀립은 너무 화가 나 영어로 말하는 것을 잊어버려서, 그가 삐걱거리는 건조한 목소리로 내뱉은 모든 욕설은 학생들이 사용하는 독일어로, 그 장면은 키득대는 회계 여직원과 여성 속기사들에게는 정말 매우 재미있는 볼거리였다. 거기에서 나온 막스 고틀립은 눈망울엔 노인 특유의 물기가 촉촉한 채로 정처없이 천천히 걸었다.

13장

진실로 주께서 나와 내 집을 치셨도다

〜🌸 I 🌸〜

의료계에서 대형 제약회사들의 상업주의를 고틀립보다 진심으로 비난한 이는 없었다. 특히 피츠버그에 있는 도슨 T. 헌지커 & 주식회사(Dawson T. Hunziker & Co., Inc.)에 대해서 그러했다. 헌지커 회사는 오래되고 윤리적인 회사로, 명망이 높은 의사들만을 상대하는, 다시 말해 진짜로 명망 높은 의사들만을 상대하였다. 가장 순수하게 정제된 공식 제품들뿐 아니라 디프테리아와 파상풍에 대한 뛰어난 항독소를 공급하고 있었으며, 이 제품들에는 매우 수수한 갈색 병에 가장 소박하고 공식적으로 보이는 라벨을 붙였다. 고틀립은 이 회사가 성능이 의심스러운 백신을 생산한다고 주장했지만, 시카고에서 돌아온 후 도슨 헌지커 사에 편지를 써서, 자기는 더 이상 가르치는 일에 관심이 없으며, 반나절 정도 회사를 위해 일하되, 그들의 연구실을 사용할 수 있다면, 중요할 가능성이 있는 실험에 일과 시간이 끝날 때까지 기꺼이 임하겠다고 청하였다.

편지를 보내고 나서, 그는 중얼거리며 앉아 있었다. 확실히 온전한 정신은 아니었다. "교육이라! 세상에서 가장 큰 체육관이라! 책임감을 감당할 수 없어. 난 가르치는 일은 더 이상 할 수 없어. 하지만 헌지커는 나를 비웃을 거야. 내가 그들 회사에 대한 진실을 말했기 때문에 어쩔 수 없지. 자비로운 신이시여, 전 어떻게 해야 할까요?"

겁에 질린 그의 딸들이 문간에서 그를 지켜보는 동안, 그의 고요한 광란 속으로 한 줄기 희망이 흘러 들고 있었다.

전화벨이 울렸다. 그는 받지 않았다. 세 번째로 울린 분노의 금속성에, 그는 수화기를 들어, "네, 네, 누구십니까?"라고 투덜거렸다.

비음 섞인 차분한 목소리:

"받으신 분께선 M. C. 고틀립 씨 맞나요?"

"고틀립 박사 맞습니다!"

"음, 당신이 수신자 맞는 것 같군요. 전화 연결이 잘 됐네요. 장거리 전화로 당신과 통화를 원하는 분께서 계십니다."

교환원에 이어 잠시 뒤 통화자의 음성이 들렸다. "고틀립 교수님? 저는 도슨 헌지커입니다. 피츠버그에서 전화하는 겁니다. 친애하는 박사님, 우리는 당신이 합류하게 되어 기쁩니다."

"전… 하지만…."

"당신이 제약회사들을 비판해 왔다는 건 잘 알고 있지요. 아, 우리는 신문 스크랩을 매우 효율적으로 읽습니다! 하지만 당신이 우리 기업의 전통 정신을 잘 이해하고 나면 아마도 열정적으로 임할 거라 봅니다. 그건 그렇고, 지금 뭔가 하고 계신데, 괜히 전화를 걸어서 방해하고 있는 건 아니길 바랍니다."

그렇게 헌지커는 스위클리(Sewickley)에 있는 금색과 푸른색으로 장식된 응접실에서 수백 마일을 건너, 낡은 간이 의자에 앉아 있는 막스 고틀립에게 말을

하고 있었고, 고틀립은 씁쓸하게 품위를 지키려 애쓰며 불편해 하고 있었다:

"아니, 괜찮습니다."

"자… 우리는 당신에게 첫 1년에 5천 달러를 기꺼이 드리고, 하프타임 업무 분장에 대해서는 신경 쓰지 않겠습니다. 당신에게 필요한 모든 공간과 실험 기사와 자료를 제공할테니, 그냥 일만 하시고, 우리는 상관하지 말고 당신이 중요하다고 생각하는 건 무엇이든 연구하세요. 유일한 요구 사항은 당신이 세상에 진정한 가치가 있는 혈청을 발견할 때, 우리가 그것들을 제조할 수 있는 독점권을 가질 거라는 것이고, 그걸로 금전적 손해를 보더라도, 상관 없다는 것입니다. 정직하게 말하자면야 돈을 벌고 싶지만, 우리의 주요 목적은 인류를 위해 봉사하는 것입니다. 물론 혈청으로 돈을 벌어 준다면, 당신에게 넉넉하게 수수료를 줄 수 있어 너무 기쁠 뿐이겠죠. 이제 실질적인 세부 사항에 대해 얘기를…."

♚ II ♚

종교 의식이란 것을 말없이 혐오하는 고틀립은 종교적으로 보이는 습관을 가지고 있었다. 종종 그는 침대 가에 무릎을 꿇고 마음을 자유롭게 했다. 이는 기도하는 것과 상당히 유사했다. 정식으로 기원을 하거나 막스 고틀립 자신 외에는 최고 존재자를 의식하지는 않았지만 말이다. 그날 밤, 그는 무릎을 꿇고, 그의 핼쑥한 얼굴에 드리워진 주름살이 펴진 채로, 이렇게 명상을 하였다.

"나는 바보같이 상업주의자들을 비난하고 있었어! 이 장사꾼은 말이지, 자수성가한 사람이야. 겁쟁이 교수놈들보다 천박하기 그지없는 장사치야 말로 얼마나 진국인가! 훌륭한 *dieners*(봉사자들)이야! 자유! 더 이상 저능아들을 가르칠 필요가 없게 됐어! *Du Heiliger*(신이시여)!"

하지만 그는 도슨 헌지커와 정규직 계약을 체결하지는 않았다.

ᥫ᭡ III ᥫ᭡

의학 정기 간행물들마다 도슨 헌지커 사는 전면 광고를 실었는데, 최대한 격식을 차린 세련된 어조로 아마도 세계에서 가장 뛰어난 면역학자인 막스 고틀립 교수가 우리 스태프 진으로 방금 합류했음을 알렸다.

시카고에 있는 라운스필드 박사는 자기 클리닉에서 이렇게 미소 지으며 말했다. "그게 바로 최고 수준의 지식인이라 자처하는 이들의 진면목입니다. 제가 비웃는 것처럼 보인다면 양해해 주세요."

에를리히와 에밀 루의 연구실에서, 보데와 데이비드 브루스 경은 슬픔에 잠겨 울부짖었다. "어떻게 막스 그 노인네가 그 빌어먹을 약장수에게 갈 수 있지? 왜 우리한테 안 왔냐고? 오, 정말, 그가 본의 아니게 그런 거라면… 보시게나! 예전의 그는 죽었다네."[1]

노스다코타의 윗실배니아 마을에서, 한 젊은 의사가 그의 아내에게 구시렁 거렸다. "세상의 모든 사람들 중에서 하필 그가! 나는 믿어지지 않아! 막스 고틀립이 그 사기꾼들에게 속아 넘어가고 있다니!"

"난 신경 안 써!" 그의 아내가 말했다. "만약 그가 사업 쪽으로 빠졌다면, 그럴만한 이유가 있었을 거야. 내가 말했잖아, 나라면 말이지…."

"오, 글쎄." 그는 한숨을 쉬며 말했다. "나는 고틀립 교수로부터 많은 것을

---

1 에밀 루, Émile Roux: 프랑스의 의사이자 미생물학자, 면역학자로 파스퇴르와 함께 파스퇴르 연구소 를 설립했으며, 주요 업적으로 항 디프테리아 혈청을 만들어냈고, 면역학 분야의 시조이다; 보데, Jules Bordet: 벨기에의 미생물학자로 백일해의 원인균인 Bordetella가 바로 그의 이름을 따서 명명된 것이다. 1919년 노벨상 수상; 데이비드 브루스, David Bruce: 스코틀랜드의 미생물학자로 브루셀라증의 원인균 인 Brucella 균을 발견하였다.

의사과학자 애로우스미스

배웠고, 감사해 하고 있어. 맙소사, 리오라, 그가 잘못되지 않으면 좋을 텐데!"

그리고 막스 고틀립은 세 명의 어린 딸들과 창백하고 동작이 굼뜬 아내와 함께 피츠버그의 역에 도착하여, 허름한 위커 버킷 백과, 이민자들용 보따리, 그리고 본드 스트리트 사의 화장도구 가방을 끌고 다녔다. 기차에서 그는 장엄한 절벽들을 올려다보고, 연기가 자욱한 강의 장관을 내려다 보니, 그의 심장은 청년처럼 변했다. 여기에는 맹렬하게 돌아가는 기업이 있다. 위네맥 같이 평평한 땅과 평범한 정신들 말고. 역 입구에 있는 지저분한 택시들 모두가 그에게는 찬란하게 보였고, 그는 정복자처럼 앞으로 나아갔다.

⟐ IV ⟐

도슨 헌지커 건물에 들어서자, 고틀립은 생각지도 못했던 그런 실험실을 발견했고, 조교 학생들 대신 자신이 직접 세균학을 가르친 적이 있는 숙련된 전문가와 민첩한 솜씨의 실험실 기사 3명을 얻게 되었는데, 그 중 한 명은 독일에서 교육을 받은 이였다. 그는 헌지커의 개인 사무실에서 환대를 받았다. 그곳은 아주 작은 성당 같았다. 헌지커는 머리가 벗겨지고 사업가 특유의 두상을 하고 있었지만, 거북이 등껍질 안경[2]을 낀 감상적인 눈을 하고 있었다. 그는 자코비안[3] 책상 옆에 서서 고틀립에게 쿠바산 아바나 시가를 주며 우리들은 설레며 그를 기다렸다고 말했다.

거대한 간부용 식당에서 고틀립은 유능한 젊은 화학자들과 그를 경건하게

---

2 Tortoise-spectacles 혹은 tortoise shell spectacles: 그냥 고가의 굵은 뿔테 안경이라고 보시면 된다. 그런데, 이 작품의 시대인 20세기 초에는 정말로 거북이 등껍질로 안경테를 만들었으며 1970년대 가서야 금지되었다. 그러므로 헌지커가 쓴 안경은 정말 거북이 등껍질로 만든 안경일 것이다.

3 Jacobean: 영국 왕 제임스 1세 시대인 15세기 초에 만들어진.

대하는 생물학자 여럿을 만났다. 그는 그들이 좋아졌다. 그들은 돈 벌이에 대해, 예를 들어 이 신코나 열매로 만든 팅쳐 신제품을 얼마 받고 팔아야 할지, 혹은 자기들 월급이 얼마나 빨리 인상될지 등, 꽤 많이 얘기하고 있었지만, 대학 강사 특유의 점잖은 척 하는 허세는 부리지 않았다. 모자를 삐딱하게 눌러쓴 젊은 날의 막스는 원래 잘 웃는 사람이었다. 이제 여기서 신나게 토론을 벌이다 보니 그는 젊은 시절의 웃음을 되찾았다.

그의 아내는 건강이 더 나아진 것 같았고, 그의 딸 미리엄은 훌륭한 피아노 선생님을 찾았다; 로버트는 그 해 가을 대학에 입학했다; 그들은 노후화됐지만 넓은 집을 얻었다; 웅웅거리며 시끌벅적한 소리로 가득 찬 강의실로 매년 반복해서 들어가야 하는 루틴에서 해방되니 참으로 신이 났다. 그래서 고틀립은 생전 처음으로 즐겁게 일했다. 그는 자기 연구실 그리고 몇 개의 극장과 콘서트 홀 이외에 밖에서 일어나는 일 모두에 관심을 가지지 않았다.

6개월이 지나고 나서야 그는 젊은 기술 전문가들이 그가 제 딴엔 농담이랍시고 그들의 장삿속 기질을 콕콕 찔러대는 것에 대해 기분 나빠 한다는 걸 깨달았다. 그들은 그의 수학을 들먹이는 열정에 지쳤고, 그들 중 일부는 그를 늙은 꼰대로 보았으며, 역시 유대인이란 하고 중얼거렸다. 그는 상처를 받았다. 왜냐하면 그는 동료 연구원들과 지내는 걸 즐거워했기 때문이었다. 그는 질문을 하기 시작했고, 헌지커 빌딩을 여기 저기 다녀 보기 시작했다. 이전까지 그는 실험실 이외에 복도 한 두 곳, 식당, 그리고 헌지커의 사무실 외에는 가본 적이 없었던 것이다.

비록 추상적이고 비실용적이라 하더라도, 고틀립은 출중한 셜록 홈즈가 되었을지도 모른다. 뛰어난 셜록 홈즈가 될 자질이 있는 이라면 누구나 기꺼이 탐정이 되었을 수도 있으니까. 그의 정신은 격변을 하면서 현실성을 가지게 되었다. 이제 그는 도슨 헌지커 회사가 그가 일찍이 주장해 왔던 부정한 면들

의사과학자 애로우스미스

의 거의 전부를 지니고 있다는 걸 알게 되었다. 그들은 훌륭한 항독소와 윤리적 제제를 만든 것은 분명했지만, 반면에 난초에서 추출하고, 독단적으로 추진했으며 문제점이란 문제점은 다 가지고 있는 새로운 "암 치료제"도 만들고 있었다. 그리고 대형 광고판으로 홍보하는 여러 미용 회사들에게 캐나다 인디언 가이드 얼굴도 천사 못지 않게 백합 꽃 같은 요정으로 바꿀 수 있다는 안색 크림을 수백만 병 팔았다. 이 보물은 만드는 데 한 병 당 6센트가 들고 계산대에서는 1달러를 받았는데, 도슨 헌지커의 이름이 공식적으로는 표기되지 않았다.

고틀립이 20년에 걸친 탐구 끝에 그의 걸작을 만드는 데 성공한 것도 바로 이때였다. 그는 시험관에서 항독소를 만들어 냈는데, 이는 실험 동물들에게 접종을 반복해서 혈청을 만드는 지루한 과정 없이 특정 질병에 대한 면역이 가능하다는 것을 의미했다. 이는 면역학계의 혁명, 혁명이었다.. 그가 해낸 게 맞다면.

그는 헌지커가 장군, 대학 총장, 그리고 선구적인 비행사를 초대한 만찬에서 이를 공개하였다. 이날 만찬은 매우 훌륭했는데, 거기서 고틀립은 감탄을 자아낼만 한 독일 포도주, 그것도 순수 1세대 독일 포도주를 몇 년 만에 마셔 보았다. 그는 가느다란 녹색 와인 잔을 애정을 담아 살살 돌렸다. 그는 꿈에서 깨어나 들뜨고, 쾌활해지고, 뭔가를 갈망하는 상태가 되었다. 그들 모두 그에게 박수를 보내고, 그는 한 시간 동안은 과학의 대가가 되어 있었다. 그들 중에서도 헌지커는 가장 아낌없이 그를 칭찬했다. 고틀립은 궁금해 했다. 누가 이렇게나 선량한 대머리 남자를 꼬드겨서 화장품으로 사기치는 데 휘말려 들게 한 것인지.

헌지커는 다음날 그를 자기 사무실로 소환했다. 헌지커는 정말 소환을 아주 잘 했다(그냥 알고 보니 속기사 한 명을 부른 것은 제외하고). 그는 윤기가 흐르는 아침 복장을 입은 남자 비서를 보냈는데, 그 비서는 그다지 윤기가 나지 않는 고틀립 박사에게 헌지커의 찬사를 전달했고, 라일락 꽃봉오리 같은 섬세한 태도로 넌지시 말하길, 만약 지금 한가하고, 조금이라도 고틀립 박사의 실험에 방해가 되지 않는다면, 3시 15분까지 사무실에 와주시면 헌지커씨가 기뻐할 것이라고 말했다.

고틀립이 사무실로 들어오자 훈지커는 비서에게 잠시 나가 있으라고 손짓을 했고, 높은 키의 스페인 산 의자를 바싹 끌어당겼다.

"저는 당신이 발견한 것에 대해 생각하며 어제 한 밤중까지 뜬 눈으로 보냈습니다, 고틀립 박사님. 저는 기술 이사이자 영업 관리자와 이야기를 해봤는데, 이제는 본격적으로 나설 때라고 생각해요. 우리는 항체를 합성하는 당신의 방법에 특허를 받고, 즉각 대량 생산하여 시장에 내놓을 겁니다. 대대적인 광고를 하며 말이죠, 아시겠지만 물론 서커스 같이 과장하는 게 아니고 엄격하게 고급 수준으로 윤리를 지키는 광고로 말입니다. 우리는 일단 항 디프테리아 혈청부터 시작할 겁니다. 그건 그렇고, 당신이 다음 번에 받을 급여 수표를 보면 우리가 1년에 7천불로 올렸음을 알게 될 겁니다." 헌지커는 지금 기분 좋아 그르렁거리는 커다란 고양이 같았지만, 고틀립은 죽은 듯이 미동도 하지 않았다. "분명히 말씀드리지요. 존경하는 박사님, 제가 예상한 대로 큰 수요가 있다면, 당신은 매우 큰 돈을 받게 될 것입니다!"

헌지커는 "이 정도 영광을 누리는 건데 어떠신가, 내 부하여?"하는 듯이 몸을 뒤로 젖혔다.

고틀립은 신경질적으로 말했다: "저는 혈청학적 과정에 대한 특허를 내는 것에 찬성하지 않습니다. 혈청학적 과정들은 모든 실험실에 공개되어야 합니다. 그리고 저는 성급한 조기 생산이나 심지어 발표에 대해서도 강력히 반대합니다. 저는 제 방식이 옳다고 생각하지만, 제 기술을 반드시 재확인해야 하고, 아마도 그것을 개선해야 할지도 모릅니다. 그건 확실해요. 그러고 나면 당연한 얘기지만, 시장에 내놓는 것에 반대할 이유가 없습니다. 그러나 매~우 작은 양만 생산해서 판매하고, 그와 동시에 다른 회사들과 특허로 얽매지 말고 공정하게 경쟁을 하는 겁니다. 마치 크리스마스 특별 세일 때 아무 장난감 회사나 다 만들어내는 멍청이 장난감 인형처럼 말이죠!"

"친애하는 박사님, 전 정말 공감합니다. 단순히 이익만을 고려하지 않고 가치를 매길 수 없는 과학적 발견 딱 하나만 이루는 데 평생을 소비하는 것도 개인적으로는 적극 지지할 겁니다. 하지만 우리는 도슨 헌지커 회사의 주주들에게 돈을 벌게 해 줄 의무가 있습니다. 당신은 그들이, 그리고 그들 중 많은 사람들이 가난한 과부와 고아들이며, 자기가 가진 얼마 안 되는 전 재산을 우리 주식에 투자하고 있으니, 우리는 그들의 믿음을 저버리면 안된다는 사실을 아십니까? 아무도 절 떠받들고 있지 않습니다. 저는 그들에게 봉사하는 미천한 하인일 뿐입니다. 그리고 다른 이야기지만, 제가 생각하기에 우리는 당신을 상당히 잘 대우해 드렸다고 생각해요, 고틀립 박사님. 그리고 우리는 당신에게 완벽한 재량을 줬어요. 그리고 우리는 계속해서 당신을 잘 대해줄 생각입니다!

왜 아니겠어요, 당신은 부자가 될 것이고, 우리 중 한 명이 될 것입니다! 저는 어떤 요구도 하고 싶지 않지만, 이 점을 주장하는 것이 저의 의무이며, 가능한 한 빨리 당신이 제조를 시작하길 기대합니다."

고틀립은 62세였고 위네맥에서 겪은 패배는 그가 가진 용기에 무언가 영향을 미쳤었다… 그리고 그는 헌지커와 정식 계약을 체결한 상태가 아니었다.

그는 불안불안하게 저항했지만, 그가 연구실로 돌아오고 나서 생각해 보니, 이 성역을 떠나 살인적인 싸움터에 다시 직면하는 것은 불가능해 보였고, 자신의 항독소를 싸구려에 비효과적으로 복제해 낸다는 것도 참기가 힘들었다. 그 시간, 그는 예전의 자부심 넘치던 자신이었다면 생각할 수 없었을 치사한 전략을 쓰기 시작했다; 그는 얼버무리기 시작했고, 발표와 제작을 "몇 가지 사항을 해결"했어야 할 때까지 미루기 시작했다. 반면 헌지커는 한 주 한 주 더 위협적으로 변해갔다. 그러는 동안, 그는 재난에 대비했다. 그는 가족들을 작은 집으로 옮겼고, 모든 사치품, 심지어 담배까지 포기했다.

그의 긴축 방침 중에는 아들의 용돈을 줄인 것도 있었다.

로버트는 떡 벌어진 어깨와 검은 피부에 성깔 있는 청년으로, 오만할 이유가 없는 상황에 오만하고, 하얀 우유 빛 피부를 지닌 그런 류의 아가씨들에게 선망의 대상이었지만, 그런 그녀들에게는 거만하게 굴었다. 그의 아버지가 자신의 유대인 혈통에 대해 자랑스러워 하다가도 냉소적인 태도를 보이던 반면에, 그는 과 친구들에게 자기는 순수하고 아마도 고귀한 독일 후손이라고 뻥을 쳤다. 그는 자동차를 몰고 포커를 치는 컨트리 클럽에서 환영 받거나 어느 정도 환영 받았고, 그래서 용돈이 더 필요했다. 고틀립은 그의 책상에 있던 20달러를 분실했다. 관습적인 명예를 조롱하던 그였지만, 긍지가 있었기에, 집에서는 포악한 늙은 대지주가 받는 식의 공경을 누렸었다. 헌지커를 속여야 했던 끊임없는 그의 시련에 새로운 고통이 더해진 것이다. 그는 로버트를 바라보며 "얘야, 내 책상에 있던 돈을 가져 갔니?"라고 물었다.

그의 매부리코와 분노의 핏줄이 불거지는 움푹 패인 눈에 맞장 뜰 수 있는 젊은이는 드물었다. 로버트는 씩씩대다가 소리쳤:

"네, 제가 그랬어요! 그리고 저는 좀 더 필요해요! 옷과 물건들을 좀 사야 해요. 아빠 잘못이에요. 아빠는 이 세상의 돈은 모두 다 가진 친구들과 같이 공부하라고 절 밀어 넣었어요. 그리고 나서 저보고 막노동꾼처럼 입고 다니길 바라시네요!"

"도둑질이란 말이다…."

의사과학자 애로우스미스

"에이 씨! 도둑질이 뭐! 아빠는 원죄, 진실, 정직을 말하는 설교꾼들, 또 너무 남발해서 본래 뜻도 희미해진 그런 단어들을 항상 비웃어 왔잖아… 난 신경 안 써! 돈 헌지커, 그 제약사 사장 아들 말이야, 걔네 아버지가 그랬다는데, 아빠는 백만장자가 될 수 있대. 그런데 계속 이렇게 우리를 옭아매고, 엄마는 아프고 말이지… 내 이 말은 해야겠는데, 모할리스에서 살 때 엄마는 일주일에 거의 한 번 몇 푼의 용돈만 줬다고… 그래서 난 진절머리가 나! 아빠가 날 계속 누더기 입고 지내게 한다면, 난 이 대학을 때려 칠 거야!"

고틀립은 격노했지만, 그 내면에는 아무런 힘도 없었다. 그는 오늘부터 2주 내내, 자기 아들이 무엇을 할지, 자기 자신이 무엇을 할지도 몰랐다.

그러고 나서 그의 아내가 말도 없이 세상을 떴기에, 그들은 묘지에 그녀를 묻고 돌아올 때까지도 그녀가 하직했다는 사실을 실감하지 못했다. 그리고 그의 장녀가 매일 도박이나 하며 사는 아무짝에도 쓸모 없는 웃음거리 남정네와 사랑의 도피를 하였다.

고틀립은 외로이 앉아 있었다. 그는 반복해서 성경의 욥기를 읽었다. "진실로 주께서 나와 내 집을 치셨도다"하고 그가 속삭이듯 읽었다. 로버트가 자긴 잘 될 거라고 중얼대며 들어오자, 고틀립은 전혀 듣지 않는 표정을 하고 고개를 들어 그를 향했다. 그러나 그가 조상들의 우화를 되풀이하면서 읽어 봐야, 그는 그들을 믿거나, 그들의 분노의 신 앞에 두려워 웅크리거나 하는 일은 없었다. 아니면 헌지커가 그의 실험 업적을 더럽히도록 허용한다고 해서 평안감을 얻는 것도 아니었다.

그는 제 때에 일어나 묵묵히 실험실로 갔다. 그의 실험은 언제나처럼 조심스러웠고, 그의 조수들은 그가 홀에서 점심을 먹지 않는 것을 제외하고는 아무런 변화도 보지 못했다. 그는 한 블록 떨어진 곳에 있는 하루에 30센트를 절약할 수 있는 지저분한 식당으로 점심 먹으러 다녔다.

V

주변 사람들을 가린 어둠 속에서 미리엄이 나타났다. 그녀는 열여덟 살로 막내였고, 땅딸막 했으며, 귀여워 보이는 입 외에는 결코 어여쁜 편도 아니었다. 그녀는 항상 아빠를 자랑스러워 했으며, 아빠가 하는 신비스럽고 이해하기 힘든 과학에의 충동을 이해하고 있었지만, 아빠의 무거운 발걸음과 과묵함에 이제까지 경외심을 갖고 대해왔다. 그녀는 피아노 레슨을 중단하고, 하녀를 내보내고, 요리책을 공부해서, 아빠가 좋아하는 기름기 많은 바삭바삭한 음식을 차려 주었다. 그녀가 후회하는 건 독일어를 전혀 익히지 않았다는 사실이었다. 왜냐하면 그는 아주 가끔만 독일에서의 소년 시절에 대해 말하곤 했기 때문이었다.

그는 막내 딸을 쳐다보며 뜸을 들이다가 이렇게 말했다: "그래서 말이지! 이제 너만 내 곁에 남았구나. 만약 내가 이 제약사를 나가 고등학교에서 화학을 가르치면 가난이 들이 닥칠텐데, 넌 견뎌낼 수 있겠니?"

"네. 물론이죠. 아마 영화관에서 피아노를 치며 생계를 도울 수도 있지요."

그는 막내딸이 이렇게 효심을 보이지 않았다면 직장을 때려 치지 않았을지도 몰랐다. 그러나 도슨 헌지커가 그의 실험실에 들어와 "자, 여기 보세요. 우리는 이만하면 충분히 오래 애태워 왔습니다. 우리는 당신이 만든 제품을 시장에 내놓아야 합니다." 라고 요구하자, 고틀립이 응수했다. "안 됩니다. 제가 할 수 있는 모든 것을 다 할 때까지, 아마 1년, 최악의 경우 3년 정도 기다리시면, 당신은 완제품을 얻게 될 겁니다. 하지만 제가 확신하기 전까지는 안 됩니다. 안 돼요."

헌지커는 성을 냈고, 고틀립은 그가 자신에게 내릴 선고에 마음의 준비를 하였다.

의사과학자 애로우스미스

그러고 나서 뉴욕 맥거크 생물학 연구소 소장인 드윗 텁스 박사의 명함이 그에게 건네졌다.

고틀립은 텁스에 대해서는 알고는 있었다. 그는 맥거크에 가 본 적이 없었지만, 국내에서 순수한 과학 연구에 있어 록펠러와 맥코믹 연구소 다음으로 가장 건전하고 자유로운 조직이라 생각하고 있었다. 만약 그가 훌륭한 과학자들이 행복하고 완전히 비실용적인 연구에 영원히 헌신할 수 있는 천상의 연구소를 상상했다면, 맥거크의 모습으로 상상했을 것이다. 그는 그 연구소 소장이 그를 방문했다는 사실에 약간 기분이 좋았다.

드윗 텁스 박사는 코와 관자놀이와 손바닥을 제외하고는 눈에 보이는 모든 곳에서 엄청나게 수염과 털을 기르고 있었고, 키가 작지만 열정적인 털복숭이 스카치 테리어 같았다. 하지만 우스꽝스러운 수염이 아닌 위엄 있는 수염이었으며, 눈빛은 진지했고, 진지하게 잰 걸음을 하고 다녔으며, 걸음걸이는 간곡했고, 목소리는 스코틀랜드 백파이프처럼 엄숙했다.

"고틀립 박사님, 이렇게 뵈니 정말 기쁩니다. 저는 과학 아카데미에서 당신의 연구 발표를 들었지만, 저 자신의 불찰로, 지금까지 당신에게 제 소개를 미처 하지 못했습니다." 고틀립은 말할 때 당황하는 것처럼 들리지 않으려고 애썼다.

텁스는 정치극을 짜는 사람처럼 조교들을 바라보다가 "우리끼리 얘기 좀 나눌 수 있을까요?"라고 넌지시 말했다.

고틀립은 휘어진 레일과 갈색 화물차들이 즐비한 거대한 옆길이 내려다보이는 그의 사무실로 그를 안내했고, 텁스는 밀어 붙이듯 이렇게 말했다:

"우리는 당신이 매우 중요한 발견을 해내기 직전에 있다는 걸 우연히 알게 되었습니다. 당신이 학계를 떠나 자신의 의지로 상업 분야로 진출했다는 사실에 우린 모두 놀랐죠. 우린 당신이 우리에게 오는 것을 고려하길 바랐었습니다."

"날 영입할 수도 있었다구요? 내가 여기 올 필요가 전혀 없었단 말이죠?"

"당연하죠! 지금 우리가 들은 바로는, 당신은 상업적인 측면에 관심을 기울이지 않고 있다는데, 그렇다면 당신이 맥거크 연구소에 와서 우리와 함께 하도록 설득할 수 있을까 하고 생각하게 됐죠. 그래서 저는 기차에 몸을 싣고 여기까지 달려왔습니다. 우리 기관의 멤버가 되어 주시면 정말 좋겠습니다. 세균학 및 면역학과의 학과장으로요. 맥거크 씨와 저는 과학의 발전 이외에는 아무 것도 바라지 않습니다. 물론 당신은 자신이 최선이라고 생각하는 주제를 연구하는 데 있어서 절대적인 자유를 부여 받고, 제 생각에 우리는 이 세상 어디에서건 당신에게 가장 도움이 될 조교와 연구 재료를 공급할 수 있을 거라 봅니다. 보수에 대해서는, 제가 사업가처럼 굴고 어쩌면 투박하게 대할 수도 있음을 양해합니다만, 한 시간 내로 돌아갈 기차를 타야 하니까 급히 말씀드리는데, 헌지커에서 주는 믿을 수 없을 정도로 어마어마한 봉급을 드리지는 못할 거라고 예상합니다. 그러나 우리는 연봉 만 달러를 드릴 수는 있습니다만…."

"오, 세상에, 돈 얘기는 하지 마세요! 오늘부터 일주일 내로 뉴욕으로 가서 당신과 같이 일하겠습니다. 아시게 되겠지만"하고 고틀립이 말했다. "저는 여기서 정식 계약을 맺은 몸이 아닙니다!"

14장

윗실배니아여, 우리가 왔노라!

I

오후 내내 그들은 펄럭이는 마차를 몰며 오르락 내리락 하는 기나긴 대초원을 가로질렀다. 그들이 다니는 경로를 막는 건 아무 것도 없었다. 호수도, 산도, 공장이 들어선 도시도 없었다. 그리고 햇빛을 타고 산들바람이 그들 주위로 굽이치고 있었다.

마틴은 리오라에게 외쳤다. "마치 제니스 시의 모든 먼지와 병원의 보풀들이 내 폐에서 다 씻겨져 나간 것 같아. 다코타여. 진정한 남자의 고장. 개척자. 기회. 미국!"

풀이 무성하고 습기 찬 저지대에서 어린 초원 들꿩들이 일어 섰다. 그 새들이 밀밭을 휩쓸고 지나가는 것을 지켜보면서, 햇볕을 잔뜩 쬔 그의 영혼은 위대한 땅의 일부가 되었고, 윗실배니아에서 개업을 시작한다는 조바심에서 거의 벗어났다.

토저 부인은 음식에 설탕 가루를 입히면서 미소를 지으며 "너희들이 외출할 거라면, 저녁 식사 시간 6시 정각까지 돌아오는 거 잊지 말거라"라고 말했다.

메인 스트리트에서 장인 토저 씨는 그들에게 손을 흔들며 "6시까지 돌아와. 6시 정각에 저녁을 먹어."라고 소리쳤다.

버트 토저는 마치 시골 학교 교장이 교실 하나만 있는 교사에서 뛰어내리는 것처럼 은행에서 뛰쳐나와 호들갑을 떨었다. "그래, 저녁식사 시간 6시까지 돌아오는 걸 잊지 않는 게 좋을 거야. 그렇지 않으면 노인네는 발작을 일으킬 걸. 그 노인네는 둘이 6시 정각에 저녁식사를 할 거라 기대할 거고, 그가 6시 정각이라고 말할 때는 6시 정각이지, 6시 5분이 아니라는 뜻이라고!"

리오라는 "참 웃기네, 왜냐하면 윗실배니아에서 22년을 살면서 저녁에 6시에서 7분이나 늦게 나온 적이 세 번은 기억나거든. 여기서 나가는 게 어떨까, 샌디… 우리가 돈 아끼려고 가족이랑 사는 게 과연 현명한 선택이었을까?"

그다지 넓지는 않은 윗실배니아 경계를 벗어나기 전에 그들은 미래의 버트 토저 부인인 에이다 퀴스트를 지나쳤고, 나른한 공기를 통해 그녀의 목소리가 날카롭게 들려왔다. "6시까지는 집에 돌아 오는 게 좋겠어요."

마틴은 배짱을 부리고 싶었다. 그는 리오라에게 "우리는 아주 제대로 다 즐기고 나서야 귀가할 거야!"라고 말했다. 그러나 두 사람 모두 들들 볶는 목소리들 때문에 불안감이 축적되어, 잘 될 거야 하며 생각을 하는 족족 "6시 정각에 돌아오라"는 명령이 상기되었다. 그래서 토저씨가 평소보다 30초나 늦게 유제 공장에서 돌아왔을 때 그들은 6시 11분 전에 서둘러서 도착해 있었다.

그는 "제 시간에 돌아와 있으니 기쁘구나"라고 말했다.

"지금 서둘러 저 말을 마구간에 들여놓아라. 저녁은 6시야. 정각에!"

마틴은 이 상황을 잘 참아내고, 저녁 식사 자리에서 다음과 같이 매우 가정적인 어조로 들리게 말했다:

"오늘 마차 모는 건 힘들었습니다. 전 여기가 맘에 드는군요. 글쎄요, 저는 하루 하고도 절반을 빈둥거렸으니 이제는 바쁘게 돌아가야겠습니다. 먼저 해야 할 건, 제 진료실을 마련할 곳을 찾아야 한다는 것이죠. 어디 빈 사무실은 없을까요, 장인 어른?"

토저 부인이 밝게 말했다. "오, 좋은 생각이 있어, 마틴. 우리 말이죠, 밖에 있는 헛간을 개조해서 진료실을 만들어 주지 그래? 제 시간에 식사를 하러 집에 오기 아주 편리할 테고, 리오라가 외출하는지, 나와 리오라가 어딜 놀러 가는지, 자수 모임을 가는지 곧장 알 수 있을 걸."

"헛간에서요!"

"왜 안 되겠어, 그래, 오래 된 마구간 말이지. 벽과 천장 일부에 회반죽이 덜 되어 있으니, 멋진 타르 종이나 심지어 비버보드[1]로도 도배할 수 있겠네."

"장모님, 대체 제가 하려는 게 뭐라고 생각하시는 건가요? 저는 마구간 일 하러 고용된 사람도 아니고, 새알을 어디다 놓을지 찾는 애도 아니에요! 의사로서 진료실을 차릴 생각이라구요!"

버트는 세상 편하게 말했다. "여, 하지만 아직 의사가 아니잖아. 이제 막 첫 걸음을 디디고 있지."

"난 기막히게 좋은 의사라고! 아, 잠시 흥분해서 심한 말이 나왔네요, 죄송해요, 장모님. 그래도 말이죠, 전 대형 병원에서 밤을 새면서 수백명의 생명을 내 손으로 직접 살리고 있었던 사람이거든요! 제가 말씀드리려 했던 건 …."

"이거 봐요, 매제"하고 버티가 말했다. "우리가 기왕 돈을 쓸 때는 말이지 …, 아, 난 구두쇠 소리 듣고 싶진 않지만 그래도 돈은 어디까지나 돈이야… 우리가 투자한다면, 우린 어디에 그 돈을 쓰는 게 최선인지 결정해야 해."

---

1 비버보드, Beaverboard: 목재 섬유로 만든 판자 형태의 자재로, 간막이나 벽 도배용으로 쓰인다.

토저 씨는 사려 깊은 표정을 지으며 거침없이 말했다. "그렇다네. 위험을 무릅쓰는 건 말도 안 돼지. 그 빌어먹을 농부들은 밀과 크림 값으로 받을 수 있는 돈은 모두 다 받으면서 일하러 가버려서는 일부러 대출금에 대한 이자를 갚지 않거든. 맹세컨대, 이제는 담보 대출에 투자해도 별로 이익이 안 나는 것 같아. 괜히 허세 부릴 필요도 없고. 당연히, 멋지게 꾸며 놓은 바보 같은 곳보다는, 깔끔하고 단순한 작은 사무실에서 목 감기를 보거나 귀앓이 처방을 해주는 게 더 나을 거야."

장모가 "자네에게 헛간 내 괜찮은 장소가 있는지 봐 줄 것이니까, 자네는 …."

리오라가 끼어들었다: "저기요, 아빠. 단도직입적으로 말하겠는데, 우리가 적합하다고 생각하는 데에 제대로 쓸 수 있게 1,000달러를 빌려줬으면 좋겠어." 그 말에 가족들은 뒤집어졌다. "우리가 6%로 줄게… 아니, 안 줄 거야. 5% 줄게; 그걸로 충분해."

"그런데 대출금리는 6%, 7%, 심지어 8%나 되는데!" 버트가 떨리는 목소리로 말했다. "5%로 갚으면 충분하지. 그리고 우린 절대적으로 우리가 하고 싶은 대로 하고 싶은데. 그 종자돈을 어디에 쓸지, 예를 들어 진료실을 잘 꾸민다거나 또 다른 용도에 말이죠."

토저 씨가 다시 말하기 시작했다. "그건 바보 같은 짓이야. 예를 들어…."

버트는 말을 가로챘다: "오리, 너 미쳤구나! 우리가 네게 돈을 얼마 빌려줘야 할 것 같긴 하다만, 넌 반드시 가끔 우리한테 와서 빌려가야 할 거야, 또 우리 조언도 잘 들어야 할 거고…."

리오라가 발끈해서 일어섰다. "오빠나 아빠나 내가 말하는 대로 하라고. 딱 내가 원하는 대로 말이지, 아니면 마트 서방과 난 첫 차를 타고 제니스로 돌아갈 거야, 뻥 아니야! 거기 가면 우리 남편이 개업할 장소는 널렸어, 봉급도 많이 받을 거고, 그러니까 우린 그 누구에게도 의존할 필요가 없다고!"

많은 대화가 오갔고, 나눈 말의 대부분은 방금 전 나눈 내용과 거의 같았다. 일단 리오라가 계단으로 올라가 2층에서 짐을 싸기 시작했으며, 마틴과 그녀가 주먹을 휘두르며 냅킨을 흔드는 모습은 전체적으로 보면 마치 라오콘²과 영락없이 닮았다.

리오라가 이겼다.

그들은 진정이 되었고 아주 편안하게 법석을 피웠다.

"자네 트렁크는 역에 맡겼다가 찾아 온 것인가?" 토저 씨가 물었다.

"그걸 거기다 맡기다니 말도 안 돼, 하루에 2비트³씩 저장료를 지불하잖아!" 버트가 열받아 소리쳤다.

마틴이 말했다. "오늘 아침에 여기 갖다 놓았지요."

"오, 맞아요, 마틴이 오늘 아침에 그걸 배달하게 했죠." 토저 부인이 맞장구 쳤다.

"그것을 배달시켜? 자네가 직접 들고 온 것이 아니고?" 토저씨가 말했다.

마틴은 "네. 목재소를 운영하는 친구 더러 내 대신 그걸 끌고 오게 했지요" 라고 말했다.

버트는 "세상에, 맙소사, 손수레에 그것을 싣고 직접 운반해 왔으면 25센트를 아낄 수 있었다고!"라고 말했다.

리오라가 말했다. "하지만 의사 선생님인데 품위를 지켜야지."

"품위라, 젠장! 외바퀴 손수레를 몰고 오는 게 더러운 담배를 피우는 것보다 더 품위 있다는 걸 비난하네!"

---

2 라오콘, Laocoön: 트로이의 사제로, 트로이 목마를 들여올 때 반대하다가 아테나 신의 노여움을 사서 거대한 뱀에 자기 아들들과 함께 감겨서 죽는다.

3 2비트는 25센트를 말하는 속어다.

"음, 그나저나. 어디에 두었나?" 장인이 물었다.

"위 층 저희 방에 있어요." 마틴이 말했다.

"그 짐 풀고 나면 내용물을 어디에 두는 것이 좋을까요? 다락방은 꽉 차 있거든요."라고 장모가 장인에게 의견을 물었다.

"아, 마틴이 다락 안으로 집어넣을 수 있을 것 같은데요."

"헛간에 놔 둘 순 없나?"

"아이고, 그렇게 좋은 새 트렁크를 그런 곳에 두면 안 돼지!"

"헛간이 어때서?"라고 버트가 말했다.

"좋은 환경에 보송보송해. 헛간 내에 저렇게 좋은 공간이 많은데 거길 놔 두고 낭비한다는 건 부끄러운 일이야. 이제 너도 출가외인이고 하니 자기 남편이 일할 진료실을 저따위 장소에 차리게는 할 수는 없다 이거지!"

"버티." 리오라가 말했다. "난 우리가 할 일이 뭔지 알아. 넌 머리 속에 헛간만 가득 차 있네. 그럼 네가 일하는 오래된 마을 금고를 거기로 옮기시지, 마틴은 네 마을 금고 건물을 차지해서 진료실로 쓰고."

"그거랑 그건 완전히 다른 얘기잖아…."

"너네 둘 다 잘난 척, 똑똑해 보이려는 거 이제 그만해라," 라고 토저 씨가 화를 냈다. "너희들은 너네 엄마와 내가 너희처럼 투덕대고 법석 피우는 거 본 적이 한 번이라도 있냐? 자넨 언제 짐을 풀려고 하나, 사위?" 토저 씨는 헛간을 신경 쓸 수도 있고 트렁크를 신경 쓸 수도 있지만, 그는 그렇게 복잡한 두 가지 문제를 동시에 파악할 머리는 아니었다.

"오늘 밤에 짐을 풀 수 있겠네요. 오늘 푸나 내일 푸나 별 차이가 없다면요."

"글쎄요, 특별한 의미를 염두에 두고 한 말은 아니네만, 무슨 일인가를 시작하려면 당장 오늘…."

의사과학자 애로우스미스

"오, 그러건 말건 무슨 상관이냐고…?"

"저 이가 헛간으로 곧장 이사해 들어가는 대신에 사무실을 수소문 하기로 한다면, 한달 내내 매 일요일마다 짐을 풀 시간을 낼 수가 없다구요. 그리고 말이죠…."

"오, 맙소사. 그냥 오늘 밤 다 풀게요."

"그리고 제 생각엔 다락방에 다 집어 넣을 수 있을 것 같아요."

"이미 꽉 찼다고 말했는데.."

"저녁 식사 후에 가서 살펴볼게요."

"자, 그럼, 화제를 바꾸지. 내가 저 수륙 양용 보트를 들이려고 할 때 말이지…."

마틴은 아마도 정말로 소리를 지르지는 않았지만, 속으로는 자신의 비명소리를 들었다. 자유롭고 힘이 넘치는 이 땅은 오지로 멀리 떨어져 있었고, 오랜 세월 잊혀져 있었다.

❦ II ❦

진료실을 구하기 위해서는 사교 수완과 더불어 밝은 분위기의 식사를 하루에 세 차례 하면서 2주 정도를 보내야 했다. (이 일에 대해서만 처갓집이 일일이 잔소리를 한 것이 아니었다. 처가 식구들은 마틴이 하루에 움직이는 매 순간순간마다 감시의 눈을 번뜩였고, 그가 소화하는 것, 편지, 산책, 수선이 필요한 구두, 그리고 그 구두를 농부나 사냥꾼용 구두 수선공에게 맡기는지 여부, 그리고 수선하는 데 얼마를 지불해야 하는지, 그 수선공은 어느 종교 계파인지, 정치는 어느 쪽 성향인지, 결혼한 집안은 어떤 인맥인지까지도 일일이 잔소리를 했다.)

토저 씨는 처음부터 완벽한 사무실을 알고 있었다. 잡화점을 운영하는 노블럼 부부가 있는데, 그들의 집은 그 잡화점 윗층이었다. 토저 씨는 노블럼 부부가 이사를 생각하고 있는 걸 알고 있었다. 실제로 윗실배니아에서 토저 씨가 알지 못하거나 설명하지 못할 일이 일어나거나 일어날 기미라곤 전혀 없었다. 노블럼 부인은 낮에 집을 보는 것에 지쳤기에, 비슨 부인이 하는 하숙집에 가고 싶어 했다(집안에 들어와 계단을 올라가 오른쪽에 있는 현관 방에 가 보면 석고로 만든 벽이 있고 비슨 부인이 오토 크랙에게 7달러 35센트를 주고 구입한 멋진 작은 난로가 있었다. 아, 아니다. 7달러 45센트 였다).

그들은 노블럼 부부에게 찾아갔고, 토저 씨는 "의사 선생이 와서 그 잡화점 자리 윗층에다 의원을 차리면 괜찮지 싶어요, 노블럼 부부께서 삶에 변화를 줄 생각이라면 말이죠…." 라고 귀띔을 했다.

노블럼 부부는 서로를 바라보았다. 오랫동안 탈색되어 있고, 조심스러운 스칸디나비아 사람들 특유의 시선으로 바라보며, "잘 모르겠네요, 물론 그곳이 마을에서 가장 훌륭한 장소이긴 하죠"라고 툴툴거렸다. 노블럼 씨는 모든 가능성을 배제하고 만약 자기들이 이사를 고려한다면 가구 없이 빈 층인 그 공간에 월세 25달러를 요구할 것이라 했다.

토저 씨는 워싱턴이나 런던에 있는 토저 장관이나 토저 경이라도 된 양 음흉하게 킥킥 기뻐하며 국제 회의장을 나왔다:

"좋아! 좋아! 우리는 그가 알아서 하도록 만들었다구! 25 달러란 말이지. 그 말인 즉슨, 적절한 시기가 되면 우린 18 달러로 흥정을 시작해서 21달러 75센트로 낙찰을 본다는 뜻이렸다. 그에게 잘 해 주고, 시간 여유를 줘서 비슨 부인한테 가서 하숙 문제를 해결하게 하면, 딱 우리가 원하는 대로 될 거야!"

마틴은 "아, 만약 노블럼 부부가 결정을 내리지 못한다면, 다른 곳을 알아보죠"라고 말했다. "이글 사무실 건물 뒤에 빈 방이 몇 개 있어요."

"뭐라고? 노블럼 부부에겐 우리가 진지하게 임한다고 생각하게 해 놓고선, 다른 데를 알아 보는 바람에 평생 그들과 원수가 되라고? 지금 이렇게 하는 게 개업을 시작하는 데 좋은 방법일세, 그렇지 않은가! 그리고 단언컨대 나는 말이지 자네 때문에 노블럼 부부에게 조금이라도 욕을 먹고 싶지 않네. 여긴 제니스가 아닐세. 주위에 도와줘요 외치면 2분 내로 뭔가를 얻어낸다고 기대할 수 있는 그런 곳이 아니란 말일세!"

2주 동안, 노블럼 가족이 오래 전에 한 결정을 실행할 지에 대해 고민하는 동안, 마틴은 일을 시작하지 못하고 기다렸다. 그가 공인되고 인정받는 의원을 열기 전까지, 마을 주민 대부분은 마틴을 유능한 의사가 아니라 "저 앤디 토저의 사위"로 여겼다. 2주 동안, 그는 딱 한 번 진료 요청을 받았는데, 이발사 알렉 잉글블라드의 고모이자 가정부인 미스 아그네스 잉글블라드의 두통 때문이었다. 그는 기뻐했다, 버트 토저가 이렇게 설명할 때까지는:

"아, 그래서 그녀가 불렀단 말이지? 그 여자는 항상 의사 쇼핑을 하고 있어. 사실 멀쩡한데도, 항상 최신 의술을 시험해 보고 있지. 지난번에는 포드 자동차에서 알약과 연고를 파는 사람이 이곳에 왔었고, 그 전에는 더치맨스 포지에서 신앙으로 치유하는 미친 사람이 여기 왔었고, 그러고 나서 꽤 오랜 기간 동안 레오폴리스에서 온 접골사의 의사 노릇에 놀아났어. 비록 내가 보기에 이 접골사에게 무언가 신통력이 있는 것 같긴 했지만… 정식 의사들이 해결하지 못 하는 질병들을 꽤 많이 치료하긴 했거든, 그렇지?"

마틴은 그렇게 생각하지 않는다고 말했다. "오, 의사 선생님들이란!"하고 버트는 원래 농담을 잘하고 밝은 성격이라, 매우 익살스럽게 고음으로 이렇게 말했다. "당신네 의사 샘들은 다 똑같아, 특히 의대 졸업하고 나서 자긴 모든 걸 다 알고 있다고 착각하는 거 말이야. 척추 지압이나 전기 벨트나 뼈 교정기 같은 것에서 나름의 장점을 찾아내지 못하지, 왜냐하면 그런 것들은 의사들에게서 꽤 많은 수입을 앗아가니까."

자, 한때는 의학적 기준에 대해 빈정대서 앵거스 듀어와 어빙 워터스를 격분시켰던 마틴 애로우스미스가 비열하게 싱긋 웃고 있는 버트 토저를 향해 모든 의사들은 자비심과 과학 지식을 갖고 있음을 강변하는 모습을 보시라. 그 어떤 약도 헛되이 처방되는 일이란 없었으며(적어도 위네맥 의대 출신 그 어떤 이도), 그 어떤 수술도 불필요하게 행해진 적이 없었다고 말이다.

그는 버트의 그런 언행을 이제까지 실컷 봐 왔다. 마을 금고 주변에 앉아 진료 요청할 이를 기다리며 그의 손가락은 붕대를 감고 싶어 근질거렸다. 에이다 퀴스트는 여길 자주 방문했는데, 그럴 때마다 버트는 계산 일 하던 걸 한 켠에 제쳐두고 그녀와 능청을 떨었다:

"의사 선생님이 여기 계실 때는 머리 속에 생각하는 것 조차도 조심해야 해, 에이다. 항상 내게 말하길, 엄청난 양의 신경과 지식과 독심술에 대해 많이 알고 있다고. 그렇지, 마트? 난 하도 무서워서 저기 금고 비밀번호 조합도 바꿨다니까."

"흥!"하고 에이다가 말했다. "몇몇 사람들을 속일 수도 있지만 나를 속일 수는 없을 걸. 이론이야 누구나 책에서 배울 수 있지만, 실전은 다른 얘기야. 마트, 제가 말해 주겠는데요, 저기 레오폴리스 출신의 늙은 닥터 윈터가 가진 실전 지식의 10분지 1만 아셔도 제 예상보다 훨씬 장수할 걸요!"

그들은 함께 마틴에게 지적하길, 제니스에서 수련을 받아 매우 "어마 무시하게" 똑똑한 인물이 되어 우리 같이 지저분한 시골뜨기 농부들에게 콧대를 세우는 사람 치고는 스카프를 참으로 후지게 묶었다고 하였다.

버트의 짓궂음에 에이다도 좀 거들면서 그 둘이 마틴을 살살 긁는 짓은 저녁 식사 시간에도 계속 되풀이 되었다.

"사위 좀 적당히 괴롭히게. 그래도 넥타이 건은 꽤 귀여웠구먼. 내 생각에 마트는 자기를 좀 불량스럽다고 생각하는 것 같아"하며 장인이 웃었다.

리오라는 저녁 식사 후 마틴을 한쪽으로 데리고 갔다. "여보, 참을 수 있어? 가능한 한 빨리 독립해서 집을 갖자. 아니면 확 떠 버릴까?"

"나는 고까워도 참을 거야!"

"음. 그럴지도 몰라. 자기야, 버티를 패 버리려면 조심해야 해. 우리 가족들이 자길 교수형에 처할 거야."

그는 어슬렁거리며 현관으로 갔다. 그는 이글 사무실 빌딩 뒤에 있는 방들을 보기로 결심했다. 노블럼 부부가 결심할 때까지 기다릴 수도 없었다. 비록 그가 보기에 그들이 일단 원한을 가지면 그를 작살낼 지도 모를 그런 섬찟하고 끈질긴 인물들이자, 현실적인 세상인 이 윗실배니아에 유일하게 어두운 그림자를 드리우는 엄청난 초자연적 존재들이었지만 말이다.

그는 늦은 시각 음울한 불빛 속에서 어느 한 남자가 쭈빗거리고 그의 눈치를 보며 집 앞 널판지로 된 보도를 밟으며 오고 있는 걸 알아차렸다. 그는 러시아계 유대인으로 동네에 "현자 폴락"으로 알려 있는 이였다. 열차 선로에 인접한 그의 가게에서 은괴와 자동차 공장 주식을 판매했고, 농지와 말 그리고 사향쥐 가죽을 거래했다. 그가 외쳤다. "바로 당신이시오, 의사 선생?"

"넵!" 마틴은 흥분했다. 앗싸, 환자다!

"있잖아요, 저와 함께 좀 가주시면 좋겠어요. 제가 당신에게 얘기해 주고 싶은 게 몇 가지 있어요. 아니면 저기, 내 집에 가서 내가 최근 구입한 시가 신제품을 시험삼아 피워 보시던가요." 그는 '시가'라는 단어를 강조하였다. 노스 다코타는 모할리스와 마찬가지로 술도 안 마시는, 이론 상 메마른 지역이었다.

마틴은 기뻐했다. 오랫동안 술도 안 마시고 근면하게 지냈으니까!

와이즈의 가게는 메인 스트리트에서 반 블록 떨어진 곳에 그다지 후지지 않게 지어진 단층 구조물로, 가게와 활짝 펼쳐진 밀밭 사이에는 철길 하나만 지나가고 있었다. 거기에는 오래동안 쩔은 파이프 담배 냄새 아래 기분 좋은 향기가 나는 소나무가 줄지어 있었다. 와이즈는 윙크를 했다. 그는 눈짓을 했는데, 뭔가 비밀스럽고, 신뢰할 수 없는 느낌을 주는 사람이었다. 그는 이렇게 중얼거렸다. "내 생각엔 선생이 일류 켄터키 버번의 짜릿함을 조금은 견딜 수 있을 것 같은데요?"

"음, 그 정도 마시고 취해서 개가 될 것 같진 않군요."

와이즈는 너저분한 창문 가리개를 내리고 뒤틀린 책상 서랍에서 병을 꺼내 둘 다 마셨고, 손바닥으로 빙글 돌리며 병 입구를 닦았다.

그리고 와이즈는 불쑥 말했다:

"이거 봐요, 의사 선생. 선생은 여기 시골뜨기들과는 다르잖아요. 때때로 의도하지 않게 꼬인 일에 누군가가 말려 든다는 것 정도는 잘 알잖소. 그냥 간단히 말하리다. 내가 광산 주식을 너무 많이 팔아 놔서, 구입자들이 내게 들이닥칠 거요. 난 이사 가야 해요… 젠장… 아마도 이번에는 꽤 오랜 기간 동안 잠수 탈 것 같아요. 자, 나는 선생이 개업 자리를 알아보고 있다는 얘길 들었죠. 여기가 가장 딱일 겁니다. 딱이죠! 이 방에 더해서 뒤쪽에 방이 두 개 더 있어요. 제가 세를 주지요, 가구와 더불어 모든 필요한 거 일체까지 다 쳐서 월 15달러에 해 드리리다, 선생이 내게 1년치를 선불로 준다면요. 오, 이거 개수작 아니에요. 당신 처남이 내 사유 재산 상태에 대해 모두 파악하고 있어요."

마틴은 사업가처럼 냉정히 임하려고 애썼다. 그는 곧 돈을 투자할 젊은 의사, 윗실배니아에서 가장 거물급 인사들 중 하나가 될 이가 아니었는가? 그는 귀가했고, 처가 식구들은 초록색 데이지 꽃을 분홍색 유리컵에 넣은 채 응접실 램프 아래에서 그의 얘기를 집중해 들었다. 버트는 입을 헤 벌리며 몸을 굽혔다.

그리고 말하길, "1년 동안 임대하는 것이 안전하겠지만 중요한 건 그게 아니야"라고 말했다.

장인이 불편한 어조로 말했다. "그래, 그게 중요한 게 아니지! 노블럼 부부와 척을 지다니, 이제 그들이 사위에게 그 집을 세 주겠다고 거의 결심을 굳히고 있는데도 말이지? 내가 그렇게나 고생이란 고생은 다 했는데, 날 바보로 만든다고?"

그들은 거의 10시까지 그 문제를 가지고 몇 번이나 검토했지만 마틴은 단호했고, 다음날 와이즈의 가게로 들어가기로 계약을 했다. 난생 처음으로 그는 완전한 자신의 집, 자신과 리오라가 살 집을 얻게 됐다.

자기의 소유물이라는 자부심 속에 이 건물은 지상에서 가장 장엄한 건물이었고, 바위와 잡초와 문고리 하나하나가 그에겐 특별하고 사랑스러웠다. 해가 질 무렵 그는 뒷문 계단(사실은 아주 재미있게 생기고 그다지 많이 부서지지 않은 비누 상자)에 앉아 있었다. 타오르듯 눈 부신 지평선으로부터 탁 트인 밀밭이 가느다란 철길을 가로 질러 그의 발 아래까지 펼쳐져 있었다. 갑자기 리오라가 그의 옆에 왔고, 그의 목을 팔로 감쌌으며, 그는 그들의 미래에 펼쳐질 모든 영광에 대해 찬가를 불렀다.

"내가 부엌에서 뭘 찾았는지 알아? 아주 오래된 나사 송곳인데, 조금도 녹슬지 않았어. 이걸로 박스 하나를 가져다가 시험관 놓는 선반을 만들 수 있겠어… 오로지 내 전용으로!"

15장

시작, 그리고 반전

I

학창 시절 디감마 파이 동아리의 심기를 불편하게 만들었던 "의료 장사치"들에 대한 거부감을 떨쳐내면서, 마틴은 저지 시에 있는 신 아이디어 의료 기구 및 가구 회사의 카탈로그를 면밀히 읽어보고 있었다. 잘 만들어진 카탈로그였다. 광택이 나는 초록색 표지에는 젊은 임상 의사들 모두를 사랑했던 동그랗고 재기 넘치는 외모의 회사 대표 초상화가 빨간 색과 검정 색으로 그려져서 실려 있었고, 총지배인이자 과학의 발전에 그의 모든 고된 밤과 낮을 고스란히 바친 시체처럼 창백한 안색의 학자, 그리고 부대표이자 마틴의 모교에서 교수를 역임했던 로스코 지크도 있었는데, 생기 있고, 외눈 안경을 쓰고, 진보적인 현대성을 자신만의 개성으로 지니고 있었다. 그 표지는 또한 놀라울 정도로 좁은 공간에, 많은 양의 시적인 산문과 다음과 같이 영감을 주는 약속의 글들을 담고 있었다:

"의사 선생님, 기업적인 사고방식과 어긋나는 의견에 속지 마십시오. 환자에게 좋은 인상을 강렬하게 주고, 진료를 수월하게 해 주며, 부와 명예를 가져다 줄 장비를 바로 '당신'이 갖추지 못 할 이유는 없습니다. 전문직을 이끄는 리더들과 2류들을 구분 지을 모든 최고급의 공급 물품들은 바로 '당신'의 손이 '당장' 미치는 범위 내에 있으며, 이는 저 유명한 신 아이디어 금융 시스템이 뒷받침 해 줍니다: '아주 조금만 리스 비용을 투자해 주시면 나머지는 알아서 해 드립니다. 신 아이디어 사의 기구가 당신에게 가져다 줄 많은 수입 중에서 아주 조금만요!'

그 윗부분에는 월계관과 이오니아 수도가 그려진 테두리의 경계 안에 다음과 같은 도발적 문구가 써 있었다:

군인이나 탐험가 혹은 정치가들의 명예가 아니라 의사를 감동시킬 수 있는 이를 위해 노래하십시오. 지혜롭고, 영웅적이며, 누구나 갖고 있는 탐욕에 물들지 않은 이들을. 선생님, 우리는 겸손히 당신에게 경의를 표하며, 이에 가장 최신 카탈로그를 제공하고자 합니다. 이는 우리 회사 산하 외과 자재 보급소 그 어느 곳에서도 다 제공됩니다.

뒷면 커버도 초록색과 빨간색으로 화려하지는 않았지만 역시 자극적이었다. 빈들도르프 편도선 절제술 장비와 전기 캐비닛의 그림을 보여주며 다음과 같이 제시했다:

선생님, 편도선 제거를 하려면 환자분들을 전문가에게 보낼 건가요, 혹은 전기 치료 등을 하라고 요양원에 보낼 건가요? 그렇다면, 지역 내 발전된 의료 분야에서 뛰어난 능력을 보여줄 기회를 놓치고 있으며, 많은 수입을 잃고 있는 것입니다. 당신은 최고 수준의 의사가 되고 싶지 않나요? 여기 그렇게 될 수 있는 길이 활짝 열려 있습니다.

빈들도르프 장비는 유용할 뿐만 아니라 매우 근사하며, 자신을 돋보이게 하여 그 어떤 의원에도 품위를 부여합니다. 빈들도르프 장비와 신 아이디어 만병통치 전기 치료 캐비닛을 설치함으로써 (자세한 건은 34쪽과 97쪽 참조) 당신은 수입을 연간 천 달러에서 만 달러로 늘릴 수 있으며, 온갖 수고를 다해 병변 부위를 꾹꾹 막는 것 보다 훨씬 더 높은 만족감을 환자에게 드릴 수 있습니다.

선생님, 이제 그만 하늘나라로 오라는 주님의 위대한 부름이 당신 귀에 들려오고, 살아 생전 쌓아놓은 당신의 업적에 보상을 받을 순간을 직면하게 된다면, 프리메이슨 식 화려한 장례식을 치르며 당신에게 치료받아 감사해 하는 환자들로부터 헌사를 받는 걸로 만족하실 겁니까, 당신의 자녀와 당신의 충실한 조강지처가 향후 살아가기 충분한 돈을 저축해 놓지 못했는데도 말이죠?

당신은 눈보라와 8월의 더위를 뚫고, 보라색으로 그늘진 슬픔의 베일 속으로 들어가, 환자들의 생명을 구하기 위해 새까만 망토를 두른 어둠의 권력자들과 뒤엉켜 싸울 수도 있지만, 그러한 영웅적 행위는 현대 의학의 발달 없이는 불완전하며, 빈들도르프 편도선 절제술 장비와 신 아이디어 만병통치 전기 캐비넷을 사용하면, 그리고 약간의 구입 비용만 치르면 보답을 받을 수 있고, 의학 역사 상 가장 편안한 조건으로 안착하실 수 있습니다!

❦ II ❦

마틴은 이 열정적이고 시적인 광고 문구들에 별 감흥을 받지 않았다. 왜냐하면 그가 시적인 문구에 대해 가진 생각은 전기 캐비넷에 대해 업신여기는 수준과 같았기 때문이었다. 그래도 그는 들떠 가지고 철제 스탠드, 살균기, 플라스크, 시험관, 그리고 일단 걸기만 하면 진찰대에서 수술대로 둔갑하는 마법을 부리는 레버와 기어가 갖춰진 흰색 에나멜로 칠한 기계장치를 주문했다. 그는 원심 분리기 사진을 의원 내에 걸기를 무척 원했지만, 반면에 리오

의사과학자 애로우스미스

라는 "바르셀로나 롱웨어 정품 가죽을 덧씌운 훈증으로 그을린 멋진 응접실용 7-피스 오크 세트[1]를 사다 놓으면 자기 진료실이 더 품위 있어질 거야. 그 어떤 고급 뉴욕 전문의 의원과 견주어도 눈에 띌 것"이라고 하였다.

"아, 환자들이야 그냥 평범한 의자에 앉게 하면 되지"라고 마틴이 투덜거렸다.

장모님이 다락방에서 응접실에 둘만한 낡은 의자들과, 오래된 책장을 발견하였다. 리오라가 그 서가를 분홍색 무늬의 종이로 장식하자 품위 있는 도구 보관장으로 변신했다. 진찰용 의자가 배달될 때까지 마틴은 와이즈가 쓰던 울퉁불퉁한 소파를 사용했는데, 리오라는 그 의자를 흰색 기름 천으로 부지런히 닦았다. 작은 사무실 건물의 앞쪽 방 뒤에는 이전에는 침실과 부엌이었던 두 개의 칸막이 방들이 있었다. 마틴은 이를 상담실과 실험실로 만들었다. 휘파람을 불면서 그는 유리제품을 보관할 선반들을 톱으로 잘라내며 만들었고, 버려진 등유 난로의 오븐을 유리제품을 살균하기 위한 열풍 오븐으로 바꿨다.

"하지만 이해해줘, 여보. 나는 그 어떤 기존의 과학 연구를 모방하는 짓은 하지 않아. 난 다 해봐서 그런 모든 것에 통달 해 있거든."

리오라는 천진난만하게 웃었다. 그가 일하는 동안 그녀는 밖에 나가 높게 자란 야생 풀밭에 양 손을 발목에 두른 채로 앉아 대초원 바람 냄새를 맡았지만, 매 15분마다 들어와야 했고, 그 때마다 감탄했다.

저녁 시간에 장인이 소포 하나를 집으로 가지고 왔다. 가족들은 웅성대며 그걸 열어 보았다. 저녁 식사를 마치고 마틴과 리오라는 배달된 이 새로운 보물을 의원으로 옮겨 놓고 적절한 자리에 못을 박아 고정시켰다. 그것은 유리

---

1 7-piece Reception Room set: 소파와 탁자 수를 다 합해서 일곱 개인 응접실 구성 세트를 말한다.

명패였고, 금박 글자로 "M. Arrowsmith, M.D. (의사 M. 애로우스미스)"라고 쓰여져 있었다. 그들은 이를 올려다 보면서 서로 팔을 두르고 나직하게, 그리고 경건함을 담아 낄낄거리며 말했다. "그리하여… 드디어… 우히힛!"

그들은 뒷문 계단에 앉아, 마침내 처가에서 독립했다는 사실에 기뻐하였다. 철로를 따라 화물열차가 경쾌하게 덜컹거리며 지나갔다. 기관차 칸에 있던 기관사와 붉은 색의 승무원 칸에 있던 제동수가 그들에게 손을 흔들었다. 열차가 지나간 후에 귀뚜라미 우는 소리와 저 멀리 떨어진 곳에서 들리는 개구리 울음소리 외에는 모두 적막에 쌓였다.

"이렇게 행복했던 적은 난생 처음이야"라고 그는 중얼거렸다.

⋘ III ⋙

그는 제니스 시절 자신이 쓰던 옥스너 수술 케이스를 가지고 왔다. 그가 기구들을 놓았을 때, 그는 얇고, 날카롭고, 빛나는 비스터리 메스, 탄탄한 힘줄 절단용 칼, 섬세한 곡선의 바늘들을 보며 감탄했다. 그것들과 함께 치과용 겸자도 있었다. 아빠 실바는 그의 제자들에게 이렇게 경고를 해왔었다. "잊지 마세요. 동네 의사는 종종 의사뿐만 아니라 치과의사, 네, 맞아요, 그리고 신부, 이혼 변호사, 대장장이, 운전 기사, 도로 기술자가 되어야 한다는 것을요. 그리고 만약 그러한 과외 업무를 직접 하기가 좀 그렇다면, 최소한 전차 운행 노선과 미용실에서는 멀어지지 마세요." 마틴이 새로 차린 의원에서 받은 첫 번째 환자이자, 윗실배니아의 두 번째 환자는 목수 닐스 크라그였는데, 그는 푹 패인 치아로 으르렁거리고 있었다. 이는 유리 명패를 걸기 일주일 전의 일이었기에, 마틴은 리오라에게, "벌써 시작이야! 자긴 이제 환자들이 우르르 몰려오는 걸 보게 될 거야."라고 기뻐했다.

그러나 환자들이 대거 몰려오는 건 보지 못했다. 열흘 동안 마틴은 그의 뜨거운 공기가 나오는 오븐을 만지작거리거나 책상에 앉아 책을 읽으며 바쁜 척 하며 지냈다. 첫 환자로 기뻐했던 감정은 초조함으로 변했고, 적막함과 고요함에 비명을 지르고도 싶었다.

어느 늦은 오후, 그가 우울한 마음으로 집에 갈 준비를 하고 있을 때, 진료실로 스웨덴 계 농부 하나가 궁시렁대면서 쿵쾅거리며 들어와 투덜거렸다. "선생님, 내 엄지 손가락에 낚시 바늘이 하나 꽂혔는데, 겁나게 부어 올랐네요." 제니스 종합 병원의 인턴으로 이런 사례를 하루에도 수없이 보던 시절의 애로우스미스라면, 손을 드레싱하는 것쯤은 담배 피게 불 좀 빌려 줄래 하는 것보다도 하찮은 일이었겠지만, 지금의 윗실배니아 동네 의사 애로우스미스 입장에서라면 전력을 쏟아서 해야 하는 시술이었다. 그렇게나 그 농부는 매우 중요하고 매우 매력적인 환자인 셈이었다. 시술 완료 후 마틴은 그 농부의 왼손을 격하게 흔들어 보고 쾌활하게 말했다. "이제 앞으로 뭔가 문제가 생기면 그냥 제게 전화만 하시면 돼요."

그가 평소에 생각해 오던 것이 있는데, 우리 선생님 하고 추앙하며 몰려오는 환자들이 그런 건 정당하다고 인정해 줄 바로 그거, 리오라와 그가 꼭 하고 싶어 하던, 그 둘이 밤에 침상에서 속삭이며 의논해 왔던 바로 그것이었다. 동네에서 왕진 요청이 있을 때마다 몰고 나갈 자동차를 하나 사는 것.

그들은 프레이져 네 가게에서 그들이 염두에 둔 그 차를 본 적이 있었다.

그것은 5년 된 포드 자동차로, 찢어진 덮개와 진액으로 덮인 끈끈한 모터, 그리고 스프링을 만들어 본 경험이 없었던 대장장이가 만든 스프링을 갖추고 있었다. 유제 공장에서 칙칙폭폭 거리는 가스 엔진 다음으로 윗실배니아에서 가장 친숙하게 들리는 소리는 프레이져가 그의 포드 자동차 문을 닫는 소리였다. 그는 가게에 주차한 차 문을 단호하게 닫았는데, 집에 몰고가기 전에 승차하면서 그는 항상 반복해서 세 번이나 문을 닫아야 했다.

하지만 마틴과 리오라에게 있어서는, 떨리는 마음으로 차와 새 타이어 세 개, 그리고 경적 하나를 샀을 때, 이 차는 지구상에서 가장 멋진 차량이었다. 이 차는 그들의 것이었고, 그들이 원하면 언제 어디라도 갈 수 있는 수단이었다.

캐나다 호텔에서 여름 아르바이트를 하는 동안 마틴은 포드 스테이션 왜건을 운전하는 법을 배웠지만, 리오라에게는 첫 운전이었다. 버트가 너무나 많이 이래라 저래라 하기에 그녀는 집에 있는 오버랜드 자동차 몰기를 거부했었다. 처음 운전대에 앉아서, 연료 조절 스틱을 새끼 손가락으로 움직여서 자신의 손바닥에 이 차가 작동하는 힘과 자기가 가고 싶은 곳에 가능한 빨리 (감당할 수 있는 속도로) 갈 수 있게 하는 마법을 느낄 때, 그녀는 마치 기러기처럼 날아 갈 수 있다는 생각이 들었고, 길게 펼쳐진 모래 벌판까지 가서 시동을 껐다.

마틴은 마을에서 악명 높은 운전자가 되었다. 마틴이 모는 차에 동승한다는 것은 곧 모자를 바싹 부여잡으며 눈은 질끈 감고서 죽음을 기다린다는 걸 뜻했다. 분명히 그는 코너를 돌 때 더 속도를 내서 더 재미있게 즐겼다. 차를 몰고 가는 전방에 다른 자동차에서 노란 강아지에 이르기까지 무엇이건 눈앞에 보이면, 그는 엄청나게 흥분하여 다 따라 잡아 추월 해서야 광란의 질주를 멈추었다. 마을 사람들은 그에게 "저 젊은 의사 선생 정말 대단한 운전자야, 좋지"하고 경의를 표했다. 그들은 상냥하게 관심을 가지고 그가 그렇게 차를 몰다가 비명횡사했다는 소식이 들려오길 기다렸다. 아마도 그의 의원으로 방문하게 된 첫 십여 명의 환자들 중 절반은 그가 차를 모는 모습에 경외심을 느껴서 왔을 가능성이 있었고 - 나머지는 심각하지 않은 질환으로 왔을 것이었다. 그의 병원은 흐로닝언의 헤셀링크 박사 병원보다 더 가까운 곳에 있었으니까.

의사과학자 애로우스미스

೪ IV ೪

그는 그를 추앙하는 첫 번째 무리들을 만듦과 동시에 첫 번째 적들도 만들었다. 그가 거리에서 노블럼 부부를 만났을 때는 (윗실배니아에서 매일 모든 마을 사람들 하나하나와 마주치지 않기란 어려운 일이었으니), 서로 빤히 쳐다 보며 지나갔다. 그러고 나서 그는 피트 예스카(Pete Yeska)와 척을 지게 되었다.

피트는 소위 "약국"을 운영했는데, 주로 캔디와 사이다, 특허 받은 의약품, 파리 끈끈이, 잡지, 세척기, 그리고 포드 자동차 액세서리 판매에 전념했다. 그가 우체국장 일도 하지 않았으면 그는 쫄쫄 굶었을 지도 몰랐다. 그는 주장하길, 자기는 자격증 있는 약사라고 했으나, 마틴이 낸 처방을 제대로 반영 못하고 너무나 엉망으로 조제를 하는 바람에, 마틴은 그 약국으로 불쑥 들이닥쳐서 그에게 좋게 좋게 타일렀다.

피트는 이에 말하길 "이 젊은 의사양반 참 날 피곤하게 하는군요. 난 말이죠 당신이 요람에 있을 때 이미 처방전을 받아 조제하고 있었다구요. 한 때이 마을에 계셨던 나이 지긋한 의사 샘은 내게 모든 걸 믿고 맡기셨죠. 내가 하는 방식이 맞으니까, 당신이나 그 어떤 설익은 풋내기를 위해 내 방식을 바꿀 생각은 추호도 없어요"라고 하였다.

그 후 마틴은 세인트 폴에서 약품을 구입해야 했고, 자신의 작은 실험실을 빽빽하게 채우고서 알약과 연고를 손수 준비해야 했으며, 거의 사용되지 않는 시험관과 현미경 벨 유리에 먼지가 쌓이는 것을 향수에 젖어 바라보았다. 그 와중에 피트 에스카는 노블럼 가족들이 하는 험담에 가세해서 이렇게 입소문 내고 다녔다. "여기 새로 온 의사는 실력이 별로예요. 헤셀링크 샘에게 계속 가는 게 나을 걸요."

⸎ V ⸎

그 주일은 너무 환자가 없고 썰렁했기에, 새벽 3시에 처가집에서 자다가 전화벨이 울리자 마틴은 마치 사랑의 메시지라도 기다리고 있었던 양 후다닥 전화기로 달려갔다.

떨리는 쉰 목소리: "의사 선생님과 통화하고 싶은데요."

"예, 예. 제가 그 의사입니다."

"저는 헨리 노박이라는 사람인데요, 거기서 북동쪽으로 4마일 떨어진 레오 폴리스 도로에 삽니다. 제 어린 딸 메어리가 목이 굉장히 아픕니다. 제 생각 엔 아마 크룹²같은데, 꽤 심각해 보여요. 그래서 말인데… 바로 이리로 와 주 실 수 있을까요?"

"물론이죠. 당장 그리 가겠습니다."

4마일이라… 8분 내로 도착할 것이다.

첫 번째 야간 콜을 받은 것에 대해 리오라가 좋아서 환하게 웃고 있는 가 운데, 그는 낡은 갈색 넥타이를 옷장에서 끌어 내서 신속하게 옷을 입었다. 포드 자동차에 격렬하게 시동을 걸고, 요란하게 소리를 내며 기차역을 지나 거대한 밀밭을 통과했다. 계기판을 보니 6마일을 왔음을 인지하고 속도를 늦 추며 집집마다 있는 메일 박스를 보며 이름을 일일이 확인하다가, 그는 길을 잘못 들었음을 깨달았다. 그는 농장 진입로로 들어가 버드나무 아래에 주차 하였고, 차 헤드라이트는 움푹 패인 밀크 캔 더미와 부러진 수확기 바퀴, 장 작 다발, 그리고, 대나무 낚싯대가 쌓여있는 곳을 비추고 있었다. 헛간에서

---

2 Croup 또는 laryngotracheobronchitis인데, 소아에서 대개는 바이러스 감염으로 인해 후두, 기관, 그 리고 기관지에 걸쳐 생기는 염증 질환이다. 세균에 의해 발병하기도 하는데, 이 때는 디프테리아인 경우 가 많다. 마치 강아지 짖는 것 같은 기침 소리가 특징이며, 제대로 치료하지 못 하면 기도가 막혀 죽을 수 도 있다.

250   의사과학자 애로우스미스

털북숭이 잡종 개 한 마리가 맹렬히 짖으며 차를 향해 뛰어올랐다.

인상 찌푸린 표정으로 누군가 머리를 1층 창문으로 내밀었다. "무슨 일이시죠?"라고 스칸디나비아 억양으로 소리쳤다.

"의사인데요, 헨리 노박씨는 어디 사시나요?"

"오! 닥터! 닥터 헤셀링크?"

"아니요! 닥터 애로우스미스입니다."

"오, 닥터 애로우스미스. 윗실배니아에서 온 그 분? 음, 노박 씨 집 바로 근처까지 가셨군요. 이제 일 마일 정도 되돌아가서 벽돌로 된 학교 건물에서 우회전 하시면 그 길 위로 40개 정도의 막대기들이 늘어서 있어요. 시멘트로지은 저장고 지요. 헨리 네에 누구 아픈 사람 있나 보죠?"

"예, 예. 따님이 크룹에 걸렸다네요. 감사합니다."

"우회전 해서 쭉 가세요. 찾기 쉬워요."

"찾기 쉬워요"라는 끔찍한 말을 들은 사람이 정말로 길을 찾았던 사례는 아마 없을 것이다.

마틴은 포드 자동차를 돌려서 깎아 놓은 풀밭을 가로질러 덜컹거리며 도로를 거슬러 올라가 학교 건물에서 아까 가르쳐준 쪽이 아닌 반대쪽에서 코너를 돌았고, 목초지 사이의 늪 같은 오솔길을 따라 반 마일을 달리다 한 농가에 멈추었다. 놀라울 정도의 적막 가운데, 암소들이 먹이를 먹는 소리가 들렸고, 백마 한 마리가 어둠 속에서 깜짝 놀라 머리를 들고 의아한 듯이 그를 바라 보았다. 그는 차 경적을 마구 눌러서 그 농가 사람들을 깨울 수 밖에 없었고, 화가 잔뜩 난 그 집 농부가 "거기 누구야? 나 산탄총 있어!"하며 그를 다시 시골길로 쫓아냈다.

그가 고랑 길 진입로로 들어서서 등불을 뒤에 두고 문 앞에 쭈그리고 있는 한 남성을 보았을 때는 전화 받고 40분이 지나 있었다. 그 남자는 "그 의사 선생님? 제가 노박입니다."라고 말했다.

그는 흰색 회반죽을 바른 벽과 엷게 니스 칠을 한 소나무로 새로 단장한 침실에 있는 아이를 발견했다. 철제 침대, 곧은 의자, 성녀 안네의 성화[3], 그리고 흔들거리는 받침 위에 얹힌 무영등 하나가 최근 증축한 이 방 안에서 불빛을 비추고 있었다. 어깨가 두툼한 한 여인이 침대 옆에 무릎을 꿇고 있었다. 그녀가 고개를 들어 눈물로 얼룩져 붉게 상기된 얼굴을 보이자 노박은 이렇게 재촉하듯 말했다:

"이제 더 이상 울지마; 그분이 오셨어!" 그리고 마틴에게 말했다:

"우리 애 상태가 꽤 나쁘지만 우린 할 수 있는 걸 다 했습니다. 어제와 오늘 밤 우린 딸아이 목에 따뜻한 증기를 쐬게 했고, 이젠 우리 부부가 자는 침실로 옮겼지요!"

메리는 일곱 살이나 여덟 살짜리 아이였다. 마틴이 보니, 입술과 손가락 끝이 파랗지만 얼굴에는 홍조가 없었다. 그녀는 숨을 내쉬기 위해 몰아 쉬기 위해 몸부림치며 괴로워하다, 탁하고 무섭게 뻣뻣해졌다가 기침을 하며 회색 반점이 점철된 침을 토해냈다. 임상 체온계를 꺼내 전문가다운 모습으로 그걸 흔들면서 마틴은 걱정이 되기 시작했다.

그가 일단 진단 내리기에, 이건 후두 크룹 아니면 디프테리아였다. 아마도 디프테리아에 더 가까웠다. 그렇다면 지금 세균 여부를 배양을 통해 검사해서 한가하게 진단할 시간이 없다. 치료를 맡은 실바가 이 방에 들어와 비인간적 완벽주의자 고틀립을 몰아냈다. 마틴은 헝클어진 침대에 누워있는 아이에게 초조하게 몸을 구부리고, 아무 잡념 없이 몇 번이고 맥박을 재 보았다. 제

---

3 St. Anne: 정식 성경에는 수록되어 있지 않지만, 성모 마리아의 친모, 즉 예수의 외할머니이며, 훗날 신자들에게 성녀로 대우 받았다. 어린 아이들, 특히 손자 손녀들의 수호신 역할을 하는 셈이며, 이 성화도 그런 의미로 걸어놓은 듯 하다.

니스 종합병원에서 사용하던 장비들, 자길 도와주던 간호사들, 앵거스 듀어가 해 주던 너무나 확실한 조언들이 없으니 그는 자기가 속수무책임을 느꼈다. 갑자기 그는 외딴 시골에서 일하던 그 의사가 존경스러워졌다.

그는 결단을 내려야 했다. 한번 결정하면 돌이킬 수 없고 아마도 위험부담이 큰 그런 결정을. 그는 이런 경우에 디프테리아 항독소를 사용하곤 했었다. 그러나 윗실배니아에 있는 피트 예스카 네 약국에서는 구할 수 없는 게 확실했다.

레오폴리스라면 어떨까?

그는 노박에게 "빨리 '전화' 걸어서 레오폴리스의 약사인 블래스너를 제게 연결해 주세요"라고 할 수 있는 한 최대로 침착하게 말했다. 그는 블래스너가 한밤중에도 운전해 와서 항독소를 이 의사 선생님인 자신에게 정중히 가져다주는 모습을 상상하고 있었다. 노박이 농장 전화기에 대고 으르렁거리는 동안, 식당에서 마틴은 기다리고 기다리며 아이를 응시하고 있었다. 노박 부인은 그가 기적을 행하기를 기다렸으며, 아이의 뒤척임과 쉰 숨소리는 점점 끔찍해졌다. 눈부신 벽, 옅은 노란색 목조의 눈부신 선들을 보다 보니 그는 졸음에 빠졌다. 항독소나 기관 절개술 외에는 어떤 것도 하기에는 너무 늦었다. 그는 시술을 해야 할까? 기관을 째고 들어가면 이 아이의 숨통이 트일까? 그는 일어서서 걱정을 했다가 다시 졸음에 빠졌고 소스라치며 깨어났다. 뭔가를 하긴 해야 했다. 이 아이의 엄마가 무릎 꿇고 앉아 입을 헤 벌린 채로 그를 바라보다가 슬슬 의심스러운 표정을 짓기 시작하고 있었다.

그는 "뜨겁게 데운 천들(수건, 냅킨 등)을 좀 가져오셔서 딸 아이 목에 둘러싸 주세요. 제발 그 약사가 전화를 받았으면 좋겠네!"라며 안달을 했다.

두꺼운 슬리퍼를 신은 노박 부인이 뜨거운 천을 가져왔을 때, 노박이 들어와 공허한 표정으로 말했다. "아무도 약국에서 당직하는 이가 없네요. 블래스너 쪽 전화선이 고장 났군요."

"이제부터 제 말을 잘 들어 보세요. 전 따님 상태가 심각해질 것이라 우려하고 있어요. 그래서 항독소를 써야 합니다. 제가 레오폴리스로 차를 몰고 가서 가져 올 겁니다. 그동안 부모님들께서는 이 뜨거운 천들을 잘 유지하시고… 가습기가 있었으면 좋았을텐데. 그리고 방안은 습기가 유지되어야 합니다. 알코올 난로 갖고 계세요? 거기다 물을 좀 떠다가 끓이고 계세요. 지금은 백약이 무효입니다. 전 금방 돌아올게요."

그는 레오폴리스까지 24마일을 37분 만에 달려갔다. 그는 교차로를 지날 때 한 번도 속도를 줄이지 않았다. 커브 길을 거슬러 지나고, 도로 가에 튀어나온 나무 뿌리들도 그냥 밟고 지나갔다. 그러는 내내 마음 한 구석에서는 차가 뒤집히거나 튕겨져 나갈 걸 두려워하긴 했지만. 주의고 뭐고 다 날려버린 채로 속도를 내다보니 그는 크게 흥분되었고, 노박 부인이 자길 지켜보던 부담감에서 해방되어 시원한 공기 속에 홀로 차를 몰고 있으니 축복으로 느껴졌다. 그 와중에 그의 마음 속에는 오슬러 경의 교과서에 있는 디프테리아에 관한 지면이 내내 떠오르고 있었다. "심각한 디프테리아 증례라면 첫 번째 투여량은 8,000 단위부터… 아, 아니다. 이거지: 10,000 단위부터 15,000 단위까지의 용량으로 투여해야 한다."

그는 자신감을 되찾았다. 그는 항독소와 가솔린 자동차라는 과학의 신께 감사드렸다. 이건 말이지, 하고 그는 단정을 내렸다, 죽음과의 경주야.

그는 들떠서 말했다. "나는 해낼 거야. 죽음의 신 그 자식을 끌어내려서 저 애처로운 아이를 구할 것이라고!"

그는 기차 건널목에 접근하여 기차가 지나갈 수도 있는 것도 무시하고 돌진했다. 그는 크게 들리는 호루라기 소리를 들었고 레일 위로 불빛이 미끄러져 들어오는 것도 보여서 직전에서 딱 멈췄다. 차 앞 바퀴에서 겨우 10피트

Arrowsmith

앞으로 시애틀 특급 열차가 날으는 화산처럼 지나갔다. 기관사는 연료를 지피고 있었고, 밝아오는 새벽에도 화덕에서 가느다랗게 나오는 빛은 피어 오르는 연기 하에서 섬찟한 모습을 보였다. 그 환영은 즉시 사라졌고, 마틴은 작은 운전대에 떨리는 손을 얹어놓고 있었으며, 브레이크를 밟고 있던 발은 무도병 환자처럼 덜덜거리고 있었다. "정말 간발의 차이로 죽음을 면했어!"라고 그는 중얼대면서, 리오라가 과부가 되어 친정에서 버림 받을 뻔 한 모습을 상상했다. 그러나 곧 노박의 딸 아이가 떠 오르며, 그 아이가 숨쉬기 벅차 하던 모습이 모든 상상을 다 압도해 버렸다. "제기랄! 차 시동을 꺼 놨잖아!"라고 신음하며 그는 차 측면으로 뛰어올라 다시 시동을 걸고, 레오폴리스를 향해 달려갔다.

크린센 카운티의 경우, 4천 명이 사는 레오폴리스는 대도시였지만, 새벽녘의 적막 속에서는 그냥 작은 묘지 같았다: 메인 스트리트는 모래투성이 도로로서 넓게 펼쳐져 있고, 구멍 가게들은 오두막처럼 황량하다. 그는 아직 안 자는 사람들이 있는 한 장소를 발견했는데, 다코타 호텔의 황량한 사무실에서 야간 업무 하는 점원이 버스 기사와 동네 순경이랑 포커를 치고 있었다.

그가 득달같이 들이닥치자 그들은 깜짝 놀랐다.

"닥터 애로우스미스요, 윗실배니아에서 왔습니다. 디프테리아로 죽어가는 아이가 있어서요. 블래스너 사는 데가 어디죠? 제 차에 올라 타서 안내해 주세요."

동네 순경은 호리호리한 노인이었고, 조끼를 옷깃 없는 셔츠 위에 걸치고 있었으며, 바지는 접어 올리고, 단호한 눈매를 하고 있었다. 그는 마틴을 그 약사의 집으로 안내하여 도착한 뒤 그 문을 걷어 찼다. 그러고 나서 야위고 텁석부리 얼굴을 썰렁한 불빛 아래 치켜 들고서 고함을 질렀다. "에드! 이봐 너! 에드! 당장 튀어 나와!"

의사과학자 애로우스미스

에드 블래스너가 투덜대는 소리가 윗층 창문에서 들렸다. 그에게 죽음이란 것과 화를 내며 펄펄 뛰는 의사들은 좀 신기해 보였다. 그가 바지와 외투를 꺼내 입는 동안 아직 잠이 덜 깬 아내에게 약사들의 애환과 로스앤젤레스로 이사 가서 부동산을 갖고 싶다고 주절주절하는 얘기하는 게 들렸다. 그러나 그는 확실히 디프테리아 항독소를 보유하고 있었고, 마틴이 열차에 치일 뻔 한 걸 모면 했던 시점부터 16분 후 그는 헨리 노박의 집을 향해 달리고 있었다.

☙ VI ❧

그가 우당탕 집으로 들어왔을 때 아이는 아직 살아 있었다.

그는 돌아오는 길 내내 그 아이가 죽어서 경직되어 있는 모습을 상상했었다. 그는 "하느님, 감사합니다!"라고 중얼거리며 맹렬히 뜨거운 물을 달라고 했다. 그는 더 이상 당황하고 있던 풋내기 의사가 아니라 죽음과의 경주에서 이긴 현명하고 영웅적인 의사였다. 노박 부인의 순박한 농민의 눈과 헨리 씨의 초조한 순종 속에서 그는 자신이 힘을 가지고 있음을 자각했다.

신속하고 부드럽게 그는 항독소를 정맥 주사하고 기대에 차서 기다렸다.

아이가 숨쉬는 양상은 일단은 달라지는 게 없다. 숨을 내쉬려고 애를 쓰다가 질식하는 식으로 말이다. 그리고 거렁거렁하며 악전고투 하다가 얼굴이 새까맣게 변했고, 그리고 나서 축 늘어졌다. 마틴은 믿을 수 없다는 듯이 그녀를 바라 보았다. 천천히 노박 부부는 떨리는 손을 입술에 대고 노려보기 시작했다. 천천히 그들은 아이가 세상을 떠났다는 걸 알아차렸다.

병원에서 수련하던 시절의 마틴은 죽음에 대해 무덤덤해졌고, 자연스러운 것으로 받아 들였다. 그는 앵거스에게 간호사들이 서로 활발하게 "네, 57세 환자분이 방금 사망했습니다"라고 말하는 걸 들었다고 얘기했었다. 이제 그는 불가능한 것을 해내고 싶은 욕망으로 분개를 하고 있었다. 이 아이는 안 죽을 수도 있었어. 난 뭔가를 했었어야 해. 그는 내내 신음하며 되뇌였다. "난 기관 절개 시술을 했어야 해. 그랬어야 했어." 한동안 그런 후회에 빠져 있느라 그는 노박 부인이 "우리 딸이 죽었어요? 죽었다고?"하며 난리 치는 걸 깨닫지 못했다.

그는 애 엄마를 쳐다보기 두려워하며 고개를 끄덕였다.

"당신이 우리 딸 죽였어, 그 주사를 놓아서 말이지! 그리고 우리에게 알려 주지도 않았어, 알려 줬으면 종부성사를 위해 신부님을 부를 수 있었는데 말 이지!"

그는 아이 엄마가 비탄해 하고, 아빠가 슬퍼하는 가운데를 헤치고 나와 허 망한 기분으로 차를 몰고 귀가하였다.

그는 "난 다시는 진료를 하지 않을 거야"라고 후회의 감정을 토로하였다.

그는 리오라에게 "나는 끝났어"라고 말했다. "나는 실력이 없는 의사야. 난 그 아이에게 시술을 했어야 했어. 난 사람들을 볼 면목이 없어, 그들이 이 일을 알게 되면. 난 끝났어. 난 연구직이나 알아 볼래. 도슨 헌지커 사나 다른 데."

리오라가 신랄하게 다음과 같이 한 말은 건실하고 유익했다. "자기는 이제 까지 살았던 사람들 중에 가장 자만심이 많은 사람이야! 환자를 살리지 못한 의사가 자기 하나뿐이라고 생각해? 난 자기가 해 줄 수 있는 걸 모두 다 했다 는 걸 알아." 그러나 그는 다음날 스스로를 자책하며 돌아 다녔고, 저녁 식사 때 장인어른이 이렇게 푸념하자 더욱 괴로워했다. "헨리 노박과 그의 아내가 오늘 마을로 왔더군. 그들이 말하길 자네는 자기 딸 아이를 구했어야 했다고 말하고 있어. 왜 온 마음을 쏟아 어떻게든 그 아이를 구해내지 않았나? 그랬 어야지. 꽤 안 좋은 일이구먼. 그게 말이지 노박 부부는 이곳 폴란드와 헝가 리계 농민들에게 상당한 영향력이 있거든."

의사과학자 애로우스미스

너무 피곤해서 오히려 잠 못 이루던 밤이 지나고 나서, 마틴은 갑자기 레오폴리스로 차를 몰고 갔다.

그는 장인어른에게서 거의 일흔 살에 가까운 레오폴리스 내 크린센 카운티 의사의 원조격인 아담 윈터 박사에 대한 거의 종교 수준의 찬사를 들었는데, 이 현자에게로 도망치고 있었던 것이다. 차를 몰고가는 동안 그는 그가 했었던 멜로 드라마 같은 '죽음과의 경주'를 실컷 비웃고 있었으며, 먼지가 흘날리는 메인 스트리트로 녹초가 되어 진입하였다. 윈터 박사의 의원은 잡화점 위에 위치했는데, 그곳은 이집트식 양철 처마가 있는 밝은 색 붉은 벽돌의 가게들로 이뤄진 긴 블록 안에 있었다. 대초원의 더위와 백열광을 지나서 이렇게 넓은 복도의 어둠 속에 들어오니 마음이 편안해졌다.

마틴은 세 명의 정중한 환자들이 공감력 풍부한 저음의 점잖은 닥터 윈터의 진료를 다 받을 때까지 기다려야 했으며, 그러고 나서 그의 진료실로 들어갔다.

진찰용 의자는 어린 시절 엘크 밀스에서 닥터 비커슨이 쓰던 것보다 나아 보이진 않았고, 소독은 대야에서 하는 걸로 보였지만, 한 구석엔 전기 치료 캐비닛이 마틴이 이제껏 봐 온 것 보다 더 많은 전극과 패드를 갖추고 놓여 있었다.

그는 노박 가족에 대한 이야기를 했고, 그걸 다 들은 윈터 박사는 외쳤다. "왜 자책하세요, 선생, 선생은 할 수 있는 건 다 했고, 게다가 그보다 더 많이 해 주었어요. 다만 다음 번에 그런 중대한 증례를 만나면 더 노련한 의사를 불러서 의견을 물어보는 게 좋을 겁니다. 정말로 그의 의견이 필요해서가 아니라 그렇게 함으로써 보호자들에게 좋은 인상을 주고, 책임도 나누어 가져서 보호자들이 한 명만 집중해서 비난하지 못 하게 분산시키는 효과도 있지요."

"전 말이죠, 어, 나보다 젊은 의사들이 자주 찾아와서 영광입니다. 잠시만요. 가제트 지 편집장에게 전화해서 이 사건에 대한 기사거리를 전달하겠습니다."

전화를 해주고 나서, 윈터 박사는 마틴과 열렬히 악수를 했다. 그는 자신의 전기 캐비닛을 가리켰다. "아직 이런 것 하나도 안 갖고 계십니까? 아이고, 이 사람아, 가지고 있어야죠. 저는 셀 수 없을 정도로 자주 사용하지만, 크랭크 손잡이에 문제가 있는 것을 제외 하고는요, 하지만 말씀드리는데, 이거 사용하면 동네 환자들에게 얼마나 강한 인상을 주는지 놀랄 겁니다. 자, 선생, 크린센 카운티에 오신 걸 환영합니다. 결혼 했어요? 선생과 부인께서 나중에 언제 일요일 점심에 우리 부부랑 식사나 같이 하시죠? 제 아내는 당신네 부부를 만나면 정말로 좋아할 겁니다. 그리고 내가 언제 당신의 환자 상담을 해드릴 일이 있다면, 제가 통상적으로 받는 진료비보다 약간만 더 받을게요. 당신보다 더 나이 든 의사와 함께 환자에 대해 논의하는 건 참 보기가 좋죠."

집으로 차를 몰고 오면서 마틴은 사악하게 큰소리를 쳤다:

"물론이지, 난 끝까지 내 소신을 고수할 거야! 최악의 경우라도 난 저 킁킁대며 진료비를 나눠 갖는 저 늙은이만큼 나쁜 건 아닐테니까!"

그로부터 2주 후, 4페이지짜리 지저분한 윗실배니아 이글 찌라시 신문은 다음과 같이 보도했다:

우리의 진취적인 동시대 신문인 레오폴리스 가제트는 최근에 우리 마을에 와서 환대 받았던 이가 지난 주에 행한 일에 대해 다음과 같은 기사를 보도하였다.

"윗실배니아의 닥터 M. 애로우스미스 박사가 찬사를 받고 있다. 우리는 소중한 개척자이자 우리 지역 의사, 포니 리버 밸리 전역에서 의술을 행하고 있는 닥터 아담 윈터로부터 제보를 받았는데, 그가 베푸는 과학적인 의술에 더

해서 최근에 보여준 용기와 진취성에 대해, 의사들보다 더 이타적으로 서로의 미덕을 높이 평가하는 직업이나 전문가는 없을 것이다.

델프트 인근의 잘 알려진 농부 헨리 노박의 어린 딸을 진찰해 달라는 연락을 받고 와서, 디프테리아로 거의 죽어가는 아이를 보게 된 그는 풍부하고 신선한 공급품을 보유한 우리 지역의 인기 있는 약사인 블래스너로부터 항독소를 직접 가져와 그 아이를 구하려고 필사적으로 임했다. 그는 자신의 가솔린 차를 몰고 갔다 오느라 79분 만에 총 거리 48마일을 주파했다.

다행히도 우리의 항상 군기가 딱 들어간 경찰관인 조 콜비가 근무하고 있었고, 닥터 애로우스미스를 도와 레드 리버 애비뉴에 있는 블래스너의 방갈로를 찾도록 도와주었고 이 신사는 침대에서 일어나 서둘러 의사에게 필요한 물품을 공급했지만 불행히도 아이는 너무나 위중 했기에 생명을 구할 수 없었다. 그러나 이러한 용기와 빠른 판단력, 그리고 지식 덕분에 의료 직업은 우리에게 가장 큰 축복 중 하나가 되는 것이다."

이 글이 발표된 지 두 시간 후, 아그네스 잉글블라드가 사실은 존재하지 않는 자신의 병에 대해 또 다른 논의를 하기 위해 찾아왔고, 이틀 후 헨리 노박이 나타나 자랑스럽게 이렇게 말했다:

"음, 의사 선생, 우리 모두 불쌍한 내 딸을 위해 할 수 있는 일을 다 했지만, 제가 선생님께 전화를 너무 늦게 했던 것 같네요. 제 아내는 이제 슬픔에서 회복되었어요. 우리 둘은 이글 지에 실린 그 기사를 읽었습니다. 우린 그 기사를 신부님께도 보여드렸죠. 그런데, 의사 선생, 제 발 좀 봐 주셨음 해요. 내 발목에 류마티스 성 통증이 좀 있거든요."

16장

마을 유지 애로우스미스

윗실배니아에서 개업하여 진료를 한지 1년이 되자, 마틴은 두드러지지는 않아도 괜찮은 시골 의사가 되었다. 여름에 그는 리오라와 함께 포니 리버로 차를 몰고 가서 저녁 피크닉 식사와 요란하게 첨벙대며 수영을 즐겼다. 여름 내내 그는 처남 버트와 함께 오리 사냥을 했는데, 토저는 마틴이 아침에 오리 한 마리 잡고나서 종일토록 못 잡다가 해질녘 가서야 두번째 오리를 잡아도 이제는 거의 참아주게 되었다. 그리고 눈이 너무 많이 내려 햇볕이 들지 않을 정도로 마을이 고립되는 겨울이 되면 썰매 타기, 카드 놀이 파티, 교회에서 주최하는 "사교 친목모임"을 가졌다.

마틴과 어울리던 이들은 그에게 도움을 청할 때면, 자신들이 아쉽기에 참을성 있게 고분고분한 태도를 보였다. 그는 한 두 번 정도 천진난만한 마을 주민들에게 짜증을 낸 적이 있다. 그가 생각보다 어리다고 지나치게 떠들어댔기 때문이었다. 한 두 번 정도 그는 조합 상점 뒷방에서 포커 모임을 하면서 위스키를 과음하기도 했다. 그러나 그는 신뢰할 수 있고, 실력 좋으며 정직하다고 알려져 있었다. 전반적으로 그는 이발사 알렉 잉글블라드보다는 좀 덜 튀었고, 목수 닐스 크라그보다는 찾아오는 손님이 좀 적었으며, 핀란드계 카센터 주인보다는 이웃들이 덜 재미있어 했다.

그리고 한 번의 사고 처리와 한 번의 실수가 그를 마을 12마일 전역에서 유명하게 만들었다.

그는 봄에 낚시를 하러 갔다. 그가 어느 농가를 지나고 있을 때, 한 여성이 비명을 지르며 뛰쳐나와 자기 아기가 골무를 삼켜 질식해 죽는다고 소리쳤다. 마틴은 수술용 키트에 커다란 잭 나이프를 가지고 다녔었다. 그는 그 칼날을 농부네 기름 숫돌에 갈고, 찻주전자에 넣어 살균한 뒤, 아기의 목을 절개하여 생명을 구했다.

포니 리버 밸리의 모든 신문 한 켠에 이 소식이 실렸고, 이에 대한 열광이 식기도 전에 그는 아그네스 잉글블라드 양의 내 지병 좀 완치되었으면 하는 간절한 소망을 해결했다.

그녀는 차가운 손과 혈류 순환 부진을 느꼈고, 한 밤중에 그가 호출되었다. 그는 진흙탕 시골 도로 둘을 지나 운전해 와서 비실비실 졸음에 시달리고 있었기에, 기진맥진한 상태에서 그녀에게 스트리크닌을 과량 투여했다. 그러자 그녀는 번쩍하고 온 몸이 자극되어, 건강이 회복되었다고 생각했다. 너무나 격렬하게 변화했기에 그녀는 시름시름 앓던 당시보다 더욱 세간의 관심을 끌었다(사람들은 최근까지 그녀가 증상 호소하는 것에 조금이나마 꽤 재미있어 했었다). 그녀는 마틴을 찬양하고 다니기 시작했고, 모든 이들이 "내가 듣기에 이 애로우스미스 선생은 아그네스가 지금까지 만나본 의사들 중에 효험이 있었던 유일한 의사라고 하더구먼"이라고 말하고 있었다.

그는 소박하고 건전하며 상당히 두드러지게 자기 일을 해 나갔다. 리오라와 그는 처가에서 이사 나와 내 집 마련을 했는데, 응접실과 식당에는 니켈 난로가 밝은 색에 좋은 냄새가 나는 새 리놀리움 위에 놓여 있었고 미네통카 호수에서 가져온 기념품 성냥갑이 든 골든 오크 찬장이 설치되어 있었다. 그는 작은 뢴트겐 엑스선 보호복을 샀고, 토저 마을 금고의 이사도 되었다. 그는 너무 바빠서 과학 연구를 할 시간이 없었고, 아예 엄두도 내지 못했다. 그래서 리오라는 한숨을 쉬며 이렇게 말했다:

"결혼 생활이란 참 힘든 거라서 나는 자기를 따라 길바닥으로 나와 떠돌아다닐 거라 예상 했었지만, 떡 하니 지역 사회의 기둥이 될 줄은 전혀 몰랐어. 글쎄, 난 새로운 남편을 찾기에는 너무 게을러. 내가 경고하는 건 딱 이거 하나야. 자기가 주일학교 교장이 된다 해도 내가 같이 풍금을 쳐주고 월리가 주일학교 교재를 제대로 익히지 못했다고 당신이 귀엽게 농담을 해도 웃어줄 거라 기대하지 마셔."

❧ II ❧

그리하여 마틴은 존경받는 마을 유지가 되었다.

뎁스, 루즈벨트, 윌슨, 태프트가 대통령 선거운동을 하고 있었고 마틴 애로우스미스가 윗실배니아에서 산 지 1년 반이 된 1912년 가을, 처남 버트 토저는 주요한 정치 후원자가 되었다. 그는 미국 현대 산림관리인 협회의 주 회의에 참석한 뒤 정치 이념으로 무장하고 돌아왔다. 여러 마을에서 그 회의에 후원 대표단을 보냈고, 흐로닝언 마을은 차 다섯 대를 동원하여 카 퍼레이드를 주최하였는데, 각 차마다 "백인과 흑토를 위한 흐로닝언"이라 써진 거대한 페넌트를 갖추고 있었다.

버트는 돌아온 후, 시내에 있는 모든 차들은 윗실배니아 페넌트를 달아야 한다고 주장했다. 그는 페넌트 30개를 샀고, 은행에서 개당 75센트에 팔았다. 버트는 마을 금고에 들어오는 모든 사람들에게 이 가격이 정확하게 원가라고 했는데, 사실 원가는 11센트 이하였다. 그는 마틴에게 달려와 매제야말로 페넌트를 가장 먼저 다는 사람이 되어야 한다고 강요했다.

마틴은 "나는 내 '차'에 그런 바보 같은 것들이 튀어나와 보이게 하고 싶지 않아"하고 항변했다. "어쨌든 뭔 생각이야?"

"무슨 생각이냐고? 물론 자기 마을을 광고하는 거지!"

"광고할 게 뭐가 있는데? 윗실배니아에 처음 오는 사람들에게 중고 싸구려 양철 자동차[1]에 먼지투성이 누더기나 걸어놓은 걸 보여주면 여기가 무슨 뉴욕이나 짐타운 같은 대도시구나 하고 믿을 거라 생각해?"

"매제는 이 곳에 대한 애향심이 전혀 없구만! 마트, 내가 한 마디 하겠어. 만약 저 페넌트를 차에 달지 않으면, 온 마을 사람들이 다 알게 할 거야!"

마을의 다른 고물 차들이 온 세상으로, 아니 적어도 마을에서 몇 평방 마일 범위의 세계로 윗실배니아가 "중부 노스 다코타의 경이로운 마을"이라고 선전 하며 다니던 반면, 덜거덕거리는 마틴의 포드 차에는 아무 것도 걸친 게 없었다. 그의 원수 노블럼씨가 이를 갖고 "난 말이지 어느 정도 공공의식을 갖고 자기가 일하는 마을에서 돈을 버는 것에 대해 감사할 줄 아는 그런 사람을 좀 보고 싶어"라고 떠들고 다녔고, 마을 사람들은 이 말에 고개를 끄덕이며 험담을 내 뱉고, 기적을 행하는 이로서의 마틴의 명성에 의문을 제기하기 시작했다.

---

1 포드 자동차를 웃기게 표현한 별명.

그는 그와 친한 이발사, 이글 지 편집자, 카센터 주인과는 사냥이나 농작물 수확에 대해 편안하게 얘기를 나누고, 같이 포커를 쳤다. 아마도 그들과 너무 친했던 것 같기도 하다. 크린센 카운티에서는 젊은 나이의 전문직 종사자의 경우, 술을 마셔도 드러내지 않고 은밀히 마시고, 마을 목사에게 공손한 태도를 보인다면 묵인해 주는 불문율이 있었다. 그러나 마틴은 목사에게 별로 시간을 내지도 않았고, 자기가 술 마시고 포커 치는 것도 전혀 감추려 하지 않았다.

만약 그가 모라비아 교구 목사의 교리에 대한 설교에, 영화의 사악함에 대한 담론에, 목사들 수입의 추악함에 염증을 느꼈다면, 그건 그가 마음이 딴 데 가 있고 지나치게 예민한 젊은이였기 때문인 건 절대 아니고, 포커에 돈을 거는 기술에 대해 말해주는 카센터 주인의 짭짤한 조언에서 더 많이 쓸만한 걸 배웠기 때문이었다.

모든 주에 걸쳐 유명한 포커 선수들이 있었는데, 무심한 표정의 촌스러워 보이는 남자들, 소매 달린 셔츠를 입고 앉아 담배를 씹는 남자들, 가장 길게 말한다는 게 "난 패스"인 남자들, 그리고 번지르르 하게 차리고 거들먹거리는 순회 세일즈맨들을 털어먹는 걸 좋아하는 남자들이었다. "큰 판이 벌어진다"라는 소식이 전해지자 카운티에서 한 가닥씩 한다는 타짜들이 조용히 들러 작업에 들어갔다. 레오폴리스에서 온 재봉틀 기사, 밴더하이데 과수원에서 온 장의사, 세인트 루크에서 온 주류 밀매자, 멜로디 시에서 온 직업이 무엇인지 알려지지 않은 붉은 피부의 뚱뚱한 남자 등이었다.

한 번은 그들이 윗실배니아 차고의 사무실에서 72시간 동안 쉬지 않고 포커를 했다(포니 리버 밸리를 오르내리는 사람들 사이에서 그때 일은 아직도 회자되고 있다).

　　　　　　　　　　　　　의사과학자 애로우스미스

그 곳은 한 때 마굿간이었기에 작업복들과 기다란 채찍들이 널려 있었고 말들의 냄새가 가솔린 악취와 뒤섞여 있었다.

타짜들이 들락날락 하면서, 때로는 마루 바닥에서 한 두 시간 잠을 청했는데, 포커 게임 참가자가 4명 미만인 일은 절대 없었다. 싸구려 담배와 값싸고 독한 시가의 강렬한 냄새가 마치 악령처럼 테이블 위로 맴돌았고, 바닥에는 꽁초, 성냥, 낡은 카드, 그리고 위스키 병이 어지럽게 널려 있었다. 거기에 참전한 전사들로는 마틴, 이발사 알렉 잉글바드, 고속도로 기술자가 있었는데, 그들 모두 플란넬 언더셔츠만 남기고 홀딱 벗고 있으면서 매 시간 내내 미동도 하지 않으며 카드를 꼬깃꼬깃 만지작 대고 있었고, 눈은 가늘게 뜨고 멍하니 바라보고 있었다.

처남 버트 토저가 이 일에 대해 전해 듣자, 그는 윗실배니아의 명성에 금이 갈 것을 우려해서 만나는 모든 사람마다 마틴의 악행 그리고 자기가 얼마나 이걸 참아주고 있는지 같은 험담을 했다. 그래서 하필 마틴이 의사로서 잘나가는 것과 신뢰도가 절정에 달했을 때, 포니 리버 밸리 마을에 걸쳐 그가 도박꾼이고, "술꾼"이며 절대 교회에 출석도 안한다는 험담이 수근거리며 퍼졌다. 그래서 모든 경건한 마을 사람들이 "그렇게 품위 있던 젊은이가 저런 개망나니가 되다니 참으로 유감이네"라고 애석해 하며 그를 씹었다.

마틴은 완고한 만큼이나 참을성이 없었다. 그는 다음과 같이 호의로 한 인사말에 발끈했다: "의사 선생님, 우리도 나중에 마시게 술을 조금이라도 남겨주셔야 해요" 혹은 "제가 보기에 포커 하시느라 바빠서 저 여자 환자분 보러 왕진을 못 나가시는 것 같군요." 같이 말이다. 그는 노블럼 씨가 우체국장에게 "운 좋게 저 멍청한 아그네스 잉글바드 좀 치료했다고 자기가 의사라고 자칭하는 친구 말인데, 그렇게 취해서 수치스러운 일을 하는 게…." 라고 하는 말을 듣고 황당함과 치기 어린 감정이 들어 움찔했다.

그는 가던 걸음을 멈췄다. "노블럼 씨! 당신 내 얘기하는 거요?"

그 가게 주인은 천천히 돌아섰다. "난 당신에 대해 얘기하는 것보다 더 중요한 일이 있다오"라고 그가 지껄였다.

마틴이 다시 걸어가자 그가 웃는 소리가 들렸다.

그는 이 마을 사람들이 관대하며 그들이 깐족거리는 건 부분적으로는 애정 어린 관심이며, 일 년 중 가장 주력해야 할 이벤트가 7월 4일에 있는 모라비아 교회 주일학교 피크닉인 그런 마을에서는 이런 건 불가피한 일이라고 스스로 생각해 왔다. 그러나 마을 사람들의 끊임없는, 그리고 환장하도록 쫀쫀하게 모든 일에 이러쿵저러쿵 하는 것에 그는 경련을 일으킬 것 같은 불편함을 떨쳐버릴 수 없었다. 그는 자신이 진료실에서 가볍게 말한 것도 확성기에 대고 말한 양 온 마을 길에 걸쳐 모든 이의 귀로 팔랑팔랑 다 들어가는 것 같다는 느낌을 받았다.

그는 이발사와 낚시질을 한다는 뒷담화를 해도 개의치 않았고, 기상학적 현상을 매우 잘 안다고 거들먹대지도 않았지만, 리오라를 제외하고는 자신이 하는 일에 대해 속을 터 놓고 얘기할 상대가 없었다. 앵거스 듀어는 냉정했지만, 수술 테크닉이 변천할 때마다 이를 악물고 따라갔고, 토론할 때는 매섭게 임했었다. 마틴은 자신이 현 상황에 맞서 싸우지 않는다면, 마을 사람들의 압박 하에 소심한 도덕 군자로 자신이 굳어질 뿐만 아니라 아무 생각 없이 처방하고 붕대 감아주는 의사로 고착될 것이라 생각했다.

흐로닝언의 닥터 헤셀링크 박사에게 가 보면 삶의 자극을 받을지도 몰라.

그는 헤셀링크를 딱 한 번 만나봤지만, 어딜 가나 그가 들은 얘기로는 헤셀링크가 리버 밸리에서 가장 정직한 의사라는 것이었다. 충동적으로 마틴은 차를 몰고 내려가 그를 방문했다.

헤셀링크 박사는 마흔 살의 남자로, 혈색 좋은 장신에 어깨가 넓었다. 그를 만나보면, 신중하고 그 어떤 것에도 거리낌이 없는 인물임을 곧장 알아 볼 수 있었다, 창의력은 부족할 지도 모르지만. 그는 무덤덤하게 마틴을 맞았고, 그가 바라보는 시선은 "음, 무엇을 원하세요? 저는 바쁜 사람입니다"라고 말하는 듯 했다.

마틴은 "선생님, 의학 지식의 발전을 따라잡기가 힘들지 않습니까?"라고 호들갑 떨었다.

"아니요. 평소 의학 학술지를 읽지요."

"글쎄, 이런, 저는 감상적으로 생각하고 싶지 않지만, 지역 거물들과 평소 교류하지 않으면 정신적으로 나태해지게 된다고 생각하지 않습니까, 다시 말해 영감이 부족해진다던가?"

"그렇게 생각하지 않아요! 아픈 사람들을 돌보려 애쓰는 걸로 영감은 충분히 얻고 있어요."

마틴은 속으로 욕을 했다. '좋아, 만약 당신이 우호적으로 나오고 싶지 않다면, 관 둬!' 하지만 마틴은 다시 말을 걸었다:

"저도 압니다. 하지만 이 직업의 내실을 위해, 그리고 의학 지식을 늘린다는 즐거움을 늘리고 싶은데, 많은 농민들 속에서 단지 뻔하디 뻔한 진료만 하고 있다면 어떻게 최신 지견을 따라 잡을 수 있지요?"

"애로우스미스 선생, 이제부터 제가 지금 당신에게 안 좋은 말을 하는 것일 수도 있습니다만, 농민들보다 우월하다고 느끼는 당신처럼 젊은 의사들 중에는 당신보다 실력이 좋은 이들이 차고도 넘칩니다. 스스로 생각하기에 도서관과 학술 집담회를 비롯한 모든 것이 다 있는 도시에 있기만 한다면 자기의 기량이 발전한다고 보겠지요. 글쎄요, 전 당신이 집에서 혼자 알아서 공부하는 데에 무슨 제약이 있을지 상상이 안 되는군요! 본인은 이런 시골뜨기들 보다 훨씬 더 배운 사람이라고 생각하시겠지만, 제가 오늘 들어보니 '어이

구야' 나 '거물급들' 따위의 (수준 낮은) 어휘를 쓰고 있으시네요. 평소 독서량이 얼마나 되십니까? 개인적으로 저는 굉장히 많이 읽습니다. 제 환자들은 제게 진료비를 많이 지급하고, 그들은 제 진료에 충분히 만족해 합니다. 그래서 그들은 저를 학교 이사회에 뽑아줌으로써 제게 경의를 표합니다. 제가 보기엔 말이죠, 상당히 많은 농민들이 제가 도시에서 만났던 명사들보다 더 강인하고 정직한 사고방식을 갖고 있더군요. 글쎄요! 저는 자신이 우월하다고 느끼거나 혼자 고립될 이유도 없다고 생각합니다!"

"천만에요, 전 그러지 않습니다!"라고 마틴은 중얼거리듯 말했다. 다시 차를 몰고 돌아가면서, 자기보다 나은 점, 그러니까 헤셀링크가 농민들에게 우월감을 느끼지 않는다는 것에 화가 났지만, 뭔가 불편한 생각을 하게 되었다. 그의 말이 맞긴 맞다; 그는 어중간하게 교육을 받은 몸이었다. 그는 대학을 졸업했지만, 경제학, 역사학, 음악이나 미술을 전혀 알지 못했다. 그는 시험들을 치르기 위해 벼락치기 공부를 한 이외에는 시를 읽어 본 적이 없었다, 로버트 서비스[2]의 작품은 예외로 하고. 의학 학술지 이외에 오늘날 그가 읽어 본 유일한 산문은 미니애폴리스 신문에 실린 야구 기사와 잡지의 거친 서부극 이야기에 실린 살인 사건에 대한 글들이었다.

윗실배니아 같이 삭막한 곳에서, 그는 그 자신이 모할리스에서 구사 했다고 믿었던 "지적인 대화"란 무엇인지 다시 성찰해 보았다. 그가 기억하기에 클리프 클로슨의 잣대로 보면, 트럭 운전사가 쓸 법한 구어체에다가 천박한 게 아닌 그 어떤 말투를 쓰더라도 그건 가식적인 것으로 보였다. 그리고 마틴 자신이 쓰는 어투는 덜 환상적이고 덜 독창적이었다는 면에서 클리프와는 상

---

2 로버트 서비스: 영국 태생의 시인으로 캐나다에서 주로 활동했으며, 이 소설의 배경인 20세기 초에 그의 작품을 안 읽어 본 사람이 드물 정도로 최고의 인기를 누렸다. 특히 1907년에 쓴 시인 골드러시를 배경으로 한 샘 맥기의 화장, The cremation of Sam McGee가 그의 대표작이다.

당히 달랐던 걸로 기억하고 있었다. 그는 막스 고틀립의 철학, 가끔씩 자기에게 해 주던 앵거스 듀어의 훈계, 매들린 폭스의 논점에서 벗어난 말들 열 가지 중 하나, 그리고 알렉 잉글바드 이발소에서 오가는 대화보다는 수준 높았던 아빠 실바가 주관하는 회의에서 나오는 대화 수준 외에는 아무것도 기억해 낼 수 없었다.

그는 헤셀링크에 대한 기분 나쁜 감정을 갖고 귀가했지만, 그렇다고 해서 그 자신이 잘났다고 생각하는 건 결코 아니었다. 그는 리오라와 만나 "우리는 교양을 쌓을 필요가 있어, 그게 문제라면 말이지"라고 말했고 그녀는 덤덤히 수긍했다. 그는 이에 대해 맹렬히 몰두했다, 마치 이전에 그가 세균학에 몰두했을 때처럼.

그는 리오라에게 유럽의 역사를 큰 소리로 읽어 주었는데, 리오라는 관심을 보이거나 그렇지 않더라도 최소한 너그럽게 들어 주었다. 그는 어느 운 없는 학교 선생님이 처가에 놓아두고 간 "황금 그릇3" 소설책을 읽으며 문장들 하나하나 각별히 신경을 썼다. 그는 마을 신문 편집자로부터 콘래드4의 작품을 한 권 빌렸고, 이후 대초원 도로를 가로질러, 햇빛 차단 헬멧, 난초, 외설적이고 개 같은 얼굴을 한 신들의 신전, 비밀스럽고 햇볕이 잘 드는 강 등이 있는 정글 마을로 들어가고 있었다5. 그는 자신의 수준 낮은 어휘를 의식했다. 그가 즉각적이고 확실히 똑 부러지게 말을 하게 되었다고 할 것까지는 없

---

3 The Golden Bowl은 19세기 말~20세기 초까지 미국과 영국에서 활동한 헨리 제임스 주니어의 작품이다. 인간 심리를 치밀하게 묘사한 걸로 유명한데, 우리 나라에 알려진 대표작으로는 '나사의 회전'이 있다. 귀신 들린 저택이라는 호러물의 원조격인 작품으로, 특히 1961년 데보라 카 주연의 영화가 유명하고, '블라이 저택의 유령'이라는 제목으로 최근 드라마화 되기도 했던 고전 고딕 호러 소설이다.

4 Joseph Conrad: 폴란드계 영국 소설가. 윗실배니아가 폴란드를 비롯한 동구권 계일 이민자들이 주요 주민인 점도 영향이 있는 듯. 대표작으로 '로드 짐'과 '암흑의 핵심'이 있다. 특히 '암흑의 핵심'은 프란시스 코폴라 감독, 말론 브란도 주연의 영화 '지옥의 묵시록'의 원전이기도 하다.

5 아마 콘래드의 작품 '로드 짐'이나 '암흑의 핵심'을 읽으면서 주인공이 말레이 군도 혹은 아프리카 콩고의 오지에서 살게 되는 과정에 자신을 동화시킨 듯 하다.

지만, 매 저녁마다 리오라와 함께 오랜 시간 열심히 독서를 하면서 막스 고틀
립 세계의 비극적인 마법을 향해 한두 걸음 접근했을 가능성이 있다 - 아주
가끔 마법을 보이지만 대개는 항상 비극적인.

하지만 다시 어린 학생이 되어버린 그는 헤셀링크 박사만큼 만족감을 느
끼지 못했다.

ᏣᏗ IV ᏣᏗ

구스타프 손델리우스(Gustaf Sondelius)가 미국으로 돌아왔다.

마틴은 의과대학에서 과학적 진실을 위해 싸우는 전사인 손델리우스에 대
한 이야기를 읽은 적이 있었다. 그는 꽤 괜찮은 긴 리스트의 학위를 보유하고
있었지만, 부유하고 별난 사람이었으며, 실험실에서 일하지도 않았고 근사한
진료실이 있지도 않았으며 자기 집이나 화려한 옷차림을 한 아내도 없었다.
그는 전 세계를 휩쓸고 다니며 대규모 전염병과 싸우고, 기관을 세우고, 불편
한 진실을 지적하는 연설을 하고, 새로운 술을 시음하기도 했다. 스웨덴에서
출생했지만, 교육 받은 걸로 보면 독일 사람이었으며, 연설을 하면 모든 분야
를 조금씩 건드렸다. 그리고 그와 뜻을 같이하는 이들의 모임은 런던, 파리,
워싱턴, 뉴욕에 있었다. 그는 바툼과 푸샤우, 밀라노와 베추아날란드에 있다
는 소문이 들렸고 또한 앙투파가스타와 케이프 로만조프에서 활약한다는 소
문이 돌기도 했다. 열대병의 대가 맨슨[6]은 손델리우스가 청산 가스로 쥐를 죽
이는 기가 막힌 방법을 개발한 것에 대해 논평했었고, 스케치 지는 한 때 그
가 바카라 카드 도박 솜씨가 끔찍하게 형편없었다고 언급하기도 했다.

---

6 Patrick Manson, 패트릭 맨슨: 19세기 중반~20세기 초까지 활동한 스코틀랜드 의사로, 기생충학과 열
대의학의 아버지로 불린다. 기생충 *Schistosoma mansoni*의 발견자이기도 하다.

구스타프 손델리우스는 주장하길, 잘사는 지역이건 못사는 곳이건 대부분의 질병들은 퇴치할 수 있거나 퇴치해야 하며, 결핵, 암, 장티푸스, 페스트, 인플루엔자는 전 세계가 문자 그대로 온 역량을 동원하여 물리쳐야만 하는 침략군이고, 공중보건 당국은 장군과 석유왕을 대신하여 이를 지휘해야 한다고 외치고 다녔다. 그는 미국 전역을 다니며 강연을 하고 있었고, 그가 한 기가막히게 훌륭한 주장들은 언론을 통해 널리 배포되었다.

마틴은 과학이나 건강을 다룬 대부분의 신문 기사들을 건성으로 읽었었지만, 손델리우스의 강렬한 주장은 그를 사로 잡았고, 이로 인해 갑자기 그는 마음을 바꿔 먹게 되었으며, 이는 그에게 있어서 중요한 일이었다.

그는 스스로 생각하길, 자신이 아무리 환자들의 병을 호전시킬 수 있을지라도, 본질적으로 그는 레오 폴리스의 닥터 윈터, 흐로닝언의 닥터 헤셀링크와 라이벌 각을 세우는 장삿속의 의사인 것이다. 비록 그들이 정직하게 영업을 한다 해도, 돈을 버는 것에 비해 정직과 치유가 더 중요한 목적은 아니며, 치료할 수 있는 질환을 완전 퇴치하여 이 세상 사람들을 모두 건강하게 만드는 건 그들 입장에선 최악의 상황인 것이다. 그래서 그들 같은 의사들은 모조리 다 공중 보건 공무원으로 대체되어야 한다는 게 그의 생각이었다.

모든 열렬한 불가지론자들과 마찬가지로 마틴은 종교적 성향이 있는 인물이었다. 그가 신조로 삼았던 고틀립 숭배 종교가 죽은 이래 무의식적으로 새로운 열정을 찾았고, 이제는 구스타프 손델리우스의 질병과의 전쟁에서 신앙의 대상을 발견했다. 그리고 즉시 그는 과거 디감마 파이 동아리에게 했던 것처럼 자기 환자들에게 짜증을 내기 시작하였다.

그는 델프트의 농부들에게 당신들이 그렇게 많이 결핵에 걸릴 권리는 없다고 말해 주었다.

이런 식의 말은 사람을 참 격분시키는 발언이었는데, 왜냐하면 미국 시민으로서의 여러 권리들 중에 아파서 몸져 누워 의료혜택을 받는 것보다 더 잘 확립되고 더 자주 써먹을 수 있는 건 없기 때문이었다. 그들은 분개했다. "선생님은 자기가 뭐라고 생각하는 거죠? 우린 당신보고 의사 노릇 하라고 불렀지 두목 노릇 하라고 부른 게 아닙니다. 왜, 저 멍청이 말이야, 아예 우리보고 자기 집을 불태워 버리라고 말하지 그래요. 우리가 반대하면 우리보고 범죄자라고 말하겠네. 제게 그렇게 말하는 건 아무도 용납 못 해요!"

마틴에겐 모든 것이 분명해졌다, 너무나도 분명해 졌다. 국가는 최고의 의사들을 단번에 전제군주적인 공직자들로 만들어야만 했고, 그것이 전부였다. 그 공직자들이 어떻게 완벽한 행정가가 될 것인지, 그리고 사람들이 어떻게 설득되어서 그들에게 복종하게 할 것인지에 대해서는 그는 단지 훌륭한 믿음 외에는 아무런 제안도 하지 않았다. 아침 식사 시간에 그는 다음과 같이 불평을 했다. "오늘도 또 사실은 있지도 않은 복통을 치료 하라고 처방전을 써 주며 바보같이 보내겠네! 만약 내가 손델리우스 같은 인물들과 함께 거대한 투쟁에 합류할 수만 있다면! 이런 식으로 살다 보면 난 지쳐버려!"

리오라는 중얼거렸다, "그래, 자기야. 잘 될 거라고 확신해. 난 사소한 복통도, 결핵도, 다른 잡병도 걸리지 않을게. 그러니 날 가르치려 하지 마!"

그는 짜증을 내더라도 얌전히 굴긴 했다, 왜냐하면 리오라는 임신을 하고 있었기 때문이었다.

❦ V ❦

그들의 아기는 5개월 후에 태어날 예정이었다. 마틴은 그가 과거에 놓쳤던 모든 것을 주겠다고 약속했다.

"우리 아기는 진정한 교육을 받을 거야!" 그들이 봄날 땅거미가 질 무렵 집

현관 베란다에 앉아 있을 때, 그는 이렇게 흡족해 하고 있었다. "우리 아기는 이 모든 인문학 같은 것들을 배울 거야. 우린 많이 못 배웠고 지금 여기 있지만, 이렇게 두 갈래씩 엇갈리는 교차로에서 우리 여생 내내 적체되어 있지만, 아마 우린 윗세대보다는 조금 더 나아질 것이고, 다음 세대는 우릴 훌쩍 능가할 거야."

그는 이렇게 현란하게 장광설을 풀었음에도 불구하고 걱정이 되었다. 리오라는 입덧이 심했다. 정오가 될 때까지 그녀는 누렇게 떠서 머리는 까치집에 맥이 빠진 표정으로 온 집안을 기어 다니다시피 했다. 그는 자기가 하녀에 준하는 역할을 해야 한다고 생각해서, 귀가하면 가사를 돕고, 설거지하고, 현관 앞 도로를 청소했으며, 저녁마다 꼬박꼬박 그녀에게 책을 읽어 줬다. 이번에는 역사책이나 헨리 제임스가 아니고 "배추밭의 윅스 부인"[7]이라는 책을 읽어 주었는데, 그 책은 부부 둘 다 아주 좋은 이야기 책이라고 찬탄했다. 그는 마루 바닥에 걸터 앉았고, 그 옆에 있는 지저분한 중고소파에는 그녀가 힘없이 누워 있었다. 그는 아내의 손을 잡고 다음과 같이 의기양양 떠들어댔다:

"제길, 우리 말이지… 아, 아니다. '제길'이란 말 쓰면 안되지. 자, '제길' 말고 무슨 말을 쓰면 될까? 어쨌든 말이지, 언젠가 우리는 돈을 충분히 모아서 이탈리아랑 다른 곳에서 몇 달을 지낼 거야. 그 모든 오래된 좁은 거리와 옛 성들! 수백 년 이상 된 거리와 성들이 여기 저기 있을 거야! 그리고 우리 아들도 데려갈 거야. 딸이라고 해도 데려갈 거야, 그래도 아들이면 좋겠어! 그렇게 하면 우리 아들은 라틴어와 불어 그리고 모든 언어를 마치 진짜 본토인처럼 익혀서 재잘거릴 거야, 그러면 엄마 아빠는 자랑스러워 하겠지! 오, 우리

---

7 배추밭의 윅스 부인, Mrs. Wiggs of the Cabbage Patch: 1901년에 출간된 Alice Hegan Rice의 소설인데, 남부 지방을 배경으로 2남 3녀의 홀어머니 윅스 부인이 가난 속에서도 화목하게 살아가는 착한 이야기이다. 당대에 대 히트를 친 작품으로, 영화나 연극으로 여러차례 각색되었다.

는 심술궂은 부부가 되겠지! 강렬한 한 쌍의 늙은 새가 될 거야! 우린 둘 다 양심이라고는 눈곱만치도 없을 걸. 아마 우리가 칠순이 되면 문간에 앉아 파이프를 피우며, 지나가는 마을에서 존경받는 사람들을 비웃고, 둘이서 그 사람들 험담을 할거야, 당사자들이 참지 못하고 우릴 쏘고 싶어할 때까지 말이야. 그리고 우리 아들은 실크 모자를 쓰고 전용 운전사를 두겠지. 그 녀석은 민망해서 우리 부부를 모르는 사람인 척 하고 싶을 거야!"

이제는 의사 노릇을 하며 쾌활한 척 하는 게 몸에 배어서, 그녀가 입덧으로 짜증을 내며 힘들어 하자 이렇게 소리쳤다. "거기 말이야, 괜찮아요, 여편네야! 자기가 힘든 만큼 우량아를 낳는 거 아니겠어. 모든 산모가 다 그렇지 뭐." 사실 그는 거짓말을 하고 있었고, 실제론 불안해 했다. 아내가 죽어가고 있다는 생각이 들 때마다 그는 자기도 같이 죽고 싶었다. 그녀 같은 동반자가 없으면 그는 아무런 의욕도, 없었다. 그녀가 없는데, 이 세상 모든 걸 다 가지는 게 그에게 무슨 의미가 있겠는가…

그는 자연을 원망했다. 자연이 인간을 속이는 방식에 대해, 모든 달빛과 하얗게 뻗어오는 빛이라는 쾌활한 수단을 다 동원하여 외로운 사람들에게 도달해서 아기를 가지게 하고, 그러고 나서 할 수 있는 한 최고로 잔인하고 어설프고 낭비적인 방법으로 아이를 낳게 하는 것을 말이다. 그는 자기 집으로 왕진해 달라고 동네 환자들이 요청해 오면 퉁명스럽게 굴었다. 그는 환자들의 고통에 대해 전례 없이 공감을 하게 되었는데, 고통이라는 게 얼마나 무서운지 알게 되었기 때문이었다. 하지만 그는 리오라가 자길 필요로 하는데 멀리 떨어져 있어서는 안 되었다.

그녀의 입덧은 더 심한 구토로 변했다. 갑자기, 그녀가 찢어질 듯한 고통으로 몸부림 치자, 그는 닥터 헤셀링크에게 와달라고 요청했고, 그 끔찍한 오후, 요드 소독약 냄새가 진동하는 방 창문 밖으로 초원의 생동감이 싱싱하게

276

펼쳐질 때, 둘은 그녀에게서 아기를 받아 내었으나, 아이는 사산되었다.

상황이 적절했다면, 당시의 마틴은 왜 헤셀링크가 성공한 개업의인지 이해했을 것이고, 사람들이 그에게 자신의 삶을 맡기도록 만든 그의 무게감과 매력, 연민과 확신을 알아봤을지도 모른다. 지금 헤셀링크가 보여주는 모습은 평소의 냉정하고 잘 꾸짖는 모습이 아니라 나이가 더 많고 현명한 형님의 모습, 동정심을 매우 크게 표현하는 형의 모습이었다. 마틴은 멍하니 눈을 뜨고 있었지만 아무 것도 보고 있지 않았다. 지금 그는 한 명의 의사가 아니었다. 그는 겁에 질린 소년이었고, 가장 어벙한 간호사만큼도 헤셀링크에게 도움이 되지 못했다.

리오라가 회복될 것을 확신하자 마틴은 그녀의 침대 옆에 앉아 "우린 이제 마음을 단단히 먹어야 해, 우린 이제 절대로 아기를 가질 수 없다고, 그래서 바라는데… 아, 난 정말 별로인 놈이야! 난 인성도 나빠. 하지만 당신에게 나는 당신의 모든 것이 되고 싶어!"

그녀는 거의 들리지 않는 목소리로 이렇게 속삭였다:

"그 아이는 태어났으면 정말 사랑스러운 아기였을 거야. 오, 난 확신해! 난 그 아이를 너무나 자주 봤거든. 그 애는 아기 때의 당신을 쏙 빼 닮을 거라는 걸 알고 있었거든." 그녀는 웃으려고 애썼다. "아마 나는 내가 꼭 쥐고 흔들 수 있어서 그 녀석을 낳길 원했을 거야. 난 이제까지 내가 쥐고 흔들 수 있는 이를 가져본 적이 없었거든. 그래서 만약 내가 진짜 아기를 가질 수 없다면 난 자기를 키워야 할 거야. 당신을 모든 이들이 경배하는 그런 사람으로 키울 거야, 마치 당신이 추앙하는 손델리우스처럼… 여보, 난 자기가 걱정하는 게 너무 안쓰러워…."

그는 그녀에게 키스했고, 그들은 몇 시간 동안 함께 앉아 말없이 영원히 서로를 이해하고 있었다. 집 밖의 초원엔 땅거미가 지고 있었다.

17장

손델리우스

~I~

레오폴리스의 닥터 코플린(Coughlin)은 붉은 콧수염과 원기왕성함, 그리고 올해 5월로 구입한지 3년이 되었고 비록 광택도 별로 안 좋긴 하지만 맥스웰 자동차를 가지고 있었다. 그는 그것이 다코다 주에 있는 그 어떤 차보다도 속도와 아름다운 외양 면에서 뛰어나다고 믿고 있었다.[1]

그는 쾌활하게 집으로 돌아와 세 아이 중 막내를 번쩍 들어 목말 태우며 아내에게 이렇게 말했다:

"테시, 아주 멋진 아이디어가 있어."

"그래요, 그리고 당신도 숨소리가 점점 커지네[2]. 약국에서 그 오래된 스피리츠 프루멘투스[3] 병 시음 좀 그만 했으면 좋겠어!"

---

1 맥스웰 자동차: 1904년에 설립되어 1925년에 크라이슬러 사에 합병된 자동차 회사.
2 번역문으로 보면 이 대화가 좀 이상하게 들릴 것이다. 원문으로 보면 멋진 아이디어 = a swell idea, 점점 커지는 숨소리 = a swell breath 이다. 즉 swell 이라는 단어 갖고 서로 티키타카로 말장난을 한 것이다.
3 Spirits Frumentus: 라틴어로 곡물 증류주라는 뜻인데 금주법 시대에 약국에서 약으로 쓰인 위스키다. 우리 식으로 보면 '약주' 정도 되겠다.

"솔직히 말할테니, 내 말을 들어봐!"

"안 들을래요!" 그녀는 다정하게 키스를 해 주었다. "올 여름 로스앤젤레스까지 운전해서 가는 거 안할 거라구요. 너무 멀어요, 우리 애들 모두 다 그렇게 말하잖아요."

"그 말이 맞긴 해. 좋아. 하지만 내가 의도한 건 말이지, 짐을 싸고 집안 불 다 끄고 나와서 일주일 동안 주 전역을 둘러보자 이거야. 내일이나 모레 가자구. 그 산부인과 환자 말고는 지금 내가 꾸준히 봐야 할 환자는 없어, 그리고 그 산과 환자는 닥터 윈터에게 넘길 거야."

"좋아요. 우리는 새로 산 보온병이 어떨지 시험해 볼 수 있겠네요!"

코플린 박사와 그의 부인, 그리고 아이들은 새벽 4시에 출발했다. 그가 모는 차는 처음엔 너무 잘 정돈되어 있어서 흥미 있어 보일 만 한 점이 없었지만, 3일 정도가 지나고 무성하게 자란 밀밭에 길게 걸쳐 한치의 오차도 없이 잘 닦인 도로에 진입했을 때쯤 봤다면, 카키색 옷과 뿔테 안경, 그리고 흰색 린넨 보트 모자를 쓴 그 의사와 녹색 플란넬 블라우스와 레이스 부두아르 모자를 쓴 그의 부인이 보였을 것이다. 그리고 차 내부는 엉망진창 이었다. 만약 차를 몰고 그 차 옆을 지나 갔다면, 이런 광경을 목격했을 것이다. 캔버스 이집트 물병, 바퀴와 펜더에 잔뜩 묻은 진흙, 삽 하나, 막내를 제외한 아이 둘이 위태롭게 몸을 내밀고 당신에게 메롱 하는 모습, 아기 기저귀는 차 뒷좌석에 매달려 있고, 다 찢어진 싸구려 잡지 스내피 스토리즈[4], 먹다 남은 츄파 춥스 막대 일곱 개, 잭[5], 낚싯대, 그리고 돌돌 말린 텐트.

마지막으로 보게 되는 건 "Leopolis, N. D.(레오폴리스, 노스 다코타)"와 "Ex-

---

4 주로 '사랑과 전쟁' 식의 불륜 이야기 단편들을 싣던 잡지.
5 자동차 바퀴 갈 때 차체 올리는 데 쓰는 기구.

cuse Our Dust(흙먼지 내서 미안합니다)"라고 써 있는 큰 페넌트 두 개였다. 코플린 가족은 기분 좋은 모험을 겪었다. 일단 그들은 바퀴가 진흙 구멍에 빠지는 바람에 차가 멈추게 되었다. 가족들이 꺅꺅거리는 가운데, 아빠는 울타리 레일 받침대로 차를 꺼냈다. 시동이 꺼졌기에 전화해서 부른 자동차 수리공이 오길 기다리는 동안, 가족들은 전기 착유기가 있는 낙농장을 보고 있었다. 그들은 여행을 하는 동안 견문이 넓어졌었기에, 이 세상이 얼마나 경이로운지 알게 되었다. 라운드업 시에 있는 영화관, 거기는 피아노뿐 아니라 바이올린도 직접 연주하는 교향악단의 연주회를 위한 곳이었다; 멜로디 시에 있는 블랙 폭스 팜; 그리고 세브란스 급수탑, 거기는 중부 노스 다코타에서 가장 높은 건물이라고 알려졌다.

닥터 코플린은 자신이 말한 대로 표현하자면, 자기가 아는 모든 의사들을 만나 "하루 일정을 보내기 위해 들렀다." 세인트루크에 있는 친한 친구로는 닥터 트롬프가 있었다 – 그 둘은 포니 리버 밸리 의사협회의 연례 모임에서 최소 두 번 만났었다. 그가 트롬프에게 호텔 방 잡기가 얼마나 힘들었는지를 말해주자, 트롬프는 걱정하며 진지하게 한숨을 쉬며 말했다. "제 아내가 어떻게 준비 할 수 있다면 당신 가족들 모두 오늘 밤 우리 집에 초대해서 재우고 싶군요."

"아, 당신에게 부담을 주고 싶지 않아요. 불편하지 않을 게 확실한가요?"라고 코플린이 말했다.

트롬프 부인이 남편을 한쪽으로 불러내서 들리지 않게 책망 하려다가, 트롬프의 맏아들이 자긴 이렇게 배웠다, 즉 "저 머나먼 곳에서 온 손님들을 쫓아내는 건 예의에 어긋난다"라고 말하는 바람에 그들을 집에 묵도록 하기로 결정하자, 코플린 가족 모두 매우 기뻐했다. 코플린 부인과 트롬프 부인은 세탁 비누와 버터의 가격이 오른 걸 불평하고, 절인 복숭아 만드는 비법을 서로

의사과학자 애로우스미스

교환하는 동안, 남자들은 현관에 양 다리를 꼬고 앉아 얘기할 때마다 시가를 흔들어 대며 각자의 의원 이야기에 몰두하였다:

"그러니까, 선생님, 진료비는 후불로 어떻게 나중에 받아내시나요?"

(코플린이 말한 것이거나 또는 트롬프가 한 말이었을 수도 있다.)

"음, 우리 환자들은 꽤 괜찮아요. 이 독일 사람들은 말이죠, 진료비를 아주 잘 내요. 청구서를 보내는 일은 절대 하지 마세요. 수확철이 되면 알아서 찾아와 가지고 이렇게 말하죠, '제가 진료비 얼마나 밀렸나요, 선생님?'"

"여, 독일인들은 진료비 잘 내네요."

"음, 그들은 확실히 그래요. 독일인들 중에 진료비 떼어 먹는 사람은 많지 않아요."

"네, 그건 사실이죠. 그런데 선생님, 황달 환자를 볼 때는 어떻게 진료하시나요?"

"글쎄요, 일단 말씀드리죠, 선생님: 만약 그게 잘 낫지 않고 지속되는 증례라면 전 보통 염화암모늄을 줍니다."

"그래요? 전 염화암모늄을 투여해 왔지만, 미 의사협회 학술지에서 어떤 의사가 그게 별로 효과가 없다고 주장하는 글을 보았거든요."

"그게 사실인가요! 음, 음! 저는 그걸 못 봤어요. 흠, 음. 자, 박사님, 천식에 대해 할 수 있는 치료법을 많이 아시고 계시죠?"

"음, 선생님, 지금부터 자신 있게 선생님이 흥미를 가질 얘기들을 좀 해드리죠. 그런데 저는 여우의 폐가 천식, 그리고 결핵에도 괜찮다고 믿습니다. 한 번은 수 시티의 폐 전문가에게 그 말을 했더니, 그는 저를 비웃었습니다. 과학적이지 않다고 했기에 저는 '뭐! 과학적이라고!'라고 했지요. '전 이 비법이 과학계에서 일시적으로 유행하다 사라질 비법인지 아닌지는 모르겠습니다만, 전 구체적인 성과를 얻고 있고 그게 바로 제가 추구하는 거라구요!'라고도 말했지요. 일반의가 자신의 이름 다음에 그럴 듯한 호칭들이 별로 딸려 나오진 않더라도 과학적으로 설명할 수 없는 많은 미스터리한 질환들을 치료한 사례들은 많이 경험 했단 말입니다. 맹세코, 저는 저 빌어먹을 자칭 과학자들이 평범한 시골 의사들에게서 배울 점들이 굉장히 많다고 믿어요, 강조하지만 말이죠!"

"음, 그 말이 맞아요. 개인적으로, 저는 여기 시골에 머물면서 사냥도 좀 하고 편안하게 사는 게 도시에서 고급스러운 전문가로 사는 것보다 차라리 낫다고 봐요. 한 때 저는 방사선과 전문의가 될까 생각도 했었죠. 뉴욕에서 8주간의 전 과정을 밟고서요. 그리고 아마도 버트나 수 폴스에 정착할 지도 몰랐겠지만 저는 연봉 8만에서 10만불을 받는다고 해도 '그건 여기서 3천불 벌며 지내는 것보다 의미가 없다'고 생각했죠. 의사는 자기가 맡은 나이 많은 환자들에 대한 의무를 고려해야 합니다."

"그렇죠. 그런데 선생님, 맥민턴이란 이는 어떤 사람인가요?"

"글쎄요, 저는 어떤 동료 의사에 대해서도 험담하고 싶진 않은데, 그는 의도는 좋은 것 같지만, 우리끼리니까 하는 얘기인데, 환자를 보는 데 있어 너무 복잡하게 추정을 많이 해요. 우리는 현재 이렇게 하지요. 우리는 환자 하나 보는 데 *과학*을 적용하지요, 우연에 확률을 걸고, 경험에만 매달리고 얼버무리는 대신에 말이죠. 하지만 맥민턴은 아는 게 별로 없지요. 그리고 그의 아내는, 좀 경계 대상인데, 그녀는 이 곳 카운티 4곳에서 가장 입이 힘하죠. 그리고 맥의 병원이 잘 되게 하기 위해 여기 저기 선전하고 다니는 꼴 하며, 글쎄 제가 보기엔 말이죠 그렇게 그 사람들의 영업 방식입니다."

"연로하신 닥터 윈터는 요즘도 계속 진료를 하나요?"

"오, 네, 어떤 면에서는요. 선생도 그가 어떤 인물인지 알잖아요. 물론 그는 요즘 추세에 비해 20년 정도는 뒤처졌지만, 환자 손을 잘 잡아주는 자상한 의사예요. 어떤 어벙한 여자 환자를 필요한 것 보다 6주는 더 병상에 눕혀 놓고 하루에 2번 회진 하면서 그 환자랑 이야기를 나눠주죠. 절대적으로 불필요한 일을 한다니깐요."

"실저 시에서 온 아주 거물급 경쟁자를 만났다고 들었는데요, 선생님?"

"믿기 힘들겁니다, 선생님! 그는 허가 받은 범주의 진료를 하지 않기 시작했어요. 실저에서 온 의사의 문제는 말이죠, 너무나 뻔뻔하고 말이 너무 많다는 것이죠. 마치 자기가 수다 떠는 걸 자기가 들으며 즐기는 것 같다니까요. 아, 그건 그렇고, 이 새로 온 친구를 마주친 적 있으신가요? 지금부터 2년 전부터 여기에 자리잡고 있었을 걸요, 윗실배니아 말이죠. 애로우스미스라는 친구요."

"직접 만난 적은 없구요, 하지만 실력 있고 총명한 젊은 친구라고들 하더군요."

"네, 머리가 좋은 친구라고 하죠. 아는 것도 매우 많고요. 그리고 그의 부인도 예의 바르고 영리한 젊은 여성이라고 하지요."

"그렇지만 애로우스미스는 너무 많이 마신다고 들었어요. 술을 너무 좋아한다고."

"그래요, 그렇다더군요. 부끄러운 일입니다, 저렇게 멋있고 활발한 젊은 친구가요. 저는 때때로 아주 조금만 홀짝거리길 좋아합니다만, 술 고래는 어휴! 그가 취한 채로 환자를 보러 나갔다고 생각해 보세요! 그리고 이 근방의 어떤 친구가 제게 말해주길 애로우스미스는 책 읽기와 공부하기를 열심히 하지만, 자유주의 사상을 갖고 있어서 교회에는 절대 안 나간다더군요."

"그게 사실인가요! 흠, 어떤 의사라도 어떤 견고한 종파에 소속되지 않는 것은 그가 진실로 믿던 안 믿던 큰 실수를 하는 거지요. 장담하지만 사제나 목사님을 하나 잘 사귀면 환자를 많이 보내줄 수 있거든요."

"그럼요, 사제나 목사님은 그렇게 해 줄 수 있죠! 애로우스미스는 항상 목사들과 논쟁을 벌인다고 합니다. 어느 목사님에겐 모든 사람은 면역학자 막스 고틀립, 그리고 작크 뢰브 – 아시죠 – 의 저서를 읽어야 한다고 말했대요. 정확히 기억은 안 나지만, 그는 화학물질로부터 생선을 만들어낼 수 있다고 주장했다는군요."

"확실하군요! 뭔지 알겠어요! 그건 바로 일종의 망상으로, 그런 류의 실험실에 처박힌 인물들이 흔히 빠지는 것이죠, 실질적인 일을 해서 현실과 잘 균형을 맞추지 않는 경우에 말이죠. 자, 만약 애로우스미스가 그런 류의 인간이라면, 사람들이 그를 불신해도 이상할 게 없군요."

"그렇네요. 음. 애로우스미스가 술을 마시고 이리저리 돌아다니며 가족들과 환자들을 도외시하다니 정말 유감이네요. 그의 종말이 어떨지 뻔히 보이는군요. 부끄러운 일입니다. 자, 지금 몇 시나 되었는지 궁금하군요."

⚜ II ⚜

버트 토저가 꽥꽥거렸다. "마트, 레오폴리스의 코플린 박사에게 무슨 짓을 하고 다녔어? 아는 사람이 말하더라고. 매제가 술꾼이라는 등 험담 하면서 다닌다고 하더라."

"그래? 원래 이런 좁은 동네에선 서로서로 관심 보이며 살잖아."

"물론 매제는 그렇게 생각하겠지. 그래서 하는 말인데, 포커 치는 거랑 술 처먹는 거 좀 그만 해. 나는 술 한 방울도 입에 안 대는 거 알잖아?"

마틴은 그 어느 때보다도 극심하게 온 마을 사람들이 자신을 지켜보고 있다고 느꼈다. 그는 칭찬을 갈구하는 사람도 아니었고, 자신이 삐딱 하다는 것을 자랑스러워 하지도 않았다. 그러나 아무리 애를 써도 자기가 윗실배니아

의사과학자 애로우스미스

에서 미움을 받으며 시골 의사 노릇을 묵묵히 해오고 있다고 생각했다.

손델리우스와 그가 치루는 공중 보건 활약에 빠져 있느라 연구실에 대한 긍지를 잊고 있던 와중에, 그는 갑자기 의도치 않게 의학 연구 문제에 던져지게 되었다.

✥ III ✥

크린센 카운티의 소들 사이에 묵입병[6]이 돌았다. 주 수의사가 호출되었고 도슨 헌지커 백신이 접종 되었지만, 질병은 확산되었다. 마틴은 농민들이 통곡하는 소리를 들었다. 그는 백신을 접종 받은 가축에게서 백신에 대한 일시적 즉각 반응으로 나타나야 할 염증도 발열도 보이지 않음을 주목했다. 그는 헌지커 백신에는 살아있는 균이 불충분하게 있는 게 아닌가 하는 의심이 들면서 무언가 감을 잡았다. 그래서 그는 스스로 세운 가설을 따라 자신의 주장을 피력했다.

그는 공급된 백신 하나를 얻어냈고 (와전된 표현이지만) 그걸 가지고 기자재들이 꽉 들어찬 그의 실험실에서 검증을 했다. 그는 혐기균 배양을 위해 직접 장치를 만들어 시행해야 했지만, 고틀립으로부터 훈련 받은 가락이 있었다. 고틀립은 평소에 말하길 "만약에 이쑤시개들을 가지고 필터 하나도 만들어 내지 못하는 놈이라면 그냥 훌륭한 장비를 구입하는 것에 딸려서 결과물을 얻는 게 나을 거야"라고 했다. 마틴은 커다란 과일 병과 납땜된 파이프로 그가 쓸 장치를 만들었다.

그리하여, 저 훌륭하신 도슨 헌지커 사가 백신을 정직하게 만든 것이었다

---

6 묵입병, black leg: Clostridium 균에 의해 생기는 질환으로 소를 비롯한 가축들이 주로 걸린다. 주요 증상은 급격히 진행되는 다리의 염증과 괴사로 병의 경과가 워낙 빨라서, 심하면 발병 후 한나절 내로 죽는다.

는 결론을 얻었다면 그도 기뻤겠지만, 그 백신 내용물에 살아있는 묵입병 원인균이 들어있지 않음을 확인하자 훨씬 더 큰 기쁨을 느꼈다.

아무런 사심 없이, 그리고 누가 시킨 것도 아닌데도 그는 앓고 있는 가축에게서 묵입병 균을 분리하여 자신의 방법으로 약독화 백신을 만들기 시작했다. 그 과정은 시간이 많이 걸렸다. 그는 자기가 보는 환자에게 소홀히 하지 않았지만, 하나 확실한 것은 이 당시의 그는 포커 치러 상점에 가지 않았다는 것이다. 리오라와 그는 매일 저녁 샌드위치로 식사를 하고 급히 실험실로 가서 임시적으로 만든 수조(오래되고 좀 새는 오트밀 요리기)에 알코올 램프를 가하여 배양액을 데웠다. 헤셀링크에게도 참을성을 보이지 못했던 마틴이 끝없는 인내심을 가지고 자기가 하는 실험 결과가 나오기를 기다리며 관찰하고 있었다. 그는 휘파람과 콧노래를 부르며 일하다 보니 저녁 일곱 시부터 한밤중까지의 시간은 순식간에 지나갔다. 리오라는 차분하게 눈살을 찌푸리고 혀 끝은 입가에 갖다 대면서 유능한 작은 감시견처럼 온도가 적절하게 유지되도록 잘 감시했다.

두 번의 터무니없는 실패를 포함한 세 차례의 노력 끝에, 그는 자신이 만족할 만한 수준의 백신을 만들어냈고, 이 질환이 유행하고 있던 어느 가축 무리에 접종을 했다. 묵입병 전염의 진행은 멈췄고, 이로써 마틴은 결국 보상을 받았으며, 그의 실험과정 기록물과 그가 만든 백신을 주의 수의사에게 넘겼다. 다른 사람들에게는 그걸로 끝이 아니었다. 카운티의 수의사들은 그가 가축을 살리거나 죽일 수 있는 자신들의 권한을 침해했다고 비난했고, 의사들은 이렇게 말했다: "그건 우리 직업의 존엄성을 망치는 멍청한 짓입니다. 애로우스미스 당신은 의학적 허무주의자이자 악평을 즐겨 찾는 사람이군요, 그게 바로 당신이오. 제 조언을 잘 새겨 들으세요, 안 그러면 평상시의 고결한 환자 진료에 열심히 임하는 대신 언젠가는 돌팔이 의료나 하는 요양원이나 차린다는 소릴 들을 겁니다!"

그는 이런 비난을 받자 리오라에게 이렇게 품평했다:

"존엄 좋아하네! 내가 내 방식대로 연구를 했다는 건 말이지, 아, 고틀립처럼 썰렁하게 현실과 동떨어진 연구 말고 진정으로 실용적인 연구란 말이야, 그리고 손델리우스 같은 이가 내 연구 성과를 가져가서 사람들에게 떠먹여주도록 했을 거야. 그러면 나는 그 사람들과 그들의 가축 그리고 그들의 얼룩무늬 고양이들까지 건강하게 만들었을 걸. 그들이 원했던 원하지 않았던 말이지. 그게 바로 내가 하려던 일이었어!"

이런 분위기에서 그는 미니애폴리스 신문에서 라이트 미들급 챔피언의 결혼에 관한 컬럼과 I.W.W. (Industrial Workers of the World, 세계산업노동자연맹) 선동가를 집단 린치했다는 세줄짜리 기사 사이에 다음과 같은 공지가 뜬 것을 발견했다:

콜레라 예방의 권위자로 잘 알려진 구스타브 선델리오스는 다음 주 금요일 저녁 대학 여름학교에서 '보건을 지키는 영웅들'에 대한 연설을 할 예정이다[7].

그는 집으로 달려가 환호하며 말했다. "리오라! 손델리우스가 미니애폴리스에 강연하러 온대. 나 거기 갈 거야! 가자고! 우리 함께 그의 강연을 듣고 그와 토론하고 할 수 있는 거 다 하자고!"

"아니, 당신 혼자 가. 이 마을과 우리 친정 그리고 나에게서 잠시 떠나 있는 것도 당신에게 괜찮을 거야. 난 가을에 당신이랑 갈게. 솔직히 내가 중간에 끼지 않아야 당신이 손델리우스 박사와 유익한 얘기를 충분히 나눌 수 있을

---

[7] 이름 표기 철자가 미묘하게 바뀌었다. 제16장에 처음 소개될 때는 Gustaf Sondelius, 구스타프 손델리우스였는데, 이 기사에서는 Gustave Sundelios, 구스타브 선델리오스로 표기하고 있다. 아마 미국식 표기법인 듯 하다. 하지만 이때뿐이고, 이 작품 내내 구스타프 손델리우스로 표기될 것이다.

거야."

"퍽이나 그러겠다! 대도시 의사들과 주 보건 당국 사람들이 그의 주위를 열 겹은 둘러싸고 있을 걸. 그래도 난 갈 거야."

⸜✿⸝ IV ⸜✿⸝

초원은 더웠고, 밀은 따분한 미풍에 덜렁거리고, 대낮에 모는 마차는 재투성이었다. 느릿느릿 달리며 시간을 잡아 먹으니 마틴은 쥐가 날 것 같았다. 그는 졸다가 담배피다가 생각에 잠기다가 하고 있었다. "난 의사 티를 안 낼 거야"라고 그는 다짐했다. "난 거기 올라가면 흡연 구역에서 누군가를 만나도 내가 신발 판매원이라고 말할 거야."

정말 그렇게 했다. 재수 없게도 하필 그가 만난 이는 우연히도 진짜 신발 판매원이었다. 그래서 마틴이 어느 회사에서 왔는지 매우 궁금해 했기에 그는 다시 기분이 더러워진 채로 종일 대여한 마차로 돌아왔다. 미니애폴리스에 도착한 한 낮에 그는 머물 호텔을 알아보기 전에 서둘러 대학으로 가서 손델리우스 강연 티켓을 구했다, 그가 도착하면 마시려고 백 마일을 달려오는 동안 벼르고 있던 대형 잔에 채운 맥주로 먼저 목을 축이고 나서야 표를 구한 것이긴 했지만.

그는 모처럼 처음으로 얻은 자유로운 저녁 일정을 방탕하게 보내겠다는 즐거운 계획을 하였다. 그는 어딘가로 가서 누군가를 만나 웃음과 이야기 그리고 많은 술 - 물론 과음은 아니고 - 을 같이 즐기고 미네통카 호수로 재빨리 이동하여 달빛 속에서 수영을 즐기고자 했다.

그는 호텔 바에서 칵테일을 마시고 헤네핀 애비뉴의 레스토랑에서 저녁을 먹으며 같이 놀 이들을 찾기 시작했다. 허나 아무도 그를 쳐다보지 않았고,

아무도 동행을 원하는 것 같지 않았다. 그는 외로워서 리오라를 그리워했고, 흥청거리고 싶어하던 그의 열렬하고 순진한 바람은 풀이 죽어가면서 졸음으로 변하고 말았다.

그는 호텔 침대에서 몸을 뒤척이고 뒤척이다가 이렇게 한탄했다. "그리고 아마도 내일 손델리우스 강의는 형편없을 거야. 아마도 그는 그저 제2의 '속물' 로스코 지크일 걸."

☙ V ❧

후덥지근한 밤, 어디로 튈지 모르게 어수선한 학생들이 어슬렁거리며 몰려와 기품 있어 보이는 손델리우스 포스터를 훑어보고는 터덜터덜 가 버렸다. 마틴은 반쯤은 그들처럼 그냥 가버릴까 하고 있었지만, 결국 부루퉁하게 안으로 들어갔다. 강의실은 여름 학기 학생들과 선생님들, 그리고 의사나 교장들로 보이는 사람들로 1/3정도 차 있었다. 그는 뒷자리에 앉아 밀짚 모자로 부채질을 하며 옆에 앉은 구레나룻 남성에게 드는 불쾌감과 더불어, 구스타프 손델리우스에게 못마땅해 하는 감정을 느끼고 있었으며, 자기 자신에 대해서도 어쨌든 별로 좋은 의견도 없었다.

그리고 강의실 안은 활기를 띠었다. 중앙 통로를 따라, 작고 가탈스러운 인상의 별로 도움이 될 것 같지 않은 수행원 한 명을 대동하고, 넓은 이마에 아마빛[8] 곱슬머리를 하고 만면에 미소를 띤 뉴펀들랜드 견처럼 생긴 이가 요란하게 들어왔다. 마틴이 일어섰다. 손델리우스가 스웨덴식 발음과 스웨덴어 특유의 억양 없이 단조로운 말투로 마치 뮤지컬 공연 하듯 우렁차게 강연을

---

8 Flaxen: 갈색과 금색의 중간쯤.

시작하자, 그는 심지어 사람 힘 빠지게 만들던 옆자리 남자 조차도 신경 안쓰고 기꺼이 참아줄 수 있을 만큼 크게 고무되었다. 손델리우스는 이렇게 강연을 했다:

"의학 전문가는 오직 한 가지 욕구만을 가질 수 있습니다: 바로 의학 전문가를 무너뜨리는 것입니다. 비전문가들로 말하자면, 그들도 단 한 가지만 확신하고 있습니다: 자기들이 알고 있는 건강 지식의 9할은 옳지 않다는 것, 그리고 나머지 1할에 대해서는 전혀 모른다는 겁니다. 버틀러가 그의 작품 'Erewhon'[9]에서 언급했듯이… 그 자식이 제 아이디어를 도둑질 했어요, 아마도 제가 그런 아이디어를 갖게 되기 30년 전이겠죠… 우리가 교수형에 처해야 할 유일한 범죄는 결-핵-에 걸렸다는 죄입니다."

"허걱!"하고 청중들이 반응을 보였다. 이거 재미 있어 해야 하나, 아니면 기분 나빠 해야 하나, 따분한 의견이라고 해야 하나, 혹은 그건 옳지 않다고 바로 잡으려 해야 하나 혼란스러워 하면서.

손델리우스는 목소리가 큰 연자였지만, 청중을 사로 잡는 비법을 아는 이였다. 그의 강연을 들으며 마틴은 황열을 정복한 영웅, 리드, 아그라몬테, 캐롤, 그리고 라지어를 보았다[10]. 강렬한 태양 아래 역병과 기근에 시달리는 멕시코 항구에 상륙했으며, 산길을 함께 타고 올라 티푸스로 초토화되어 있는 마을로 올라갔다. 그와 함께 아기들이 삐쩍 말라 뼈만 남아 앙상했던 힘겨운 8월, 얼음을 독차지하던 집단과 번지르르 하지만 날은 무디어버린 법의 칼로

---

9 Erewhon: 1872년 새뮤얼 버틀러가 쓴 소설로, 가상국가 Erewhon을 설정하여 산업 혁명으로 급속 발전하고 있으면서 각종 사회 문제로 골치를 앓던 빅토리아 시대를 풍자하였다. 그 나라에서 질병은 죄악으로 간주되어 처벌 받는다. 이 작품에서는 특히 인공지능의 출현을 처음 언급한 것으로도 유명하다. 그 나라에서는 인공지능의 폐혜에 대한 우려로 모든 기계를 다 파괴하였다는 설정이다. Erewhon은 nowhere를 거꾸로 쓴 명칭이다.

10 리드: 월터 리드, 아그라몬테: Aristides Agramonte, 쿠바 출신의 의사로 열대의학과 세균학의 권위자, 캐롤: James Carroll, 미 군의관으로 월트 리드와 같이 연구함, 라지어: Jesse William Lazear, 쿠바 태생의 의사. 이들 모두 다 합심하여 황열의 퇴치에 공헌한 이들이다.

싸웠다.

"내가 하고 싶던 게 바로 그거야! 어설프게 많은 환자들을 보는게 아니라 새로운 세상을 만드는 거야!"라고 갈망하듯 마틴이 말했다. "제길, 그를 따라 불 속으로 뛰어 들어야지! 그리고 공중 보건 성과를 비판하는 비관론자들을 까는 것 좀 보라구! 어떻게든 단 몇 분만이라도 그를 만나 얘기 좀 할 수 있다면…."

그는 강연이 끝난 후에도 가지 않고 어슬렁거렸다. 십여 명의 사람들이 연단에 있는 손델리우스를 둘러쌌고, 몇 명은 악수를 나눴으며, 몇 명은 질문을 던졌고, 한 의사는 "하지만 무료 진료소와 사회주의로 흘러 들어가는 그 모든 것들의 위험성은 어떻게 보십니까?"라고 우려했다. 마틴은 손델리우스가 그들과 용무가 끝날 때까지 뒤로 물러서 있었다. 미화원 한 명이 아주 단호하게 이제 그만들 귀가하시라고 암시하며 창문을 닫고 있었다. 손델리우스는 주위를 둘러보았고, 마틴은 저 위대한 이가 혼자 남았다고 판단했을 것이다. 마틴은 그와 악수를 하고는 잔뜩 긴장해서 떨리는 목소리로 말을 했다:

"선생님, 혹시 어디 딱히 가실 일이 없으시다면, 저랑 같이 나가서, 어, 얘기를 좀…."

손델리우스는 환한 표정으로 그를 바라보며 말했다. "한 잔 하자구요? 가능할 것 같네요. 오늘 저녁 강연에서 제가 한 그 개와 개 벼룩에 대한 농담은 어땠어요? 청중들이 재미있어 했을까요?"

"오, 물론이죠, 장담합니다."

타타르인 오천 명의 굶주림을 해결했고, 중국의 대학에서 학위를 받았으며, 발칸 반도의 꽤 훌륭한 왕의 작위 수여를 거절했다는 설이 있던 그 전사는 자신을 따르는 무리를 흐뭇하게 바라보며 이렇게 물었다. "괜찮았다구요? 정말이죠? 청중들이 좋아했죠? 오늘 밤은 너무 덥군요. 전 일주일에 아홉 번을 강의해 왔어요. 아이오와 주 더모인(Des Moines), 포트 닷지(Fort Dodge), 라 크로스(LaCrosse), 일리노이 주 엘진(Elgin)과 졸리엣(Joliet: 하지만 그는 그것을 조-리-에이라고 발음했다) 그리고, 아, 까먹었다. 제 강연 괜찮았나요? 반응이 좋았죠?"

"그냥 멋졌죠! 오, 청중들 머리 속에 쏙쏙 다 들어왔어요! 솔직히 전 생전 이렇게 멋진 강의를 만끽한 적이 없었습니다!"

그 선지자는 환호했다. "따라 오세요! 술 한 잔 사리다. 위생학자로서 전 알 코올과 전쟁을 치르고 있지요. 너무 많이 마시면 커피나 심지어 아이스크림 소다만큼이나 해롭죠. 하지만 대화하기 좋아하는 사람으로서 나는 오랜 시간 위스키와 소다를 마시다 보면 인간의 어리석음이 매우 잘 녹아버린다는 걸 알고 있지요. 여기 디트로이트에서 필스너 맥주 마실 만 한 좋은 곳 아세요? 아니다, 저 지금 어디 있는 거죠? 미니애폴리스 맞죠?"

"좋은 맥주 집이 하나 있다는 얘기는 들어서 알고 있지요. 그럼 여기 바로 근처에 다니는 전차를 타면 되겠네요."

손델리우스가 그를 바라보았다. "아, 예약해 놓은 택시가 와 있어요."

마틴은 이 호사스러움에 무안해 했다. 택시에 승차해서 그는 이런 유명인 과 얘기할 때 쓸 적절한 말들을 고르는 데 골몰하고 있었다.

"박사님, 유럽에도 도시마다 보건 위원회가 있나요?"

손델리우스는 그 말을 무시하고 이렇게 말했다. "저 여자가 지나가는 것 봤어요? 발목 끝내주네! 어깨는 어떻고! 그 맥주집에서 나오는 맥주는 괜찮 은가요? 고급스러운 코냑이라도 있을까요? 쿠르부아지에 1865 코냑을 아나 요? 이런! 내가 지금 강의하고 있네! 그만 할게요. 이런 밤엔 정장을 입는 거 지요! 있잖아요, 제 강의에서 하는 말은 정말 미친 것들이에요. 하지만 이제 진지한 분위기는 다 잊어버리고 마시자구요. 'Der Graf von Luxemburg[11]'에 나온 노래를 부르면서요. 아름다운 소녀들을 에스코트 하는 이들에게서 떼어내어, 'Die Meistersinger[12]'가 주는 즐거움에 대해 논의해 봅시다, 그건 제가 유일하게 좋아하는 것이지요."

맥주 집에 가자 저 박학다식한 손델리우스는 코스모스 클럽[13]에 대해 이야기해 주었고, 유아 도덕성에 대한 핼리의 조사, 베네딕토 포도주와 애플잭 브랜디를 섞는 게 괜찮은지, 비아리츠[14], 할데인 경[15], 도운-버클리(Doane-Buckley) 우유 검사법, 영국 소설가 조지 기싱(George Gissing), 그리고 homard thermidor[16] 에 대해 무궁무진한 화제를 쏟아냈다. 마틴은 손델리우스와 자기 사이에 접점이 있는지를 찾고 있었다. 마치 악명 높은 사람을 접하거나 낯선 외국에서 어떤 이를 만나면 누구나 그렇게 하듯이. 아마 그는 "전 자신을 잘 아는 사람을 만난 것 같군요"라거나 "당신이 쓴 논문을 다 읽어서 즐거웠지요"라고 말할 수도 있었다. 하지만 그는 다음과 같은 질문을 던졌다. "당신은 제가 졸업한 의과대학의 두 거물인 실바 학장과 막스 고틀립을 만난 적이 있으신가요?"

"실바? 기억이 안 나네요. 하지만 고틀립… 그를 아세요? 오!" 손델리우스는 힘차게 팔을 흔들었다. "최고죠! 과학의 정수! 맥거크 연구소에 갔다가 그와 얘기를 나누는 즐거운 시간을 가졌지요. 그는 여기 앉아 떠들어대는 저처럼 굴지 않을 겁니다! 절 서커스 광대처럼 만든다니까요. 그는 제가 역학에

---

11 룩셈부르크의 백작: 1909년 비엔나에서 초연된 오페라.

12 1868년 뮌헨에서 초연된 바그너의 오페라.

13 19세기 말 미 워싱턴 DC에서 만들어진 고급 사교 클럽으로, 과학, 문학, 정치 등의 거물급 인사들이 주요 멤버이다.

14 프랑스의 항구 도시.

15 Lord Haldane: 영국의 법률가이자 철학자. 국무 장관을 역임함.

16 프랑스식 가재 요리.

대해 언급한 모든 걸 진지하게 받아들이고 반론을 펴서 제가 얼마나 어리석은지를 적나라하게 깨닫게 해 주었죠! 허허허!" 그는 환하게 미소를 지었고, 미국 관세가 너무 높은 것에 대한 비판으로 화제를 옮겼다.

그가 다루는 화제 하나하나 적절한 즐거움을 주고 있었다. 손델리우스는 술을 아주 잘 마셨고, 잘 취하지 않았다. 그는 필스너 맥주, 위스키, 블랙 커피, 그리고 웨이터가 독주라고 주장하는 음료를 섞어서 마셨다. "전 자정이 되면 자야 해요"라고 그는 한탄하며 이렇게 말을 이어갔다. "하지만 이렇게 좋은 대화 분위기를 중도에 끝내는 건 중대한 죄이지요. 항상 조금만 더 얘기하고픈 유혹을 받는다니까요! 전 유혹에 약해요! 그러나 전 다섯 시간은 자야 합니다. 절대로요! 내일 저녁에 아이오와 어딘가에서 강연이 있어요. 이제 나이 오십이 넘고 나니 예전과 달리 세 시간 이상 버티기가 힘드네요. 그래도 앞으로 제가 대화 소재로 삼을 만한 것들을 꽤 많이 얻었네요."

그는 그 어느 때보다 수다스럽다가 불쾌한 기색을 보이기 시작했다. 옆 테이블에 앉은 무뚝뚝해 보이는 남자 하나가 그들의 대화에 귀를 기울이다가 그들을 빤히 보며 비웃었다. 손델리우스는 해프킨의 콜레라 혈청 얘기를 하다 말고 화를 내기 시작했다:

"저 자식 한 번만 더 날 쳐다보면 말이지, 당장 달려가 죽여버릴거요! 난 평화를 사랑하는 사람이고 젊지 않지만 날 빤히 쳐다보는 건 못 참아요. 지금 가서 시비를 가려야겠어요. 좀 패주기도 하고!"

웨이터들이 달려오는 동안 손델리우스는 그 남자에게 달려들어 엄청난 주먹으로 위협하고 있었는데, 결국 웨이터들이 저지해서 그와 악수를 몇 번 나누고 마틴에게 데려왔다.

"이 사람은 내가 태어난 예테보리 시골 고향 출신이네요. 직업은 목수. 앞게나, 닐슨, 앉아서 한 잔 해. Herumph! VAI-ter![17]"

목수는 사회주의자였고, 스웨덴의 제7일 안식일 예수 재림 교회 신도였으며, 격렬한 논쟁가였고, 스웨덴식 증류주인 아쿠아비트를 좋아했다. 그는 손델리우스를 귀족이라고 비난했고, 마틴의 경제학에 대한 무지를 비난했고, 웨이터에게는 브랜디에 대해 비난했다. 손델리우스와 마틴 그리고 웨이터는 대차게 대답했고, 대화는 화목해졌다. 이윽고 그들 셋은 맥주 집을 나와서 그때까지도 기다리고 있던 예약 택시를 탔고, 거기서 논쟁은 계속되었다. 마틴은 자기들이 이후 어딜 갔었는지 정말 기억해낼 수가 없었다. 그가 그들과 보낸 일들은 어쩌면 다 꿈이었는지도 모른다. 한때 그들은 유니버시티 애비뉴였음에 틀림없었던 긴 거리의 노상 숙박업소에 있었고, 한 때는 워싱턴 애비뉴 사우스의 살롱에 있었다. 거기 있는 바 끝에는 세 명의 부랑자가 자고 있었다. 한때는 목수의 집에도 있었는데, 거기서는 누군지 알 수 없는 남자 하나가 그들에게 커피를 끓여 주었다.

그들은 어디에 있었건 모스크바와 퀴라소, 무르월럼바에 동시에 있었다. 그 목수는 공산주의 주들을 건설했고, 반면에 손델리우스는 사람들을 채근해서 살기 좋게만 만들 수 있다면 사회주의 치하에서 일하건 황제 치하에서 일하건 상관하지 않는다고 주장하며, 결핵을 완전히 멸절시켰고, 동이 틀 때쯤에는 암까지 퇴치했다.

그들은 새벽 4시에 헤어지면서 눈물을 흘리며 미네소타나 스톡홀름, 리우, 또는 남쪽 바다 어딘가에서 다시 만나자고 맹세했고, 마틴은 사람들이 병에 걸리도록 하는 이 모든 말도 안 되는 것들을 끝내기 위한 실천을 윗실배니아부터 시작하기로 했다.

---

17 화가 났거나 못마땅 할 때 목 구멍 안의 가래를 으르르르하고 굴리다 삼키는 소리. 원래는 harrumph인데 아마도 스웨덴식 표기를 한 듯 하다.

그리고 위대한 신 손델리우스는 실바 학장을 죽였고, 실바는 고틀립을, 고틀립은 명랑한 화학자 "앙코르" 에드워즈를, 에드워즈는 비커슨을, 비커슨은 장관의 아들을 죽였는데, 그 아들은 자기 집 헛간에서 진짜 공중 그네를 타고 있었다[18].

---

[18] 이 대목만은 아무래도 마틴의 꿈이 맞는 것 같다.

의사과학자 애로우스미스

18장

과유불급 그리고 미운 정, 고운 정

❦ I ❦

밴더하이데 그로브의 닥터 워스타인(Woestijne)은 시간을 내어 크린센 카운티의 보건국장으로 일했지만, 보수가 썩 좋지 않았고, 그의 입장에서 별로 흥미도 없었다. 그런데 마틴이 불쑥 찾아와 반값으로 모든 일을 해주겠다고 하자, 워스타인은 자애롭게 그 제안을 받아들이며, 그 일을 하면 그가 하는 의원 영업에도 큰 영향을 줄 것이 확실하다고 말했다.

정말 큰 영향을 주었다. 그 일을 함으로써 그의 의원 일은 거의 망하다시피 하였다.

공식적인 임명은 없었다. 마틴은 워스타인의 이름을 공문에 서명했고(그때그때 기분이 내키는 대로 여러 가지로 다양하게 철자를 썼다), 카운티 위원회는 마틴의 제한된 권한을 인정했지만, 관련된 모든 것은 아마도 불법이었을 것이다.

그가 보건 당국자로서 처음 화를 냈을 때는 약간의 과학적인 근거와 미미한 영웅 심리가 있었는데, 같은 마을 사람들에게 엄청나게 짜증을 냈다. 그는 여기저기 들쑤시고 다녔는데, 비슨 부인의 재로 채워진 통에서 악취가 난다고, 노블럼 씨가 거리에 거름을 쌓아 놓았다고, 학교 위원회에게는 교내 환기 장치 부실과 아이들이 이를 닦는 것에 대한 교육이 부족하다고 비난했다. 사람들은 그의 무종교, 도덕적 해이, 애향심 부족 등을 거슬려 한 적이 있었지만, 지저분 해도 평소 편리하고 어쩌면 유익하기까지 했던 생활 방식을 건드리니 그만 폭발하고 말았다.

마틴은 정직하고 사람 질리게 할 정도로 지독하게 성실했다, 하지만 그에게는 비둘기의 순수함이 있던 반면 뱀처럼 교활한 지혜는 부족했다. 그는 사람들에게 자신의 사명을 이해시키지 못했고, 이해시키기 위해 노력하지도 않았다. 워스타인의 분신으로서 그의 권위는 문서상으로는 위세가 있지만 실제 이행하는 데는 무력 했고, 그가 건드려서 사람들이 보인 완고한 저항을 누르려고 하는 것은 아무 의미가 없었다.

그는 쓰레기 투기를 감시하는 데서부터 시작하여 감염 적발까지 나아갔다.

델프트 마을 사람들에게는 장티푸스 전염병이 유행했는데, 이는 한때 누그러졌다가 나타나기를 반복했다. 마을 사람들은 이 병은 마을 개울가에서 6마일 위의 지역을 불법 점유하고 있는 원주민 부족에서 기인했다고 믿었기 때문에, 이들을 집단 린치할 것을 고려하고 있었다. 이는 이들에 대한 실질적인 응징이자 밀 농사 와중에 즐기는 재미있는 여흥이라 여겼다. 마틴은 6마일 저쪽의 부족들은 사실 그 어떤 폐기물도 다 정화해 주고 있으며, 그렇기에 그들이 원인은 아니라고 주장했지만, 이로 인해 그는 크게 비난을 받았다.

밀 판매자인 카에스는 텔프트의 밀 엘리베이터에서 "쌤은 좋은 사람이지, 그는 말입니다, 여기 저기 들쑤시고 다니면서 우리가 위생에 더 각별히 신경 써야 한다고 떠들고 다니지요! 자, 우리 말이지 총 맞아 마땅한 나쁜 놈들이

의사과학자 애로우스미스

어디 있는지 알려주자고, 어쨌든 그런 놈들은 보헝크[1]일게 뻔하지. 쌤은 딴게 아니고 살균이란 게 얼마나 좋은지 그리고 다른 멍청한 이야길 뜨겁게 입김을 뿜으며 말한다니까"라고 말했다.

마틴은 자신의 의원 운영을 소홀히 한 것은 아니고 그렇다고 해서 확실히 확장한 것도 아닌 채, 온 카운티를 쓸고 다니며 델프트에서 5마일 경계 이내에서 최근 발생한 모든 장티푸스 증례를 하나하나 지도에 표시하였다. 또한 우유 배달 경로와 식료품 배달 경로를 조사했다. 결국 그는 대부분의 환자들이 순회 재봉사가 방문한 직후에 발병했음을 알아내었다. 그녀는 선량하고 거의 강박적일 정도로 위생에 신경 쓰는 노처녀였는데, 4년 전에 장티푸스를 앓았었다.

그는 "그녀는 만성 세균 보균자입니다. 확인 차 검사 받아야 해요."라고 공표했다. 그는 그녀가 어느 늙은 농부 목사의 집에서 바느질 일을 하는 것을 발견했다.

그리고 그녀는 약간 분개하며 검사를 거부했다. 그리고, 그가 떠나자, 목사가 현관에서 그에게 저주의 말을 퍼붓는 동안, 그녀가 모욕감에 우는 소리가 들렸다. 그는 마을 경찰관을 대동하고 돌아와, 그녀를 체포하여 카운티의 가난한 농장에 마련한 격리 병동에 가두었다. 그녀의 분비물을 검사한 결과, 그는 수십억 마리의 장티푸스 균을 규명해 내었다.

그녀는 신체적으로 허약해서, 판자로 둘러쳐진 흰색 페인트의 병동 생활이 편치가 않았고, 수치심과 공포를 느꼈다. 항상 사람들에게 사랑을 받았고 점잖고, 허름한 차림의 밝은 눈매의 노처녀로 아가들에게 선물을 주고 과로에 지친 농부 부인들이 저녁 식사 마련하는 걸 도왔으며, 참새 같이 가냘픈 목소

---

1 보헝크, Bohunk: 동유럽 출신의 이민 노동자에 대한 멸칭. 주인공 사는 동네 사람들 대다수가 동구권 출신임을 상기하시라.

리로 아이들에게 노래를 들려주던 이였다. 그런데 마틴이 그녀를 박해하니 비난을 받을 수 밖에. "그 여자가 그렇게 가난하지만 않았어도 그 여자를 그렇게 괴롭히지 못했을 것이구먼"이라고 그들은 말했고, 감금한 것에 대해 시끌시끌 했다.

마틴은 조바심이 났다. 그는 그녀를 찾아가, 달리 격리할 장소가 없다는 것을 이해시키고, 소일거리 할 잡지와 과자를 가져다 주었다. 하지만 그는 단호했다. 그녀는 풀려날 수 없었다. 그녀로 인해 적어도 100건의 장티푸스 환자가 생겼고, 그 중 9명이 사망했다고 그는 확신했다.

온 마을 주민들이 그를 조롱했다. 지금 생기고 있는 장티푸스의 원인 제공자라… 4년 동안 증세도 안 보이고 잘만 살고 있는 그녀가? 보건 위원회는 이웃 카운티에서 닥터 헤셀링크를 호출해서 자문을 구했다. 그는 마틴의 의견과 그가 그린 발병 기록 지도에 동의를 하였다. 이제는 카운티 위원들이 만나는 회의 마다 전쟁터가 되었고, 마틴이 망할지 아니면 영예를 얻을지는 불분명했다.

리오라가 구세주로 등장해 그와 그 재봉사 모두를 구했다. 리오라는 "그녀를 치료할 수 있는, 그리고 만약 완치가 안 된다면 계속 입원 시켜 줄 수 있는 큰 병원으로 보내는 것이 어떨까요?"라고 말했다.

그 재봉사는 요양원에 들어갔고, 그녀의 남은 인생 동안 모두에게 다정한 인상을 남기며 잊혀졌다. 그리고 최근까지 그를 적대시 했던 이들은 마틴에게 "일 굉장히 잘하네요, 그리고 그 일이 딱 체질이여"라고 말했다. 헤셀링크는 일부러 차를 몰고 와서 그에게 다음과 같이 말해주었다. "이번 일은 꽤 잘 처리했어요, 애로우스미스. 이제 자기 일에 제대로 정착하고 있는 걸 보니 제

의사과학자 애로우스미스

가 다 기쁘군요."[2]

마틴은 약간 우쭐해져서, 또 전염병 유행이 새로 발생하자 곧바로 오버를 하기 시작했다. 그는 정말 운이 좋게도 두창 확진 증례 하나와 의심 증례를 여럿 경험 했었다. 이번에 생긴 질환들 중 일부는 헤셀링크의 영역인 멘켄 카운티의 경계를 넘었는데, 헤셀링크는 그의 추정을 일소에 부쳤다. "그건 아마도 모두 수두일 겁니다. 당신이 두창으로 진단한 한 증례만 제외하구요. 여름에 두창은 드물죠."라며 그는 웃었다. 반면에 마틴은 두 카운티를 왔다 갔다 하며 전염병 대유행의 재앙이 생겼다고 주장하고, 양쪽 카운티 주민들 모두 백신을 맞아야 한다고 강경하게 호소하였다. "열흘에서 2주 안에 여기에 지옥같은 상황이 벌어질 것이라구요!"

그러나 윗실배니아와 다른 두 마을 예배당을 담당하던 모라비아 교단의 목사는 백신 반대론자여서 접종하지 말라고 설교를 하였다. 마을사람들은 목사 편에 섰다. 마틴은 집집마다 다니며 무료로 놔 줄테니 접종하라고 간청했다. 그는 리더로서 자기를 믿고 따르라고 해 본 적이 없기 때문에, 마을 사람들은 의문을 표시하고, 어김없이 현관에서 문전박대하며 오랜 시간 말다툼을 했으며, 마틴이 술에 취했다고 낄낄대며 비웃었다. 그 몇 주 동안, 마틴이 마신 가장 독한 음료는 술이 아니라 시골 특유의 쓰디 쓴 진한 커피였지만, 마을 사람들은 그가 매일 술이나 처 마신다고 서로 흉을 봤고, 목사님이 설교 시간에 그의 비행을 폭로하기 직전이라고 수군댔다.

두려워하던 열흘이 지나고, 2주까지 지났는데, 발생한 환자들 모두 따져보니 첫 증례를 제외하고는 모두 수두였다. 헤셀링크는 고소해 했고, 마을 사람

---

2 이 일화는 아마도 20세기 초에 무증상 장티푸스 보균자로서 수많은 사람들을 본의 아니게 전염시켰던 장티푸스 메리 - Typhoid Mary - 의 에피소드를 따 온 듯하다. 그녀는 2 차례에 걸쳐 '체포'되어 결국 격리 상태로 병원 및 요양원에서 평생을 보낸다. 현대의 관점에서 보면 상당한 인권침해였던 셈이다. 요즘에는 이런 보균자를 보기 힘들며, 있다 하더라도 항생제 치료로 보균 상태를 종결시킬 수 있다.

들은 크게 환호했으며, 마틴은 조롱거리가 되었다.

그는 자신이 못 돼먹은 것에 대해 마을 사람들이 뒷담화하는 것에는 단지 조금만 기분 나빠 했고, 매일 저녁마다 서서히 우울해지면서 이 마을을 이만 떠날까 하고 고려해 보고 있었을 뿐이었지만, 그들의 비웃음은 참지 못해서 그는 흑화되어 화가 잔뜩 났다.

리오라는 차분하게 그를 다독였다. "이 또한 지나갈 거야," 라고 그녀가 말했다. 하지만 지나가지 않았다.

가을이 되자 그에 대한 조롱은 마을 농부들 모두가 신나게 씹어대는 오락거리가 되었다. 그들은 돼지 기르는 사람은 누구나 두창에 걸려 죽을 것이라고 마틴이 단언했다고 장난기 가득하게 농을 했다. 그리고 그는 항상 일주일 내내 취해 있으면서 담석부터 속쓰림까지 모든 질환들을 두창이라고 진단한다고 놀려댔다. 그와 마주치면 기분 나쁘게 할 의도 없이 킥킥대며, "쌤, 제 턱에 뾰루지가 났어요. 무얼까요⋯ 혹시 두창?"이라고 말했다.

차라리 미워할 것이지, 놀려대는 것은 더욱 끔찍했다. 만약 그에게 폭압적으로 군다면, 놀려대는 것 못지 않게 즐거웠겠지만, 이는 그들이 착하고 현명하게 구는 걸 멈추며 특유의 미덕을 더럽히는 셈이었다.

이웃 주민들에게 갑자기 디프테리아 대유행이 정말로 벌어져서 마틴이 항독소를 맞으라고 불안한 어조로 권장하였으나, 마을 주민의 절반은 그가 메어리 노박의 목숨을 구하지 못했던 옛 일을 상기했고, 나머지 절반은 강력하게 반대했다. "오, 우리 그만 좀 놔 둬요! 쌤이야말로 뇌에 병이 들었구면요!" 상당수의 아이들이 실제 디프테리아로 죽는 일이 발생했지만, 그렇다고 해서 마을 사람들이 그를 놀리는 스포츠를 포기한 건 아니었다.

그러다 보니 마틴은 귀가하여 리오라에게 조용히 말했다. "난 완전히 놀림감이 됐어. 아무래도 여길 떠야겠어. 내가 여기서 할 수 있는 일은 더 이상 없어. 저들이 나를 다시 믿어주려면 세월이 한참 걸릴 거야. 저들은 정말 지독하게 유머가 넘쳐! 난 여길 떠나 진정한 직업을 찾아야 하겠어, 공중 보건이라는 직업."

"난 좋아! 자기는 여기 사람들에겐 분에 넘치는 사람이야. 우린 자기가 하는 일을 제대로 인정해 줄 만한 더 큰 무대를 찾게 될 거야."

"아니, 억울해. 난 여기서 실패 했어. 난 너무 많은 사람들을 적대시 했어. 난 그들을 어떻게 다루어야 할지 몰랐어. 우린 잘 지낼 수 있었고, 실제 그렇게 하려 했어, 다만 인생은 짧고, 어떤 분야에서는 내가 유능하다고 생각해. 겁쟁이가 될까 봐 걱정해 왔고, 도망가는 것, 그러니까 뭐더라.. 아, 일하다 말고 관두는 것에 대해 쪽 팔리다고 생각했었어. 이젠 아니야! 맙소사, 난 내가 뭘 잘할 수 있는지 알겠어! 고틀립은 그걸 알았어! 난 이제 그 일을 다시 시작하고 싶어! 그렇게 하자, 알았지?"

"물론이지!"

❦ II ❦

그는 미국 의학협회 저널에서 구스타프 손델리우스가 하버드에서 일련의 강의를 하고 있다는 것을 읽은 적이 있었다. 그는 편지를 보내서 공중 보건에 동참 시켜주겠다던 약속을 기억하고 있는지 물어보았다. 손델리우스가 답장을 보냈다. 꽤 지저분한 악필로 쓰길, 그는 미니애폴리스에서 함께 즐겁게 보냈던 일을 기억하고 있고, 메타트롬빈의 성질에 대한 하버드 대학 엔트위즐의 의견에 동의하지 않으며, 보스턴에 훌륭한 이탈리안 레스토랑이 있고, 보건 행정 공직자인 친구들에게 자리가 있는지 알아봐 주겠다고 하였다.

이틀 후 그는 다시 답장을 보내길, 아이오와 주 노틸러스 시의 공중보건국

장인 앨머스 피커보(Almus Pickerbaugh) 박사가 바로 아랫 사람을 찾고 있기에, 아마도 기꺼이 서류를 보낼 의향이 있을 것이라고 하였다.

리오라와 마틴은 즉시 연감을 뒤져 보았다.

"끄아아! 노틸러스는 인구가 6만 9천명이야! 반면에 여기는 366명… 아니, 잠깐, 지금은 367명이군, 피트 예스카 그 더러운 놈 집에서 헤셀링크를 불러 방금 신생아가 태어났네. 저 많은 인구! 말이 통하는 인구 말이야! 극장도 있어! 아마도 음악회가 있겠지! 리오라, 우린 마치 학교에서 돌아와서 신난 아이들 같을 거야!"

그는 상세한 정보를 얻기 위해 전보를 쳤는데, 이는 전보 교환원이기도 한 역무원의 엄청난 관심을 끌었다.

그에게 보내 온 등사본 양식에는 피커보 박사가 그 외에도 전임 근무할 수 있는 의료인을 자신의 조수로 필요로 한다고 적혀 있었는데, 의원과 학교 소속 의사들은 파트타임으로 일하는 개인 의사들이었기 때문이다. 그의 조수가 되면 역학자, 세균학자, 사무실 매니저, 간호사들, 낙농장과 위생시설의 일반 검사원들을 관리하게 될 것이었다. 연봉은 2,500달러가 될 것이다. 마틴이 윗실배니아에서 버는 1,500달러나 1,600달러에 비하면 더 많은.

그에겐 적절한 추천서가 필요했다.

마틴은 손델리우스에게, 실바 학장에게, 그리고 이제는 뉴욕의 맥거크 연구소에 있는 막스 고틀립에게 편지를 썼다.

피커보 박사가 그에게 이렇게 알려왔다. "실바 학장과 손델리우스 박사로부터 당신에 대한 아주 좋게 평하는 편지를 받았지만, 고틀립 박사가 편지는 특히 놀라웠어요. 그는 당신이 실험실 인력으로서 희귀한 재능을 가지고 있다고 하더군요. 당신에게 임명되었음을 전보 연락하게 되어서 매우 기쁘군요."

마틴은 비로소 실감이 났다: 버트 토저의 그 지겨운 깐족 거림, 피트 예스카와 노블럼 부부가 마틴 네를 엿보는 짓을 참아내던 윗실배니아를 떠난다는 것이, 그렇게나 요지부동으로 바뀌지 않던 시절에서 벗어나 닥터 헤셀링크가 보이던 우월감과 닥터 코플린의 악의로 가득 찼던, 그리고 그런 것에 일일이 상대하느라 실험실에서 연구할 시간을 거의 내지 못했던 이 모든 것을 뒤로 하고, 투 마일 그로브에 있는 레오폴리스 도로로부터 남쪽으로 지겹도록 한없이 뻗어있는 도로를 질주하며 위대한 도시 노틸러스를 향해 찬란한 업적을 이루려고 떠난다는 것이.

"리오라, 우리 떠나는구나! 정말로 가는 거야!"

<h2 style="text-align:center">III</h2>

처남 버트 토저: "매제를 배신자라고 부르는 사람들이 있다는 것을 잘 알고 있지? 우리 처가가 매제에게 얼마나 잘해줬는데, 우리에게 곱절로 보답을 해 줬다 해도 말이지. 다른 의사가 여기 새로 와서 우리 가족이 마을에서 누리던 영향력만 빼앗겼다구."

처남의 약혼녀 에이다 퀴스트: "내가 보기엔 말이죠, 여기선 별 인기를 못 얻었지만 노틸러스 같은 큰 도시에서 좋은 시간을 가질 거라 봐요. 버트랑 저는 내년에 결혼할 거고 만약 잘나신 두 분이 거기서 잘 안 되어 슬그머니 돌아오면 우리 집에 데려다 놓고 돌봐야 할 지도 모르겠네요. 근데, 그 우리 집이란 두 분이 세 들어 살던 그 집인데요, 같은 월세로 우리가 들어가는 거예요. 아, 버트. 우리 아예 마트의 의원 자리를 인수하지 그래요. 돈 아끼게. 음, 난 항상 말해왔지만, 우리가 학교에 같이 다닐 때부터 자긴 리오라만큼이나 규칙적인 생활을 꽤나 못 견뎌 했단 말이지."

장인 어른: "그냥 난 이해가 안 된다네. 모든 게 잘 되고 있었는데 말이지. 자네는 여기 진득하게 있으면 언젠가는 일년에 3천 내지 4천 달러를 벌텐데 왜 그러는가. 우리가 자네에게 얼마나 잘 해 주었나? 난 내 연약한 딸이 멀리 떠나서 날 혼자 남게 하는 건 싫다네. 난 날이 갈수록 나이를 먹고 있지 않은 가. 그리고 버트는 나와 어미에게 까다롭게 굴지만, 자네와 리오라는 항상 우리 말을 들어주곤 했지. 지금 계획을 좀 수정해서 여기 그냥 머물러 줄 수는 없겠나?"

원수 피트 예스카: "의사 선생님, 당신이 떠난다고 들었을 때 깃털을 맞아도 쓰러질 정도로 저는 맥이 다 풀렸답니다! 물론 우리 둘은 이 약 문제에 대해 티격태격해 왔지요, 하지만 맙소사! 전 반쯤은 이렇게 생각해 오고 있었죠. 언젠가는 다시 어울려서 당신과 파트너쉽을 만들고 당신 구미에 맞게 약을 쓰시게 할 거라고. 그래서 우리는 대리점을 세워서 작지만 근사한 사업에 착수할 거라고 말이죠. 당신이 곧 떠난다니 정말 유감입니다. 음, 언젠가는 돌아 와서 오리 사냥도 같이 하고, 당신이 일으켰던 두창 소동에 대해서도 농담을 하며 즐기고 합시다. 전 그 에피소드 영원히 못 잊을 거예요. 언젠가 어느 아줌마에게 그 얘기를 해 주는데, 그녀는 귀에서 피가 나면서 이렇게 외치더라니까요, '그놈의 두창 이야기 그만해, 예스카!'"

라이벌 닥터 헤셀링크: "선생, 제가 뭘 들은 거죠? 멀리 떠나시는 거 아니죠? 아니 왜, 우리 둘은 이 깡촌에서 마땅히 그래야 할 수준으로 제대로 의료 행위를 하고 있었잖아요, 그래서 그 한 밤중에도 기꺼이 차를 몰고 왔었죠. 그렇죠? 우리가 뭐 당신에게 섭섭하게 대했나요? 아, 그렇군요, 우리가 그런 것 같긴 하네요. 하지만 그렇다고 해서 우리가 당신을 인정 안 한 건 아니었어요. 여기나 흐로닝언 같이 조그만 곳에선 이웃 주민들을 들들 볶아 귀찮게 해야 했겠죠. 아, 선생, 전 당신이 경험 미숙한 풋내기 의사에서 진정 늠름한 의사로 성장하는 걸 쭉 지켜봤어요. 그리고 이제 떠나신다니, 당신은 그런 내 심정이 어떤지 짐작도 못할 겁니다!"

헨리 노박: "아니, 박사님, 우리를 두고 떠나신다구요? 곧 우리 애가 새로 태어날텐데, 어느 날인가 저는 마누라에게 이렇게 말했어요. '당신에게 몸소 진실을 보여준 의사를 만났다는 건 정말 행운이었어. 우리가 항상 닥터 윈터에게서 느끼곤 했던 그런 거 말고 말이지'"

델프트에서 그를 놀렸던 밀 판매자: "의사 선생, 이게 무슨 소리지요? 가신다구요? 어떤 녀석이 그렇게 말하길래 전 이렇게 응수했지요. '개소리 말어'라고. 하지만 난 이제 쌤이 떠나는 걸 걱정 해야 하네요. 의사 쌤, 제가 봐도 전 입을 함부로 놀려요. 저는 그 장티푸스 전염병 소동 때 저 재봉사가 병을 퍼뜨리고 다닌다는 쌤 주장을 반대 했었지요. 그런데도 제게 좋게 대해줬어요. 쌤, 만약 나중에 여기 다코타 주 상원의원이 되고 싶으시면, 그래서 여기 머무신다면, 제가 이 마을에 영향력이 좀 있거든요, 믿어주세요, 제가 나서서 웃통 벗고 쌤 당선을 위해 열심히 뛰어 드릴게요!"

알렉 잉글블라드: "당신은 운이 좋은 사람이에요!"

마틴과 리오라가 노틸러스를 향해 떠날 때 온 마을 사람들이 기차역에 배웅 나왔다.

눈부시게 빛나는 가을 풍경을 달리는 백 마일의 여정에서 마틴은 마을 사람들과의 헤어짐을 아쉬워했다. "그냥 내려서 돌아가고픈 생각이 드네. 프레이저 가게에서 파이브 헌드레드 카드 게임을 즐겼었잖아! 저 사람들이 어떤 의사를 만날지 생각도 하기 싫어. 맹세컨대, 만약 어떤 돌팔이가 거기 정착하거나 혹은 워스타인 씨가 보건 업무를 다시 소홀히 한다면, 당장 돌아가서 둘 다 내 쫓아 버릴 거야! 그리고 주 상원의원이 되는 것도 어떤 면에선 괜찮을 거야."

그러나 저녁이 깊어 어두워지면서 달리는 긴 열차안은 벽 위에 달린 노란 핀치 가스등 외에는 아무 것도 보이지 않았고, 마틴과 리오라 둘은 그들의 앞에 기다리고 있는 위대한 노틸러스 시를 바라보고 있었다. 높은 명예와 업적이 기다리는 그 도시, 찬란한 모범 도시, 그리고 손델리우스의 찬사, 아마도 심지어 막스 고틀립의 찬사까지 곁들여서 말이다.

19장

노틸러스의 시인 픽커보

≪❀ I ❀≫

얕고 보잘것없는 작은 만(灣)에서 물 공급을 받으면서 시커먼 흙으로 덮인 아이오와 평원의 한복판에 위치하고 있는 노틸러스 시는 매우 뜨겁고 시끌벅적하며 휘황찬란하다. 수백 마일에 걸쳐 키 큰 옥수수들이 정연하게 늘어선 정글을 이루며 솟구치고 있고, 옥수수 벽으로 둘러싸인 길을 땀 흘리며 터벅터벅 걷는 외지인은 옥수수들이 무지막지 하게도 자랐다고 느끼면서 길을 잃고 안절부절 해진다.

노틸러스에다 제니스를 견주는 것은 제니스를 시카고에 견주는 것과 같다.

7만 명이 사는 이곳은 제니스보다는 작은 도시지만 못지않게 활기가 넘친다. 제니스에 있는 12개의 호텔과 필적할 수 있는 큰 호텔이 하나 있는데, 그 호텔의 소유주가 공을 들였기에 그만큼 분주히 돌아가고 표준화되어 있으며 아주아주 현대적이다. 노틸러스와 제니스의 진정한 차이점은 두 도시 모두 거리가 외관상 비슷해 보이지만 노틸러스에서만 수 마일에 걸쳐 집중해 보면 실제로는 그렇지 않다는 것이다.

그 도시의 질을 정의하는 데 있어서 어려운 점은, 그곳이 아주 큰 마을로 봐야할 지 아니면 아주 작은 도시로 간주해야 할 지 아무도 결론 내리지 못했다는 것이다. 운전 기사들과 바카디 칵테일이 있는 업소들이 있지만, 8월 저녁이면 몇몇 시민들을 제외하고는 모두 소매 있는 셔츠를 입고 집 앞 현관에 앉아들 있다. 몽파르나스의 카페에서 5개월 동안 거주한 젊은 여성이 뉴 프로즈라는 작은 잡지를 발행하는 10층짜리 사무실 건물 건너편에는 편안한 느낌을 주는 단풍나무가 심어진 오래된 골조 저택이 있고, 전반적으로 농부들이 마을로 몰고 온 포드 자동차들과 목재 운반 마차들이 줄지어 주차되어 있다.

아이오와주는 땅이 가장 비옥하고 문맹률이 가장 낮으며 토박이 백인과 자동차 소유자 비율이 가장 높고, 미국 모든 주에서 가장 도덕적이고 미래지향적인 도시이며, 노틸러스는 아이오와주에서도 이러한 특징들이 가장 두드러진 도시이다. 환갑을 넘은 이는 세 명 중 한 명꼴로 캘리포니아에서 겨울 휴가를 보낸다. 그들 중에는 패서디나의 말굽 던지기 챔피언도 있었고, 스타 여배우인 메어리 픽포드 양이 1912년 크리스마스 만찬에서 즐긴 칠면조 요리를 선물한 여성도 있었다.

노틸러스는 큰 잔디밭이 있는 큰 집들과 놀랍도록 많은 차고와 높은 교회 첨탑들이라는 두드러진 특징을 갖고 있다. 비옥한 땅은 도시의 가장자리까지 이어져 있고, 거기에 많이 흩어져 있는 공장들, 무수한 철로, 그리고 노동자들이 사는 들쭉날쭉한 오두막들은 거의 옥수수 밭 속에 지어져 있다. 노틸러스에서는 강철로 된 풍차, 유명한 데이지 거름 살포기를 포함한 농기구, 그리고 유명한 아침 식사인 옥수수 밀리스와 같은 옥수수 제품들을 제조한다. 벽돌을 만들고, 식료품을 도매로 판매하며, 콘벨트[1] 협동 보험 회사의 본사가 있다.

가장 작지만 가장 오래된 분야들 중 하나가 머그포드 크리스천 칼리지인데, 217명의 학생들이 재학 중이며, 11명의 강사들을 보유하고 있고, 이들 중 11명이 그리스도 교회의 복사이다. 저 유명한 톰 비섹스(Tom Bissex) 박사는 축구 감독, 보건 감독이자 위생, 화학, 물리학, 프랑스어, 독일어 교수이기도 하다. 속기학과 피아노 학과는 노틸러스를 넘어 널리 유명세를 떨치고 있다. 그리고 비록 몇 년 전 일이지만, 한때 머그포드는 그린넬 대학 야구팀을 11대 5로 누른 적도 있었다. 진화생물학을 가르치는 것 때문에 분쟁이 일어난 불명예를 겪은 적도 없었다.[2] 다시 말해 그 대학에서는 생물학을 가르친다는 생각을 전혀 해 보지도 않고 있다.

❦ II ❦

마틴은 리오라를 노틸러스에서 두 번째로 좋은 구식 호텔인 심스 하우스에 두고, 공중보건국 국장 픽커보 박사에게 자기가 왔음을 보고하러 떠났다.

보건국은 좁은 길, 그러니까 저 커다란 회색 돌로 된 건물인 시청 뒤편 반지하에 있었다. 그가 좀 지저분한 접수실에 들어서자 속기사 아가씨와 방문 간호사 두 명이 매우 반가워하며 맞았다. 그들은 호들갑을 떨면서 "여기 오는데 별 문제는 없으셨죠, 선생님? 닥터 픽커보는 오늘 내로 당장 선생님을 보

---

1 콘벨트, Corn belt는 아이오와를 중심으로, 일리노이, 인디애나 주 등에 걸친 주들의 별칭이기도 하다.
2 아마도 작가는 이 작품이 출간되던 1925년 당시에 미 전역을 떠들썩하게 했던 소위 원숭이 재판을 빗대어 표현한 듯 하다. 성경에 위배된다는 이유로 학교에서 진화론 등을 가르치지 못하게 하는 버틀러 법을 놓고 진화론자와 창조론자들 사이의 대리전 성격으로 치뤄진 유명한 재판이었다. 이 노틸러스 시가 어떤 정서를 가진 곳인지 간접적으로 알려주고 있다.

고 싶어서 안달이셨어요. 부인은 같이 안 오셨나요?"라며 엄청나게 환대를 하였다.

앨머스 픽커보 박사는 마흔여덟 살이었다. 그는 머그포드 칼리지와 와소우 의과대학을 졸업했다. 그는 어느 정도는 루즈벨트 대통령을 닮은 외모였는데, 그와 똑 같은 사각형 얼굴에 똑 같은 강모 콧수염을 하고 있었다. 그리고 그는 그런 닮은 모습을 가꾸고 유지하고 있었다. 그는 화법이 단순하지 않았다. 발랄하게 얘기하는 것도, 공식 석상 연설을 하는 것도 능숙했다.

그는 마틴을 맞이하며 네 번 "자"를 말했는데, 다같이 환대를 한 이후에, 보건국을 안내할 때, 보건국장 사무실로 인도할 때, 그리고 시가를 한 대 그에게 권할 때였다. 그리고 침묵이 이어지다 불쑥 말했다: "선생, 저는 당신같이 과학에 대한 학구적인 자세를 가진 이를 우리 사람으로 받게 되어 기쁘다오. 제 자신이 전적으로 학구적이지 않다고 생각해서는 아닙니다. 사실 저도 따로 시간을 내서 과학 연구를 정기적으로 해 오고 있어요. 이렇게 어느 정도 하지 않으면 가장 열심히 하는 보건 운동조차 엄두도 못 낼 겁니다."

마치 기나긴 세미나가 시작되는 듯 했다. 마틴은 의자에 앉았다. 그는 자신이 받은 시가가 진품인지 의심이 났지만, 그걸 쥐고 있으면 자기가 그의 말에 더 흥미 있어 하는 듯이 보인다는 걸 알았다.

"하지만 전 그것이 타고 난 기질의 문제라는 걸 인정합니다. 전 종종 개인적으로 향상하려는 욕구도 가지지 않으면서, 공중 보건 수행이라는 대단하고 전반적으로 성장하는 분야에 있어서 루즈벨트 그리고 롱펠로우 같은 천재성이 단번에 제게 주어졌으면 했지요. 그 시가는 피워 보니 너무 약한 건 아니지요, 선생? 아니면, 아마도 공중 보건의 롱펠로우라기 보다는 키플링이 더

의사과학자 애로우스미스

나을지도 모르겠어요,[3] 왜냐하면 롱펠로우의 문장은 케임브리지 현자다운 아름다운 문장과 고도의 도덕적인 성향에도 불구하고 키플링 같이 쾅하고 충격을 주는 그런 한 방이 없거든요.

제 생각에 당신도 제게 동의할 것 같군요, 당장 아니더라도 우리가 하는 일이 이 도시에 미치는 영향과 건강 개선의 아이디어를 제공하는 데 거둔 성공을 보게 되면, 이 세상이 필요로 하는 것은 진실로 영감을 주고, 용기가 있으며, 압도적인 지도자, 말하자면 빌리 선데이[4] 같은 인물이라는 것에 동의할 겁니다. 그는 선정주의라는 걸 적절히 사용하는 방법을 알고 사람들로 하여금 나태함에서 벗어나게 계몽을 하였지요. 가끔 신문을 보면, 그리고 그 기사들은 저를 가장 위대한 선교사이자 기독교 설교자인 빌리 선데이에 비유하며, 제게 듣기 좋은 소리만 한다고 봅니다만, 가끔 언론은 제가 너무 인기 지상주의라고 말합니다. 허 참! 만약 그렇게만 이해하고 있다해도, 문제는 제가 그만큼 인기 지상주의자는 아니라는 사실입니다! 아직도 전 노력하고 또 노력하고 있지요. 여기 보세요. 여기 플래카드가 있죠. 제 딸 오키드가 그린 것이고 여기 적힌 시는 제가 겸손하게 쓴 시입니다. 그리고 이 시가 어디에서나 인용되고 있다고 말씀드리고 싶네요:

You can't get health

By a pussyfoot stealth,

So let's every health-booster

Crow just like a rooster.

건강은 얻을 수 없다네

3　롱펠로우는 평생을 매사추세츠 주 케임브리지에서 살았다. 키플링은 영국의 문학가로 특히 '정글북'으로 유명하다.

4　Billy Sunday: 19세기 말 미국 메이저리그 시카고 화이트 스타킹스, 오늘날의 화이트 삭스에서 뛰었던 유명 야구선수인데, 특히 기독교 전도사로 유명했다.

우유부단하게 망설인다면 말이네,

그럼 우리 모두 건강을 증진시켜야지

수탉처럼 우렁차게 울어야지.[5]

그리고 하나 더 있어요, 사소한 거지요. 그것은 요점만 요약한 일반 원칙을 집집마다 강요하는 건 아니지만, 부주의한 주부들에게 영향을 미칠 효과를 보면 놀랄겁니다. 물론 그들이 어린 아이들의 건강을 소홀히 하고 있다는 의도로 말한 건 아닙니다. 단지 배워야 한다는 것이지요. 그리고 그들에게 조금만 힌트를 주면 그리고 이 카드를 보게 되면 자신들이 어떻게 해야 하는지 생각을 하게 되지요:

Boil the milk bottles or by gum

You better buy your ticket to Kingdom Come.

우유병을 삶게나, 안 그럴 건가 세상에나

그럼 내세로 갈 티켓을 사 놓는게 좋겠구나.

저는 5분도 걸리지 않고 즉시 처리했던 몇 가지 일들로 제 나름대로 많이 인정을 받았습니다. 이 스크랩 한 권을 언젠가 시간이 나면 한 번 죽 훑어보세요, 선생, 당신이 최신 지식과 과학적인 자세로 공중 보건 업무에 임하게 되면 무엇을 할 수 있는지를 보여줄 겁니다. 이건 제가 아이오와 주 더 모인에서 강연한 금주 모임에 대한 겁니다, 그러니까, 그 입추의 여지없이 꽉 들어찬 강연장에서, 모든 정신 이상은 93%가 술 때문에 일어난다는 걸 제가 통

---

5 앞으로도 픽커보 박사는 시도때도 없이 시를 읊어 대는데, 우리말로 번역하면 그 특유의 각운을 살릴 수가 없다. 이 시처럼 health-stealth, booster-rooster 처럼 말이다. 그래서 그가 의도한 맛을 살리기 위해 그가 읊는 시는 모두 이렇게 원문도 표기하기로 하겠다.

의사과학자 애로우스미스

계로 증명했을 때, 온 청중이 다 일어났었지요! 그리고 이거, 음, 이건 보건과
는 관련은 없군요, 직접적으로는요, 하지만 이건 아마 당신이 여기서 접하게
될 공공 복리를 추구하는 운동들이 무엇인지 모두 보여줄 겁니다."

그는 신문 스크랩을 하나 내밀었는데, 펜과 잉크로 작은 몸집에 커다란 수
염이 난 그를 그린 캐리커처 위에 다음과 같은 헤드라인이 적혀 있었다:

"선풍을 일으키는 에반젤린 카운티의 피커보 박사가 우리는 교회를 성실
히 다녀야 함을 이 곳 강연에서 보여주다."

피커바우는 훑어 보며 회상하다가 말했다. "멋진 모임이었어요! 우리는 이
곳의 교회 출석률을 17퍼센트 늘렸어요! 아, 선생, 당신은 위네맥 의대를 나
와 제니스에서 인턴쉽을 했군요, 그렇죠? 음, 그럼 이게 당신의 흥미를 끌지
도 모르겠군요. 제니스 애드버커트 타임즈에 실린 첨 프링크의 글입니다, 그
가 누구냐 하면, 아마 당신도 동의하겠지만, 우리 시대의 시인들 중에서도 가
장 위대하고 확실히 가장 사랑 받는 시인인 에디 게스트와 월트 메이슨과 동
급인 인물이지요, 이 글은 읽을 때마다 미국 대중의 문학 취향에 맞는다는 느
낌을 받을 겁니다. 경애하는 첨이여! 그 때는 제가 제니스에 가서 전국 조합
교회 주일학교 모임에서 '건강의 도덕성'에 대해 연설을 하러 왔을 때인데, 어
쩌다 보니 제가 조합 교회 신자가 되어 있더라구요. 그래서 첨은 저에 대해
이런 시를 썼습니다."

Zenith welcomes with high hurraw

A friend in Almus Pickerbaugh,

The two-fisted fightin' poet doc

Who stands for health like Gibraltar's rock?

He's jammed with figgers and facts and fun,

The plucky old, lucky old son—of—a—gun!
제니스는 두 손 높이 들어 환영하네
앨머스 픽커보라는 우리의 벗
두 주먹 굳게 쥐고 싸우는 시인이자 의사
누가 지브롤터의 바위처럼 굳건히 건강을 위해 싸워 주는가?
숫자와 팩트 그리고 유머로 무장한
그 단호하고 운도 좋은 골칫덩이!

활기 넘치던 닥터 픽커보는 잠시 동안 수줍음을 보였다.

"어쩌면 이런 걸 보여주는 제 태도가 좀 뻔뻔한 것 같군요. 제가 이런 독창적인 맛을 가진 시를 읽을 때면, 그리고 이와 같은 진짜배기 자그마한 걸작을 발견할 때면, 저는 제 시가 아무리 '건강의 원인'을 상기시키는 데 도움이 될지언정 진정한 시인은 아니라는 걸 자각하게 됩니다. 제 머리 속에서 나온 지식들은 위생을 가르치고 수천 명의 소중한 생명을 구하기 위해 각자 조금씩이나마 역할을 할 수도 있지만, 그 것들은 첨 프링크 같은 문학 작품이 아닙니다. 아니죠, 저는 그저 사무실 책상물림인 평범한 과학자에 불과하다고 생각해요.

그럼에도 당신은 쉽게 알게 될 겁니다. 제가 노력해서 지은 시들은 유쾌한 웃음과 결정적인 한 방, 그리고 약간의 멜로디를 담아 어떻게 나빴던 점을 개선시키는지, 부주의한 시민들로 하여금 길거리에서 침을 뱉지 않게 하며, 하느님의 위대함으로 가득 찬 야외로 나아가 자기들의 폐에 오존 가득 심호흡을 하고 진정으로 남자다운 삶을 살게 해 주는지 말이죠. 사실, 당신은 제가막 발간하기 시작한 연 2회 발행 잡지의 첫 호를 훑어보면 좋을 겁니다. 사실상 많은 신문 편집자들이 이 잡지에서 인용을 하여 제가 펼치는 운동과 더불어 훌륭한 일을 수행해 줄 것이라고 저는 있어요."

그는 '픽커보의 엄선집'이라는 제목의 팸플릿을 마틴에게 건넸다.

이 책자는 구절과 격언으로 건강, 좋은 길, 좋은 사업, 그리고 도덕의 유일한 기준엔 어떤 것이 있는지를 추천하고 있었다. 픽커보 박사는 학창시절 아이라 힝클리 '목사'가 디감마 파이에서 한때 사용했던 것과 같은 인상적인 통계로 이거 하면 안된다, 저거 하면 안된다 하는 자신의 훈령을 뒷받침했다. 마틴은 1912년 온타리오, 테네시, 와이오밍주 남부 모든 이혼 가정들 중에서 무시무시하게도 53퍼센트의 남편들이 위스키를 매일 적어도 한잔씩은 마셨다는 통계에 뜨끔했다.

이 경고가 마틴에게 준 충격이 가라앉기도 전에, 픽커보는 소년같은 동작으로 그 책자를 마틴에게서 낚아 채고 말했다. "아, 내가 쓴 이 후진 책을 더 읽고 싶진 않을 겁니다. 나중에 시간이 되면 세세히 보세요 하지만 제가 만든 스크랩 제 2권은 아마 당신의 흥미를 끌지도 모르겠어요, 여기 일하면서 무얼 할 수 있는지 힌트를 주는 용도로요."

그가 스크랩북의 헤드라인들 중 무얼 보여줄지 고려하는 동안, 마틴은 픽커보 박사가 자신이 생각했던 것보다 엄청나게 더 유명인사라는 걸 깨달았다. 그는 아이오와 주 최초의 로터리 클럽 설립자, 조나단 에드워즈 조합교회 주일학교 교육감, 모카신 스키 및 하이킹 클럽 회장, 웨스트 사이드 볼링 클럽 회장, 그리고 1912년 황소 무스[6]와 루즈벨트 클럽 회장, 벌목꾼, 무스, 엘크, 메이슨, 오드펠로우, 턴베린, 콜럼버스 기사단, 브네이 브리스[7], 그리고 Y. M.C.A. 연합제의 창립자이자 후원자, 그리고 장년층을 위한 조나단 에드워즈

---

6 진보당의 별명.

7 B'nai B'rith: 유대인의 부당한 대우에 대처하는 목적으로 설립된 유대인 조직.

성경 교실의 하베스트 문 스와레이[8]에서 가장 많은 성경 문구를 암송해 낸 것과 최고의 아일랜드 지그 춤을 춘 것으로 상을 받았다.

마틴은 그의 스크랩 책에서 "양키 닥터의 옛 유럽 여행기"에 대해 노틸러스 센츄리 클럽에서 연설하는 걸 보았고, 머그포드 대학 동창회에서 "올드 머그포드를 위한 남성 체구의 풋볼 코치를 구함"에 대해 말하는 기사도 보았다. 그러나 그의 활약은 노틸러스에서 그치지 않고 노틸러스 바깥에서도 존재감을 크게 과시하고 있었다.

그는 톨레도 상공회의소에서 열린 주간 오찬에서 "더 건강하게 – 더 많은 은행 정리"에 관해 강연했다. 그는 위치타에서 열린 전국 도시간 트롤리 위원회에서 "트롤리 사람들을 위한 건강 비법"에 관해 강의했다. 7,600명의 디트로이트 자동차 정비공들은 "건강이 최우선, 그 다음이 안전, 그리고 술은 절대 금지"에 관한 그의 강연을 들었다. 그리고 워털루에서 열린 큰 학회에서 그는 아이오와에서 럼주 반대 긴급 소집대의 첫 연대를 조직하는 것을 도왔다.

신문, 기관지, 그리고 고무 제품 정기 간행물에 실린 그에 관한 기사와 사설에는 그 자신, 그의 통통한 아내, 그리고 여덟 딸들의 사진이 첨부되어 있었는데, 캐나다식 겨울 의상을 입고 눈과 고드름 속에서 있거나, 수수하지만 무난한 운동복을 입고 뒷마당에서 테니스를 치고 있는 모습, 그리고 알려지지 않은 브랜드의 의상을 입고 북부 미네소타 소나무를 배경으로 베이컨을 튀기고 있는 모습이 찍혀 있었다.

마틴은 이제 그만 보고 여길 떠나 쉬고 싶다는 생각이 강하게 들었다.

그는 심스 하우스로 돌아왔다. 그는 깨달았다. 교양 있는 사람의 입장에서 보면 픽커보가 어떤 개혁을 주장한다는 사실만으로도 그 개혁을 무시할 충분

---

8   Harvest Moon Soiree: 우리로 치자면 추석 파티 정도로 보시면 되겠다.

한 이유가 된다는 것을.

여기까지 오고 나니, 마틴은 자신을 추슬렀으며, 지난날 자신이 저지른 짓 - 품위 있고 정상적인 이들에게 우월감을 가지고 대했던 것에 대해 자책을 했다. "잘못이었어. 충실하지 못했어. 의대 다닐 때, 그리고 의원을 꾸릴 때, 그리고 보건 행정 당국을 비난할 때 말이야. 너 또 그럴 거야?"

그는 자기 자신에게 이렇게 다짐했다. "픽커보 박사가 보여주는 이런 활기참과 성실함은 막스 고틀립이 과학적 발견을 대다수의 사람들에게 전도하려는 것과 정확히 같은 일이야. 픽커보 박사가 날 자유롭게 내버려둬서 내가 실험실 연구와 낙농장 검사를 마음껏 할 수만 있다면 그가 주일 학교 교육감이나 다른 멍청이들 모임에서 얼마나 헛소리를 하건 내가 무슨 상관이야?"

그는 열정을 잔뜩 끌어 올려서, 매우 유쾌하고 자신 있는 분위기로 리오라가 창가의 흔들의자에 앉아 있는 꾀죄죄하고 천장이 높은 호텔 침실로 들어왔다.

"어땠어?" 그녀가 말했다.

"좋았어. 날 환영 하더라고. 그리고 내일 저녁에 와서 같이 식사하자고 하네."

"그는 어떤 사람이야?"

"아, 정말 낙천적인 사람이야. 자기 과시를 많이 하지, 아, 리오라, 나 또 다시 가탈스럽고, 삐딱하고, 인기 없고, 삭아버린 실패자가 되는 건 아니겠지?"

그는 그녀의 무릎에 자기 머리를 묻었고, 그녀의 애정에 집착하여 매달렸다. 그가 보기에 헛소리나 찍찍대는 유령들로 가득 찬 이 세상에서 그녀의 애정은 유일한 실체였다.

황혼이 시작될 무렵 살랑이는 산들바람에 창문 밑 단풍나무 잎이 펄럭이고, 노틸러스의 선량한 시민들이 흔들거리는 포드 자동차를 몰고 저녁 먹으러 귀가하고 있을 시각, 리오라는 마틴에게, 픽커보의 현란함이 그의 일에 방해가 되지 않을 것이고, 어쨌든 우리는 노틸러스에 영원히 뼈를 묻을 것도 아니며, 당신은 너무 조급하고, 나는 당신을 너무나 사랑한다고 설득했다. 그리고 저녁 식사를 하러 내려갔는데, 옥수수 튀김과 많은 수의 작은 요리들로 구성된 전통적인 아이오와식 저녁이었다. 이 메뉴들은, 사랑스럽지만 뭔가 좀 잘못된 요리 솜씨를 보였던 리오라의 관심을 끌었다. 그리고 그들은 영화를 보러 갔고, 손을 잡고 있었으며, 영화는 썩 나쁘진 않았다.

다음날 픽커보 박사는 더 바쁘고 덜 들떠있었다. 그는 마틴에게 자신의 업무에 대해 자세히 가르쳐 주었다.

마틴은 말고문에 시달려 손가락을 만지작거리거나 귀가 아픈 것에서 벗어나, 마치 실험실에서 연구에 임하며 보내던 황홀한 나날처럼, 자신이 위생 원칙을 위반한 공장주와 싸우러 나서는 인물이라고 상상했었다. 그러나 그는 픽커보나 언론, 빗나간 노틸러스 시민들이라면 누구나 생각해 낼 수 있는 일들을 조금이라도 해야 한다는 것을 빼고는 자신의 일이 무엇인지 뚜렷이 정의 내리는 것은 불가능하다는 것을 깨달았다.

그가 해야 하는 일은 하수구 악취부터 이웃 주민들의 한밤중 맥주 파티까지 모든 것에 불만을 토로하기 위해 몰려든 유권자들을 달래는 것이었다. 다루기 까다로운 속기사 아가씨가 사무실 공문을 잘 받아 적도록 해야 했다. 속기사 아가씨는 '일하는 아가씨'가 아니라 '일을 하고 있는 멋진 아가씨'였다. 그렇게 해서 신문에 홍보를 해야 했다. 종이 클립과 바닥 왁스, 빈 서식지를 가장 싼 가격에 구입한다. 필요하면 시립 진료소에서 두 명의 파트 타임 의사를 보조한다. 간호사와 두 명의 위생 검사관을 지휘한다. 쓰레기 처리 회사가 일을 잘 못하면 꾸짖고, 공공 장소에서 침을 뱉는 모든 이들을 저지 하거나 최소한 잔소리는 한다. 포드 자동차에 훌쩍 올라타서 몰고 나가 전염병이 발생한 가구에 주의 플래카드를 붙인다. 블라디보스토크에서 파타고니아까지 퍼진 전염병에 대해 지식을 가지고 끈질기게 지켜 보며, 그 질병이 혹시라도 이곳에 들어와 노틸러스의 농민들 목숨을 빼앗고 급기야는 시내 비지니스 활동의 태반을 마비시키지 않도록 (명확한 처리 지침이 서 있지는 않은 방법들로) 예방을 한다.

그래도 실험실 일을 약간은 할 수 있었다: 우유 검사, 개인 의원 의사들의 의뢰로 하는 와서만(Wassermann) 매독 검사들, 백신 제조, 디프테리아 의심 증례의 배양 등.

"알겠어"라고 리오라는 픽커보의 저녁 식사 초대에 가기 위해 옷을 입으며 말했다. "자기는 하루에 고작 28시간 정도만 일하고, 그러고도 남는 시간은 연구에 쏟는다면 불만 없다 이거지, 누군가 방해만 하지 않는다면 말이야."

❦ IV ❦

앨머스 픽커보 부부의 집은 노틸러스 서부의 끝단에 위치한 진정한 구식 저택이었다. 목조 건물로, 탑과 그네, 해먹이 있고, 좀 음산해 보이는 그늘진 나무들이 심어져 있으며, 여기 저기 패인 잔디가 깔려 있고, 다소 축축한 정자, 그리고 산등성이를 따라 쇠로 된 스파이크가 줄지어 서 있는 오래된 마차 차고가 있는 주택이었다. 현관문에는 다음과 같은 글귀가 이름처럼 새겨져 있었다: UNEEDAREST(당신은 휴식이 필요해요).

Arrowsmith

마틴과 리오라는 환영의 인사와 픽커보 부부의 딸들로 둘러싸여 휘청거렸다. 여덟 명의 소녀들, 열아홉 살의 예쁜 오키드부터 다섯 살짜리 쌍둥이에 이르기까지 호의적인 호기심으로 파도를 이루며 몰려와 모두 다 한 마디씩 이야기를 시작했다.

그들을 맞이하는 안주인은 통통한 여자였고, 걱정거리가 많은 외모에다 신뢰감을 주는 인상이었다. 그녀는 모든 게 괜찮다고 하면서도 사실은 너무나 많은 일들이 잘못될 수도 있다는 생각에 끊임없이 갈등하고 있었다. 그녀는 리오라에게 키스를 했고 픽커보는 마틴과 힘차게 악수를 했다. 픽커보의 악수 방식은 엄지 손가락을 상대방 손등에 힘주고 눌러서, 유난히 진심이 느껴지지만 꽤 아팠다.

그는 즉시 가정을 주제로 한 헌사 말고문을 시작하여 딸들마저 익사시켰다. "여기서 당신께서는 건강한 가정의 모범 사례를 보고 계십니다. 줄줄이 늘어선 이 훌륭한 아가씨들을 보세요, 애로우스미스! 지금까지 살아오면서 단 하루도 아픈 날이 없었죠… 실제로요… 그리고 애들 엄마는 지병인 두통이 있긴 하지만, 그것 조차도 젊을 때 식단에 소홀했던 탓일 뿐입니다. 왜냐하면 장인 어른은, 장로교 집사였죠, 훌륭하고 고결한 전통적인 신사가 있다면 바로 그런 인물이기도 했구요, 그리고 나타니엘 머그포드의 친구이기도 했고, 그러니까 머그포드 대학 설립뿐 아니라 오늘날 우리가 잘 되게끔 고결함과 근면함을 선사한 머그포드 그 분 말입니다, 하지만 장인어른 그 분은 식이나 위생에 대한 개념이 없었어요, 그래서 전 항상 생각해 오길 말이죠…."

딸아이들의 소개가 이어졌다: 오키드, 버베나, 데이지, 잔퀼, 히비스카, 나르시사, 그리고 쌍둥이 아뷰타와 글라디올라.⁹ 픽커보 부인은 한숨을 쉬며 말

---

9   Orchid, Verbena, Daisy, Jonquil, Hibisca, Narcissa, Arbuta 그리고 Gladiola. 모두 꽃 이름이다.

했다:

"제 딸들을 나의 보석들이라고 부르는 게 굉장히 구태의연하게 보일 것 같네요. 누구나 다 쓰는 통상적인 표현을 쓰는 건 싫거든요, 그렇죠? 하지만 애들 엄마인 제게는 정말로 보석인걸요. 그리고 우리 의사 양반과 저는 우리 딸들이 보석이기를 바라곤 합니다. 물론 우리가 얘들 각자에게 꽃 이름을 붙여 주면서 계속 그렇게 해 왔지만, 만약 맏이부터 보석 이름으로 시작했다면, 우리가 붙여 줬을 사랑스러운 이름들을 상상해 보세요. 에를 들어 애거트나 캐미오우, 사더닉스, 베릴, 토우패즈, 오우플, 에즈머랄더, 그리고 크리서프레이즈, 아, 크리서프레이즈 맞죠, 크리샐리스[10] 말고? 오, 글쎄요, 많은 사람들이 딸아이들의 이름에 대해 있는 그대로 축하해 주었어요. 있잖아요 우리 딸들은 유명세를 꽤 타고 있어요. 사진들이 많은 신문들에 실렸고, 우린 픽커보 여성 야구단이라는 자체 팀도 꾸렸죠. 우리 의사 아저씨만 현재 제대로 플레이하는 선수지요, 왜냐하면 제가 살이 붙기 시작했거든요."

나이를 제외하고는, 딸들을 구별하기는 불가능했다. 그들은 모두 통통 튀었고, 모두 금발에 예쁘고, 모두 열심이었으며, 모두 음악적인 분위기였고, 순수할 뿐만 아니라 천진난만 했다. 그들은 모두 조합교회 주일학교에 소속되어 있었고, Y.W.C.A.나 캠프 파이어 걸즈에도 소속되었으며, 모두 야외로 나가는 걸 좋아했고, 다섯 살짜리 쌍둥이를 제외한 나머지 모두 술의 폐해를 보여주는 최신 통계를 거의 오차 없이 얘기할 수 있었다.

"사실 말이죠," 픽커보 박사가 말했다. "우린 얘들이 매우 두드러지는 병아리떼 같다니까요." "정말 그렇네요!"라며 마틴이 떨리는 목소리로 말했다. "하지만 이 녀석들이 가진 무엇보다 가장 뛰어난 점은, 제가 *Mens Sana in Cor-*

---

10 Agate, Cameo, Sardonyx, Beryl, Topaz, Opal, Esmeralda 그리고 Chrysoprase. 그런데 Chrysalis 는 철자가 비슷하지만 번데기라는 뜻이다.

pore Sano(건전한 신체에 건전한 정신)을 주장하는 것에 큰 힘을 실어 준다는 것이지요. 우리 부부는 얘들을 집에서나 공공장소에서 합창할 수 있도록 훈련시켰고, 이들을 '귀여운 건강 8중창단(the Healthette Octette)'이라고 이름을 붙였습니다."

"정말요?"라고 리오라가 말할 때 마틴은 너무 놀라서 말도 할 수 없는 상태로 보였다.

"그럼요, 그리고 제가 은퇴하기 전까지는 이 오래된 나라의 구석구석까지 Healthette 라는 이름을 대중화하고 싶어요. 그러면 여러분은 행복한 젊은 여성 밴드가 날개를 활짝 펴고 모든 어두운 구석구석에 복음을 퍼뜨리는 것을 보게 될 것입니다. Healthette 밴드! 아름답고 순수하며 열정적이고 착한 농구 선수들아! 제가 장담하건대, 얘들이 게으르고 고집 불통인 이들조차 움직이게 만들겁니다! 술로 찌들어 더러운 간과 천박한 말투들을 부끄러워하며 품위 있게 변할 거예요! 저는 이미 이 밴드를 위해 슬로건을 시로 만들어 놓았죠. 들어 보실래요?

Winsome young womanhood wins with a smile

Boozers, spitters, and gamblers from things that are vile.

Our parents and teachers have explained the cause of life,

So against the evil-minded we'll also make strife.

We'll shame them, reclaim them, from bad habits, you bet!

Better watch out, Mr. Loafer, I am a Healthette!

미소를 머금은 젊은 여자가 이긴다네

술꾼, 침 뱉는 놈, 도박꾼들은 사악한 것들로부터 나온다네.

우리 부모님과 선생님들은 삶의 이유를 설명해 주셨고,

그래서 사악한 마음을 가진 자들을 상대로 우리는 싸울 것이고.

우리는 그들을 부끄럽게 하고, 교화 시킬 거네, 나쁜 습관들로부터, 확실히요!

조심하세요, 로퍼씨, 저는 Healthette요!

그러나 물론 훨씬 더 중요한 배경은 워싱턴 내각에 보건부 장관과 우생학 장관이 있다는 것이지요, 저는 최우선으로 지지하는 이들 중 하나이구요."

이렇게 엄청 퍼부어대는 말고문의 물결 속에서 그들은 꽹장히 많은 양의 저녁 식사를 하였다. 픽커보 박사는 진심에서 우러난 정성으로 말했다. "더 못 드신다고요? 말도 안 됩니다, 말도 안 돼요, 당연히 더 드셔야지요, 여긴 손님 접대의 전당이라구요!"

픽커보는 마틴과 리오라에게 구운 오리, 설탕에 절인 고구마, 민스 파이를 너무 배부르게 많이 먹여, 그들은 탈이 날 정도여서 식곤증으로 눈이 흐릿해 졌다. 그러나 픽커보 그 자신은 끄떡도 없었다. 그가 고기를 베어 먹어 치우는 동안 날이 어두워져서 식당 내의 호두 나무 식탁과 호프만이 그린 그리스도 성화, 레밍턴의 카우보이 그림이 잘 안 보이게 되어 얼음물이 담긴 물병 옆의 플랫폼에 있는 그의 모습만 보일 때까지 그의 장광설은 계속되었다.[11]

그의 말이 항상 허무맹랑했던 것만은 아니었다. "닥터 애로우스미스, 장담 하지만 우리는 참으로 행운아들이라고 봐요. 우리는 정직하게 최선을 다해 이 마을 사람들을 잘 살게 해주고 건강하게 해주는 일을 함으로써 우리 생계 를 꾸리고 있으니 말이죠. 하려고만 하면 개업해서 일년에 8천에서 만 불 정 도 버는 건 일도 아니죠, 그리고 광고 업계에서 일했다면 더 많이 벌었을 것

---

11 호프만, Heinrich Hofmann은 19세기 중후반에 활동한 화가로 그가 그린 그리스도 성화는 웬만한 신도 들 집에 지금도 하나쯤은 있을 것이다. 특히 겟세마네 동산에서 무릎 꿇고 앉아 있는 그리스도에게 좌상 부에서 빛이 내리 쬐는 그림이 유명하다; 레밍턴, Frederic Remington은 19세기 말에 활약한 화가인데 카우보이 그림으로 유명했다.

　　　　　　　　　　　　　　　　의사과학자 애로우스미스

이라는 얘기도 들어 왔어요. 하지만 전 지금 이대로가 좋고, 제 아내도 그런 제게 만족해 하고 있어요, 일 년에 4천불만 벌어도요. 정직과 품위, 형제애 이외에는 팔 것이 없는 그런 일을 우리가 하고 있다고 생각해 보세요!"

마틴은 픽커보가 진심이라는 것을 알아차렸기에 당장 벌떡 일어나 리오라를 붙들고 첫 차로 노틸러스에서 도망가려던 충동이 일었던 걸 부끄러워하면서 자제하였다.

저녁식사가 끝나자, 나이 어린 딸들은 떼를 지어 리오라에게 시끌벅적하게 애정을 퍼부었다. 마틴은 쌍둥이들을 무릎 위에 앉혀서 이야기를 들려주어야 했다. 그들은 놀라울 정도로 무거운 쌍둥이였지만, 이야기를 꾸며내는 일이 더 힘들었다. 딸들이 자러 가기 전에, Healthette Octette 전원은 앞으로도 마틴이 노틸러스의 밝고 활동적인 많은 공개 행사에서 듣게 될 유명한 건강 찬가 (닥터 앨머스 픽커보 작사)를 불렀다. 이 찬가는 "공화국 전투 찬가"의 곡에 가사를 붙인 것이었지만, 쌍둥이들의 목소리가 활기차고 유난히 날카로웠기 때문에, 그들 나름대로의 감동이 있었다[12]:

Oh, are you out for happiness or are you out for pelf?

You owe it to the grand old flag to cultivate yourself,

To train the mind, keep clean the streets, and ever guard your health,

Then we'll all go marching on.

A healthy mind in A clean body,

A healthy mind in A clean body,

A healthy mind in A clean body,

---

12 공화국 전투 찬가, The Battle Hymn of the Republic: '글로리, 글로리, 할렐루~야'로 시작하는 유명한 노래. 학창 시절에 누구나 한 번쯤은 합창곡으로 불러봤을 것이다.

The slogan for one and all.

오, 행복을 위해 나가신 건가요, 아니면 금전을 위해 나가신 건가요?

자신을 가꾸는 것은 웅장한 옛 깃발 덕분이네요.

마음을 단련하고, 거리를 깨끗이 하고, 항상 건강을 지키려면,

그러면 우리 모두 행진을 해요.

깨끗한 몸에 건강한 마음,

깨끗한 몸에 건강한 마음,

깨끗한 몸에 건강한 마음,

모두를 위한 슬로건이에요.

그리고 나서 쌍둥이는 잠자리로 가며 작별 인사로 조합교회 축제에서 불렀던 아빠가 짧은 가사를 붙인 노래를 불렀다:

What does little birdie say

On the sill at break o' day?

"Hurrah for health in Nautilus

For Pa and Ma and all of us,

Hurray, hurray, hurray!"

작은 새들이 뭐라고 지저귈까요,

쉬는 날 창문턱에서?

"노틸러스의 건강 만세

아빠 엄마 그리고 우리 모두를 위해서,

만세, 만세, 만세!"

의사과학자 애로우스미스

"거기, 내 귀염둥이들, 우리랑 자러 가야지!"라고 픽커보 부인이 말했다. "안 그래요, 애로우스미스 부인, 쟤들은 타고난 여배우 같지 않아요? 무대 공포증도 없고, 자기 자신을 다 내던져서 연기를 해요. 아마도 브로드웨이 수준까지는 아니더라도, 뉴욕의 더 세련된 극장들은 얘들을 환영할 걸요, 그래서 아마도 드라마에 나오라고 제안을 해 올 겁니다. 화이팅이에요."

그녀가 쌍둥이들을 재우러 가자 나머지 딸들이 간단한 음악 프로그램을 제공했다.

둘째인 버베나는 샤미네이드[13]의 곡을 연주했다. ("물론 우리는 모두 음악을 사랑하고 이웃들이 음악을 좋아하도록 하였지만, 버베나는 아마도 가족 중에서 유일한 진짜 음악 천재일 겁니다.") 그러나 예상치 못했던 것은 오키드의 코넷[14] 독주였다.

마틴은 감히 리오라를 쳐다보며 지금 느끼는 자기 감정을 드러낼 수가 없었다. 그가 코넷 연주에 대해 코웃음 치며 경시하기 때문은 아니었다. 왜냐하면 코넷 연주는 엘크 밀스와 윗실배니아, 그리고 제니스 시에서는 놀랍도록 큰 비중으로, 가장 덕망있는 여성들이 하는 것이었기 때문이었다. 그러나 지금 그는 자신이 지난 수십 년 세월 동안 정신 병원에 갇혀 있었던 것 같은 느낌이었다.

"생전 이렇게 취한 적이 없어요. 해장 술 한 잔 해서 깨고 싶군요."라며 그는 힘들어 했다. 그는 여기를 벗어나려 신경질적이고 완전히 실현 불가능한 계획을 속으로 세우고 있었다. 그때 픽커보 부인이 아직도 안 자고 재잘대는 쌍둥이들을 놔두고 돌아와 하프 연주하러 자리를 잡았다.

그녀가 연주 하는 동안, 이제는 미모가 다 시들고 통통해진 그녀는 커다란

---

13 Cécile Chaminade: 동시대 프랑스 여류 작곡가이자 피아니스트.
14 Cornet: 트럼펫과 유사한 모양의 금관 악기로, 이탈리아 어로 작은 호른을 뜻한다.

꿈결로 들어갔다. 갑자기 마틴은 그녀가 힘이 넘치던 젊은 의대생 앨머스 피커보를 동경하던 명랑하고 착하고 비둘기 같은 처녀였을 때를 상상하였다. 그녀는 분명 1880년대 후반에서 1890년대 초반의 전형적인 여성으로, 순진하고 소박한 하우얼즈[15]의 시대를 살고 있었으며, 젊은 남성들은 순수했고, 크로켓 경기를 하며 스와니 강 노래를 불렀고, 그녀는 현관 포치에 앉아 라일락의 감미로움에 넋을 빼앗기고 있었으며, 앨머스와 그녀가 결혼하게 되면 닉켈 도금된 자급식 난로[16]를 소유하고 나중에 선교사나 백만장자가 될 아들을 낳는 것이다.

그날 저녁, 마틴은 처음으로 그의 "실컷 즐겼다"는 말에 존중과 진심을 담았다. 그는 승리감을 느꼈고, 자신의 무력감도 어느 정도 이겨내었다.

하지만 그날 저녁의 떠들썩한 놀이는 이제 겨우 시작일 뿐이었다.

그들은 제스처 게임을 했는데, 그 게임에서 피커보는 대단한 모습을 보였다. 아내의 모피 코트를 입고 바닥에 누워 빙원 위에 누워있는 물개를 연출한 모습은 가관이었다. 그러고 나서 마틴, 오키드, 히비스카(12세)가 제스처 게임에 나서야 했고, 여기서 문제가 생겼다.

오키드는 그녀의 여동생들처럼 순수한 애정과 미소, 그리고 토닥임과 더불어 통통 튀는 소녀였지만, 그녀는 열아홉 살이었고 전혀 어린애가 아니었다. 의심할 여지 없이 그녀는 순수한 마음을 가졌고, 피커보 박사가 자주 강조했듯이 '깨끗하고 건전한 소설'만 전적으로 읽었지만, 그녀는 젊은 남성들을 의식 안 하지는 않았다, 설사 그들이 유부남이었다 할지라도.

---

15 여기서 하우얼즈는 동명이인들이 많으나 아무래도 19세기 중후반에 주로 활동한 문필가이자 톨스토이식의 기독교 사상을 기반으로 한 사회주의자로 당대에 영향을 많이 끼쳤던 William Dean Howells를 지칭하는 것으로 추정된다.

16 자급식 난로, base burner stove: 19세기 후반에 많은 미국 가정에서 흔히 사용하던 석탄 난로. 베이스의 연료가 다 소진되면 자동으로 석탄이 공급되는, 즉 자급 장치가 작동하여 매우 오래 사용할 수 있었다.

의사과학자 애로우스미스

그녀는 doleful(애절한) 이란 단어를 연기하기 위해, 거지가 구걸하고, 옥수수 창고가 가득 채워지는 상황을 연출했다. 그들이 의상을 갖추기 위해 계단을 뛰어 올라가는 와중에 그녀는 마틴의 팔을 껴안고 발랄하게 까불면서 이렇게 속삭였다. "오, 선생님, 아빠가 당신을 보좌로 기용 해서 전 기뻐요. 이렇게나 젊고 미남을 말이죠. 오, 제가 이러니 놀랐어요? 하지만 제가 말하고자 한 건요, 당신은 매우 건장하고 모든 면에서 뛰어나 보여요, 그런데 그 전 전임자는요… 아빠한테 내가 그렇게 말했다고 이르시면 안 돼욧… 구태의연하고 정말 꼬인 사람이었어요!"

그는 그녀의 갈색 눈과 처녀 특유의 매끈한 입술이 의식되었다. 마치 거지처럼 보이게 적당히 헐렁한 의상을 오키드가 입자, 그는 그녀의 날씬한 발목과 자그마한 가슴도 의식하게 되었다. 그녀는 오랫동안 그를 알고 지낸 사람처럼 바라보며 미소 지었고, 순종적인 어조로 말했다. "우리 함께 보여주자구요! 전 당신이 멋진 연기자일 거라 확신해요!"

그들이 서둘러 아래층으로 내려갈 때, 그녀는 그의 팔을 잡지 않았기에 그가 그녀의 팔을 잡았고, 살짝 힘을 주었다가 아차 하고 다시 힘을 뺐다.

결혼한 이래로 그는 리오라에게만 사랑을 퍼 부었었다. 연인으로서, 동반자로서, 조력자로서. 그랬기에 그가 이날 입때까지 한눈 팔았던 짓이라곤 지나가는 기차 창가에 보인 어느 예쁜 여성을 힐끗 보는 정도였을 뿐이었다. 하지만 붉게 상기된 젊고 발랄한 오키드가 그의 맘을 흔들어 놓았다. 그는 그녀를 떼어내고 싶었지만, 동시에 자기에게 밀착한 그녀를 떼어 놓고 싶지 않았다. 그리고 최근 수년 동안 처음으로 그는 지금 리오라와 눈길을 맞추기가 두려워졌다.

이후 곡예 같은 묘기 보이기 게임이 있었는데, 오키드가 단연 돋보였다. 그녀는 스테이스[17]를 착용하지 않았고, 춤을 추는 걸 너무 좋아했으며, "날 따라 해봐요, 요렇게" 게임에서 마틴이 보인 기량을 칭찬하였다.

오키드를 제외한 자매들 모두 자러 보내고 나서 파티는 픽커보가 칭하는 "난로가에서 나누는 소소하고 조용한 과학적 대담"으로 이어졌는데, 이는 잘 닦인 도로에 대해 그가 관찰한 것들, 시골의 위생문제, 정치적 이상, 그리고 보건 부서에 건의 편지를 보내는 법 등이 화제에 올랐다. 이러한 차분한 시간을 보내면서, 아마 1시간 반 정도 걸린 것 같은데, 마틴은 오키드가 그의 머리, 턱, 손, 그리고 그의 모든 걸 유심히 바라보고 있음을 알았다. 그리고 그는 그녀의 앙증맞은 작은 손을 잡는 순수한 즐거움을 상상했다가 어이쿠 이러면 안 돼지 하고 떨쳐버렸다가 다시 또 상상하였다.

그는 또한 리오라가 둘 모두를 관찰하고 있다는 것도 알았다. 그는 상당히 힘들어 했으며, 픽커보가 소독제의 가치에 대해 적어놓은 노트를 보고 있어도 머리 속에 들어오지도 않았다. 픽커보가 노틸러스의 15년 후에 대해, 그러니까 보건 부서 규모가 3배 커지고, 하루 온종일 운영되는 의원과 학교 전담 의사 그리고 아마도 마틴이 수장으로 있을 거라고 전망할 때(픽커보 자신은 여길 떠나 더 넓은 무대에서 신비하고도 흥미로운 활동을 할 것이고), 마틴은 그저 "그래요, 그거 괜찮을 거 같네요"하고 건성으로 말하고 있었는데, 속으로는 이렇게 불평하고 있었다. "제기랄, 저 아가씨, 내게 추파 좀 그만 던졌으면 좋겠네."

8시 반이 되자 그는 여기서 탈출하는 것이 인생 최고로 황홀한 일일 거라고 상상했다. 자정이 되자 그는 신경질스럽게 망설이면서 자리를 떴다.

둘은 호텔로 걸어갔다. 이제 오키드는 시야에서 사라지고, 상쾌한 공기를 만끽하며 그 당돌한 아가씨는 잊고 다시 두 주먹 불끈 쥐며 노틸러스에서 할

---

17 스테이스, stays는 코르셋과 같은 용어. 코르셋은 18세기에 프랑스에서 들여온 용어인데, 이 작품의 배경인 19세기 말부터는 stays란 용어들 더 선호해서 쓰고 있었다.

그의 일에 집중하기로 했다.

"맙소사, 내가 잘해 낼 수 있을지 잘 모르겠어. 저런 허풍선이 밑에서 일하며 주정뱅이들에 대해 논하는 그의 그런 글 쪼가리와 함께 말이지…."

"그리 나쁘지 않은데 왜"하고 리오라가 반박했다.

"나쁘지 않다고? 왜, 그는 나쁜 정도가 아니라 내가 여지껏 본 중에 최악의 시인이야. 그리고 그는 내가 생각하기에 지금까지 역학을 익힌 사람들 중에 가장 역학에 대해 모르는 것이 분명해, 전적으로 내 생각이지만. 하지만 이 문제 갖고 말하자면… 클리프 클로슨이 뭐라고 말하곤 했더라?… 그건 그렇고, 클리프가 요즘 어떻게 지내는지 궁금하네. 수년 동안 걔 소식을 듣지 못했거든, 어쨌든 이런 '지나치게 기독교적인 가정'에 대해 말하자면… 아, 차라리 밀주 파는 곳으로 가서 거기 있는 와자지껄 불한당들과 어울리겠어."

"난 그의 시가 좀 귀여운 면이 있다고 생각하는데"라고 그녀는 말했다.

"귀엽다! 뭔 소리야!"

"당신이 늘 쓰는 욕설보다는 나쁜 편이 아니지! 하지만 저 끔찍한 맏딸이 불어 댄 코넷 소리, 우엑!"

"음, 걔는 오늘 정말 잘 연주했다고!"

"마틴, 코넷은 내 오빠가 연주하곤 했던 악기니 내가 잘 알지. 그리고 당신은 그 의사 선생의 시와 내가 표현한 '귀엽다'는 말을 아주 우습게 보네! 당신도 나만큼이나 촌 것이고, 어쩌면 더 촌스러울지도 몰라!"

"왜, 이런, 리오라, 당신이 전 같았으면 아무것도 아닐 일에 이렇게 화 낼 줄은 몰랐어! 그리고 당신은 이해할 수 있을 지 모르겠지만, 알다시피 픽커보 같은 인간이 우스꽝스러운 짓과 무지함으로 모든 공중 보건 업무를 그냥 웃음거리로 만들어 버린다는 게 얼마나 위험한 일인지 말이야. 만약 그가 신선한 공기란 좋은 것이라고 말한다 해도, 나는 방 창문을 여는 대신 나나 다른 합리적인 사람이라면 오히려 창문을 닫게 만든다니까. 그리고 '과학'이라는 신성한 용어를 귀가 팔랑거리게 만드는 우스꽝스러운 시 아니면 당신이 뭐라 불러도 좋은 그런 시에다 쓴다면, 이건 불경한 짓이야!"

"아, 그러셔. 내가 왜 이러는지 당신이 알고 싶다면 얘기해주지, 마틴 애로우스미스씨, 난 저 오키드 계집애에 대해서는 더 이상 이런 고급스러운 대화를 하고 싶지 않아! 아까 당신이 아래층에 내려올 때 그녀를 실제로 껴안고 있었지. 그러고 나서 저녁 내내 그녀에게 헤벌레 하고 있었고! 난 당신이 욕설을 하거나 삐딱하게 굴거나, 심지어 술에 취해 고주망태가 되어도 상관 안 해, 하지만 그날 그 점심 시간에 내게 그리고 그때 그 폭스라는 여자에게 '당신네 여인들은 신경 쓰지 마세요. 하지만 제가 어쩌다 보니 당신들 둘 다 하고 약혼을 하게 되었구려'라고 말하던 그때 이후로 말이야. 당신은 내 거야, 그리고 난 그 어떤 침입자도 허용하지 않을 거야. 난 거센 원시시대 여성이야, 당신은 그 사실을 명심하는 게 좋을 걸. 그리고 그 오키드 말이야, 그 계집이 추파를 던지며 당신 팔을 쓰다듬고 그 바보같이 큰 발 하며… 오키드! 그 계집은 난초가 아니야! 그 계집은 남자 사냥꾼이야!"

"하지만 솔직히 심지어 그녀가 여덟 자매 중 누구였는지도 기억이 안 나."

"하! 그럼 자기는 자매들 모두에게 사랑을 베풀고 있었구나, 그래서 그랬어. 빌어먹을 계집! 글쎄, 나는 그걸로 계속 티격태격 하진 않을 거야. 난 단지 당신에게 경고를 날리는 거, 그것뿐이야."

호텔에 돌아와서 그는 다시는 오키드에게 껄떡대지 않겠다고 간략하고도 유쾌하게 아내를 설득하려던 걸 포기한 후 그는 말을 좀 더듬으며 말했다. "괜찮다면 난 내려가서 좀 걷다 오고 싶어. 난 이곳 보건 부서 일에 대해 구상을 해야 해."

그는 심스 하우스 사무실에 앉아 있었다. 자정이 넘은 시간이라 유난히 음산하고 유난히 냄새가 진동했다.

"그 바보같은 픽커보! 난 그에게 바로 말하고 싶었어, 우린 결핵의 역학에 대해 그 어떤 것도 제대로 알지 못한다고 말이야, 예를 들자면."

"똑같이 말이지, 그녀는 사랑스러운 아이야, 오키드 양! 그녀는 난초 같아. 아니, 그녀는 너무 건강해. 사냥을 같이 가기에 딱 좋은 아기씨야. 사랑스러워. 그리고 마치 내가 동년배인 것처럼 대해줬어, 나이 먹은 의사가 아니고. 난 착하게 굴거야, 그럴거야, 하지만⋯ 딱 한 번만 그녀와 키스하고 싶어, 좋아! 그녀는 날 좋아해. 저 사랑스러운 입술, 마치⋯ 마치 장미꽃 봉오리 같아!"

"불쌍한 리오라. 난 내 평생 그렇게 놀란 적이 없어. 질투를 하다니. 글쎄, 그녀는 그럴 권리가 있어! 그 어떤 여인도 나처럼 한눈 파는 남자를 참아주지 못 하지.. 리오라, 내 사랑, 마틴 이 멍청아, 그걸 모르냐고? 만약 내가 오키드 같은 아가씨 수백 억명을 대동하고 모퉁이를 의기양양 돈다 해도 내 사랑은 오로지 리오라 당신뿐이야, 그 누구도 아닌 당신뿐이라고!"

"나는 Healthette 8중창단 같은 이들과 어울릴 수 없는 사람이야. 그 중창단이 사람들을 계몽했다 해도, 그렇지 않아. 쟤네들과 함께 지내고 노래를 들어 주느니 차라리 그냥 알아서 하라고 내버려 두는 게 더 나아."

"리오라는 내가 '촌 것'이라고 말했지. 내가 말해주지, 젊은 여자야, 내가 어쩌다 보니 학사가 됐는데, 그 '촌 것'이 지난 겨울에 당신에게 읽어준 책들을 기억해 낼지 모르겠어, 심지어 헨리 제임스 작품같이 난해한 것과 다른 모든 작가의 작품들, 그리고⋯ 오, 그녀 말이 맞아. 난 촌 것이야. 난 피펫과 배지를 만드는 법을 제대로 알지만 그러나⋯ 그리고 언젠가는 난 손델리우스처럼 각지를 여행 다닐 거야."

"손델리우스! 세상에! 만약 내 상관이 그였다면, 픽커보 대신 말이야, 난 기꺼이 그의 충실한 노예가 되었을 걸."

"아니면 그도 뻥쟁이일까?"

"지금 봐라, 내가 쓰는 말투가 이렇다니까. 이런 식의 표현 말이야. '뻥쟁이'라니! 정말 난 어휘 구사가 저렴해!"

"제길, 어때! 난 내가 쓰고 싶은 말투라면 그 어떤 것도 다 내 맘대로 쓸 거야! 난 앵거스 같은 출세 지향주의자가 아니라고. 손델리우스가 욕하는 어투, 예를 들어서 말이지, 그런 어투를 쓸 거야. 그리고 그는 아직도 그런 고상하신 분들에게 그런 투로 욕을 하지…."

"그리고 말이야, 난 여기 노틸러스에서 너무 바쁘게 일하느라 책을 읽을 시간도 없을 거야. 아직도 난 사람들이 책을 많이 읽는다고 보지 않지만, 여기엔 좋은 집에 대해 잘 아는 부자들이 꽤 있음에 틀림없어. 그것 말고도 좋은 옷, 극장, 그런 류의 것들도 말이야."

"아이고 이 속물아!"

그는 야간 이동식 간이 식당으로 가서, 음울하게 커피를 마셨다. 그가 앉은 자리는 조지 워싱턴 초상화가 걸려 있는 고상한 붉은 색 창 아래에 있었는데, 테이블 역할을 하는 긴 선반에 상체를 걸치고 웬 경관 한 명이 그의 옆자리에 앉아 햄버거 샌드위치를 우적우적 먹으며 그에게 말을 걸었다:

"저기요, 픽커보 보좌하러 새로 오신 의사 선생님 아니세요? 시청에서 뵈었어요."

"네, 근데요, 어, 이 도시 시민들이 픽커보 박사를 좋아하는지요? 그쪽도 그 분 좋아하세요? 솔직히 말해 주세요, 왜냐하면 전 이제 막 여기서 일을 시작 하잖아요, 그러니까, 어, 제가 뭘 궁금해 하는지 아시겠죠."

숟가락을 컵 안에 넣고 두툼한 손가락으로 꽉 쥐고 있던 경관은 커피를 꿀꺽 삼키고 나서 말을 시작했는데, 기름기 번들거리는 우호적인 태도의 요리

의사과학자 애로우스미스

사가 그의 말에 동의하며 고개를 끄덕였다:

"음, 단도직입적으로 알고 싶으시다면, 한 마디로 그는 꽤 시끄럽지만, 기가 막히게 총명한 사람이죠. 그는 확실히 정통 영어를 구사해요, 그가 지은 시를 하나라도 들어 보셨어요? 그 시들은 장담컨대 훌륭하죠. 일부 사람들은 픽커보가 노래와 춤을 너무 지나치게 쓴다고 말하지만, 제가 보기에는요, 물론 저랑 선생님에게는요, 그건 다 괜찮다고 봐요. 우유 위생과 쓰레기 처리 그리고 아이들의 치아 관리를 돌보는 목적이라면요. 그리고 부주의하고 무식한 외국인 게으름뱅이들이 너무 많아요. 그 놈들은 이런 보건 방침들로 교화할 필요가 있어요. 그렇게 해서 이런 감염병에 걸리지 않고 우리와 접촉하게 되는 거죠. 그러니 제 말을 믿으세요, 닥터 픽커보는 우동사리만 들어있는 저 녀석들 머리 속에 개념을 넣어주는 남자라구요!"

"네, 선생, 그는 훌륭한 노인네지요. 그는 다른 의사 선생들처럼 과묵하지 않아요. 왜 아니겠어요, 그러니까, 언젠가 그가 성 패트릭 피크닉에 나타났는데, 그가 저 더러운 개신교 신자라 해도 말입니다, 그래서 코스텔로 신부와 그는 오랜 부랄친구처럼 다정하게 어울렸지요. 에이, 참. 그는 자기 나이 절반 밖에 안 되는 젊은이와 씨름을 하고 그 젊은이를 살벌하게 내동댕이 치다시피 했죠, 그래요, 짐작하신대로 말이죠, 그는 그 젊은 친구와 확실히 접전을 벌였지요. 우리 경찰들은 모두 그를 좋아하죠. 그리고 그가 우리에게 와서 공식적으로는 굳이 우리가 할 이유가 없는 보건 업무를 하도록 살살 달래면 우린 쓴 웃음을 지으며 응할 수 밖에 없지요, 아마도 선생이 보기에 바보 같을 명령들을 많이 내리는 대신에 말이죠. 믿어도 돼요. 그는 진짜배기 입니다."

"그렇군요."

마틴은 호텔로 돌아와 생각에 잠겼다:

"하지만 고틀립이라면 그에 대해 어떻게 말할지 생각해 보자구."

"빌어먹을 고틀립! 리오라 빼고 빌어먹을 모두!"

"나는 여기서 실패하지 않을 거야, 윗실배니아에서 그랬던 것처럼 말야."

"언젠가는 픽커보는 더 거물급이 될 거야, 하! 그는 출세하려는 허풍쟁이일 뿐이야! 하지만 어쨌든 난 수련을 받아서 나중에 진정한 의미의 보건 부서를 만들 거야."

"오키드 양은 내게 이번 겨울에 스케이트 타러 가자고 했지…."

"빌어먹을 오키드!"

20장

동요

〜❦ **I** ❦〜

마틴은 닥터 픽커보에게서 관대한 상사의 면모를 발견했다. 그는 마틴이 자기 자신이 하는 운동과 그 대의명분에 대해 좋은 방안을 고안해 내고 선전해 주기를 갈망했다. 그의 과학 지식은 방문 간호사들과 비교해서도 적은 편이었지만, 그런 거에 별로 질투 하지도 않았다. 그가 마틴에게 원한 것은 오로지 여기 저기 분주히 그리고 요란하게 뛰어다니는 것이야 말로 '발전'을 향한 수단(이자 어쩌면 목적)임을 믿어주는 것이었다.

소셜 힐(사실은 언덕까지는 아니고 평원에서 살짝 솟아오른 것임) 위의 2가구 주택 중에서 마틴과 리오라는 위층에 입주했다. 쭉 펼쳐진 잔디밭과 단풍나무 그늘이 넓게 드리워진 거리, 그리고 윗실배니아 시절처럼 몰래 엿보며 뒷담화하는 사람들이 없다는 기쁨에 순수한 즐거움을 느꼈다.

갑자기 둘은 노틸러스의 교양 모임(the Nice Society of Nautilus)으로부터 환심을 받게 되었다.

여기 온지 며칠 후 마틴은 전화를 받았는데, 남성적인 목소리가 전화기를

통해 들려왔다:

"안녕하세요? 마틴? 제가 누군지 잘 모르실 겁니다!"

마틴은 매우 바빴기에, "오, 그래요, 당신이 맞아요, 안녕!"하고 끊고 싶었던 충동을 억제했고, 새 부국장에 걸맞는 친절한 어조로 활기차게 대답했다:

"모르죠, 잘 모르겠네요."

"그럼, 한번 맞춰보세요."

"아… 클리프 클로슨?"

"아뇨. 그러니까, 당신 괜찮아 보이는군요. 오, 지금쯤이면 누군지 알아낼 것 같은데! 계속 해 봐요! 한 번 더!"

속기사는 편지를 받아 쓰기 위해 기다리고 있었고, 마틴은 그녀 앞에서 감정 표현없이 무덤덤해지는 법을 아직 익히지 못했었다. 그는 확실히 신랄하게 말했다:

"오, 윌슨 대통령이시군요. 이거 보세요…."

"음, 마트, 나 어브 워터스야! 네가 뭘 알겠니!"

분명히 그렇게 장난을 친 입장에서는 엄청 반가워 해주기를 기대했겠지만, 마틴 입장에선 어빙 워터스가 누구지 하며 기억해 내는 데 10초 정도가 걸렸다. 그러고 나서 생각이 났다: 워터스, 그 끔찍하게 모범적이었던 의대생, 항상 착하고, 진실되고, 손해와 이익을 따지는 것에 가치를 두어서 디 감마 파이 동아리에서 나를 짜증나게 했던 그 녀석. 그는 할 수 있는 한 최대로 다정한 척 반응을 하였다:

"이런, 이런, 여기서 일하고 있었어, 어브?"

"아, 난 여기 정착 했어. 인턴 과정부터 여기서 해 왔지. 그리고 개업해서 짭짤하게 수입도 얻고 있지. 이봐, 마트, 우리 부부는 자네 부부를 만나고 싶어… 결혼 했겠지…? 우리 집에 와서 저녁 식사 하지, 내일 저녁에 말이야, 그리고 이 지역 성향이 어떤지도 오리엔테이션 해 줄게."

워터스가 돕겠다는 것에 부담을 느낀 나머지 마틴은 매몰차게 거짓말을
했다:

"정말 미안, 미안. 내일 저녁에 선약이 있고, 모레 저녁도 그래."

"그럼 내일 점심으로 하지, 엘크스 클럽에서 둘이서 말이야, 부부 동반 저
녁 식사는 일요일 낮으로 하고."

더 이상 거절할 수가 없다는 절망감을 가지고 마틴은 대답했다. "내일 점
심엔 어려울 것 같고, 하지만… 그래, 일요일 부부 동반 저녁 식사 하지."

별로 친하지도 않았던 옛 동창이 친근감을 보이는 것보다 사람 불편하게
하는 건 없다는 건 살면서 겪는 비극적인 일들 중 하나이다. 이 곳에서 워터
스에게 붙잡혔다는 불편감은 그들 부부가 일요일 1시 반에 마지못해 '옛 동
창의 우정'이라는 열정에 휩싸여 디 감마 파이 시절로 다시 끌려들어갈 때까
지도 줄어들지 않았다.

워터스의 집은 새 집이었고, 가구는 붙박이인데 납이 들어간 유리[1]로 되어
있었다. 그는 3년 동안 개업의로 살아가면서 이미 누군가를 가르치려는 태도
를 갖췄고, 믿을 수 없을 정도로 대단한 집안에 장가갔다. 그는 체중이 늘었
으며, 빈틈이 없었다. 그리고 새로운 따분한 것을 많이 익히고 있었다. 마틴
보다 1년 먼저 졸업을 했고, 부유한 아내와 결혼을 한 그는 친절하고 호의적
이었는데, 거기에는 어째 이 자식 죽이고 싶다는 충동을 불러일으키는 면이
있었다. 그는 격언과 충고를 연속해서 쏟아내는 것이었다:

"만약 네가 공중보건국에 2년간 버티면서 적절한 인사들을 신경 써서 만
난다면, 이곳에서 아주 수익성이 좋은 일을 할 수 있을 거야. 이곳은 훌륭한

---

1 Leaded-glass: 유리에 칼슘 대신 납 내지 주석 성분이 들어간 것으로, 우리가 흔히 말하는 화려한 고급
크리스탈이 바로 이것이다.

곳이고, 잘 나가고 있어. 그러니 낙오자들이란 거의 볼 수 없지."

"컨트리클럽에 가입해 골프를 시작 할래? 거물급들을 만날 수 있는 절호의 기회지. 최근 거기서 상류층 인사를 하나 환자로 낚았지."

"픽커보는 훌륭한 활동가이자 활력을 불어넣어 주는 좋은 인물이지만, 좋지 않은 사회주의적 경향을 가지고 있어. 이곳 의원들에게 가서… 괘씸하지 … 거기 가서 진료 받고 진료비 낼 능력이 있는 사람들 말이야! 그런 사람들이 빈민 구제 지원을 받게 만든단 말이야. 이런 얘기 들으면 놀랄 거야. 오, 넌 학창 시절에 삐딱한 의견이 많았지, 하지만 그렇게 생각하던 건 너만이 아니라고! 가끔씩 난 그 어떤 공중 보건 부서도 없는 보건 체제가 차라리 더 낫다는 생각을 한다니까. 왜냐하면 그런 사회주의자들 때문에 많은 사람들이 무료 진료소로 가 버릇하니까, 개인 의원을 가는 대신 말이야. 의사의 수입을 깎아 먹고, 그래서 의사 수를 줄어들게 하고, 그러니 질병 발생에 대해 주의를 기울일 우리 동업자들이 더 줄어든다니까."

"내 짐작에, 지금쯤 넌 그런 흥미로운 사상에서 벗어났을 것 같은데. 실용적으로 구는 것에 대해 네가 항상 비난하던, 다시 말해 '장삿속'이라고 항상 네가 부르던 것 말이야. 이제 넌 알 수 있을 거야, 네 처자식을 먹여 살려야 하고, 네가 안 한다면 그 누구도 대신 해 주지 않는다는 걸 말이지."

"네가 곧장 참조할 수 있는 여기 시민들에 대한 정보 팁을 알고 싶으면 그냥 내게 물어봐. 픽커보는 괴팍한 사람이야. 그는 너한테 제대로 된 정보를 안 줄 걸. 그러니까 네가 어울려야 할 부류는 선량하고, 견고하고, 보수적이고, 성공한 사업가들이라고."

그러자 워터스의 아내가 이어서 말했다. 그녀는 부유한 유력자, 다름 아닌 데이지 거름 살포기 제조업체 소유주인 S. A. 피즐리 씨의 딸이었는데, 그녀는 많은 조언을 해 주었다.

"자녀가 없으세요?" 그녀는 리오라를 보고 흐느끼는 어조로 말했다. "오, 역시 그러시군요! 저흰 자녀가 둘인데, 얼마나 우릴 즐겁게 해 주는 지 모르실 겁니다. 걔들은 항상 우리가 젊다고 느끼게 해 주지요."

마틴과 리오라는 애처롭게 서로를 쳐다보았다.

저녁 식사 후, 어빙은 우리들의 추억이 "사랑하는 옛 모교에서 보냈던 좋은 시절"이었다고 말했다. 그는 부정하지 않았다. "넌 항상 사람들이 네가 괴짜라고 생각하게 하고 싶어 했어, 마트. 넌 자신이 애교심이 없는 척 했지만, 난 잘 알지, 네가 진심으로 그런 게 아니었다는 거. 넌 옛 모교와 우리 은사님들을 누구 못지 않게 사랑하고 존경 했어. 아마 내가 너 자신보다 너를 더 잘 알 걸! 자, 이제 노래 부르자고. 위네맥, '강인한 이들의 어머니'를."

그러자 워터스 부인은 "빼지 마세요; 이 노래는 당연히 하겠죠"라 말하고 피아노로 걸어가 앉아 씩씩하게 연주했다.

그들이 닭튀김과 네모난 아이스크림을 조용히 먹으며, 격언과 웃음, 추억을 곱씹을 때, 마틴과 리오라는 몰래 이렇게 속삭였다:

"픽커보는 성자임에 틀림없어, 워터스가 저렇게 까대니 말이야. 난 그가 비가 오면 집 안으로 피신할 정도의 지각은 있는 사람이라고 믿기 시작했어."

그들 둘다 현 상황을 힘들어하는 와중이라, 얼마 전까지만 해도 오키드라는 아가씨 때문에 서로 다투었다는 사실을 까맣게 잊고 있었다.

◦◦◦ II ◦◦◦

픽커보와 어빙 워터스 사이에서 마틴은 노틸러스에 거품처럼 가득 차 있는 많은 협회, 클럽, 숙소, 그리고 "대의명분" 속으로 휩쓸려 들어갔다. 예를 들어 상공회의소, 모카신 스키 및 하이킹 클럽, 엘크스 클럽, 오드펠로우즈 및 에반젤린 카운티 의학회 등. 그는 하고 싶지 않았지만, 그럴 때마다 그들은 매우 상심한 어조로 말했다.."왜 안해요, 이 사람아, 당신이 공무원이라면, 그리고 여기서 당신을 환영하려는 그런 성의에 조금이라도 감사하는 마음이 있다면 당연히 응해야 하는 거 아닌지….."

리오라와 마틴은 어느덧 여기저기서 너무 많이들 초대를 한다는 걸 자각했다. 윗실배니아의 따분한 나날을 개탄하던 그들이었지만, 이제는 저녁 때 집에서 조용히 쉴 날이 하루도 없다고 불평하고 있었다. 하지만 그들은 사교적인 편안함, 좋은 옷 입기, 부담스러울 걱정 없는 곳을 방문하는 데 익숙해졌다. 그들은 촌스럽던 춤사위도 현대적으로 세련되게 바꾸었고, 브릿지 카드 게임 하는 법을 익혔다, 썩 잘하지 못하는 편이었지만. 그리고 테니스도 익혔는데, 그건 좀 잘했다. 마틴은 미덕이나 영웅주의가 아니라 그냥 익숙해지다 보니, 시덥지 않은 잡담으로 조잘대는 것에 대해 더 이상 나쁘게 보지 않게 되었다.

아마도 그들 부부는 그들을 초청한 여주인들에겐 망나니로 인식된 것이 아니라 '똑똑한 젊은 부부'로 보였을 것이다. 왜냐하면 픽커보가 후견인이기에 성실하고 진보적임에 틀림 없을 것이었고, 또한 어빙 워터스 부부가 후원했으니 존경받을 가치가 있는 품위 있는 부부임에 틀림없을 것이기 때문이었다.

워터스는 그 둘의 손을 잡고 이끌었다. 그는 참 완고 해서, 마틴이 그리도 자주 초대를 거절하는 것이 그가 정말로 오기 싫어한다는 것을 의미할 수 있다는 걸 이해하기 어려웠다. 그는 마틴에게서 이단의 흔적을 발견했기에, 애정과 근면함, 그리고 엄청나게 진지한 유머로 그를 구원하고자 헌신했다. 수시로 그는 다른 손님들도 초대해서 마틴에게 "자, 말해 봐, 마트. 여러분께 네 터무니 없는 사상 좀 들려줘!"라고 권했다.

그의 호의 어린 열정은 그의 아내에 비하면 아무 것도 아니었다. 워터스 부인은 친정 아버지와 남편에 의해 자신이 이 시대 최고의 결실이라 믿도록 육성되었고 그래서 그녀는 애로우스미스 부부의 천박한 사고방식들을 교정하겠다고 결심했다. 그녀는 마틴이 욕설할 때마다 나무랐고, 리오라가 담배 피는 걸 책망했으며, 브릿지 게임에서 이기려고 매너없이 구는 것에 대해 뭐라고 했다. 하지만 그녀는 잔소리로 괴롭힌 건 아니었다. 그렇게 했다면 자신의 권위를 인정하지 않는 사람들이 있다는 것을 인정하는 꼴이었을 것이다. 그녀는 단지 명령을 내리고, 짧고, 유머러스하게, 그리고 좀 거슬리는 느낌의 "이제 바보같이 굴지 마세요"라는 말을 슬쩍 던졌을 뿐이며, 그렇게 함으로써 문제가 해결될 거라고 기대하고 있었다.

마틴은 "오, 하느님, 픽커보와 어브 사이에 끼어 있으니, 싸움을 계속 하는 것보다는 사교계에 가입해서 존중 받는 회원이 되는 게 더 낫겠어"라고 신음했다.

그러나 워터스와 픽커보를 알고 지낸다는 것은 반드시 노틸러스 시 사람들에게 존중을 받게끔 하는 것이라기 보다는, 마틴이 말하는 것에 귀를 기울이게끔 하는 마법의 주문이었다. 그리고 오키드 양이 마틴을 추앙하게끔 하는 마성의 주문이기도 했다.

III

그는 와서만 검사보다 더 빠르고 간단하게 매독을 진단하기 위한 침전 검사를 연구해 오고 있었다. 그의 느슨해졌던 손재주와 녹슬었던 학구적 마음가짐은 그가 픽커보의 공공성 확보 작업을 위해 끌려 다니다 보니 검사실 일과 열정적인 가설들을 검증하면서 다시 예전의 솜씨가 돌아오고 있었다. 그는 권유를 받아 첫 번째 강연을 하게 되었다: 강연의 주제는 "검사실 업무가 역학에 대해 가르쳐 주는 것"이었고 이는 희망의 별 보편주의 교회의 일요일 오후 무료 강좌 에서 행해졌다.

그는 강연 원고를 준비하느라 경황이 없었고, 당일 아침에 일어나서는 자신이 이날 할 끔찍한 강연이 의식되면서 서늘해졌지만, 막상 희망의 별 교회에 와서는 당혹감으로 맥이 풀렸다.

사람들이 몰려들어 오고 있었다. 나이 지긋하고, 무슨 분야건 책임을 맡고 있을 이들이었다. 그는 전율했다. "내 강연을 들으러 오고 있구나, 헌데 난 저들에게 해 줄 쓸만한 말도 없는데!" 그는 아마도 자기 강의를 들으러 온 저들이 자기가 누군지 얼굴도 모름에 틀림 없고, 안내인이 비잔틱 양식의 입구에서 손을 크게 휘저으며 "저기 사이드 쪽에 가도 자리 많아요, 젊은이"라고 자기에게 소리치자 이거 참 난감하구먼 하고 생각하게 되었다.

"제가 이번 오후 강연 연자인데요."

"오, 오, 아이고, 의사 선생님. 베비스 가 입구로 바로 돌아가시면 됩니다." 대기실로 가니 목사와 3인 구성 위원회가 아침 예복을 입고 기독교 지식인 같은 태도로 그를 영접했다.

그들은 차례로 그와 악수를 했고, 옷자락이 서걱거리는 여신도들에게 그를 데려갔으며, 정중하고 밝은 분위기로 그를 둘러쌌고, 부담스럽게도 그에게 뭔가 지적인 태도로 한 말씀 하시라는 기대를 보내고 있었다. 그래서, 고통스럽고, 위축되기도 했으며, 어리벙벙해진 그는 아치형 문간을 통해 강당으로 안내되었다. 수없이 많은 얼굴들이 미안할 정도로 보잘것없는 자신을 주시하고 있었다. 신도 좌석의 줄을 따라 굽이치는 얼굴들, 아래 발코니에 늘어선 얼굴들, 시선들은 그의 움직임을 따라가며, 잘 할지 그를 의심하고, 그의 신발 뒷굽이 닳아 있는 것도 주목하였다.

그가 기도를 받고 찬송가 합창을 듣는 동안 그의 고뇌는 점차 커졌다.

의사과학자 애로우스미스

목사와 평신도 좌장이 적당한 축사를 하면서 강의 일정을 시작했다. 마틴이 몸을 떨며 자신을 바라보고 있는 사람들을 반히 보려고 하는 동안, 그가 벌거 벗은 듯이 무방비로 높은 연단 위에 노출되어 있는 동안, 목사는 '목요 선교 만찬'과 '어린 소년들의 행진곡 클럽'에 대해 공지를 했다. 마틴이 이거 앉아야 하나 말아야 하나 주저하는 동안, 그들은 간단하고도 흥겨운 찬송가 한두 곡을 불렀고, 좌장이 "오늘 강연해 줄 우리의 동료가 그의 메시지를 온 누리에 전달하기를" 기도하였다. 기도가 진행되는 내내 마틴은 앉아서 그의 이마에 손을 얹고, 마치 자기가 바보 같다는 생각을 하며, 속으로 지껄였다. "아마 이게 적절한 태도일 거야. 모두 날 바라보네, 젠장, 저 목사 그만 좀 가지? 오, 제길, 이제 내가 빌어먹을 강연의 핵심이 뭐였지? 오, 맙소사, 저 목사, 더 개기면 확 쏴 버려야지!"

어쩌다 보니, 그는 복음 읽는 독서대를 잡고 지지하며 서 있었고, 그의 목소리는 계속해서 합리적인 어휘를 뱉어내고 있었다. 흐릿해 보이던 얼굴들이 뚜렷해 지면서 이젠 그 얼굴들 하나하나를 똑똑히 구분하여 보고 있었다. 그는 그 중에 예민해 보이는 노인을 찍어서 그를 웃기고 놀라는 반응을 유도하려고 시도하였다.

그는 리오라를 발견했다. 뒷좌석에서 그에게 고개를 끄덕이며 응원을 보내고 있었다. 그는 과감하게 맨 앞자리에 있는 얼굴들로부터 시선을 돌려 발코니 쪽을 힐끗 바라보았다.

청중들은 혈청과 백신에 대해 진지하게 강연하는 한 젊은이를 보았지만, 그의 목소리가 울려 퍼지는 동안, 교회 행사에 충실하게 임하던 그 젊은이는 발코니의 앞줄에서 유난히 두드러지는 비단 양말을 신은 두 개의 발목을 주목하였고, 그 발목은 바로 오키드 픽커보의 것이며, 그녀가 선망의 눈길로 반짝이며 그를 추앙하고 있음을 발견하였다.

강연이 끝나자, 마틴은 지금까지 겪어 본 중 가장 열렬한 박수를 받았다. 그 어떤 강연 후라도 그런 류의 박수를 받으면 누구라도 감사해 하는 법이다. 그리고 좌장은 지금까지 겪어본 중 최고의 찬사를 해 주었으며, 청중은 지금까지 본 중 가장 빠른 속도로 강연장을 빠져 나갔다. 그리고 여태껏 들어 본 중 가장 사랑스러운 목소리로 오키드가 "오, 닥터 애로우스미스, 선생님은 정말 놀라워요! 여기서 들어본 강연들 대부분이 케케묵은 것들이었는데, 선생님은 아주 뛰어나요! 난 집으로 달려가서 아빠에게 말해줄 거예요. 그는 아마 반응이 어땠는지 궁금해 미치실 걸요!"라고 말하는 동안 마틴은 대기실에서 그녀의 손을 잡고 있었다.

마틴은 리오라가 대기실로 와서 그러고 있는 그 둘을 바라보고 있었음을 뒤늦게 알아차리고 손을 놓았다.

그들이 걸어가며 귀가하는 동안 리오라는 의도적으로 뚜렷이 침묵을 지켰다.

그는 언짢게 기다리다가 어느 정도 시간이 되자 입을 열었다. "그럼 말이지, 내 장광설이 마음에 드셨나?"

"그래, 나쁘진 않았지. 저 모조리 다 멍청한 청중들에게 얘기를 해 준다는 건 끔찍하게 힘든 일이었음에 틀림없어."

"멍청한? 멍청하다니 무슨 의도로 하는 얘기야? 그들은 날 멋지게 봐 줬어. 좋았다고."

"그러셔? 그럼 어쨌든 다행이네, 주님께 감사해요, 이젠 이런 바보같은 소리를 계속할 필요가 없어졌으니. 픽커보 씨는 자기가 달변이라는 평을 듣는 걸 너무나 좋아하니까 당신이 그런 강연 자리에 자주 불려가게 놔두지 않을 걸."

"나는 상관 없어. 사실, 잘 모르지만 때때로 공개적으로 내 주장을 펴는 것도 괜찮은 것 같아. 사고 방식을 더 명확하게 해주거든."

의사과학자 애로우스미스

"예를 들면 예의 바르고, 사랑스럽고, 명석한 정치꾼들에게 말이지!"

"이거 봐, 리오라! 물론 당신 남편이 얼간이이고 실험실을 벗어나면 별볼일 없는 거 잘 알아, 하지만 내 생각엔 말이지, 남편이 생전 처음으로 대중 앞에서 강연했는데, 호응까지 좋았다면, 여기에 조금이나마 좋아하는 척이라도 해야 하는 거 아니냐고."

"왜 아니야, 멍청하긴. 나는 정말 열정적으로 좋아했어. 박수도 많이 쳤다고. 내가 보기에 당신은 끔찍하게 똑똑했어. 그건 말이지… 난 당신이 이보다 더 잘할 수 있다고도 생각했어. 오늘 밤 우리 뭘 해야 해? 집에서 다 식은 간식이나 먹거나 아니면 어디 카페테리아라도 갈까?"

그리하여 그는 영웅에서 남편으로 전락했고, 자신의 진가를 인정해 주지 않아 참으로 즐거우신 기분이 되었다.

그는 분해서 일주일 내내 이에 대해 생각했지만, 겨울이 다가오며 활기찬 식사와 조심스럽게 모험적인 브릿지 게임으로 매일 저녁을 밖에서 보냈는데, 이는 흥분이 가라앉은 후의 생동적인 분위기로 채워졌다. 그래서 모처럼 집에서 보내게 된 첫 번째 저녁인 금요일이 되어서야 확실히 서로 티격태격 하기 딱 좋은 환경이 처음으로 마련되었다. 그들은 자리에 앉아서 마틴이 "진정한 독서로 복귀하는 것, 예컨대 생리학 교과서와 아놀드 베넷[2] 저서 약간 - 멋지고 조용한 독서"라고 묘사한 그런 시간을 가졌지만, 사실은 의학 학술지에 있는 간단한 의료계 단신들을 따라잡기 급급한 것이었다.

그는 안절부절못했다. 그는 읽던 잡지를 집어던졌다. 그는 이렇게 물어봤다:

"내일 픽커보 박사네와 가는 눈(雪) 피크닉에 뭘 입고 갈 거야?"

"오, 아직 못 찾았어. 뭐 좀 찾아볼게."

---

2 아놀드 베넷, Arnold Bennett: 20세기 초에 활약한 영국의 문학가인데, 특히 다작을 한 것으로 유명하다.

"리오라, 묻고 싶은 게 있는데, 왜 내가 어제 저녁 스트래포드 박사의 집에서 말을 너무 많이 했다고 했지? 내가 요즘 잘못을 많이 하고 다닌다는 건 알고 있어, 하지만 말을 너무 많이 하는 게 그런 잘못 중 하나인 줄은 몰랐어."

"그런 적이 없었거든, 지금까지는."

"'지금까지는' 이라니!"

"이거 보세요, 샌디 애로우스미스! 자긴 이번 주 내내 악동처럼 토라져 있어. 무슨 일이야?"

"글쎄, 나는… 제기랄, 날 피곤하게 만드는 이유는 이거야! 여기 모든 사람들이 내가 희망의 별에서 한 강연에 열광하고 있어, 모닝 프론티어맨 신문에 실린 기사, 픽커보, 그리고 오키드도 그 강연은 정말 기가 막히게 멋졌다고 해. 그런데 당신은 사소한 관심조차 안 주고 있어!"

"내가 박수 쳐주지 않았나? 하지만 말이지, 난 당신이 이렇게 계속 갈망하며 침을 질질 흘리지 않았으면 할 뿐이야."

"그래, 그래! 글쎄, 내가 말해주지, 난 계속 그럴 거라고 말야. 내가 열나게 수다를 떨겠다는 게 아니야. 난 사람들에게 지난 일요일에 정통 과학을 설파했어, 그리고 그들은 완전히 소화했고. 나는 청중을 사로잡기 위해 감상적이 될 필요가 없다는 걸 미처 몰랐어. 그리고 할 수 있는 재량 말이야! 아, 나는 강연하던 45분동안 보건 지침과 실험실의 가치에 대해 더 많이 깨닫게 되었어. 하지만 여기 사람들은 내가 하는 말을 윗실배니아 사람들처럼 중간에 끼어 들지도 않고 경청하는 게 마땅하다는 태도인 게 다행이라고 봐. 장담하는데, 난 당신이 그렇게나 점잖게 표현한 '바보같이 침 질질 흘리며 갈망하는 짓'을 계속 할 거야."

"샌디, 어떤 사람들에게는 그 생각이 맞을지는 몰라도, 자긴 아니야. 난 모르겠어, 그게 바로 내가 당신의 강연에 대해 별 언급을 안 하는 이유인지. 난

의사과학자 애로우스미스

잘 모르겠어, 당신의 강연을 듣고 얼마나 놀랐는지. 항상 감성을 조롱하던 당신이 갑자기 Dear Little Tots(사랑스러운 어린아이들) 같은 것에 슬퍼하는 식으로 변했잖아!"

"나는 그런 말을 한 적이 없어, 그런 문구를 사용한 적이 없어, 잘 알잖아. 그리고 맙소사! 내가 경멸 했다니! 내가 말해주지, 공중보건운동은 아이들의 어릴 적 결함을 고치고, 아이들의 눈 건강과 편도선을 돌보는 등, 수백만 명의 생명을 구하고, 미래 세대를 만들 수 있다고."

"나도 알아! 나는 당신보다 아이들을 훨씬 더 사랑해! 하지만 내 말은 이 말도 안 되는 히죽거림인데…."

"글쎄, 이런, 누군가는 해야 하는 일이야. 사람들을 교육시키는 일이 끝나기 전까지는 일을 할 수 없어. 늙은 픽커보가 심지어 바보라고 가정해도 그는 자신의 자작시와 더불어 그렇게 좋은 일을 하고 있어. 나도 자작시를 쓸 수 있다면 아마도 도움이 될 거야, 내가 그런 일을 익힐 수나 있을지는 모르겠는데?"

"그 자작시들 끔찍해!"

"이제 보니 당신에겐 꽤 괜찮은 일관성이 있으시네? 지난 번 저녁엔가는 그 자작시가 '귀엽다'고 했잖아."

"내가 일관성을 보여야 할 이유는 없지. 난 그냥 평범한 여성이야. 당신, 마틴 애로우스미스 씨, 내가 일관성 있다고 말한 사람은 당신이 처음일 거야. 그리고 닥터 픽커보로 말하자면, 그 자작시 괜찮아, 하지만 당신은 아니야. 당신은 실험실 연구가 어울려, 뭔가를 찾아내고, 그 성과를 여기저기 떠벌리고 다니지는 않는. 기억해? 한 때 윗실배니아에서 교회에 다니며 존경받는 시민이 되는 걸 5분 동안 생각해 보다가 거의 그럴 뻔 했던 거? 당신은 남은 인생 동안 존경 받는 자리로 비틀거리며 들어가 거기 눌러앉을 거야, 다시?

당신은 품위 있는 사람이 아니라는 거 아직도 자각 안 할거야?"

"맙소사, 난 저질 맞아! 그리고… 나를 지칭하는 또 다른 별명 없어? 난 또한, 진정으로 그 빌어먹을 촌 것이야! 그리고 당신이 그렇게 만들기도 했고! 내가 점잖고 유용한 삶에 정착하고 다른 사람들을 적대시 하지 않으면서 살고 싶다는데, 나를 진정 믿어줘야 하는 사람이 있다면 바로 당신이 가장 먼저 그래줘야 하는 사람이야!"

"글쎄요, 오키드 픽커보가 나보다 나을 것 같은데요?"

"그녀라면 확실히 그러지! 분명히 말하는데, 그녀는 사랑스럽고, 실제로 내 교회 강연에 찬사를 보냈어. 그래서 만약 당신이 내가 하는 일과 내 친구들을 욕하는 걸 내가 밤새 들어줄 거라고 생각한다면… 에이 모르겠다. 난 뜨거운 물 받아 놓고 목욕이나 할래. 오늘 밤은 이만!"

욕조에서 그는 헐떡이며 내가 리오라와 말다툼을 했다니 믿을 수가 없다고 생각했다. "왜! 그녀는 이 세상에서 나의 유일한 동반자라고. 고틀립, 손델리우스 그리고 클리프 클로슨 이외에 말이야, 가만 있자, 클리프는 어디서 사는 거야? 아직도 뉴욕에 있나? 나한테 편지는 보냈을까? 여하튼 말이지, 난 바보야, 그렇게 화를 내다니, 리오라가 그렇게나 완고해서 비난 수위를 조절하지 못했다 하더라도, 내가 사람들에게 영향력을 끼치는 재능이 있음을 알아주지 못했다고 하더라도 말이야. 그 누구도 내 아내만큼 나를 지지해 줄 사람은 없다고, 그리고 난 그녀를 사랑하잖아."

그는 거세게 몸을 말렸다. 그리고 나와 뉘우치는 마음으로 그녀에게 달려들었다. 둘은 서로에게 우리들은 가장 합리적인 사람이라고 말하고 나서 격정적으로 키스를 했다. 그러고 나자 리오라는 이렇게 후회의 회포를 풀어냈다:

"똑같아, 우리 아저씨야. 난 당신이 스스로를 기만하는 걸 도울 생각은 없어. 당신은 선동가가 아니야. 당신은 거짓말 사냥꾼이야. 재밌네. 고틀립 교

의사과학자 애로우스미스

수나 당신이 좋아하는 볼테르 같은 이런 거짓말 사냥꾼들은 자신을 기만할 수 없는 사람들이지. 그러나 아마도 여기 사람들은 당신과 같은 부류일 거야: 항상 골치 아픈 진실로부터 벗어나려 하고, 항상 정착하고 부유하게 살고 싶어 하고, 항상 악마에게 자기의 영혼을 팔고, 그러고 나서 저 불쌍한 악마보다 한 술 더 뜨지. 내 생각엔 말이지… 내 생각엔.." 그녀는 침대에서 일어나 똑 부러지게 말하려고 자기의 양 관자놀이를 양 손가락으로 눌렀다. "당신은 고틀립 교수와는 달라. 그 사람은 절대로 이런 일에 실수를 하거나 시간 낭비를 하지 않…."

"헌지커 돌팔이 약 회사에서 경력 낭비 했잖아, 그리고 그의 호칭은 '박사'야, '교수'가 아니고, 그를 부를 때 꼭 호칭을 붙여주고 싶다면 말이지…."

"그가 헌지커 사에 갔다면 분명 그럴만한 이유가 있었을 거야. 그는 천재야. 그는 틀릴 리가 없어요. 아니면 심지어 그 조차도 틀릴 수 있다는 거야? 하지만 어쨌든 말이지, 당신, 샌디, 당신은 자꾸자꾸 시행 착오를 해야 해. 실수를 하면서 배워야 한다고. 하나만 말해줄게: 당신은 자신의 터무니 없는 실수들을 통해 배우는 거야. 하지만 난 가끔 피로감을 느껴, 당신이 무대포로 덤벼들어 온갖 올가미에 머리를 들이미는 걸 보면… 그러니까 빨빨거리는 웅변가 노릇을 하거나 당신이 좋아하는 오키드에게 껄떡대는 것처럼 말이지."

"글쎄! 내가 화해하려 여기 온 이후에 말이지! 당신은 어떤 실수도 하지 않으니 좋구먼! 하지만 이 집엔 그런 사람은 한 명이면 족해!"

그는 침대로 뛰어들었다. 침묵. 부드럽게 "마트- 샌디!" 하고 달래는 소리가 들렸다. 그는 못들은 척 했다. 자신이 그녀에게 강경하게 대할 수 있다는 사실에 뿌듯해 하며 그는 곧 잠이 들었다. 아침이 되자, 그는 간밤에 그랬던 것에 대해 부끄러워하며 그녀에게 아양을 떨었지만, 리오라는 통명스럽게 굴었다.

"어제 일에 대해 더 얘기하고 싶지 않아"라고 그녀는 말했다.

그렇게 짜증난 기분인 채로 그들은 토요일 오후에 픽커보 가족의 눈 피크닉에 동참했다.

❀❀ IV ❀❀

닥터 픽커보는 노틸러스 북쪽 언덕 사이 참나무가 듬성듬성 나 있는 작은 숲에 조그만 통나무 집 하나를 소유하고 있었다. 마틴 부부를 비롯한 피크닉 참석자와 그들 가족까지 도합 십여 명은 밖으로 나와 짚단과 푸른 털복숭이 덮개로 채워진 봅슬레이를 몰았다. 썰매 종들은 신나게 울렸고 아이들은 썰매 밖으로 뛰어나와 썰매 옆에서 함께 달렸다.

총각인 학교 의사는 리오라가 행여 다칠세라 주의를 기울였고, 두 번이나 리오라를 썰매 안으로 끌어다 놓았는데, 그런 행동은 노틸러스에서는 거의 낯뜨거운 일이었다. 질투심에 마틴은 대놓고 오키드만 보고 있었다.

그는 리오라에게 버릇을 고쳐주겠다는 의도가 아니라, 오키드 자신의 장밋빛 달콤함 때문에 그녀에게 점차 관심을 갖게 되었다. 그녀는 트위드 재킷에 빵모자를 쓰고 현란한 스카프를 두르고 있었는데, 노틸러스에서 그 어떤 여성도 감히 입고 다닐 엄두를 못 냈을 무릎 아래까지만 내려온 반바지를 처음으로 입고 나왔다. 그녀는 마틴의 무릎을 토닥였고, 그들이 탄 썰매가 위험해 보이는 터보건 썰매 뒤로 접근하게 되자 그의 허리를 꽉 잡았다.

그녀는 이제 그를 "마틴 선생님"이라고 성이 아닌 이름으로 부르고 있었고, 그는 따뜻한 "오키드"에게 빠져들었다.

스키 대기실에서는 하선하는 소리가 요란했다. 마틴과 오키드는 스키 이동 바구니를 함께 탔고, 둘이서 같이 스키를 타고 언덕을 미끄러져 내려갔다. 그들의 스키가 얽히자 그들은 우당탕 굴렀고, 그때 그녀는 전혀 두려워하거나 당황하지 않고 그에게 바싹 달라 붙었다. 그녀가 입은 트위드의 까칠함 속에서도 그녀는 오히려 더 부드럽고 더욱 경이로웠다. 두려움이라곤 없는 눈매와 해맑은 볼에 덮인 젖은 눈들을 털어낼 때 날씬한 소년같이 날렵하게 움직이는 다리, 건장한 소년같은 기세를 보여주는 사랑스러운 어깨 하며…

그러나 그는 곧 "나는 감상적인 바보야! 리오라가 옳았어!"라고 자신을 질책했다. "난 당신은 특별하다고 생각했었어! 그리고 청순가련한 오키드 양- 당신이 얼마나 교활한지 리오라가 안다면 아마 충격을 받을 거야!"

하지만 청순가련한 오키드 양은 "자, 마틴 선생님, 우리 저 험한 고난이도 코스로 올라가요. 그럴만한 기운이 남아있는 건 우리들뿐이에요"라고 마틴을 구슬렸다.

"그것은 우리만이 유일한 젊은이들이기 때문입니다."

"당신이 너무 젊어서 그래요. 저는 끔찍할 정도로 애늙은이랍니다. 당신이 전염병이나 그런 것들에 대해 열변을 토할 때 저는 그저 앉아서 멍하니 바라보고만 있어요."

그는 리오라가 그 꼴도 보기 싫은 학교 의사와 함께 먼 비탈에서 스키를 타고 미끄러져 내려오는 것을 보았다. 그가 오키드와 단둘이 있게 허락된 현 상황은 불편하기도 하고 기분 좋기도 했지만, 이젠 그녀에게 아무런 말도 걸지 않았다. 마치 그녀는 어린애이고 자신은 현자인 것처럼. 어깨 너머 먼 산을 보듯이 그녀에게 한 마디도 하지 않았다. 그들은 높은 스키 코스로 올라갔다가 내려왔으며 결국 넘어졌다. 그들은 보기 좋게 휙 하고 미끄러져 내려오다가 눈 속에서 몸이 뒤엉켰다.

그들은 스키 대기실로 돌아와 다른 사람들을 찾았다. 그녀는 젖어버린 스웨터를 벗고 부드러운 블라우스를 토닥였다. 그들은 따뜻한 커피가 담긴 보온병을 꺼냈고, 그는 마치 그녀에게 키스할 것처럼 그녀를 쳐다 보았으며, 그녀는 그래도 좋아요 하는 듯이 그를 바라 보았다. 음식을 꺼내 놓으면서 친밀하게 콧노래를 불렀으며, 그 때 그녀는 "자, 서둘러요, 게으른 사람, 그리고 컵들은 저 끔찍하게 낡은 테이블 위에 놓고"라고 명랑하게 말했다. 이는 그와 영원히 함께 있는 걸로 만족하는 그런 사람같은 말투였다.

눈이 흩날리는 어둠 속에서 집으로 가는 도중, 그들은 낯뜨거운 말도 하지 않았고, 손도 잡지 않았다. 비록 둘은 어깨를 나란히 하고 앉아 있었지만, 썰매가 급히 꺾이는 코너를 돌 때 그녀를 팔로 잡아줬던 경우 이외에 그는 그녀에게 손을 대지 않았다. 마틴이 흥분해서 기분이 고조되었다면, 아마도 순전히 그 날의 건전한 운동 때문이었을 것이다. 아무 일도 일어나지 않았고, 아무도 불편감을 보이지 않았다. 헤어질 때 그들의 모든 작별 인사는 명랑하고 서로에게 즐거움을 주었다.

그리고 리오라는 그날 일에 대해 아무 언급도 하지 않았다, 비록 하루나 이틀 정도는 그녀에게 싸늘한 분위기가 있긴 했지만, 마틴은 열심히 일하느라 신경 쓰지도 않았다.

의사과학자 애로우스미스

TO BE CONTINUED

역자 후기

이 소설의 작가인 싱클레어 루이스는 노벨상 수상 작가로, 『메인 스트릿』, 『배빗』, 그리고 이 『애로우스미스』를 초기 3부작으로 분류하며, 문학적으로도 중요하게 평가받고 있다.

하지만, 이 작품의 문학적인 의미에 대해 논하는 것은 전문 문학평론가들의 몫으로 남기겠다. 본 역자는 의사이지, 문학계 사람은 아니라서 겸손하게 한 발짝 물러나련다.

그 대신, 이 작품과 관련된 갖가지 단상들을 의학자로서 나름대로의 시각을 통해 (두서없이) 나열하는 것으로 후기를 대신하고자 한다.

1. 계기

많은 영어권 의사들이 의대로 진학하게 된 동기를 가지게 된 책으로 두 권을 꼽는데, 하나가 과학 교양서인 『미생물 사냥꾼(Microbe hunters)』이고 나머지 하나가 바로 의학소설 『애로우스미스(Arrowsmith)』이다. 전자는 의사이자 작가인 폴 드 크라이프가 썼고, 후자는 노벨상 수상작가 싱클레어 루이스가 썼다. 나중에 다시 언급하겠지만, 공교롭게도 이 소설 또한 크라이프가 의학 자문을 하였는데, 사실상 공저자로 봐도 무방할 비중이다. 이 두 책은 지금도 영미권에서 스테디셀러로 사랑받고 있다.

본 역자는 『Microbe hunters』를 먼저 접했는데, 파스퇴르나 코흐같이 감염 질환은 천벌이 아니라 미생물에 의해 생긴다는 사실을 규명한 '세균설(germ theory)'의 초기 영웅들의 전기 내지 과학사가 주된 내용이다. 이 책은 국내에도 번역되어 나와 있다. 그런데 『애로우스미스』는 어찌 된 셈인지 국내에 번역되어 나온 적이 없었다, 적어도 내가 아는 바로는. 참으로 희한한 게, 저자인 싱클레어 루이스의 작품들은 상당수가 번역본이 국내에 출간되어 있는데, 그의 대표작인 이 작품이 소개가 안 되어 있는 것이었다. 그래서 이건 국내에 소개를 해야 하겠다는 약간의 의무감(?)이 생겨서 번역을 하게 된 것이다.

2. 즉시 응용이냐, 학문적 완벽성이냐?

의학 소설이나 영화, 드라마를 보면 수술의 천재이자 괴짜 외과의사들이나 아니면 질병보다는 감성과 인도주의를 더 중시하는 인간적인 의사들이 주류를 이루는 경우가 흔하다.

이 의학소설의 주인공은 사람들이 흔히 기대하는 박애정신으로 가득찬 선량한 의사가 아니다. 의학을 휴머니즘이 아닌 하나의 순수한 학문으로 보고, 끊임없는 학구열에 불타는 소위 '의사과학자'로서의 정체성을 갖고 있다. 이러한 학자로서의 본능 이외에는 인간성이 별로 좋지도 않은 사람이다. 혹시라도 이 작품을 접하게 되시면, 자애롭고 약자에게 자비를 베푸는 그런 의사는 기대하지 않는 게 좋다. 이 작품과 비교되는 동시대의 의학소설, 소위 '참의사'를 다룬 A. J. 크로닌의 『성채』와는 전혀 다른 성격의 의학소설인 것이다.

그런 면에서 이 작품은 참으로 독특하다 아니할 수 없다.

다름 아닌 순수하게 연구에 전념하는 의사, 즉 의사과학자를 주인공으로 하고 있기 때문이다.

물리와 화학을 기본 토대로 하는 연구들과 임상에서의 실전은 언뜻 보면 관계가 없어 보이지만 둘 다 어엿한 과학으로서 언제든지 서로가 서로의 손을 잡고 시너지를 발휘할 소지를 갖고 있는 것이다. 이 사실을 깨닫게 된 것은 의학사에서 그리 오래지 않았다. 바로 19세기 말에 가까워서야 이 두 영역의 원활한 교류가 제대로 시작되었다. 이 작품은 공교롭게도 바로 이 교류가 시작되던, 즉 다시 말해서 의학이 제대로 학문답게 체계를 갖추기 시작하며 오늘날 현대 의학의 출발점이 되던 바로 그 과도기를 시대 배경으로 하고 있으며, 주인공 마틴 애로우스미스가 바로 이 개혁 시대에 활약하게 되는 것이다. 따라서 자연스럽게 의학의 역사에 있어서 매 순간마다 매우 중요한 증언자가 되는 것이다. 의학계의 포레스트 검프라고나 할까?

주인공의 여정에서 수시로 충돌하는 두 가치관은 한마디로 '응용'이냐 '학문적 완벽'이냐의 갈등이라 할 수 있다.

놀라운 연구성과를 거두는 순간, 어김없이 강력한 요구사항이 밀려온다.

실제 임상에 응용하자는 것.

바로 여기서 주인공(그리고 또 다른 주인공 막스 고틀립 박사)은 수시로 갈등에 휘말린다.

당장 치료제로 쓰자는 제약 회사의 요구, 즉시 발표하자는 연구소의 열의, 실전으로 진도 나가자는 병원의 제안, 제발 다 치료해 달라는 페스트 창궐 지역의 간청.

여기서 두 가지 큰 주제가 창출된다.

윤리 – 구체적으로 말해 실험 및 간행 윤리; 그리고 의사과학자로서 갖춰야 할 자질.

3. 윤리

어떤 무시무시한 질병이 사람들을 휩쓸고 있다.

그런데 누군가가 이 질병을 치료할 수 있다고 추정되는 치료약을 만들어 냈다.

그렇다면 이 치료약을 당장 질병 유행 지역에 무차별로 풀어 놓아야 하는가?

이 치료약이 정말 효험이 있는지 정확히 검증이 안 되었는데?

이 작품에서는 페스트 창궐 지역 에피소드를 통해 이 문제를 적나라하게 보여주고 있다.

사실, 소설에서만 이런 일이 일어나는 게 아니라 실제 상황에서도 수시로 일어나는 상황이다.

세인트 휴버트 섬 이야기는 같은 시기 '파지 치료의 시조' 펠릭스 드허렐르가 인도 지방에서 실시한, 그리고 결국 대조군이고 뭐고 일괄로 다 투여함으로써 망해버린 임상 시험과 그 경과가 매우 유사하다. (그런데, 인도 지방의 임상 시험은 1927년에 시행되었고, 이 소설은 1925년에 출간된 작품이다. 우연의 일치이지만, 이 소설은 훗날 일어날 의학 분야의 사건들에 대한 예언을 했고 그게 딱 들어맞은 셈이다. 이 외에도 록펠러 연구소가 1931년에 독감 바이러스를 규명한다는 소설 속 내용도 들어맞았다.) 이게 그 오늘날에도 팬데믹이 강타할 경우, 완전히 효능이 검증되지 않은 약이라 해도 치료제로 긴급 승인해 주는 그런 체제가 분명히 있고, 실제로 그렇게 했다.

여기서 고민이 발생하는 것이다.

완벽한 검증을 하지 못한 치료제.

당장의 돌림병은 해결한다 하더라도, 다음에 또 역병이 찾아올 때 안심하고 쓸 수 있겠는가?

의사과학자 애로우스미스

사실 '응용'하자는 쪽과 '신중'하자는 쪽 모두 일리가 있기에, 이 딜레마는 딱 부러지게 정답을 구할 수 있는 게 아니다. 이 작품에서도 애로우스미스의 '충동적인' 선택이 과연 잘못된 것이라고만 매도할 수 있는지, 본 역자 개인의 생각으로는 회의적이다.

4. 의사과학자의 양성에 대하여

의사과학자, 우리 의료계에서는 기초의학자라는 호칭을 더 선호하는 이 학자군은 최근 들어 의료 개혁과 맞물려서 중요한 이슈로 떠오르고 있다.

사실 순수한 학문으로 연구에 집중하는 의사들과 총알이 빗발치는 임상이라는 최전선에서 악전고투하는 임상 의사들 사이에 있는 간격은 메우기가 쉽지 않아 보인다.

그러나 현대 의학은 기초 과학에서 얻어낸 성과들을 임상 의학에 접목함으로써 추진력을 받아 발전해 온 것이 사실이다. 이러한 면에서 연구와 실전 임상은 불가분의 관계이다.

내가 항상 자랑하는 것이지만, 나의 80학번 동기 100명 중 무려 다섯 명이나 기초의학에 종사하고 있다. 하지만, 2024년 현재 우리나라 의학계에서 의사과학자(기초의학자)는 조금 심하게 말해서 멸종 위기에 처해 있다는 건 부정하기 힘들 것이다.

기왕지사 의과대학을 들어왔는데, 되도록이면 유복하게 살 확률이 높은 임상의학으로 진로를 정하는 것이 인지상정이자 가장 자연스러우니까 의사과학자가 많이 배출되는 건 솔직히 기대하기 어렵다. 그럼에도 불구하고 '멸종'이라는 심한 단어를 꺼낼 정도까지 된 이유는 무엇일까? 그만큼 임상에 대한 선호도가 예전보다 훨씬 더 높아졌다는 결과론적인 설명에서 오히려 이유를 찾을 수 있다.

현재 대한민국에서 의료 교육의 일차적인 목표는 무엇인가?

의대를 졸업하고 나오면 곧장 환자를 기본적인 치료나마 할 수 있는 일차 의료인 양성에 두고 있다. 나는 이러한 목표 설정이 영향을 미쳤을 수 있다고 생각한다.

내가 의대를 다니던 1980년대는 임상도 임상이지만, 의학이라는 것은 '학문'이라는 대원칙이 중심을 잡고 있었다. 의학은 학문이고, 또한 과학이다. 이런 원칙이 기반을 하고 있느냐 아니냐의 차이는 별것 아닌 것 같아도 나중 가서는 큰 차이를 보이게 된다.

1990년대 들어 의과대학의 수가 급증하고, 의료에 대한 접근성이 세계적으로 최고 수준이 되다 보니, 임상에 대한 필요성이 학문으로서의 의학이라는 개념을 압도하게 된 것이다.

의학교육 커리큘럼도 이에 맞춰서 이렇게 바뀌었다: 기존에는 예과 2학년 후반부터 본과 2학년 전반까지는 각종 기초의학들을 집중적으로 공부하고, 본2 후반부터 임상 과목을 들어갔었다. 그러나 바뀐 커리큘럼은 아예 처음부터 덜컥 임상으로 들어간다. 장기별로 클러스터를 형성해서 여러 과들이 번갈아 들어와 가르치는 소위 블록 강의 방식. 그리하여 기초의학 교실들은 블록들마다 1~2주씩만 간헐적으로 들어가게 된다. 예를 들어 1년 내내 카데바를 가지고 집중 공부해야 하는 해부학만 해도 불과 몇 주만 맛을 보고 곧장 임상으로 들어가는 식이 된 것이다.

이런 식의 커리큘럼으로 학창시절을 보내고 나면, 기초의학에 대한 노출도는 현저히 떨어진다.

현행 의학교육 커리큘럼이 이대로 유지되는 한, 의대생들은 임상으로 진로를 정해서 얻어먹을 달콤한 과실에만 관심을 보이지, 학문으로서의 기초의학에 대해서는 아무런 섹시함도 못 느낄 것이다. 물론 모두가 의학을 학문으로 대하라는 건 아니다. 기초의학을 하겠다는 결심을 하는 친구들은 사실 별종이다. 별종이라 함은, 매우 드문 유형의 인간들이란 뜻이다.

사실, 선천적으로 학구적인 이들은 한 학년당 한두 명 정도가 정상이다. 문제는 분명히 한 학년당 한두 명이 분명 있음에도 불구하고, 현행 의학교육 커리큘럼으로는 그 시스템 면에서 그나마 이런 선천적 학구열 환자(?)마저 임상으로 가게 된다는 사실이다. 내 학창 시절의 커리큘럼으로 1~2년 기초의학에 집중하는 체제라면 이런 몇 안되는 이상한 친구들이 이 과목들과 사랑에 빠지기 충분한 기회가 부여되는 것이다.

마틴 애로우스미스가 현행 대한민국의 의과대학 커리큘럼하에서 교육을 받았다면, 과연 이 작품에서처럼 평생 학문을 갈구하는 삶을 살았을까? 난 불가능했을 거라 본다.

다시 말하지만, 의사과학자는 반쯤은 타고난다. 공부하는 것이 본업이자 취미이자 즐거움인 그런 별종이 매년 적어도 하나씩은 있는 법이다. 그런 이들이 마음껏 나래를 펼 수 있으려면 본인의 노력과 자질도 필요하지만, 체제 또한 중요한 것이다.

5. 싱클레어 루이스와 폴 드 크라이프

싱클레어 루이스는 1885년 미국 미네소타에서 태어나 1951년에 생을 마감하였다.

집안이 유서 깊은 의사 집안이었으나, 그는 문학 쪽으로 진로를 정하여 예일대를 졸업했으며, 성공적인 소설가의 경력을 보냈음에도 불구하고 의사가 되지 못한 것에 대한 컴플렉스가 일생 내내 그를 괴롭혔다고 한다. (솔직히 이 정도로 크게 성공한 소설가인데 왜 그랬는지 이해는 안 된다.) 1920년 『메인 스트릿』으로 크게 성공을 거둔 뒤, 1922년 그의 대표작인 『배빗』에 이어 1925년 이 『애로우스미스』까지 3연타석으로 크게 성공한다. 『애로우스미스』는 이듬해 1926년에 퓰리처 상을 수상하는데, 어찌 된 셈인지 싱클레어 루이스는 수상을 거부한다. 이 작품은 1931년 헐리웃에서 영화화가 된다. 1927년엔 『엘머 갠트리』를 발표하며 역시 큰 성공을 거두고, 1960년에 버트 랭카스터 주연으로 영화화가 되어 아카데미 남우 주연상까지 안기게 된다. 1929년 『도즈 워스』 또한 성공한다. 1930년에 그는 노벨문학상을 수상하는데, 미국 작가로선 사상 최초라는 영광을 얻는다. 그리고 1935년 『있을 수 없는 일이야』까지 그는 계속 승승장구한다. 『있을 수 없는 일이야』는 1980년대 세계적인 인기를 끌었던 외계인 침공 SF 드라마 『V』의 원안이 되기도 한다.

이후 그의 커리어는 내리막을 걷기 시작하고 1951년에 유럽 여행 중 세상을 떠난다.

이 『애로우스미스』도 그렇지만, 그는 『메인 스트릿』부터 자기 자신만의 세계관인 가상의 주인 위네맥 주를 창조하여, 등장인물들의 무대로 삼는다. 그래서 『애로우스미스』에서도 전작 『배빗』의 주인공인 배빗이 소위 크로스오버 해서 애로우스미스와 식사를 같이 하기도 하는 재미있는 상황 내지 일종의 팬 서비스가 연출되는 것이다.

『배빗』도 그렇지만 이 『애로우스미스』는 실제 등장인물들이 처한 상황은 매우 심각하지만, 독자 입장에서는 피식피식 웃음이 나게 하는 해학적인 대목들이 자주 나온다. 찰리 채플린의 명언 "인생은 멀리서 보면 희극이지만, 가까이서 보면 비극이다"라는 말이 딱 들어맞는 게 바로 루이스의 작품 세계이다.

의학소설이라고 해서 매우 경건하고 진지할 것이라 지레 겁먹지 마시라.

이 작품은 블랙 코메디라고 간주하시면 된다.

읽기만 해도 등장인물들과 주변 상황들이 눈앞에 영상으로 펼쳐질 정도이고, 각자 캐릭터를 완벽하게 부여해 주기 때문에 어느새 독자로 하여금 감정이입을 하게 만들 정도로 대단한 필력을 보여주고 있다. 본 역자도 특히 여주인공인 리오라에게 너무나 빠져서 소설 막바지에 감정적으로 참 힘들었다. 아마 독자들도 예외는 아닐 것이라 예상한다.

이 작품에서 의료계에 대한 묘사도 상당히 생생하다. 비록 100년 전 미국의 의과 대학 과정을 묘사하는 것이지만, 적어도 본 역자가 다니던 시절의 1980년대 의과대학과 비교해도 별 위화감이 들지 않는 게 신기했다. 졸업 후의 의사 사회는 현행 대한민국의 의료계와는 전혀 다른 양상이지만, 분명 그 당시 미국 의료계를 사실적으로 묘사했을 것이라 본다.

이는 싱클레어 루이스의 필력도 있지만, 아마 의학 자문을 해 준 폴 드 크라이프(1890~1971)의 역할이 컸을 것이다.

사실, 이 작품이 쓰이게 된 경위는 다음과 같다.

1920년대 초에 낸 두 개의 소설이 큰 성공을 거두게 된 싱클레어 루이스는 다음 작품을 구상하고 있었다. 원래는 노동운동에 대한 작품을 쓰려 했던 그는 당시 JAMA 편집장이던 모리스 퓌시바인의 주선으로 폴 드 크라이프를 만난다. 그 첫 회동 후 그는 그동안 준비해 오던 노동 운동에 대한 소설 계획을 완전히 백지화하고 의학 소설을 쓰기로 결정하게 된다. 폴 드 크라이프는 미생물학자로, 록펠러 연구소 소속으로 나름 잘나가고 있었으나, 당시 임상 의학이 과학적인 기반을 도외시하고 있다고 비판한 글을 쓴 것이 원인이 되어 해고당한다. 바로 이 시점에서 그는 싱클레어 루이스의 『애로우스미스』 집필에 의료 자문으로 합류하게 된 것이다. 소설 곳곳에서 발견되는 임상의학에 대한 비판과 학문으로서의 의학에 대한 철학들은 다 크라이프의 사상이 반영된 것이다. 원래 출간 초기엔 둘의 공저로 예정했으나, 이미 상업적인 성공을 거두고 있었던 루이스를 앞장세우게 되어 공식적으로 크라이프의 이름은 빠지게 된다. 그러나 두 사람 다 대인배였던가. 루이스는 이 소설의 성공에서 얻게 된 로열티의 25%를 크라이프에게 기꺼이 양도한다. 감사의 글에서도 밝힌 바와 같이 두 사람의 우정은 매우 깊었던 듯하다. 『애로우스미스』가 발표된 이듬해 1926년에 크라이프는 의학 교양서의 고전인 『미생물 사냥꾼』을 발표하고 크게 성공을 거둔다.

6. 의사과학자는 얼마나 필요할까?

이 작품에서는 특히 주인공의 의과대학 시절 동기들에 대한 묘사가 매우 치밀한데, 어쩌면 사회에 배출되는 의사들의 전형적인 유형들을 보여주고 있는 듯하다.

한 학년 100명이 사회로 배출된다고 할 때, 내 생각엔 앵거스 듀어 같은 능력 있는 의사는 15~20명 정도, 어빙 워터스 같은 의사는 한 40명 정도, 뚱보 파프 같은 실력은 모자라고 인성이 좋은 의사는 10여 명 정도가 나오면 꽤 괜찮은 조합 같다. 그리고 마틴 애로우스미스 같은 의사과학자는? 약 2명 정도면 우리 나라 의사과학자 양성은 성공적이지 않을까?

환갑을 넘으니 가장 실감하게 되는 신체의 변화는 새벽잠이 없어졌다는 것이다. 원래 잠꾸러기였는데, 역시 세월의 힘은 위대하다. 새벽 4시면 말짱한 정신으로 눈이 떠져서, 어찌할 줄 모르다가, '에라 모르겠다, 새벽이라 정신도 맑고 머리도 잘 돌아가니 번역이나 하자' 하며 모니터 앞에 앉아서 키보드를 두드린 지 3개월여가 지나고 나니 이렇게 또 다른 번역서 하나가 뚝딱 만들어졌다. 나름의 즐거움으로 만든 산물이긴 하지만, 이 고전이 우리나라에 소개되고, 의료계 후학들이 이 작품에 영감을 받아 유능한 의사뿐 아니라 순수하게 학문을 사랑하는 의사과학자들이 여럿 나오게 되는 계기가 되었으면 좋겠다.

원미산 기슭에서

역자 **유진홍**